Vioruna
Eisblaue Augen

Sabrina Höpfinger

Kapitel 1

Das ganz normale Leben

Sie hörte die Vögel zwitschern und die Grillen zirpen.
Ein Auto fuhr vorbei. Menschen, die sich unterhielten.
Und sie spürte die Hitze der Sonne auf ihrer Haut.
Sie liebte dieses Gefühl.
Unter dem freien Himmel liegen, an nichts denken außer an die Sonnenstrahlen, die diese außergewöhnlichen Sommersprossen auf ihre Haut zauberten.
Schon als Kind fand sie die Sommersprossen, die ihre Wangen verzierten, faszinierend. Daran hatte sich nichts geändert, sie sah immer noch gerne die Sommersprossen in ihrem Gesicht, sie fand, dadurch erhielt es mehr Charakter.
Eine sanfte Brise wehte über ihre erhitzte Haut, und es fühlte sich so gut an.
Irgendwo in ihrer Nähe flog ein Insekt – wahrscheinlich, um die Petunien auf ihrem Balkon zu besuchen, die sie sich Ende Mai besorgt hatte.
Ihr Balkon wurde dadurch gemütlich und sie fühlte sich sehr wohl. An einer Ecke hing ein Solarvogel, dessen runder Körper im Dunkeln leuchtete. Sie mochte es, dass auf ihrem Balkon nicht alles kahl war, er war für sie wie ein weiteres Zimmer.
Auf ihrem Gesicht mischten sich der Schweiß und die Sonnencreme. Kleine Rinnsale liefen an ihrer Nase vorbei.
In diesem Sommer war es besonders heiß.
Es gewitterte häufig. Wenn es regnete, dann monsunartig.
Francine störte das überhaupt nicht, ganz im Gegenteil, sie liebte die Hitze, und wenn es nach ihr ginge, dann könnte es jetzt wochenlang so bleiben.

Die meisten Menschen nörgelten immer am Wetter herum. Entweder war es zu trocken oder zu nass, zu kalt oder zu heiß und vor allem war es immer nur schön, wenn man zur Arbeit musste.
Natürlich war das nicht wahr, aber so waren die Menschen eben. Konnten die Leute nicht einfach mal das Positive sehen anstelle der negativen Dinge, die passierten? Alles war relativ, es gab viele schlimme Dinge, die jeden Tag geschahen, das Wetter gehörte nicht dazu. Sie dachte an den Tod ihrer Eltern und kurz durchzuckte sie der Schmerz.
Schlimme Dinge geschahen jeden Tag. Doch es lag an einem selbst, was man daraus machte. Der Tod ihrer Eltern war schrecklich gewesen, doch ihr Bewusstsein für das Leben war verändert worden. Niemand wusste, wann seine Zeit vorüber war.
Francine liebte ihre Arbeit, genoss aber genauso sehr oder noch mehr die Zeit, in der sie sich ihren Hobbys widmen konnte.
Sie hatte jetzt zwei Wochen Urlaub und ein paar Tage davon verbrachte sie mit ihrer besten Freundin Marianne.
Die leichte Brise war inzwischen zu kräftigen Böen geworden. Francine blinzelte vorsichtig, um keine Sonnencreme in die Augen zu bekommen.
Als sie die dicken Wolken erblickte, die sich langsam zusammenzogen, war sie nicht sonderlich überrascht. Bei dieser Hitze bildeten sich häufig Gewitter und Unwetter.
Innerlich freute sie sich bereits wie ein Kind auf den Weihnachtsmann – sie liebte Gewitter.
Meistens krachte es ein paar Mal und dann war es wieder vorbei, doch andere Male dauerten die Gewitter Stunden. Sie saß gerne auf dem Balkon in eine leichte Decke gehüllt und beobachtete das faszinierende

Zusammenspiel der Blitze, lauschte auf die folgenden Donnerschläge.
Bevor das Gewitter da war, kündigte es sich gewöhnlich mit Regen an.
Diese Gemütlichkeit, wenn man auf dem Balkon saß, geschützt und es tobte ein Unwetter. Es war unvergleichbar.
Da ihr Magen inzwischen knurrte, beschloss sie, die Sonnencreme und den Schweiß mit einer kühlen Dusche abzuwaschen und sich ein Sandwich zu machen.
Bei der Hitze verlangte ihr Magen kaum nach einer richtigen Mahlzeit.
Langsam stand sie auf und ging nach drinnen. Die Balkontür schloss sie, sobald sie in der Wohnung war, schnell zu, damit die Hitze von draußen nicht in ihre kleine Wohnung drang.
Die Wohnung war gut isoliert, sodass die Kälte im Winter draußen blieb und die Hitze im Sommer auch, so lange sie die Tür geschlossen hielt.
Derzeit war Lüften nur nachts möglich, um ein bisschen frische Luft zu bekommen. Und selbst dann kühlte es nicht merklich ab.
Im Bad angekommen blickte sie prüfend in den Spiegel. Eine leichte Bräune überzog ihr Gesicht und den Rest ihrer Haut. Da sie im obersten Stock wohnte, legte sie sich immer nackt unter die Sonne.
Das Gefühl von Freiheit, wenn nichts einen einengte, auch keine Kleidung, genoss sie. Zum Glück wohnte sie im obersten Stock, so konnte niemand ihren Balkon einsehen.
Klar könnte sie auch ins Freibad gehen, doch die Ruhe zu Hause entspannte sie und sie fühlte sich herrlich wohl in ihrer Haut. Gegenüber dem Wohnhaus, in dem sie lebte, war ein Feld. Der Blick in die Weite war ebenfalls ein riesiger Pluspunkt an ihrer Wohnung.

Sie trat unter die Dusche und stellte das Wasser an. Während sie den Kopf unter den Strahl hielt, ging sie kurz durch, ob sie alles gepackt hatte.
Für den morgigen Start ihres Wandertrips mit Marianne wollte sie nichts vergessen. Zwar ging es erst am Nachmittag los, da Marianne noch bis Mittag arbeiten musste, aber das machte nichts.
Sie hatten genügend Zeit.
Ihre Reisetasche hatte sie soweit gepackt. Ihre Wanderschuhe kamen morgen direkt ins Auto. Sie lächelte bei dem Gedanken an sich mit Marianne, wie sie sich anspornten, weiter und weiter zu laufen.
Ein Blick nach draußen bestätigte Francine, was sie bereits vermutete. Während sie unter der Dusche gestanden hatte, war das Gewitter herangezogen.
Durch die dicken Wolken war die Sonne komplett verdeckt und es kam kaum noch Licht durch die Fenster.
Ihr verschmuster Kater schlich ihr auch jetzt um die Beine und erwartete sein Abendessen.
Francine schob zwei Scheiben Toast in ihren Toaster und ging sich kurz im Bad die Haare trocknen, um die ein Handtuch gewickelt war.
Die rote Mähne reichte ihr inzwischen bis zur Mitte ihres Rückens und es gefiel ihr, die Haare lang zu tragen. Das Fransenpony stand nach oben, wenn sie ihre Haare zu lange im Handtuch trocknen ließ.
Gerade als sie in die Küche zurückschlenderte, erleuchtete der erste Blitz die Dunkelheit draußen. Wenig später folgte ein grollender Donner.
Lächelnd nahm sie ihre fertigen Toastscheiben und legte sich Salat, Tomaten, Gurken und Käse auf ihren Toast. Anschließend etwas Mayo und fertig.
Genüsslich biss sie von ihrem Sandwich ab. Dann gab sie ihrem maunzenden Kater sein Abendessen, bevor sie sich gemütlich mit ihrem Sandwich auf dem Sofa niederließ.

Die Show, die Mutter Natur ihr mit dem Gewitter bot, war einzigartig und übte eine ungewöhnlich starke Faszination auf Francine aus. Sie bekam eine Gänsehaut und fühlte sich merkwürdig, so als müsste gleich etwas passieren, mehr als ein Gewitter.
Ihr Körper vibrierte.
Es war, als wollte das Unwetter ihr etwas mitteilen, und sie wusste selbst, wie unsinnig das klang – sogar in ihrem Kopf, doch so war es.
Vielleicht genoss sie ein Gewitter auch so sehr, weil es eine glückliche Erinnerung an ihren Vater war.
Wenn es gewitterte, war er ebenso aufgeregt wie Francine gewesen.
Sie saßen dann gemeinsam draußen auf dem Balkon und beobachteten den Himmel. Es war spannend dabei zuzusehen, wie die Wolken sich zusammenzogen und ob sie sich zu einem Gewitter entwickelten. Beim Beobachten der Wolken konnte man vieles erkennen. Ihr Vater und sie hatten immer gewetteifert, kam ein Gewitter oder nicht? Wann genau würde es losgehen? Tatsächlich konnte man die Konstellationen am Himmel genau deuten, wenn man oft genug hinsah.
Oft hörte man in weiter Ferne die Donner grollen und sah die Blitze. Man spürte den Unterschied, kurz vor dem Gewitter wurde es still. Kein Windstoß war mehr zu spüren und plötzlich ändert sich alles. Es stürmte und regnete oft, bevor es dann richtig begann. Meist war das der Moment, in dem ihre Mutter sie beide lächelnd dazu aufforderte, endlich reinzukommen.
Ihr Vater und sie saßen dann noch draußen, bis es gleichzeitig donnerte und blitzte, was bedeutete, dass das Gewitter sich genau über ihnen befand.
Erst in diesem Moment rannten sie wie kleine Kinder nach drinnen und ihre Mutter schmunzelte und sagte, irgendwann würde sie noch der Blitz treffen.

Und ihr Vater hatte gelächelt und gesagt–: „Wäre das nicht aufregend?"
Natürlich hatte er seiner Tochter dabei verschwörerisch zugezwinkert und Francine hatte lauthals gelacht.
Sie konnte sich nicht daran erinnern, dass ihre Eltern jemals nicht glücklich gewesen wären.
Hatten sie sich je über etwas beschwert? Nicht über lange Schlangen an den Kassen, nicht über den dichten Verkehr und langsame Autofahrer, nicht über schlechtes Wetter oder unhöfliche Menschen. Ihr Vater meinte immer, jeder hätte mit seinen Dämonen zu kämpfen, und wenn jemand unhöflich war, dann lag das oft an anderen Dingen, als an dem offensichtlich Erkennbaren.
Francine vermisste die beiden sehr.
Das Leben war zu kurz, um auch nur eine Minute unglücklich zu verbringen.

Francine hatte gerade ihr Sandwich fertig verspeist, als das Telefon klingelte.
Die fast schon hysterische Stimme ihrer Tante ließ sie schmunzeln.
„Francine? Wieso bist du vorhin nicht rangegangen? Warst du etwa bei dem Unwetter draußen?"
„Hallo Tante Anne. Natürlich nicht, wer würde denn bei dem Wetter draußen sein? Ich war nur unter der Dusche."
Zu spät bemerkte Francine, dass sie die Dusche lieber auch nicht erwähnt hätte, da ihre Tante doch überfürsorglich war – vor allem, seit ihre Eltern nicht mehr am Leben waren fühlte sie sich verantwortlich für Francine.
Auch wenn es Francine oftmals nur mit einem Augenrollen quittierte, wusste sie doch zu schätzen, dass sich ihre Tante sorgte.
Anne hielt ihr natürlich sofort einen wohlwollenden Vortrag. „Aber Francine! Du weißt doch, wie gefährlich

es ist zu duschen, wenn es gewittert. Ein Blitz wird von Wasser angezogen."

Bevor ihre Tante weiter ausschweifte, erwiderte Francine gelassen: „Das Gewitter hat erst angefangen als ich schon fertig war. Mach dir doch nicht so viele Gedanken, ich bin schon ein großes Mädchen."

Ihre Tante schnalzte mit der Zunge. „Du siehst das viel zu gelassen, dein Vater hätte strenger mit dir sein sollen, dir scheinen die Gefahren eines Gewitters gar nicht bewusst zu sein. Es sind schon Menschen vom Blitz getroffen worden, was da alles passieren kann."

Francine rollte mit den Augen, da Anne sie nicht sehen konnte.

Sie wusste, ihre Tante würde das Thema von sich aus nicht fallen lassen, darum wechselte sie es. „Du hast doch sicher nicht wegen des Gewitters angerufen?" Es folgte eine kurze Pause.

„Nein, meine Liebe, ich rufe wegen morgen an. Willst du nicht bei mir frühstücken, da wir uns wegen der Schlüsselübergabe sowieso sehen?"

„Das lässt sich einrichten, da Marianne sowieso noch bis Mittag arbeitet und wir dann erst am späten Nachmittag losfahren können, habe ich Zeit. Wollen wir nicht brunchen gehen, dann brauchst du dir keine Arbeit zu machen, Anne."

„Aber nein, das ist doch keine Arbeit, ich freue mich, für uns Frühstück zu machen. Meine Küche verkümmert ja so schon, wenn ich niemanden da habe, der mitisst."

Fast hätte Francine laut gelacht, doch sie verkniff es sich schnell und schmunzelte nur. Ihre Tante Anne hatte ständig jemanden da, den sie bekochen konnte.

Sei es einer ihrer Nachbarn, wie ihre Busenfreundin Margrit, die in der Wohnung neben ihr wohnte und sie ständig verkuppeln wollte.

Oder Wilfried Önig, der Vermieter ihrer Tante, der gerne viel mehr als nur ihr Vermieter wäre. Manchmal wunderte sich Francine über ihre Tante, denn sie benahm sich oft, als wäre sie bereits Rentnerin, dabei hatte sie dieses Jahr erst ihren 45. Geburtstag gefeiert. Ihr Vater war 11 Jahre älter als seine Schwester gewesen, aber sie hatte oft gedacht, dass man das nicht gemerkt hatte, da ihr Vater so unbekümmert gewesen war.

„Niemand, hm, Tante Anne?" Der neckende Ton in ihrer Stimme war Anne nicht entgangen.

„Francine, wenn du jetzt wieder mit Wilfried", ihre Tante verbesserte sich schnell, „mit Herrn Önig anfängst, dann muss ich wohl noch mal wiederholen, dass es nur Zufall war, dass er gerade vorbeikam, als du letztes Mal da warst."

„So, dann war es die letzten paar Male davor auch Zufall?" Francine hatte ihren Spaß dabei, ihre Tante aufzuziehen, außerdem war es wahr, jeder, der Augen im Kopf hatte, konnte sehen, dass Wilfried Önig ständig einen Vorwand fand, um ihre Tante zu besuchen. Und diese genoss die Besuche definitiv, auch wenn sie es noch so sehr abstritt.

„Ganz genau." Der ernste Klang von Annes Stimme zauberte ein breites Grinsen auf Francines Gesicht.

Da sie morgen beim Frühstück genug Zeit haben würde, um ihre Tante noch mal nach Herrn Önig zu fragen, ließ sie das Thema fallen.

„Wann soll ich morgen bei dir sein? Ist 10 Uhr in Ordnung?" Eifrig stimmt ihre Tante zu.

„Ja, das passt perfekt."

Im Hintergrund konnte Francine die Türklingel ihrer Tante hören.

„Na, bekommst du noch Besuch?"

„Ja, Margrit wollte noch kurz vorbeischauen. Wir sehen uns dann morgen, meine Liebe. Schlaf gut, Francine."

„Danke, du auch, und grüße Margrit von mir. Wir sehen uns dann morgen."

Die Straßen waren voll, was Francine wunderte, da es Freitagvormittag war.
Generell fand sie es erstaunlich, wie viele Menschen zu jeder Tageszeit unterwegs waren.
Eigentlich hätte sie gedacht, dass vormittags alle bei der Arbeit waren – außer ein paar wenige Glückspilze, die gerade Urlaub hatten, oder frisch gebackene Mütter.
Den Weg von Jestetten nach Erzingen zu ihrer Tante hätte sie im Schlaf fahren können, so oft, wie sie die Strecke bereits gefahren war.
Es gefiel ihr sehr gut in Jestetten, wo sie wohnte. Ihre Wohnung befand sich nördlich der Hauptstraße, die von Neuhausen nach Jestetten führte.
Von dem oben gelegenen Fleckchen aus hatte sie einen Blick auf die Straße, allerdings war diese weit genug entfernt, sodass der Verkehrslärm nicht weiter zu hören war.
An der Grenze zur Schweiz zu wohnen, war Francine gewohnt.
Es gefiel ihr auch, schnell am Rheinfall zu sein, ein Naturwunder, zu dem viele Touristen kamen. Es war immerhin der größte Wasserfall Europas.
Wasser zog Menschen an, überall auf der Welt. Sei es Wasserfälle, das Meer oder Seen.
Die Fahrt dauerte eine halbe Stunde – nur bei wenig Verkehr schaffte sie es auch in zwanzig Minuten zu ihrer Tante.
Mit siebzehn hatte sie es kaum erwarten können, endlich 18 zu werden und ihren Führerschein zu machen. Auch heute noch, obwohl sie an jedem Arbeitstag mit dem Auto fuhr, genoss sie jede Fahrt.
Obwohl sie bei manchen Autofahrern vor sich tief durchatmen musste. Sie würde nie verstehen, warum manche einfach ohne erkennbaren Grund langsamer fuhren als erlaubt.

Aber sich darüber aufzuregen, wäre absolut sinnlos, ändern konnte sie es ja doch nicht.
Bei ihrer Tante verging die Zeit wie im Flug. Sie frühstückten zusammen bis es Mittag war und Francine bereits wieder aufbrechen musste.
„Bevor du gehst, Francine, habe ich noch etwas für dich."
Ihre Tante verließ den Balkon – bei dem herrlichen Wetter saßen sie natürlich draußen –, um schnell etwas von drinnen zu holen.
Anne kam mit einer kleinen Schmuckschatulle zurück und Francine hob überrascht die Augenbrauen.
„Mein Geburtstag war doch schon, wofür ist das?"
Tante Anne setzte sich ihr wieder gegenüber und gab ihr das Kästchen.
„Das ist eine Halskette, die deiner Urgroßmutter gehört hat und die jeweils an die nächste Generation weitergegeben wurde. Schon seit sehr vielen Generationen.
Deine Eltern hätten gewollt, dass du sie bekommst, doch ich hatte gar nicht mehr an sie gedacht, bis ich neulich beim Wohnungsputz in der kleinen Kammer hinter dem Sofa im Wohnzimmer darauf gestoßen bin.
Deine Eltern hatten dort ein paar Kisten deponiert und ich habe mir bisher nie die Mühe gemacht, die Kartons durchzusehen."
Francine öffnete die Schatulle und sah eine feingliedrige und lange goldene Kette mit einem wunderschönen ovalen Medaillon daran. Auf dem Medaillon war in der Mitte ein smaragdgrüner Stein in Form einer Raute. Rund darum verteilt befanden sich kleine Diamanten, drei auf jeder Seite. Außerdem erkannte man um die Diamanten herum auf der goldenen Oberfläche feine grüne Linien.
„Tante Anne, die ist wunderschön."
Ihre Tante nickte und lachte kurz auf.

„Francine, tu mir den Gefallen und trage diese Kette auch. Es ist ein Jammer, so ein wunderbares Stück in einer Kiste wegzusperren. Sie soll dich daran erinnern, wie wichtig die Familie ist."

Francine blickte ihre Tante gerührt an, es bedeutete ihr sehr viel, dieses Stück zu erhalten. Ihre Tante war eine schöne Frau, aber wenn sie sie so anblickte, fragte Francine sich, warum sie ihre schönen dunklen Haare nicht öfter offen trug, sondern immer zu einem strengen Dutt. Dadurch wirkte sie älter, als sie war. Ihr Haar leuchtete immer noch braun, ihre Figur war beneidenswert und ihre Haut erschien fast faltenlos. Sie sah nicht älter als 35 aus, obwohl sie bereits 45 war. Sport und gesunde Ernährung schienen sich doch auszuzahlen.

Anne nickte zufrieden, als sie den gerührten Ausdruck auf Francines Gesicht sah.

„Also, Francine, meine Liebe, es hat mich sehr gefreut, dass du Zeit hattest. Mach dir wegen Moritz keine Gedanken, ich sehe jeden Tag nach ihm. Und jetzt gehst du am besten, bevor du wegen mir noch zu spät nach Hause kommst und Marianne am Ende auf dich warten muss."

Tante Anne lächelte fröhlich und umarmte ihre Nichte.

„Ich wünsche euch ganz viel Spaß beim Wandern!"

„Danke Anne."

„Und schreib mir, mein Schatz, wenn ihr angekommen seid."

Als Francine im Auto saß, betrachtete sie die Kette noch mal genau. Dann legte sie das Schmuckstück um ihren Hals, um zu sehen, wie das aussah. Die Kette war so lang, dass das Medaillon unterhalb ihres Busens hing. Der rautenförmige Smaragd leuchtete im Licht der Sonne, welches durch die Autoscheibe schimmerte.

Fasziniert betrachtete sie das Funkeln der Diamanten. Francine wunderte sich darüber, wie merkwürdig richtig es sich anfühlte, die Kette zu tragen, als würde sie genau dorthin gehören.
Vorsichtig strich sie über die Verzierungen an dem Medaillon. Wunderschön. Ihr Handy klingelte und sie ließ die Kette unter ihrem Shirt verschwinden, bevor sie das Gespräch annahm.
„Hallo?"
„Francine!" Mariannes aufgebrachte Stimme ließ Francine aufhorchen.
„Marianne? Sag bitte nicht, du schaffst es nicht."
Francine freute sich sehr auf den Trip mit Marianne, hoffentlich war nichts dazwischengekommen.
„Nein, aber", eine kurze Pause entstand, bevor Marianne aufgeregt weitersprach, „Francine, es ist heute etwas passiert. Das glaubst du mir nie!"
„Erzähl mir das doch einfach nachher während der Autofahrt." Die dauert lang genug, dachte Francine.
„Nein, ich muss es dir jetzt erzählen, nachher bringst du mich vielleicht um!"
Francine schmunzelte. Marianne war oft dramatisch und neigte zu Übertreibungen.
„Was ist passiert, dass ich dich deswegen umbringen könnte?"
„Also, ich bin heute Vormittag noch bei der Arbeit gewesen, wie du weißt, und du kennst doch Nikolei Pfeiffer?"
Francine schnaufte laut und trommelte mit den Fingern aufs Lenkrad. „Hallo? Er ist unser Chef, ergo kenne ich ihn."
„Ja, ja, ich mein doch nur, lass mich weiterreden", sagte Marianne und Francine sah sie vor sich, wie sie schmollte. Dann atmete sie tief durch. „Du weißt ja auch, wie der sich mir gegenüber immer verhält – und bevor du es sagst–: Ich weiß, dass er zu allen anderen

angeblich höflich ist, aber ich schwöre dir, mir gegenüber hat er sich immer herablassend verhalten."
Mari schnaubte abfällig.
Francine verkniff sich ein Lachen, da Mari nur böse geworden wäre, hätte sie es gehört. Schon seit Langem beschwerte sie sich über das Verhalten von Herrn Pfeiffer.
Er war groß, blond und hatte strahlend blaue Augen. Als er vor einem guten Jahr den Posten als Abteilungsleiter übernommen hatte, da war Mari noch hin und weg gewesen von ihm.
Durch seine lockere Art war er schnell beliebt gewesen unter den Kollegen. Nur Mari sah das anders, da er sich ihr gegenüber sehr kühl und herablassend gab.
Francine hatte tatsächlich schon mitbekommen, wie er Mari etwas in die Hände drückte und in schroffem Ton Anweisungen dazu gab.
Verwunderlich, da er ansonsten zu allen sehr herzlich und freundlich war. Aber man konnte eben nicht immer jeden mögen, und so lange die Arbeit nicht litt, war es Francines Meinung nach okay.
Außerdem arbeiteten sie meist sehr selbstständig und es war selten der Fall, etwas mit Herrn Pfeiffer besprechen zu müssen. Deshalb kam Mari bisher auch ohne große Probleme klar, obwohl es auf der Hand lag, wie wenig er sie leiden konnte.
„Ich weiß, Mari, du sagst es mir jedes Mal, wenn du mit ihm zu tun hast."
„Ja, weil es – auch egal, pass auf. Heute war wirklich ein schlimmer Tag!"
Gespannt und mit einem Schmunzeln im Gesicht lauschte Francine der Geschichte ihrer Freundin.
„Die meisten sind heute schon früh weg gewesen und ich musste für Herrn Pfeiffer noch zur Bank – und hallo, das ist wohl kaum meine Aufgabe, für ihn den Botenjungen zu spielen!"

Die Empörung war Mari deutlich anzuhören. Francine konnte sich bildlich vorstellen, wie ihre Freundin mit ihrem kurzen braunen Haar spielte und ihre Stupsnase rümpfte, wie sie es immer tat, wenn ihr etwas nicht passte.
„Bei dem schönen Wetter war mir das trotzdem egal, machen musste ich es ja doch.
Und jetzt kommt es! Als ich fast schon wieder beim Büro war, da klatscht etwas vorne auf meine Bluse."
Maris Tonfall war inzwischen regelrecht schrill geworden.
„Rate, was es war – Vogelscheiße!"
Jetzt musste Francine doch lachen.
„Das ist nicht komisch, Francine, das war meine neue blaue Bluse. Ausgerechnet mich muss das dämliche Vieh treffen." Aber Mari musste selber lächeln, weil es im Nachhinein doch wirklich witzig klang. „Hör auf zu lachen und hör zu, es kommt noch viel besser!"
„Besser?" Gespannt lächelnd lauschte Francine weiter den Ausführungen ihrer Freundin.
„Ich bin dann im Büro direkt auf die Toilette, um die Bluse zu retten. Mit den blöden Tüchern habe ich alles abgewischt – ich sag dir, das muss ein riesiger Vogel gewesen sein, so viel, wie da auf meiner Bluse war – einfach ekelhaft."
Während Mari schnaubte, lachte Francine lauthals.
„Oh Mari, ich habe das Gefühl, solche Sachen passieren nur dir."
„Das Gefühl habe ich auch. Du kannst dir vorstellen, ohne Wasser wäre gar nichts weggegangen, also habe ich so gut es ging mit nassen Tüchern die Bluse gereinigt. Das Ergebnis war dann, dass die Bluse vorne fast komplett nass und halb durchsichtig war. Du weißt, was ich von durchsichtigen Sachen halte."
„Oh ja", war die vielsagende Erwiderung. Francine fand es immer wieder erstaunlich, wie viel Wert Mari darauf

legte, ja keine nackte Haut zu zeigen, vor allem im Büro. Im Gegensatz zu Francine war sie fast schon prüde.
„Ich sag es dir, ich dachte, ich schleiche mich schnell von der Toilette zum Büro, schnapp mir meine Handtasche und mache Feierabend, es war schließlich eh schon kurz vor zwölf Uhr."
„Oh je, Mari, ich ahne schon Schreckliches, wer hat dich gesehen?"
Mari lachte kurz trocken auf. „Na rate mal! Ich kam gerade an meinen Platz, als Herr Pfeiffer dort stand, um mir irgendwelche Unterlagen auf den Schreibtisch zu legen!
Ich bin doch nicht seine Sekretärin, also wirklich! Als er mich angesehen hat, dachte ich erst, er würde jetzt gar nichts sagen, doch dann meinte er, wo ich so lange war, er bräuchte noch eine Probeabrechnung. Ich sage dir, ich hätte ihm am liebsten gesagt, er soll sich die du weißt schon wohin stecken.
Dann hat er mich von oben bis unten angesehen und gefragt, was ich mit meiner Bluse angestellt hätte!"
Mari kam richtig in Fahrt während ihrer Erzählung.
„Und bevor ich etwas darauf erwidern konnte, da wurde ich bereits zurechtgewiesen, dass ich so nicht im Büro erscheinen könne, mit nasser Bluse, und wie sollten das die Kollegen finden, wenn ich halb nackt hier rumlaufe und ich würde mich generell zu freizügig kleiden!"
Francine gab einen erstickten Laut von sich. „Was? Du kleidest dich wie jeder andere dem Büro angemessen, wann ziehst du dich zu freizügig an? Ha, das tust du ja nicht mal privat."
„Ganz recht und in dem Moment ist mir echt der Kragen geplatzt."
„Was hast du zu ihm gesagt?"
„Ich habe ihm gesagt, dass es mir reicht. Schon seit er mit uns arbeitet, muss ich mir diese Unhöflichkeiten von ihm bieten lassen, aber seit ein paar Wochen piesackt er

mich wirklich richtig, und wenn das nicht aufhört, dann kündige ich. Außerdem habe ich ihm noch an den Kopf geworfen, dass die Bluse nur nass ist, weil ich auf dem Weg von der Bank zurück – hallo, er hat mich schließlich zu Bank geschickt – dieses Missgeschick hatte. Dann habe ich gesagt, er soll mir jetzt endlich sagen, was für ein Problem er mit mir hat, so kann ich nämlich nicht mehr weiterarbeiten. Und Kerstin vom Sekretariat läuft wesentlich freizügiger herum als ich – ständig präsentiert sie ihre Möpse in den offenherzigen Blusen! Zu ihr hat aber bisher nie jemand etwas gesagt. Und er besitzt noch nicht mal den Anstand, mir in die Augen zu sehen, wenn ich mit ihm spreche."
Francine war leicht angespannt, hoffentlich hatte ihre Freundin nicht gekündigt! Sie arbeitete so gerne mit ihr zusammen und konnte sich den Alltag im Büro gar nicht ohne Mari vorstellen. „Und dann, was hat er dann gesagt?" Francine platzte vor Neugier.
Mari lachte herzlich. „Nichts."
Francine runzelte verwirrt die Stirn. „Was? Mari, jetzt spann mich nicht so auf die Folter. Darauf muss er doch etwas geantwortet haben?"
„Er hat mich mit einem intensiven, strengen Blick aus diesen krassen blauen Augen angesehen und dann ist er aufgestanden, auf mich zugekommen, hat mein Gesicht in seine Hände genommen."
„Was? Und was dann?"
„Er sagte, er hält es nicht mehr länger aus, und wenn ich jetzt nicht nein sage, dann küsst er mich. Und sprachlos wie ich war habe ich nichts gesagt und er hat mich geküsst!"
„Ist das dein Ernst?" Francine war fassungslos. „Und du hast ihn dann weggeschubst?"
Mari setzte kleinlaut an: „Das würde ich nicht sagen."
„Verrückt!"

„Schuldig. Ja, ich habe den Kuss absolut erwidert! Aber wenn du wüsstest, wie der küssen kann, sag ich dir. Jetzt kann ich dir wenigstens sagen, warum er zu mir so unhöflich war. Nach dem Kuss meinte er, er hielte es nicht mehr aus, sich zurückzuhalten. Und die Unhöflichkeiten gegenüber mir waren wohl sein Abwehrmechanismus, um nicht über mich herzufallen. Er wollte Berufliches nicht mit Privatem mischen und hielt das für unpassend."
Mari lachte leise. „Gott sei Dank habe ich endlich etwas dazu gesagt, sonst wäre das wohl noch ewig so gegangen!
Nun, jetzt kommen wir zum Grund meines Anrufs."
Francine war verwirrt. „Welcher Grund? Sag nicht, du kommst jetzt nicht mehr mit. Oder arbeitest nicht mehr dort?"
„Nein, ich komme natürlich mit und bei der Arbeit bleibe ich auch. Nikolei – huch ist das merkwürdig, ihn auf einmal mit Vornamen anzusprechen – hat mich gefragt, was ich die nächsten Tage mache und ob wir die Zeit nicht zusammen verbringen, und ich habe ihm dann gesagt, dass ich mit dir weg bin und dann hat er mich nur schweigend angesehen."
„Aha und weiter?" Francine ahnte bereits, worauf das hinauslief.
„Habe ich ihn gefragt, ob er nicht mitkommen will."
„Oh je."
„Francine, glaub mir, ich dachte, er würde nein sagen. Wir haben uns zwar geküsst, aber gleich ein paar Tage gemeinsam verreisen, ist schon seltsam.
Im Grunde kennen wir uns ja nicht."
„Und er hat ja gesagt, stimmt´s?"
„Ja, er ist um zwei mit mir bei dir."
Francine hörte, wie vorsichtig Mari sprach. „Scheiße, Süße, was soll ich sagen? Komisch ist es schon, mit

dem Chef ins Wochenende, aber egal, jetzt ist es eben so."
Mari bedankte sich überschwänglich bei Francine und beendete das Gespräch, um es pünktlich zu schaffen, ihre Sachen zu packen.
Während Francine heimfuhr, summte sie fröhlich vor sich hin. Sie hatte schon immer gefunden, dass Mari und Herr Pfeiffer ein schönes Paar abgaben.
Beide groß, er blond und blauäugig, sie dunkelhaarig mit braunen Augen. Sie war sehr gespannt, was sie zwischen den beiden beobachten würde in den nächsten Tagen.
Amüsant würde es jetzt erst recht werden. Eines hatte sie gar nicht bedacht, sie hatten quasi eine Ferienwohnung, die zu einem Hotel gehörte.
Im Hotel würden sie frühstücken. Es gab zwei Schlafzimmer, aber jetzt, wo Herr Pfeiffer mit dabei war, da würde Mari wohl mit bei Francine schlafen.
Wegen nur einem Kuss würde Mari niemals das Zimmer mit ihrem Chef teilen, oder?
Ihr Aussehen und Auftreten täuschten häufig, denn Mari war sehr zurückhaltend und schloss nicht schnell Freundschaften.
Umso mehr bedeutete Francine ihre Freundschaft zu Mari, da sie wusste, dass Mari ihre Freunde mit sehr viel Bedacht aussuchte.
Daheim hatte Francine nicht viel zu tun, sie hatte bereits am Vorabend alles vorbereitet.
Das Auto stand vollgetankt unten und in den nächsten Minuten müssten Mari und Herr Pfeiffer auftauchen. Die Fahrt würde ungefähr drei Stunden dauern, bei dem Wetter und im Hinblick darauf, dass Freitag war, würde der Verkehr wahrscheinlich zu einer Verlängerung der Fahrt beitragen. Aber das machte Francine nichts, ob sie nun eine Stunde früher oder später ankamen, spielte

keine große Rolle, heute würden sie sowieso nicht mehr viel unternehmen.

Ein bisschen den Ort, in dem sie übernachteten, erkunden, nämlich Bad Hindelang, und eine Kleinigkeit essen gehen. Sie ging mal davon aus, dass Herr Pfeiffer sich ihren Vorstellungen anschloss, da er sich sozusagen angehängt hatte an diesen Trip nach Bayern. Francine sah gerade aus dem Fenster, als Maris roter Polo vorfuhr. Herr Pfeiffer mit dabei. Fast hätte Francine gelacht, als sie sah, dass Mari einen riesigen Koffer dabei hatte, typisch, für alle Fälle das passende Outfit. Sie selbst hatte eine Reisetasche in mittlerer Größe, die völlig ausreichte. Das würde spaßig werden, sie war gespannt darauf zu sehen, wie das Gepäck von Herrn Pfeiffer aussah. Ein letztes Mal fuhr sie Moritz durch das weiche Fell, dann machte sie alles aus und verließ in freudiger Erwartung ihre Wohnung.

Sie waren bereits seit einer guten Stunde unterwegs, als der Himmel weiter zuzog. Das nächste Gewitter war im Anmarsch, wie bereits im Wetterbericht angekündigt. Die Begrüßung mit anschließender Abfahrt war zum Glück gut verlaufen und im Auto hatte sich inzwischen ein einvernehmliches Schweigen eingestellt. Sie lauschten nur der Musik im Radio.
Francine erstaunte, dass Marianne ruhig und gelassen war, sie hätte gedacht, dass sie bezüglich Herrn Pfeiffer inzwischen nervöser wäre – immerhin war sein Mitkommen spontan und die ganze Sache, die sich zwischen Mari und ihm anbahnte, nicht vorhersehbar gewesen.
Und Mari war nicht spontan, war sie nie gewesen.
Man sah vor ihnen am Himmel immer wieder Blitze und es wurde zunehmend dunkler. Mari und Herr Pfeiffer saßen beide auf der Rückbank. Sie schwiegen, hielten aber Händchen.
Das fand Francine so süß. Wieder dachte sie, was für ein schönes Paar die beiden abgaben.
Und sie spürte den Stich.
So sehr wünschte sie sich selbst Liebe. Echte und wahrhaftige Liebe. Sie gab die Hoffnung nicht auf, jedoch verging die Zeit und die Männer, denen sie begegnete, waren so langweilig und vorhersehbar. Es fehlte der Funken, das Feuer, welches sie sich wünschte. Sie war jung und sie wollte Leidenschaft, warum auch nicht?
Mari verdiente es, glücklich zu sein. Sie war der beste Mensch, den Francine kannte.
Es donnerte laut und der Himmel leuchtete hell.
Kurze Zeit später waren auf der Windschutzscheibe die ersten Regentropfen zu sehen, die sich schnell in einen heftigen Guss verwandelten.
Bald waren die Straßen mit kleinen Flüssen übersät. Vertraute man dem Wetterbericht, dann würde es nur

heute Unwetter geben und morgen wäre wieder strahlend blauer Himmel.
Wandern würden sie heute sowieso nicht, also sollte ruhig alles vom Himmel kommen, sodass für morgen nichts mehr übrig war.
Die Scheibenwischer liefen auf Hochtouren und konnten trotzdem der großen Menge Regenwasser kaum Herr werden. Francine spürte noch, dass sie über etwas fuhr, als auch schon eine Anzeige im Auto aufleuchtete, die ihr sagte, dass sie Druck auf einem Reifen verlor.
Francine hielt Ausschau nach einer geeigneten Stelle, um anzuhalten und das zu prüfen.
Nikolei bemerkte es sofort und fragte nach: „Ist etwas nicht in Ordnung?"
Francine nickte. „Der linke Vorderreifen verliert anscheinend Druck, ich muss über irgendwas gefahren sein, was den Reifen beschädigt hat. Vielleicht müssen wir den Reifen wechseln." Marianne warf Francine einen erschrockenen Blick zu. „Was? Aber bei dem Wetter können wir doch keinen Reifen wechseln?" Mari hatte eine so erschrockene Stimme, dass Francine lächelte. „Da vorne ist ein Rastplatz, da ist es relativ geschützt. Ich halte dort an, dann sehen wir mal, wie es mit dem Reifen aussieht."
Die Zuversicht in Francines Stimme schien Mari zu beruhigen. Nikolai wollte bereits mit aussteigen, aber Francine winkte ab. „Ich sehe erst mal selbst nach, wenn ich Hilfe brauche, melde ich mich. Sie können ruhig sitzen bleiben."
Widerwillig nickte Herr Pfeiffer.
Als sie aus dem Wagen stieg, war ein lautes Donnergrollen zu hören, kurz darauf wurde der Himmel wieder von einem Blitz hell erleuchtet. Andere fürchteten sich vermutlich, Francine nicht. Im Gegenteil, sie spürte ein unheimlich starkes Verlangen danach, die Blitze zu spüren. Der Gedanke war so seltsam und doch so

normal. Konzentriert schüttelte sie dieses Gefühl von der wundervollen Hitze der Blitze ab.
Der Reifen war eindeutig platt, also würden sie ihn wechseln müssen. Das Gewitter war direkt über ihnen, am besten warteten sie die nächste Viertelstunde ab, um zu sehen, ob der Regen nachließ und das Gewitter weiterzog.
Meist zogen solch heftigen Gewitter schnell von dannen.
Im Kofferraum war ein Ersatzreifen, aber bei dem Wetter würde es mühsam werden, doch zur Not wäre ja Herr Pfeiffer noch da. Francine wollte wieder einsteigen und den anderen beiden sagen, was los war.
Plötzlich spürte sie ein Brennen um ihren Hals, sie fasste mit der Hand danach und erinnerte sich an die Kette von ihrer Tante, an die sie gar nicht mehr gedacht hatte.
Warum brannte sie ihr auf einmal auf der Haut?
Es kam ihr vor, als wäre sie glühend heiß geworden.
Was dann geschah, ging so schnell und doch kam es ihr vor, als würde es in Zeitlupe ablaufen.
Sie hörte das Krachen des Donners und fast im selben Moment war sie geblendet vom hellen Licht des Blitzes, der direkt auf sie zukam.
Das war verrückt, sie konnte sehen, wie der Blitz vom Himmel herab auf sie zielte, obwohl ihr klar war, dass der Blitz so schnell war, dass sie ihn unmöglich wie in Zeitlupe sehen konnte.
Schreie waren zu hören, ob es ihre eigenen waren, wusste sie nicht.
Und dann geschah etwas Seltsames, der Blitz schien in sie zu fahren, ihre Kette glühte und dann war alles schwarz.

Kapitel 2

Eine fremde Welt

Francine spürte eine sanfte Brise, die über ihr erhitztes Gesicht strich. Sie fühlte sich schwer. Sie wollte ihre Augen öffnen, aber sie schaffte es nicht. Das Gefühl kannte sie. Das dringende Bedürfnis aufzuwachen, die Augen zu öffnen, doch es ging nicht. Sie schien in einem leeren Traum gefangen.
Der Duft von Wald verführte ihre Nase. Sie versuchte sich zu erinnern, wo sie war, wann war sie in den Wald gegangen? Oder war das eine der Duftkerzen? Ja, wahrscheinlich war es eine Duftkerze. Beruhigt atmete sie den Duft tief ein. Oder sie träumte.
Dann hörte sie eine Stimme.
Ein Murmeln. Sie konnte es nicht zuordnen. Wer war da bei ihr, wenn sie schlief? Merkwürdig, sie schlief immer alleine. Schon lange. Viel zu lange. Wo war dieser Gedanke denn hergekommen? Es war nicht schlimm, sie war gerne alleine. Ihr gefiel ihr Leben, wie es war. Das redete sie sich zumindest ein, doch insgeheim wusste sie – etwas fehlte.
Wieder hörte sie Stimmen, diesmal spürte sie, dass jemand an ihr rüttelte.
Jetzt schaffte sie es doch, ihre Augen blinzelnd zu öffnen.
Die Helligkeit der Sonne tat ihren Augen weh, also schloss sie diese sofort wieder.
„Wacht auf, schließt nicht wieder die Augen."
Die Stimme war weiblich, war das Mari?
Nein, so einen Befehlston benutzte Mari nicht.
Die Stimme sprach anscheinend mit jemand anderem.
„Die Rothaarige sollte die Augen öffnen, sonst lassen wir sie hier liegen. Wir haben keine Zeit zu warten."

Eine andere Stimme, sanfter, antwortete: „Marisia, was redest du denn. Sie scheint sich den Kopf verletzt zu haben. Wir können sie nicht hier liegen lassen. Wo bleibt dein Mitgefühl?"
Die letzte Stimme war Francine sofort sympathisch. Sie klang ruhig und bestimmt und das ohne bedrohlich zu sein. Und freundlich.
Francine kämpfte darum, die Augen zu öffnen. Zumindest hörte sie inzwischen alles deutlich und nicht mehr wie von weiter Ferne. Endlich schaffte Francine es, die Augen vollständig zu öffnen, erst blinzelnd, dann ganz.
Langsam nahm sie ihre Umgebung wahr. Ein blauer Himmel über ihr, weicher Boden unter ihr. Ihre Finger griffen automatisch nach dem, was sich dort befand. Feuchtes Moos.
Seltsam.
Noch verarbeitete ihr Verstand nichts anderes außer dem, was sie im Augenblick sah und fühlte. Ihr Blick traf auf eine Frau, die sie musterte.
Die strahlend blauen Augen der Frau irritierten Francine ein wenig. Der Rest der Frau schien nicht weniger verwirrend zu sein.
Hüftlanges, weißblondes Haar floss der Frau über die Schultern zu beiden Seiten.
Ihr Gesicht war oval und die Gesichtszüge zart.
Langsam erhob Francine sich in eine sitzende Position, um sich ein besseres Bild zu machen. Dabei erblickte sie die zweite Frau.
Sie sah der ersten sehr ähnlich, ihre Augen waren aber eher grau. Sie sah die Frau lange an. Goldblonde lange Haare. Und sie war von einer stärkeren Statur, nicht so zierlich, trotzdem schlank. Fasziniert starrte sie die beiden Frauen an. Die Frau, die ihr am nächsten war, sprach schließlich: „Ist alles in Ordnung?"

Francine sah an sich herab, sie hatte ihre kurze Jeanshose an und trug ihr T-Shirt, welches sie vor der Autofahrt angezogen hatte – die Autofahrt! Jetzt fiel es ihr wieder ein! Sie war mit Marianne und Nikolei unterwegs gewesen.
Was war dann passiert?
Ja, genau, der Blitz. Hatte er sie getroffen? War sie jetzt tot? Oh nein, hoffentlich war sie nicht tot.
„Sie sieht sehr verwirrt aus", gab die andere Frau von sich.
Francine konzentrierte sich, sie wusste nicht, was los war, aber es schien alles um sie herum sehr real zu sein. Eins nach dem anderen. Zuerst konzentrierte sie sich am besten auf das Hier und Jetzt und danach dachte sie darüber nach, was genau passiert war.
Langsam krächzte sie: „Es geht mir gut."
Ihr Mund war ganz trocken und sie musste sich mehrfach räuspern.
Die zierlichere Frau lächelte erfreut: „Ich bin Serlina und das da drüben ist meine Schwester Marisia." Sie deutete auf die Frau mit den strohblonden Haaren, die nur kurz nickte.
Sie hatte sich inzwischen einige Schritte entfernt.
Francine musterte die Kleidung der Frauen, ehe sie mit gerunzelter Stirn fragte: „Ist hier ein Kostümfest?"
Die Frau, die bei ihr kniete, sah sie erstaunt an. „Ein Kostümfest? Meint Ihr einen Maskenball? Wie kommt Ihr darauf? Wir tragen weder Kleider noch Masken." Die Frau sah sie skeptisch an.
„Wo kommt Ihr her? Wieso liegt Ihr auf dieser Lichtung im Wald und was sind das für merkwürdige Sachen, die Ihr am Leib tragt?"
Die beiden Blondinen trugen jeweils eine Tunika mit verschiedenen Mustern.

Diese reichten bis über die Hüfte. Darunter hatten sie kurze Leinenhosen – vermutete zumindest Francine, sie hatte für Stoffe, abgesehen von Jeans, kein Auge.

Definitiv handelte es sich um Sachen, die sie so nicht kannte.

Oder vielleicht schon, aus Filmen oder dem Theater? Gehörten diese Frauen vielleicht zu einer Theatergruppe? Fand hier ein Mittelalterschauspiel oder etwas Ähnliches statt? Wieso war ihre Frage über das Kostümfest so seltsam? Was war hier bloß los?

„Serlina, verwirre sie doch nicht mit all den Fragen.

Gelano und Robinio sind gleich zurück, dann müssen wir weiter."

An Francine gewandt sagte Marisia: „Könnt Ihr laufen, wir gehen weiter und ich schlage vor, Ihr kommt erst mal mit uns, da Ihr anscheinend nicht genau wisst, was Ihr tun sollt?

Hierbleiben können wir nicht, aber es liegt bei Euch, ob Ihr mit uns mitkommt, oder ob Ihr alleine hierbleibt."

Serlina warf ihrer Schwester einen warnenden Blick zu und sah dann Francine freundlich an. „Kommt, ich helfe Euch beim Aufstehen."

Es klappte ganz gut. Als Francine stand, fühlte sie sich sofort besser, sicherer. Um sie herum waren überall Bäume.

Die Bäume sahen allerdings nicht ganz so aus, wie Francine es von Bäumen kannte. Sie waren hoch gewachsen mit breiten Stämmen. Aus einigen Stämmen flossen kleine Wasserbäche? Blinzelnd blickte sie die Bäume um sich herum an. Tatsächlich, wie war das möglich?

Hatte sie sich den Kopf gestoßen, als sie wegen des Blitzes stürzte?

Wo war sie bloß? Und wie war sie hierhergekommen?

Träumte sie etwa?

Die Stämme dieser Bäume schimmerten blau, das Blätterdach war grün.
„Kommt da Wasser aus den Bäumen?" Sie runzelte die Stirn.
Serlina blickte sie verständnislos an.
„Bäume? Ihr meint die Lauraden? Bäume wachsen weiter dahinter. An Lichtungen und Waldrändern findet man meist die Lauraden."
Serlina erklärte es, blickte dabei aber mit Adleraugen Francine an. Sie wechselte mit ihrer Schwester einen Blick.
„Erinnert Ihr Euch nicht an Lauraden?"
Francine war nicht klar gewesen, laut gesprochen zu haben. Sie spürte instinktiv, dass sie erst mal lügen musste, bis sie genau wusste, mit wem oder was sie es jetzt zu tun hatte, denn das wusste sie ganz und gar nicht. Sie fasste sich an den Kopf. „Mir ist ganz seltsam im Kopf, ich erinnere mich an sehr wenig. Ich denke, ich habe mir den Kopf gestoßen."
Das schien zumindest Serlina zu beruhigen.
„Dann kommt Ihr mit uns?"
Francine dachte nach. „Wohin?"
Serlina sah kurz zu Marisia, diese nickte.
„Wir sind unterwegs zu den Höhen des grünen Mondes."
Abwartend blickte Serlina ihr ins Gesicht. Francine musste träumen. Sie verstand nicht, was hier vor sich ging. Was sollte sie sagen? Was waren die Höhen des grünen Mondes? War das ein Scherz? Aber die beiden wirkten gar nicht so, als würden sie Witze machen.
Was waren die Optionen? Alleine hier im Wald bleiben, wo sie noch nicht mal wusste, wo sie war und was hier vor sich ging? Nein. Also nickte sie, ihr blieb fast nichts anderes übrig, als mit den beiden mitzugehen.
„Ich komme mit." Sie konnte nicht klar denken und nur das Wichtigste im Kopf durchgehen. Fremde Umgebung, fremde Menschen.

Als sie bewusstlos gewesen war, hatten sie ihr nichts getan, also ging sie davon aus, dass das so bleiben würde. Folglich war es die bessere Option, mit ihnen mitzugehen, als alleine zurückzubleiben. Hoffte Francine.
Es näherten sich weitere Stimmen.
Zwei Männer betraten wenig später die Lichtung und flüsterten laut: „Lasst uns weitergehen. Es gibt hier in der Nähe zu viele aus der Garde, die nach uns suchen."
Die beiden Männer mussten Francine ebenfalls schon gesehen haben, als sie noch bewusstlos gewesen war, denn sie schienen überhaupt nicht überrascht von ihrem Anblick.
Ihre Vermutung bestätigte sich, als der kleinere von beiden fragte: „Seid Ihr endlich aufgewacht, Rotschopf?" Gelano musterte sie genau. „Was habt Ihr bloß für seltsame Kleidung am Leib?"
Francine wusste nicht, was sie sagen sollte, sie zog nur die Augenbrauen zusammen, als müsste sie selbst darüber nachdenken. „Verdammt." Er sah die anderen an. „Ist der Rotschopf etwa irre?"
„Nein, das bin ich nicht. Ich erinnere mich nur nicht daran, was passiert ist oder wo ich herkomme." Sie sah ihn böse an. Was fiel ihm ein, sie nur wegen ihrer Kleidung als irre zu bezeichnen? Der Mann lachte. „So ist das, na, Eure Stimme habt Ihr zumindest gefunden." Er musterte sie von oben bis unten. „Also scheiße noch mal, Ihr wollt uns wirklich weismachen, Ihr erinnert Euch an nichts? Das kauf ich Euch nicht ab." An die anderen gewandt brummte er: „Sieht sie nicht verdächtig aus?"
Eine der Blondinen legte ihm die Hand auf die Schulter. „Lass gut sein, Gelano. Sie kommt erst mal mit uns und wir klären das schon."
„Ach ja?" Wieder musterte er sie. Eindeutig misstrauisch.
Der größere Mann, Robinio, blickte sich um. „Still jetzt. Wir müssen weiter. Hier sind wir kaum geschützt."

Francine schloss sich an und beobachtete die erste Zeit einfach ihre Umgebung, die ihr sehr merkwürdig erschien. Sie war noch etwas wackelig auf den Beinen, doch je länger sie diese benutzte, desto besser fühlte sie sich.
Ihre vier Begleiter waren äußerst darauf bedacht, im Moment nicht zu sprechen und leise und zügig voranzukommen. Sie träumte definitiv nicht, es war alles viel zu real, um zu träumen.
Bei längerem Betrachten der anderen bemerkte sie, dass alle vier aussahen, als wären sie auf einen Kampf eingestellt. Serlina trug ein großes Messer an einer Gürteltasche. Oder war es ein kleines Schwert? Mit solchen Dingen kannte Francine sich nicht aus, woher auch? Der Griff war kupferfarben und mit einem großen Rubin besetzt – zumindest sah der rote Stein aus wie ein Rubin.
Um den roten Stein herum waren Diamanten nur so groß, dass man sie gerade noch sehen konnte.
Es wirkte sehr wertvoll. Die Gürteltasche war um die Tunika geschnürt und sah aus, als wäre sie aus Leder.
Am Gurt hing auch eine Feldflasche.
Marisia trug auf dem Rücken einen Bogen und einen Köcher mit Pfeilen.
Die beiden Männer trugen ebenfalls Waffen auf dem Rücken. Der größere ein langes Schwert, der andere, Gelano, eine Axt. Leinenhemden aus grobem Stoff verhüllten ihre zweifellos muskulösen Oberkörper.
Beide Männer waren groß, doch der, der sie Rotschopf genannt hatte – Gelano, wie sie aufgeschnappt hatte – war etwas schmaler gebaut und kleiner, wenn auch nur ein wenig.
Auf der Lichtung vorhin war es durch die Sonne sehr hell gewesen, doch jetzt, da sie mitten durch den Wald gingen, schloss das Dach der Bäume die Sonne fast vollständig aus.

Die Luft war feucht und bereits nach kurzer Zeit liefen Francine Schweißperlen über die Haut. Es fühlte sich an, als würde sie durch das Schmetterlingshaus der Insel Mainau spazieren. Es dampfte. So stellte sie sich den Regenwald vor.
Da fiel ihr auf, dass sie bisher nicht ein Insekt gesehen hatte. Merkwürdig. Oder nicht? In so tropischen Gefilden erwartete man einfach Insekten. Vor allem Stechmücken. Wie in Trance lief sie mit den anderen mit und sammelte ihre Gedanken.
Ihr entging nicht, wie oft Gelano und Robinio zu ihr sahen. Sie behielten sie im Auge.
Weil sie eine Fremde war? Vermutlich.
Es faszinierte sie, wie die Lauraden aussahen. Sehr breite Stämme in hellem Braunton, leicht blau schimmernd. Nicht aus allen lief Wasser, nur aus wenigen. Wieso kam da Wasser raus? Hatte der Baum einen Speicher in seinem Stamm? Die Laurade musste einen Durchmesser von fünf Metern haben, verrückt. Und die Wurzeln waren überall am Waldboden zu sehen.
Der restliche Waldboden bestand aus buschigen, braunen und gelblichen Gräsern.
Nachdem sie an den Lauraden vorbei waren, sah der Wald so aus, wie Francine es gewohnt war. Der Boden war von Moos oder Gräsern besiedelt.
Die Bäume erschienen ihr größer, so als wäre sie in einem anderen Land. Aber dennoch gewöhnliche Bäume.
Wo war sie? War das alles ein Streich ihres Gehirns aufgrund des Blitzes? Aber das glaubte Francine nicht, es fühlte sich zu real an. Die Frage, die sie beantworten musste, war, wo sie hier gelandet war und wie das möglich war.
„Hier, trinkt etwas, Ihr müsst durstig sein." Der große Mann gesellte sich neben sie und bot ihr seinen

Wasserbeutel an. Komisch, solche Beutel kannte sie nur aus Filmen. Dankbar nahm sie den Beutel an und hoffte, nicht zu leichtsinnig völlig Fremden zu vertrauen.
Obwohl das Wasser fast warm war, empfand Francine es als Genuss, als es ihre trockene Kehle hinablief. Sie lächelte den Mann an. „Vielen Dank."
Er nickte nur. Er trug sein blondes Haar auf Länge seiner Schultern. „Ich bin Robinio, wie ist Euer Name?"
Kurz zögerte sie. „Ich bin Francine."
„Und wo kommt Ihr her, Francine? Was treibt Euch in diese Gegend?" Er sprach in ruhigem Ton und schien darauf bedacht, seine Frage beiläufig zu stellen. Da sie selbst gerne mehr Informationen über ihre Begleiter hätte, würde sie ein paar seiner Fragen beantworten und selbst hoffentlich ebenfalls Antworten bekommen.
„Ich bin nicht mehr sicher, da war ein Blitz." Sie brach ab, als all ihre Begleiter stehen blieben und sie anstarrten.
Gelano sagte: „Was? Verfickte Scheiße, wo war ein Blitz?"
Francine winkte schnell ab. „Nur in dem Traum, ich erinnere mich an sonst nichts."
Marisia warf ihr einen skeptischen Blick zu und auch Serlina runzelte kurz die Stirn.
Die Reaktionen der anderen waren so heftig, dass Francine besorgt schwieg.
Was war an einem Blitz denn so dramatisch? Sie konnte sich die heftige Reaktion der anderen wirklich nicht erklären. Was ging hier vor sich?
Warum sahen die anderen dabei aus, als hätte sie gesagt, sie wäre aus der Hölle emporgestiegen?
Jetzt warf sie Robinio einen langen Blick zu: „Wohin seid ihr unterwegs?"
Sie sah die anderen an. Sie wirkten so zielstrebig.
Robinio runzelte die Stirn. „Wir suchen jemanden."

Francine zupfte an ihrer Unterlippe. Jemanden suchen. Was waren diese vier hier?
„Ihr sucht jemanden. Jemanden, der vermisst wird? Oder etwas verbrochen hat?"
Robinio lächelte. „Ja, jemanden, der vermisst wird."
Francine wusste nicht, was sie dazu sagen sollte. „Ich halte euch sicher auf bei der Suche."
Gelano schnaubte.
„Außer, Ihr erzählt mir mehr, dann könnte ich Euch eine Hilfe sein."
Robinio lächelte. „Das könntet Ihr vielleicht. Woher kommt Ihr? In dieser Gegend treibt sich eigentlich kaum einer herum, der nicht zur Garde gehört. Wie kommt es, dass Ihr hier seid?"
„Ich wünschte, ich wüsste es. Offensichtlich habe ich einen Schlag auf den Kopf bekommen, ich bin hier aufgewacht, aber ich weiß weder wie ich hierher kam noch was ich hier wollte oder woher ich komme."
„Aber an Euren Namen könnt Ihr Euch erinnern, an sonst nichts?" Der skeptische Ton entging Francine nicht.
Sie nickte. Sie wusste selbst, wie seltsam das klang. Doch was sollte sie sonst sagen?
Dass sie glaubte, hier in einer anderen Welt oder in einer anderen Zeit gelandet zu sein? Wer wusste schon, ob man sie vor Gericht stellen würde.
Vielleicht gab es hier Verbrennungen wie früher im Mittelalter – und sie hatte auch noch rote Haare! Nein, so lange sie nichts Genaues über ihren derzeitigen Aufenthaltsort wusste, konnte sie niemandem etwas erzählen.
Was wollte sie auch verraten?
Nicht mal sie wusste, wie das möglich war, was passiert war. Ohne die vier genauer zu kennen und zu wissen, was hier vorging, konnte sie nicht riskieren, etwas preis zu geben.

Gelano sah sie von oben bis unten an. „Ach, ist das so? Verdammt will ich sein, wenn das die Wahrheit ist."
Francine schob ihr Kinn vor. „Was wollt Ihr damit sagen?"
Die veraltete, höfliche Anredeform war ihr nicht entgangen. Automatisch ahmte sie diese nach, auch, um nicht noch auffälliger als ohnehin schon auf die vier Fremden zu wirken.
Er schnaubte. „Das liegt doch auf der Hand. Ihr lügt. Nur wissen wir noch nicht, wieso. Also, warum solltet Ihr uns anlügen?"
Robinio hob seine Hand und bedeutete Gelano, still zu sein. Dieser zog seine Brauen zusammen, stapfte aber weiter.
Robinio schüttelte den Kopf: „Ich weiß nicht, woher Ihr kommt, Mädchen, oder warum Ihr hier seid." Er lächelte, unterbrach sie aber, als sie etwas erwidern wollte.
„Es ist nicht wichtig. Nichts geschieht ohne Grund, das lehrt uns das Leben immer wieder. Wir sind Euch begegnet, also wird es seinen Anlass geben. Unser Schicksal führt uns dorthin, wo wir sein sollen. Wir treffen die Menschen, die wir treffen sollen. Die Gründe dafür erfahren wir oft später. Also werden wir abwarten, warum wir Euch begegnet sind und Ihr uns."
Francine lächelte. Sie glaubte nicht an Schicksal.
„Ihr glaubt das wirklich?"
Robinio sah sie von der Seite an, lief neben ihr her.
„Ja, das tue ich."
Unter ihren Turnschuhen fühlte sich der Waldboden herrlich weich an. Mit ihrem T-Shirt wischte sie sich immer wieder über ihr Gesicht, um den Schweiß loszuwerden.
Er sah sie durchdringend an. „Ihr glaubt nicht an Schicksal?" „Nein."
„Dann lassen wir uns überraschen, ob sich Eure Meinung dazu nicht noch ändern wird."

Francine lächelte nur.
Im Wald dampfte es fast, so schwül war es inzwischen. Während sie weiterliefen, beobachtete Francine ihre Umgebung eingehend.
Die Bäume wuchsen hier dicht beieinander und der Weg, den sie sich durch den Wald suchten, war schmal. Sie liefen hintereinander, weil es nicht anders möglich war. Francine hörte, wie Robinio zu Gelano sagte, dass sie bald aus den Wasserwäldern raus wären. Anscheinend waren sie jetzt an einer Grenze. Francine vermutete, dass der Name von den Lauraden stammte, die Wasser abgaben.
Robinio lief inzwischen als Letzter hinter ihr. Serlina und Gelano waren bereits nicht mehr in Sicht und Marisia nur gerade so.
Um sie herum zwitscherten Vögel, immerhin ein bekanntes Geräusch. Es klang so, wie Francine es sich in einem Dschungel vorstellte, aber sie waren nur in einem Wald.
Es gab keine Lianen oder Insekten.
Zumindest hatte sie keine bemerkt. Immer häufiger sah sie kleine Gebüsche am Waldboden oder Geäst, über das sie fast stolperte. Was sollte sie nur davon halten? Ständig ging sie in Gedanken durch, was geschehen war, doch sie konnte sich keinen Reim darauf machen, wie sie hierher gekommen war.
Francine ging schnell und konzentriert, um die Gruppe nicht aufzuhalten. Jegliches Zeitgefühl schien verloren. Sie setzte einfach einen Fuß vor den anderen und weiter und immer weiter. Ihr Kopf pochte leicht und es fiel ihr schwer, mit den anderen Schritt zu halten. Unter dem dichten Blätterdach konnte sie auch nicht ausmachen, wo die Sonne stand und wie spät es war. Sie fühlte sich verloren.
Bisher hatte Francine sich eingebildet, sportlich zu sein. Sie ging gerne und so oft sie konnte wandern, meist

joggte sie ein- bis zweimal die Woche eine Stunde. Und doch spürte sie jetzt deutlich ihre Beine. Schwer und müde waren sie geworden.
Sie stießen auf einen kleinen Bereich im Wald, der mit weniger Bäumen besiedelt war.
Eine Lichtung.
Dort sah sie Serlina und Marisia, die auf einem Baumstamm saßen. Sie dachte an Arwen oder Tauril. Ja, es könnten zwei Elbenfrauen sein, so wie sie aussahen. Da sich Gelano dazugesellte, machten sie wohl eine Pause.
Endlich! Francine brauchte diese Verschnaufpause so dringend. Ihr Kopf schien wirr und durcheinander. Sie musste ihre Gedanken ordnen, sonst würde sie noch verrückt werden.
Der Baumstamm, der dort lag, war lang und breit.
Robinio sah Serlina und Marisia fragend an. Serlina hob den Kopf und sprach schnell und deutlich:
„Morgen müssten wir auf den grünen Kalno treffen. Seine Überquerung wird anstrengend."
Robinio nickte kurz zustimmend.
Francine runzelte die Stirn, ehe sie fragte: „Was ist das? Der grüne Kalno?"
Gelano sah sie mit zusammengekniffenen Augen an.
Robinio antwortete ihr: „Es ist ein Fluss. Er hat seinen Ursprung in GranKalno und fließt wie eine Grenze zwischen hier und den Höhen des grünen Mondes. Wir müssen den Fluss durchqueren, um an unser Ziel zu gelangen."
Francine nickte nur. Ein Fluss also.
„Dann werden wir hier schlafen", sagte Robinio.
Francine sah sich um und fragte sich, ob es hier Bären, Löwen oder ähnliche Raubtiere gab. Darüber wollte sie lieber nicht genauer nachdenken.

Aber dann dachte sie an die Waffen der anderen. Vielleicht verfeindete Königreiche oder Städte oder was auch immer es hier gab.
Es musste gefährlich sein, denn ihre Begleiter waren stets wachsam und sicher nicht grundlos bewaffnet.
Vorhin war das Wort Garde gefallen. Also waren Soldaten auch gefährlich und offensichtlich unterwegs.
Das Wort Fluss ließ ihr kalten Schweiß ausbrechen. Wie sollte sie das nur schaffen? Ehe sie darüber weitergrübeln konnte, knurrte ihr Magen laut.
Die anderen mussten doch auch hungrig sein, aber sie konnte nicht erkennen, dass jemand Proviant bei sich gehabt hätte.
Als würde Robinio ihre Gedanken lesen, sagte er zu Marisia: „Kommt Ihr mit, unser Abendessen besorgen?"
Anstelle einer Antwort stand sie gemächlich auf und nahm ihren Bogen.
Francine beobachtete Serlina, die am Boden einen Kreis frei räumte, der aussah, als würde es eine Feuerstelle werden. „Macht Ihr ein Feuer?"
Serlina blickte Francine ausdruckslos an und schüttelte den Kopf.
„Niemals machen wir Feuer." Ihr flüsternder ernster Tonfall war beunruhigend.
Francine zog eine Augenbraue hoch.
„Und warum nicht?"
„Weil es sie anlockt. Und wir haben schließlich die Livos, wir müssen es nicht riskieren, ein Feuer zu machen."
Anlockt? Francine wunderte sich. Tiere hielten sich doch eigentlich von Feuer fern oder sprach sie von anderen Menschen? Das war logisch, durch das Licht oder auch den Rauch des Feuers könnten andere vorbeiziehende Truppen auf sie aufmerksam werden.
„Francine, erinnert Ihr Euch nicht an solche Dinge?" Serlina sah sie besorgt an.

Es tat Francine leid zu lügen, aber sie wollte im Moment lieber alles für sich behalten. Bedauernd schüttelte sie den Kopf. Gelano saß nur schweigend dabei, anscheinend war er kein Mann der vielen Worte. Wobei ihre Begleiter generell nicht sehr gesprächig zu sein schienen.

„Serlina, wen sucht Ihr?" Die Frau lächelte sie an. „Verratet mir, woher Ihr kommt, dann erzähle ich Euch, wen wir suchen."

Francine blinzelte kurz, bevor sie mit fester Stimme antwortete: „Wenn ich das wüsste."

Serlina kniff kurz die Augen zusammen. „Wir suchen den weißen Diamanten."

Serlina beobachtete genau Francines Reaktion auf das von ihr Gesagte.

Gelano stand auf und sagte scharf: „Serlina! Werdet Ihr wohl Euer loses Mundwerk zügeln! Das ist doch nicht zu fassen, verdammt noch mal!"

Serlina rollte kurz mit den Augen, bevor sie locker sagte: „Gelano, regt Euch nicht auf. Schließlich begleitet sie uns, da sollte sie wissen, auf was sie sich mit uns einlässt. Immerhin birgt es ein gewisses Risiko, mit uns zu gehen."

„Was, wenn sie von ihm geschickt wurde?" Gelano musterte Francine genau.

Sein Misstrauen konnte sie ihm nicht mal verdenken, schließlich traute sie ihnen auch nicht. „Mädchen, es wird Zeit, uns etwas über Euch zu erzählen, bevor wir weiterziehen."

Es gefiel Francine nicht, welch anklagender Ton in seiner Stimme lag.

„Ich habe bereits gesagt, was es zu sagen gab. Ich habe keine Ahnung, was Ihr noch hören wollt." Ihre Hände waren zu Fäusten geballt und ihre Augenbrauen zusammengezogen.

Gelano lächelte kurz: „Hat der König Euch geschickt?"

Interessant, also gab es hier mittelalterliche Strukturen. Sie verschränkte die Arme vor der Brust und blickte Gelano kopfschüttelnd an. Bevor Serlina etwas dazu sagen konnte, fragte Gelano: „Woher wollt Ihr das wissen? Ich dachte, Ihr könnt Euch nicht erinnern, Rotschopf. Verdammt, ich lasse mich nicht verarschen." Er nahm seine Axt in die Hände. „Vielleicht sollten wir Euch erst mal richtig verhören, das hilft dem Gedächtnis doch sicher auf die Sprünge."
Seine Drohung ließ Francine erschaudern. Sprach er von Folter? Das sah aber übel aus. Serlina schnalzte mit der Zunge. „Hört auf, Ihr Angst zu machen! Gelano, was ist nur in Euch gefahren?"
Gelano grinste, packte aber seine Axt wieder hinter den Rücken. „Ich lote nur die Möglichkeiten aus."
Francine schluckte. Das war ein unschönes Gefühl, sie war diesen Menschen hier völlig ausgeliefert. Was, wenn Serlina mal gerade nicht da war, würde Gelano ernst machen oder drohte er nur? Francine atmete tief durch.
„Richtig, ich weiß nicht, wie ich hierherkam, aber wie könnte ich von jemandem geschickt worden sein mit einem Auftrag, wenn ich mich an nichts erinnere?" Francine sah Gelano in die Augen und wartete auf seine Reaktion.
„Nun, vielleicht war es keine Absicht. Eure Erinnerung könnte versehentlich verloren gegangen sein. Oder Ihr spielt uns etwas vor."
Francine fuhr mit Daumen und Zeigefinger ihre Unterlippe nach. Gelano lag schon richtig, wenn sie sich nicht erinnern würde, dann könnte sie nicht mit Sicherheit sagen, ob sie vom König beauftragt worden war. Was sollte sie dazu sagen?
„Ich schätze, nichts, was ich dazu sagen würde, könnte Euch eine hilfreiche Antwort liefern."
Gelano sah sie lange an, sein Gesicht war wie in Stein gemeißelt und schwer zu deuten.

„Wir belassen es vorerst dabei." Gelano ging entlang der Bäume um sie herum und sammelte etwas vom Waldboden auf.
„Was macht er da?" Serlina sah kurz zu Gelano.
„Er sammelt Livos." Auf Francines verwunderten Blick hin führte Serlina weiter aus: „Livos ersetzen für uns Feuer. Es sind im Grunde Steine, die leuchten, wenn sie sich berühren. Wenn ein paar von ihnen beieinander liegen, dann leuchten sie nicht nur, sondern sie erzeugen Hitze, so heiß wie Feuer." Fasziniert stand Francine auf. „Kann ich Euch dabei helfen?"
„Gerne, kommt, ich zeige Euch, woran Ihr die Livos erkennt."
„Meistens findet Ihr sie an den Bäumen, wenn Moos um sie herum wächst. Im Gegensatz zu gewöhnlichen Steinen sind sie weiß und nicht grau."
Francine erkannte schnell, welche der Steine Livos waren. Sie bewegte sich immer weiter weg und strich abwesend über einen Baumstamm. Ganz normal fühlte sich die Rinde an, so als wäre sie daheim. Doch das war sie nicht. Neben ihrer Hand bewegte sich etwas am Baum und sie zog diese schnell zurück.
Ein kleines flauschiges Tier, ähnlich einer Maus, war dort getarnt und erst jetzt, als es sich bewegte, war es zu erkennen. Es saß wie ein Hamster auf den Hinterbeinen und putzte mit den Vorderbeinen sein Gesicht, als wäre es gerade aus dem Schlaf erwacht.
Es musste etwas an den Pfoten haben, um nicht vom Baum zu rutschen.
Fasziniert beobachtete Francine das kleine Tier. Plötzlich bemerkte sie noch ein sich bewegendes Objekt am Baum. Sie blickte sich um, überall an den Bäumen waren Bewegungen zu sehen. Serlinas Stimme ließ Francine zusammenzucken: „Seid auf der Hut, Francine. Flaures sind zwar im Grunde harmlos, doch sie ernähren

sich auch von Blut, und wenn sie sehr hungrig sind, dann beißen sie auch gerne mal zu."
Wie um das zu bestätigen, entblößte das kleine Fellknäuel vor ihnen scharfe Eckzähne. „Es hat ja Flügel." Francine war verblüfft. Die Flügel wurden gestreckt und gedehnt. Eigentlich könnte es eine Fledermaus sein, aber es sah zu flauschig aus. Selbst die Flügel waren nicht glatt, sondern mit Fell überzogen.
„Ja, sie fliegen in der Nacht und machen Jagd auf die Wildtiere. Sie saugen ihnen Blut ab." Serlina musterte Francine kurz. „Ihr scheint nicht von hier zu kommen."
Es war keine Frage und Francine sagte nichts dazu. Sie könnte es abstreiten, aber wenn sie sich nicht erinnern würde, dann wüsste sie ja gar nicht, woher sie kam. So schwieg sie und machte sich daran, weitere Steine zu sammeln.
Sie sammelte fast zwanzig davon auf, ehe sie zurück zu Serlina und Gelano ging, die bereits auf den Baumstämmen saßen. Es dauerte nicht lange und sie hatten alle Steine auf einen Haufen gelegt.
Francine hatte gar nicht bemerkt, wie dunkel es bereits geworden war, aber als das Leuchten der Steine sich von der Umgebung abhob, fiel es ihr auf.
„Das ist unglaublich." Diese Steine leuchteten und Francine konnte die Hitze spüren, die von ihnen ausging, wenn sie die Hand über die Steine hob. Obwohl es während des ganzen Marsches hierher brütend heiß gewesen war, setzte schlagartig ein kühler Wind ein.
Serlina lächelte, die Faszination von Francine amüsierte sie.
Alle blieben dicht bei den Steinen, die Wärme abgaben.
Gelano und Serlina sahen schweigend auf das Licht der Steine. Francine hatte so viele Fragen, doch sie wusste, dass jetzt der falsche Zeitpunkt dafür war.

Aber es gab sicher auch Gespräche, die nicht so heikel waren, so blickte sie Serlina und Gelano an und bemerkte: „Ihr seht Marisia wirklich sehr ähnlich."
Serlina lächelte im Schein der Livos. Ihre Haut war hell und ihre Gesichtszüge waren weich.
„Das stimmt, sie ist meine einzige Schwester. Was ist mit Euch, Francine, erinnert Ihr Euch an Eure Familie? Habt Ihr Geschwister?"
Francine wusste nicht, wie weit sie gehen konnte. Sie schüttelte den Kopf. „Nicht dass ich wüsste." Gelano sagte zwar nichts, starrte sie aber an.
„Mit Sicherheit kann ich es natürlich nicht sagen. Wie kommt es, dass ihr vier zusammen unterwegs seid?"
Serlina sah lange auf die Steine ehe sie antwortete: „Wir haben das gleiche Ziel."
Gelano blickte Francine finster an. „Ihr stellt viele Fragen."
„Eigentlich nicht, ich versuche nur, mir ein Bild zu machen, würdet Ihr das nicht an meiner Stelle, Gelano?"
Er sah sie nur schweigend an. Francine wusste nicht, ob sie sich vor ihm fürchten sollte, er hatte ihr gedroht und zeigte unverhohlen sein Misstrauen ihr gegenüber.
Francine ließ sich nicht entmutigen. Sie fragte weiter: „Warum macht ihr kein Feuer? Wen lockt es an?"
Diesmal wurden sie unterbrochen bevor einer der beiden eine Antwort gab.
Marisia und Robinio kamen mit toten Vögeln zurück. Diese sahen aus wie Hähnchen oder was Ähnliches, es war Francine auch egal, sie war fürchterlich hungrig und hätte fast alles angenommen. Außerdem gab es ein paar Früchte.
Francine war entzückt, als sie die Beeren probierte. Sie waren unglaublich saftig und stillten ihren Durst mehr, als es das Wasser vermochte.
Robinio unterhielt sich während dem Essen leise mit Serlina, sie hatten sich etwas abseits hingesetzt.

Francine sah zu, wie die hühnerartigen Vögel über den Livos gegrillt wurden und musste zugeben, das Fleisch schmeckte wie Hühnchen, hätte also schlimmer sein können. Vieles hier war ähnlich, die Bäume, der Waldboden – auch die Bezeichnungen dafür.
Aber dennoch war sie definitiv nicht – ja, wo nicht?
Nicht in der Vergangenheit?
Das war die erste Idee gewesen, aber dazu passten die Wasserbäume nicht und die Livos ebenso wenig. Auch die Tierwelt schien anders zu sein. Diese kleinen flauschigen Tiere gab es gar nicht, die sich von Blut ernährten. Oder? Wie gut kannte sie sich schon aus mit der Tier- und Pflanzenwelt des Planeten Erde? Gut genug, um zu wissen, welche Arten es definitiv nicht gab? Nein. Vielleicht gab es solche Tiere auf einem anderen Kontinent? Dennoch glaubte sie nicht, in der Vergangenheit zu sein.
Immer wieder dachte sie an den Moment zurück, als sie in dieser Welt gelandet war.
Was hatte das ausgelöst?
Sie war vorher noch nie von einem Blitz getroffen worden, konnte er die Ursache sein?
Mit Physik kannte sie sich nicht aus, doch sie sah sich gerne wissenschaftliche Sendungen im Fernsehen an. Dort wäre doch erwähnt worden, wenn Blitze einen in eine andere Welt oder Dimension – oder wo auch immer sie jetzt war – hin befördern könnten.
Andererseits gab es doch immer wieder Menschen, die spurlos verschwanden, wer wusste schon, ob nicht genauso wie sie jetzt? Was, wenn sie hier gestrandet war und nie wieder zurück in ihre Welt konnte? Sie schluckte. Hoffentlich war dem nicht so.
Im Moment konnte sie nichts ausschließen. So lange sie nicht wusste, wo sie war und wie sie hierhergekommen war, musste sie sich so gut wie möglich den Gegebenheiten anpassen. Francine wusste mit

absoluter Sicherheit, dass all das hier real war. Mit sich selbst war sie zu ehrlich, um sich etwas vorzumachen.
Auch wenn ihr Verstand bisher nicht nachvollziehen und verstehen konnte, wie das möglich war, so war sie sich doch der Tatsache bewusst, dass diese Reise hierher passiert war. Auch war sie sich sicher, dass der Blitz oder das gesamte Gewitter damit zusammenhingen. Ebenfalls interessant war doch, dass die anderen vier bei dem Wort Blitz so in Aufruhr geraten waren. Ja, da gab es etwas und sie würde herausfinden, was das war – denn nur so konnte sie zurück. Sie musste so viele Informationen sammeln wie möglich, um sich ein Bild von allem hier machen zu können.
Wenn sie ehrlich war, dann gab es einen Teil in ihr, der jubelte. Es war, als wäre ihre Ahnung wahr geworden. Beim letzten Gewitter auf der Couch war so ein Gefühl in ihr hochgestiegen, als würde etwas Großes passieren.
War das nicht der Fall? Es war etwas Großes passiert. Sie war hier. Sie würde das als Abenteuer sehen, als einmalige Gelegenheit. Wer bekam schon so eine Chance?
Sie blickte wieder um sich. Robinio war nicht nur mit den Vögeln, sondern mit frischem Wasser zurückgekommen. Francine wusste nicht, woher der extra Beutel kam, den er ihr in die Hand gedrückt hatte, aber sie war dankbar dafür, jetzt ihren eigenen zu haben.
Wenn es morgen genauso heiß wurde, wie es heute gewesen war, dann brauchte sie das ganze Wasser.
Francine beobachtete die anderen während dem Essen. Sie schienen alle sehr vertraut miteinander zu sein, so als kannten sie sich bereits lange. Ihr ging nicht aus dem Kopf, was Gelano gesagt hatte. Der Vorwurf, sie wäre vom König geschickt worden.
Was hatte das zu bedeuten? Sie alle handelten also gegen ihren König? Immerhin verriet es ihr, dass es hier

tatsächlich mittelalterliche Strukturen gab, wenn es einen König gab, der ganz offensichtlich das Oberhaupt war.
Und natürlich die Waffen, die sie trugen, die ebenfalls mittelalterlich wirkten. Die Frage war, ob diese Gruppe Verräter waren. Der König ließ sie offenbar suchen, aus berechtigten Gründen? Es schien naheliegend zu sein. Aber vielleicht gab es auch mehrere Könige?
Und was hieß das für Francine? War sie mit Verbrechern unterwegs?
Oder war der König ein Monster und diese Gruppe unternahm etwas gegen ihn?
Oder wurden sie zu Unrecht vom König gesucht? So vieles war möglich.
Serlina hatte von einem Diamanten gesprochen, den sie suchten. Das klang nicht sehr nobel, oder? Bestahlen sie den König? Dann wäre es nicht gut für Francine, weiter bei der Gruppe zu bleiben, wenn ihre Annahmen zutrafen.
Denn wenn die Männer des Königs sie nun erwischten, würde keiner fragen, was sie dabei machte, sie wäre mitschuldig. Andererseits kamen ihr diese Menschen nicht vor wie Verbrecher, aber das konnte auch täuschen.
Kannte sie es nicht aus Krimiserien? Die nettesten Nachbarn konnten die schlimmsten Psychopathen sein. Und wenn sie Gelano so anblickte, musste sie zugeben, diesem Mann so einiges zuzutrauen.
Francine bekam langsam schlimmere Kopfschmerzen.
Sie hasste es, so ahnungslos zu sein. Sie könnte noch mal nachfragen, doch würde sie wirklich eine ehrliche Antwort bekommen? Am besten blieb sie bei der Gruppe, um möglichst viel zu lernen und die anderen zu beobachten. Serlina war ihr auf Anhieb sympathisch, außerdem erklärte sie alles mit viel Geduld.
Gelano war derjenige, der am misstrauischsten ihr gegenüber war. Auch jetzt bemerkte sie, als sie sich

umsah, dass er schweigend aß und sie beobachtete. Und er versuchte gar nicht so zu tun, als würde er sie nicht beobachten. Sie musste aufpassen, es könnte gefährlich werden und sie konnte sich nicht mal verteidigen. Ob sie nach einer Waffe fragen sollte? Sie konnte zwar nicht mit einem Schwert umgehen, aber ein Messer oder irgendwas war besser als nichts.
Seit wie vielen Stunden kannte sie die vier hier? Nicht lange genug, um sich ein sicheres Urteil zu bilden, was für Menschen es waren. Andererseits lebten manche Menschen Jahre zusammen, um dann herauszufinden, dass der andere nicht der war, der er zu sein schien.
Marisia stand auf, lief umher und setzte sich schließlich nah zu Francine. Francine hatte gerade fertig gegessen und blickte in die grauen Augen ihrer Sitznachbarin.
„Wir gehen ein großes Risiko ein, indem wir Euch mitnehmen."
„Wirklich? Warum? Was bin ich für ein Risiko?"
Marisia nahm ihren Bogen vom Rücken und begann, mit einem Stein die spitzen Dolche zu beiden Seiten zu feilen. Interessant, der Bogen selbst war also eine Nahkampfwaffe.
„Nun, zuerst einmal wissen wir nichts über Euch. Und Ihr stellt eine Belastung, vielleicht sogar eine Bedrohung dar."
Francine runzelte die Stirn. „Weshalb lasst Ihr mich dann nicht zurück? Ihr seid mir nichts schuldig."
Marisia lächelte kurz. „Ist nicht meine Entscheidung."
Francine schluckte. Also war auch diese Frau hier gegen sie. Gut, verübeln konnte sie es ihr nicht. Sie mussten zusätzliche Nahrung besorgen und sich kümmern, fast schon wie um ein Kind, da Francine nichts kannte in dieser Welt. Verdammt, war das frustrierend.
„Lasst mich Euch helfen."
Marisia zog eine Braue nach oben. „Wie könntet Ihr uns helfen?"

Sie musterte sie von oben bis unten.
Francine stand auf und sprach lauter, sie alle sollten es hören.
„Ich weiß nicht viel, doch ihr könntet mir eine Waffe geben, ich könnte damit umgehen lernen. Sagt mir, was euer Ziel ist, lasst mich etwas tun. Ich möchte keine Belastung sein." Gelano grinste, offenbar sehr belustigt von ihrem Vorschlag.
„Jetzt wollt Ihr auch noch eine Waffe? Na allerliebst, damit Ihr uns im Schlaf töten könnt?"
Robinio trat näher und hob kurz die Hand, um Gelano zu signalisieren, nicht weiterzusprechen. Francine fragte sich, wer Robinio war, dass alle ihm gehorchten.
„Wir haben nicht die Zeit, Euch zu unterrichten. Jetzt nicht, vielleicht ergibt sich das noch. Ihr wollt eine Waffe?" Robinio zog ein Messer aus einer Schlaufe um sein Bein. „Ihr könnt das Messer haben."
Francine spürte sofort, wie Gelano sie finster ansah. Nein, das war nicht in seinem Sinn. Francine ergriff das Messer. „Danke."
Jetzt schien es eine gute Gelegenheit, weitere Fragen zu stellen.
„Was hat es mit diesem Diamanten auf sich? Ich dachte, ihr sucht nach jemandem, nicht nach einem Stein?"
Robinio setzte sich neben sie auf den Baumstamm. „Ihr scheint vieles nicht zu wissen, Francine. Wir suchen den Diamanten und wir suchen jemanden, der uns dabei hilft, ihn zu finden."
„Wieso? Was habt ihr davon, einen Diamanten zu finden?"
„Ich kann dir nur sagen, dass wir alles tun, um Vioruna zu retten."
„Was ist Vioruna?"
Jetzt mischte sich Gelano ein. „Vioruna ist unsere Heimat, unser Königreich."

„Wie könnte ein Diamant ein Königreich retten?"
Francine strich sich eine verirrte Strähne aus dem Gesicht.
Robinio seufzte. „Das werden wir noch sehen."
„Wo ist euer Königreich? Ist es weit von hier?"
„Vioruna liegt bereits ein ganzes Stück hinter uns. Wir bewegen uns hier in den Wasserwäldern in Richtung der Höhen des grünen Mondes. Aber auf der anderen Seite der Wasserwälder liegt es, Vioruna."
Francine dachte nur kurz nach ehe sie nachhakte: „Und ihr müsst euer Königreich verlassen?"
Gelano nickte. „Ja, zur Hölle, wir haben keine andere Wahl, anderenfalls ist Vioruna, wie wir es kennen, verloren."
„Was ist das, die Höhe des grünen Mondes?" Sogar im Dunkeln sah man Francines rotes Haar deutlich. Gelano sah ihr in die Augen und schien ergründen zu wollen, ob sie tatsächlich von nichts wusste. Robinio antwortete: „Eine Gegend. Vioruna ist umgeben von den Wasserwäldern.
Wir bewegen uns jetzt Richtung Osten, wo die Höhen des grünen Mondes liegen.
Wir werden morgen den Fluss überqueren, der ungefähr drei bis vier Stunden entfernt liegt. Danach dauert es nicht mehr lange und wir verlassen die Grenzen der Wasserwälder.
Dann müssen wir noch mehr auf der Hut sein. Die Ohren von König Run sind überall. Außerdem gibt es vieles, was uns gefährlich werden kann."
Francine nagte an ihrer Unterlippe. „Und was wäre das?"
Gelano spuckte auf den Boden. „Rotschopf, hofft, dass Ihr das lieber nicht erfahrt."
Francine blickte die anderen alle kurz an. „Habt ihr am Schloss gearbeitet? Mit dem König? Oder wie kommt ihr sonst dazu, das Königreich retten zu wollen?"
Marisia war diejenige, die auf ihre Frage reagierte.

„Wir gehören oder gehörten zur Garde des Königs."
Merkwürdig. Sehr merkwürdig. Sie alle schienen also doch Verrat zu begehen. Warum? Was tat der König, was diese vier scheinbar treuen Menschen zum Feind machten?
Francine nickte abwesend, froh darüber, wenigstens etwas erfahren zu haben und demnächst hoffentlich noch mehr Details zu hören.
Die Höhen des grünen Mondes, wie es dort wohl war? Woher der Name kam?
Es war bereits finster, nur die Livos leuchteten noch. Robinio blickte sich wachsam um.
„Wir sollten jetzt schlafen. Ein langer Tag steht uns bevor."
Was dann geschah, hätte Francine beim besten Willen nicht erahnen können. Robinio ging zu einem der Bäume und klopfte feste gegen den Stamm.
Der Baum knackte und dehnte sich. Nach einigen Minuten war er so breit, dass er wie eine kleine Hütte aussah. Es gab sogar eine Öffnung an der Stelle, an der Robinio geklopft hatte. Was war da gerade passiert?
Neugierig ging sie zu Robinio, um den Baum zu begutachten. Es hatte sich ein Hohlraum gebildet, der groß genug war, dass sie alle darin Platz fanden.
„Wie ist das möglich?" Francines Stimme klang atemlos und Robinio lächelte sie an.
„Woher kommt Ihr nur, rothaariges Mädchen, dass Euch alles hier in Staunen versetzt?"
Francine kniff die Augen zusammen, aber Robinio winkte ab und lachte. „Erinnert Ihr Euch an die Lauraden?" Francine dachte kurz nach: „Die Wasserbäume?"
„Ja, genau. Wenn eine Laurade sehr alt ist, dann hört sie irgendwann auf, Wasser abzugeben. Sie wird dann zu einem dieser Bäume, der durch ein kräftiges Klopfen eine Höhle bildet."

Er deutete auf den Baum vor ihnen.
„Das ist echt Wahnsinn. Bleibt der Baum jetzt so?"
Robinio nickte. „So lange keiner auf den Stamm klopft, dann ändert er sich wieder, entweder wird er kleiner oder sogar noch größer."
Robinio wunderte sich über die echte Freude und das Erstaunen auf Francines Gesicht. Wusste sie wirklich nicht, wer sie war? Es wirkte sehr echt, wie sie sich benahm.
Die anderen befanden sich bereits im Inneren des Baumes und suchten sich ein bequemes Plätzchen.
Francine sah sich den Boden an und bemerkte überall Moos.
Der Untergrund war vollständig überzogen damit. Sie setzte sich in eine Ecke und testete, wie sich der Boden unter ihr anfühlte. Sehr bequem – entschied sie.
Gelano war bereits eingeschlafen und Marisia und Serlina legten sich gerade hin. Robinio war der Letzte, er machte noch eine kurze Runde draußen und dann – man staune – klopfte er ganz sanft gegen den Rand der Öffnung und der Baum schloss sich fast vollständig.
Francine musste ein Schaudern unterdrücken. Irgendwie war es unheimlich zu wissen, dass der Baum jederzeit größer oder kleiner werden konnte. Zumindest die Breite des Baumstamms. Was, wenn jemand klopfte, während sie hier drin schliefen? Würden sie dann zerquetscht werden? Besser sie dachte nicht weiter darüber nach, immerhin war es eine noch schlechtere Option, völlig schutzlos im Dunkeln draußen zu schlafen.
Robinio kniete sich zu ihr, er schien ihre Gedanken lesen zu können und sprach leise: „Ihr könnt unbesorgt sein, einer von uns hält immer Wache. Keiner kann unbemerkt an unser Quartier klopfen und es verändern. Schlaft beruhigt."
Francine nickte kurz. Robinio wollte sich gerade erheben, als Francine etwas einfiel: „Robinio?"

„Ja?"
„Ihr seid trotz allem sehr nett, dafür möchte ich Euch danken. Ihr habt keinen Grund, mir zu vertrauen, das weiß ich, darum schätze ich Eure Freundlichkeit umso mehr."
Sein Lächeln entblößte gerade weiße Zähne.
„Gerne. Ich hoffe, Ihr bekommt Euer Gedächtnis bald zurück. Habt Ihr Kopfschmerzen?"
Gequält lächelte sie.
„Nicht schlimm, es geht."
„In Ordnung", schloss er mit einem Nicken, bevor er aufstand und die erste Wache übernahm.
Serlina kam zu ihr und legte sich nahe ihrem Schlafplatz hin.
Auch sie fragte noch mal, ob alles in Ordnung war mit ihr.
„Ja, danke. Kann ich Euch etwas fragen?" Francine flüsterte, weil sie die anderen nicht stören wollte.
Serlina strich sich ihr langes Haar zurück und nickte.
„Welche Gefahren gibt es hier, abgesehen von der Garde des Königs?"
„Es gibt verschiedene Gruppierungen, einige Menschen haben mit dem Königreich nichts zu tun, erkennen keinen König an oder haben ihre eigenen Herrscher. Landstreicher, die sich zusammengeschlossen haben oder auch verschiedene Wildtiere." Serlina schauderte, als sie an ein spezielles dachte. „Ihr solltet jetzt schlafen, Francine, es wird morgen ein anstrengender Tag. Die Überquerung des Flusses wird nicht einfach."
Francines Augen weiteten sich. Der Fluss.
„Ist etwas? Geht es Euch nicht gut, Francine?" Sie schüttelte den Kopf. Was sollte sie sagen, wenn sie den Fluss überqueren mussten, konnte sie entweder mit oder zurück bleiben.
„Ich bin keine gute Schwimmerin."

„Macht Euch keine Sorgen, wir werden den Fluss alle gemeinsam überwinden."
Serlina musterte Francine, als diese sich mit einem Kopfnicken hinlegte. Sie war eine wunderschöne Frau und mit den roten Haaren fiel sie sehr auf. Es war eine sehr seltene Haarfarbe. Der König würde sicher niemanden hinter ihnen herschicken, der so auffallend aussah. Nein, das erschien ihr nicht logisch. Außerdem mochte sie die junge Frau und sie konnte Menschen gut einschätzen. Sie glaubte zwar nicht, dass Francine ihnen alles sagte, aber sie glaubte ihr, dass sie mit dem König nichts zu schaffen hatte. Sie warf einen Blick zu Robinio, denn sie spürte, dass er sie ansah.
Er nickte leicht und sie wusste, ihre Gedanken waren die gleichen. Auch er fand es unglaubwürdig, dass Francine für den König arbeitete.

Kapitel 3

Das Moor

Robinio und Marisia saßen später zusammen und Serlina gesellte sich als Wachablöse zu ihnen. Sie beobachteten Francine.
„Was haltet ihr von der Rothaarigen?" Robinio sprach leise. Serlina blickte ihn aufmerksam an. „Ich glaube, dass sie keine Bedrohung ist."
Serlina nickte zustimmend, Marisia nicht. „Wir sollten Vorsicht walten lassen."
Robinio senkte leicht den Kopf. „Wo mag sie bloß hergekommen sein? Ich habe noch nie jemanden mit solch merkwürdiger Kleidung gesehen. Es ist gut, dass sie mit uns geht und wir behalten sie im Auge. Sollte sie tatsächlich vom König geschickt worden sein, dann werden wir es erfahren. Ich vermute aber nicht, denn wieso sollte er sie schicken, wo er doch so viele andere Möglichkeiten hat? Sie ist für uns vier keine Bedrohung."
Marisia zuckte die Schultern. „Nein? Was wissen wir schon, welche Möglichkeiten Run hat? Sie könnte mehr sein, als wir sehen."
Robinio zuckte ebenso die Schultern. „Ja, könnte. Aber seht sie euch doch an." Er blickte zu ihr, wie sie unruhig schlief. „Sollte sie wirklich eine Bedrohung sein, dann werden wir entsprechend handeln. Bis dahin gehe ich davon aus, dass sie wirklich von nichts etwas weiß."
Serlina hob den Kopf. „Glaubt ihr, es stimmt? Dass sie sich an nichts erinnert?"
Robinio lächelte. „Ich bin nicht sicher. Sie scheint wirklich nichts von allem zu kennen. Nur habe ich trotzdem das Gefühl, sie verbirgt etwas."
Serlina nickte. „Ja, womöglich stimmt das. Nur verübeln könnte ich es ihr nicht mal, sie kennt uns schließlich auch nicht."

Marisia schnalzte mit der Zunge. „Mag sein, doch wir haben sie nicht gezwungen, mit uns zu gehen, das tat sie freiwillig."
Von draußen, weit in der Ferne, war das tiefe Knurren eines Tieres zu hören. Sie wussten alle, woher dieser Laut kam. Wachsam blieb Robinio nahe dem fast verschlossenen Eingang sitzen. Er kannte dieses Knurren nur zu gut, er wollte dem Geschöpf, welches es von sich gegeben hatte, besser nicht begegnen. Serlina nickte ihm zu, er sollte Pause machen, und zog sich widerwillig zurück.

Stunden später bewachte Robinio wieder den Eingang.
Francine schlief unruhig und murmelte ständig im Schlaf. Robinio war als Einziger wach. Es war inzwischen weit nach Mitternacht und in ein bis zwei Stunden würden sie aufbrechen.
Neugierig versuchte er, aus den Worten von Francine schlau zu werden, doch er verstand kaum, was sie sagte, aber eines sehr deutlich: Gewitter.
Die ganze Zeit zermarterte er sich den Kopf darüber, wo sie herkam und was sie wollte. Es beunruhigte ihn, dass er es nicht wusste. Vom Gelingen ihres Vorhabens hing viel ab, er wollte kein Risiko eingehen. Doch sie schien keine bösen Absichten zu haben. Hoffentlich irrte er sich nicht. Wenn er an seinen Vaterbruder dachte, überkam ihn Schmerz.
Wie sollte man damit leben? Er hatte ihm vertraut. Noch immer tat er sich schwer damit zu glauben, dass er Jagd auf sie machte. Vielleicht waren die Dinge nicht so, wie sie schienen, an diese Hoffnung klammerte er sich.
Die Dunkelheit vor der alten Laurade wich langsam dem ersten Licht des Morgens.
Serlina war soeben aufgestanden und setzte sich neben ihn. Ihr langes helles Haar war leicht zerzaust, doch ihre Augen blickten hellwach.

„Alles in Ordnung?" Ihre Stimme klang sanft und man konnte sich deshalb gefährlich täuschen. So zart sie auch wirkte, sie war eine verdammt harte Gegnerin im Kampf.
Robinio nickte. „Macht Ihr Euch etwa Sorgen um mich, Serlina?"
Seine Frage war die reine Provokation, doch Serlina ging nicht darauf ein. „Natürlich", schnell fügte sie noch hinzu: „Um uns alle."
Serlina runzelte die Stirn. „War die Nacht ruhig?"
Sein Gesicht wurde finster. „So ruhig, wie es sein kann. Ihr habt das Brüllen gehört?"
Serlina schauderte kurz. „War nicht zu überhören. Ich kann nur darauf hoffen, keinem zu begegnen."
Robinio sah Serlina aufmerksam an.
„Da bin ich Eurer Meinung."
Ehe sie weitersprechen konnten, erhoben sich auch Gelano und Marisia langsam. Sie alle wussten, dass es keine Zeit zu verlieren gab. Serlina drückte Robinios Schulter bevor sie sich wieder erhob.
Francine war von der allgemeinen Aufbruchsstimmung ebenfalls geweckt worden und blinzelte sich den Schlaf aus den Augen.
Robinio klopfte leicht an den Spalt der Laurade und diese öffnete sich.
„Wir brechen gleich auf!" Sein Blick war entschlossen, als er durch die Öffnung ins Freie ging.
Francine hatte seltsamerweise gut geschlafen und wunderte sich darüber. Eigentlich würde man meinen, sie hätte kein Auge zugetan, aber so war es nicht. Trotz allem, was ihr im Kopf herumschwirrte, fühlte sie sich gut. Jetzt, nach der ersten Nacht hier, glühte sie regelrecht, aber nicht vor Fieber. Es fühlte sich so richtig an, hier zu sein, und wieder überkam sie dieses Gefühl, als würde etwas passieren, etwas sehr Wichtiges.

Vielleicht lag es an ihr selbst. Etwas passierte hier mit ihr. Sie fühlte sich verändert. Als würde sie hierher gehören.
Eigentlich wollte sie sich gerne die Zähne putzen, die Haare kämmen oder irgendein normales Morgenritual durchführen. Einzig ihr Geschäft erledigte sie in einiger Entfernung hinter den Bäumen.
Es erinnerte sie an die Familienurlaube, als sie noch ein Kind gewesen war. Ihre Eltern waren große Campingfreunde gewesen. Natürlich gab es bei den Campingplätzen immer Sanitäranlagen, doch das eine oder andere Mal, wenn man mitten in der Nacht musste und die Toiletten weit entfernt waren, dann war sie auch hinter irgendeinen Baum gegangen. Bei der Erinnerung daran schmunzelte sie.
Dabei fragte sie sich, ob es hier in den Dörfern anders war. Dort gab es bestimmt irgendwelche Toiletten oder eben Plumpsklos? Sie fragte sich wirklich, wie weit entwickelt alles hier sein würde.

Alle waren in kurzer Zeit abmarschbereit und Francine tat ihr Bestes, um mit den anderen mitzuhalten.
Sie fuhr sich behelfsmäßig mit den Händen durch die lange, rote Mähne und entfernte mit den Fingern den Sand aus ihren Augen.
Hatten die anderen gestern nicht von einem Fluss gesprochen? Da würde sie sich mal kurz das Gesicht waschen, sie fühlte sich klebrig und schmutzig. Zuhause – das erschien ihr weiter weg denn je – hatte sie den Tag immer mit einer Dusche begonnen.
Hier war das nicht möglich. So zuckte innerlich die Schultern.
Es war noch Dämmerung, die Zeit, in der es weder Nacht noch Tag war. Die Luft war frisch und Francine fühlte sich sofort besser, nachdem sie einen tiefen Atemzug inhaliert hatte.

Serlina gesellte sich zu ihr. „Unterwegs werden wir bestimmt etwas Obst einsammeln können, aber bis dahin müssen wir erst mal ohne Essen auskommen."
Francine nickte nur, froh, überhaupt die Aussicht auf Essen zu haben. „Das klingt sehr gut."
Francine konnte sich das Leben, wie es Serlina und die anderen führten, nicht vorstellen.
Was waren schon ihre Kleinigkeiten im Alltag? Es ging nie darum, sein Leben zu verteidigen, hier aber schon.
„Wie steht Ihr zum König, Serlina?" Als Serlina zögerte, fügte Francine hinzu: „Mir ist nicht klar, warum ihr Vioruna rettet. Ich meine, in welcher Beziehung steht ihr zum König, warum nehmt gerade ihr vier diese Bürde auf euch?"
Serlina spielte mit ihrem Haar, während sie grübelte.
Vermutlich dachte sie darüber nach, wie viel sie Francine anvertrauen sollte.
„Nun, er war ein Freund. Er ist der Vaterbruder von Robinio."
Vaterbruder? Meinte Serlina damit, er war der Onkel von Robinio? Das machte durchaus Sinn. Kein Wunder, folgten die anderen Robinio, er war mit dem König verwandt!
„Ihr kennt den König also alle persönlich?"
Serlina nickte. „So ist es. Ich habe lang zur Garde gehört, so wie auch die anderen."
„Zur Garde?" Francine zupfte an ihrer Lippe. „Ihr habt also den König beschützt?"
„So ist es. Aber nicht nur ihn selbst, das Königreich."
Francine nickte. „Verstehe. Und gibt es auch andere Königreiche?"
Serlina schüttelte den Kopf. „Nicht direkt. Es gibt verschiedene Gebiete, die von unterschiedlichen Gruppen bewohnt werden. Im Norden lebt der Lord der schwarzen Sonne. Er beansprucht einen Teil der Weißtäler und verteidigt das Gebiet auch. Wir haben

keine Konflikte mit dem Norden, doch sie erkennen kein Königreich an."
„Und das stört König Run nicht? Oder euch?"
Serlina schüttelte den Kopf.
„Wieso sollte es? Wir haben in Vioruna alles, was wir brauchen. Es herrschte lange Zeit Frieden, wofür sollten wir daran etwas ändern?"
Klang logisch, fand Francine. Und doch war es seltsam. Viele strebten nach Macht und dann noch mehr Macht. Ob dem hier nicht so war, davon war Francine nicht überzeugt.
Sie fuhr ihre Unterlippe mit Daumen und Zeigefinger nach.
„Wieso beschützt ihr den König jetzt nicht mehr? Was hat er getan, um euch gegen ihn aufzubringen?"
„Vor fast einem Mond hat sich schlagartig alles geändert." Bevor Serlina weitererzählen konnte, störte Gelano und sie brachen auf. Francine bedauerte die Unterbrechung. Sie wollte mehr wissen über die Beweggründe dieser kleinen Gruppe.

Der Wald wurde jetzt immer bergiger. Mal ging es einen leichten Hang hinauf, und sie mussten aufpassen, nicht über herausragende Wurzeln zu stolpern, dann ging es wieder seicht nach unten.
Selbst bei geraden Abschnitten war der Boden dicht mit Sträuchern und kleinen sowie großen Bäumen versehen, sodass sie nur langsam vorankamen.
Francine spielte mit der Halskette unter ihrem T-Shirt. Die Kleidung würde sie wohl jetzt noch eine ganze Zeit lang tragen müssen, sie konnte nur hoffen, sich selbst und auch ihre Kleidung demnächst waschen zu können.
Die Musterung der anderen war ihr nicht entgangen. Sie fragten sich bestimmt, wieso sie solche Kleidung trug, die so gar nicht zu der ihren passte. Am liebsten würde sie sich umziehen, denn ihr T-Shirt klebte an ihrer Haut

und das, obwohl es noch früh war. Der einzige Trost war, den anderen ging es nicht anders.

Wahrscheinlich wollten sie kein unnötiges Gepäck auf ihrer Reise dabeihaben. Es spielte auch keine Rolle, weil egal, was sie anzogen, es in Kürze verschwitzt und verdreckt wäre.

Sie grinste, als sie an ihr Gepäck dachte. Der BH, den sie trug, ja, der war wunderschön, schwarz mit roten Verzierungen und Spitze an den Rändern, und in ihrer Reisetasche war ein schöner Sport-BH für die Wanderung! Welch eine Ironie. Aber sie trug eben gerne schöne Unterwäsche, und wie hätte sie vorausahnen sollen, hier zu landen? Vor der Wanderung hätte sie sich umgezogen. Sie grinste weiter, jetzt musste es so gehen.

Francine bemerkte immer öfter kleine Tiere im Wald. Hier ein kleiner blau-gelber Vogel, dort ein kleines flauschiges Tier, welches schnell verschwand als sie vorbeikamen. Auch die Geräuschkulisse faszinierte sie. Wo war sie nur gelandet? Und wie war sie nur hierhergekommen?

So lange es nicht gewitterte, konnte sie ihre einzige Theorie nicht testen, nämlich die, dass der Blitz ihre Reise hierher verursacht hatte.

Diese Theorie hätte ihrem Vater sehr gefallen – bei diesem Gedanken schmunzelte sie und fing sich gerade noch, bevor sie über den nächsten Ast stolperte.

Überhaupt hätte diese ganze Situation ihn erfreut.

Seine Abenteuerlust war ansteckend gewesen. Für ihn wäre das hier ein absoluter Glücksstreffer. Die Möglichkeit, eine andere Welt zu erkunden. Francine lächelte und musste sich eingestehen, sie sah es genauso.

Warum auch immer, sie war jetzt hier! Also sollte sie das als Abenteuerurlaub verbuchen und das Beste daraus machen. Doch etwas nagte an ihr. Die Frage, ob sie wieder nach Hause konnte. Denn die Möglichkeit, nie wieder zurück zu können, musste sie auch in Betracht ziehen.

Nach ungefähr der ersten Stunde fühlte sich die Hitze wieder unerträglich an.

Francine war dankbar für ihre Wasserflasche, aus der sie oft einen Schluck nahm. Außerdem genoss sie die kleinen Beeren, die ihr Serlina immer wieder zeigte.

Sie waren saftig und das half bei der Schwüle ungemein.

Da Serlina seit einer Weile neben ihr ging, fragte sie: „Gibt es hier keine Insekten, Serlina?"

Serlina blickte stirnrunzelnd zu Francine. „Insekten? Was ist das? Eine Pflanzenart?"

Francine stolperte fast. „Nicht so wichtig."

Serlina runzelte die Stirn. „Erinnert ihr Euch an etwas?"

Francine kam sich mies vor, schüttelte dennoch den Kopf. „Nein, nur Bruchstücke."

Inzwischen konnte man den Fluss deutlich rauschen hören.

„Serlina, wie sieht der Plan aus?" Serlina blickte kurz zu Francine und lief dann achtsam weiter, während sie antwortete: „Wir gehen zum Fluss und machen dort Rast, anschließend überqueren wir ihn."

„Ist das gefährlich? Der Fluss klingt laut." Francine dachte, es handle sich um einen Fluss wie den Rhein, doch dem Geräusch nach zu urteilen musste es ein wesentlich schnellerer und größerer Fluss sein.

„Nun, es wird nicht leicht, aber wir schaffen das." Serlina bemerkte, wie Francine sich nervös an ihren Fingernägeln zu schaffen machte. Sie drückte ihre Schulter kurz und wiederholte: „Wir schaffen es gemeinsam."

Der Wald vor ihnen sah aus, als wäre eine ovale Öffnung in ihn geschnitten worden. Das Licht der Sonne erhellte die Bäume an dieser Stelle besonders.

Die anderen waren bereits hindurch. Es war das Ende des Waldes, außerhalb der Öffnung befand sich eine weite Wiese, auf der nur wenige Bäume zu sehen waren. Und den Fluss konnte man von dort aus ebenfalls in Augenschein nehmen. Wenn auch in weiter Ferne.

Aus dem Wald hinaus ging es leicht den Hang hinunter, bis das grüne Land fast eben war.

Die Wiese war mit verschiedenen bunten Blumen übersät und Francine hörte ein Summen, welches sie nicht zuordnen konnte.

Ihre Augen suchten die Ursache des Geräusches, und tatsächlich machte sie verschiedene kleine Vögel aus, die von Blüte zu Blüte flogen und ein bienenartiges Summen von sich gaben.

Das Gras und die Blumen reichten ihr bis zu den Knien, und das war mehr als hoch genug.

Ihr Blick wanderte über die Wiese bis hin zum Fluss.

Es war ein breiter Fluss und Francine hatte sich nicht verhört, das Wasser raste den Fluss hinunter und dass, obwohl der Fluss in breiten Schlangenlinien verlief.

Die anderen versammelten sich unter einem Baum und auch Francine war dankbar für den Schatten, denn auf der Wiese unter der prallen Sonne schmolz man dahin.

Francine und auch die anderen aßen das gesammelte Obst, tranken und ruhten ihre Beine aus.

An dem einen oder anderen Strauch waren verschiedene Beeren und Früchte gewachsen und Serlina hatte ihr gezeigt, welche sie mitnehmen durfte und welche giftig waren. Da gab es verwirrende Früchte. Eine sah aus wie ein kleines Schiffchen. Die Frucht selbst war oval und oben und unten relativ spitz. In der Mitte der Frucht war ein schmaler Stängel, wie bei einem Apfel oder einer Birne. Die Frucht hatte eine dunkle Schale – wie bei einer Nuss. Das Innere – sie hatte unterwegs eine probiert, Wahnsinn! Der Geschmack erinnerte sie an Ananas, aber mit leichtem Nussaroma und der Konsistenz einer Banane. Und satt machte das Obst auch. Dennoch befriedigte es nicht auf Dauer.

Francine blickte auf Robinios Schwert, welches er neben sich an den Baum gelehnt hatte. „Meint ihr, wir haben Zeit, damit mir jemand zeigt, wie man kämpft?" Francine wollte sich verteidigen können und wer wusste schon, wie lange sie hier in dieser Welt war. Ihr Überleben hing vielleicht davon ab. Sich auf andere verlassen, kam für sie nicht infrage, zumindest nicht dauerhaft. Bereits jetzt hasste sie es, so abhängig zu sein.

Gelano entblößte seine geraden weißen Zähne, als er grinste.

„So viel Zeit haben wir gar nicht, wie Ihr bräuchtet, Rotschopf. Vermutlich Euer Leben lang, verdammt noch mal!" Er lachte glucksend.

Francine nickte. „Mag sein, womöglich habt Ihr damit recht. Doch ein Versuch schadet sicher nicht." Gelano grinste nur weiter. Robinio nickte, während er eine der Schiffchenfrüchte aß. „So lange wir pausieren, warum nicht." Er blickte zu Serlina und hob ihr sein Schwert entgegen. „Wollt Ihr das nicht übernehmen, Serlina?" Er lächelte sie an und Francine hatte das Gefühl, da lief mehr zwischen den beiden. Interessant.

Serlina nahm das Schwert lächelnd entgegen. „Sehr gerne. Kommt, Francine, Ihr nehmt mein Schwert. Es ist kurz, aber oho. Wartet, ich bin gleich wieder zurück."

Während Serlina kurz verschwand, vermutlich musste sie mal, wollte Francine schauen, ob sie nicht noch mehr erfuhr.

„Wollt ihr mir nicht erzählen, was es mit dem weißen Diamanten auf sich hat?" Francine war neugierig und Geduld war noch nie ihre Tugend gewesen. Vor allem dieses Thema interessierte sie brennend. Wenn sie nicht wusste, mit was sie es hier zu tun hatte, wie sollte sie sich dann verhalten?

Gelano, der sonst ungern etwas preisgab, erwiderte mit gedämpfter Stimme: „Wir wissen selbst nicht viel über den weißen Diamanten."

Marisia warf ein: „Wir wissen nur, dass es das Einzige ist, was den schwarzen Diamanten neutralisieren kann."
Francine zog die Augenbrauen hoch. „Schwarzer Diamant?" Das wurde ja immer besser.
Robinio beugte sich vertraulich vor. „Der König hat den schwarzen Diamanten. Er verleiht ihm viel Macht."
Nach kurzem Schweigen fragte Francine: „Und ihr wisst, wo ihr den weißen Diamanten findet? Er ist in diesen Höhen des Mondes?"
Marisia antwortete: „Ihr meint die Höhen des grünen Mondes. Niemand weiß es genau, aber es gibt Hinweise, denen wir folgen."
„Hinweise?" Francine sah Marisia mit hochgezogener Augenbraue an, während sie sich weiterhin kleine rote Beeren in den Mund schob.
„Meine Großmutter hat in der Bibliothek des Schlosses gearbeitet und sie liebte Bücher. Jede Gelegenheit nutzte sie dazu, neue Werke zu entdecken. Es gab auch alte Tagebücher der Familie Vioruna, die vor Jahrhunderten unser Königreich benannte.
In diesen Büchern standen Informationen zu den Diamanten. Meine Großmutter hatte eine junge Schwester, nach ihr suchen wir unter anderem, denn soviel ich weiß, hat meine Großmutter ihr Wissen mit ihr geteilt. Da sie selbst nicht mehr am Leben ist, setzen wir auf das Wissen ihrer Schwester.
Wir hoffen, dass sie uns weiterhelfen kann. Wir wissen selbst nicht viel, nur dass der schwarze Diamant eigentlich in einer Vitrine im Schloss war und er sollte niemals daraus entwendet werden. Viele Generationen wurde der Diamant von den Königen Viorunas bewacht. Denn er ist gefährlich und in den falschen Händen kann man viel Schaden anrichten."
Bedauernd blickte sie Robinio an. Robinio führte weiter aus: „Jetzt hat der König den Diamanten aus der Vitrine entwendet, wie es scheint."

Francine dachte kurz darüber nach. Das klang alles sehr fantastisch. Wen interessierten denn bloß die Diamanten und weshalb sollten sie irgendeinen Einfluss haben?
„Warum? Was kann man mit dem Diamanten machen?"
Robinio runzelte die Stirn. Er wirkte sehr ernst. „Er gibt ihm Macht."
„Aber worüber? Was für eine Art von Macht?"
Francine wollte nicht lockerlassen. Doch an den jetzt harten Augen von Robinio erkannte sie, dass er nichts mehr dazu sagen würde.
„Macht über die, die uns alle vernichten können."
Francine sagte nichts mehr, sie würde erst mal das soeben Erfahrene verarbeiten. Vielleicht erfuhr sie von Serlina später mehr. Zu ihrer Überraschung sprach Robinio weiter: „Wir wissen, warum der König das getan hat. Seine Frau ist getötet worden."
Die Stimme von Robinio klang traurig.
Francine fand das alles sehr beunruhigend. Konnte das stimmen? Sie hatte das Gefühl, die Realität verschwamm direkt vor ihren Augen. Auf einmal war sie in dieser Welt und hier passierten Dinge, die sie beim besten Willen nicht verstand. Diamanten, die Macht haben?
Allerdings hieß es ja nicht, weil diese Gruppe an die Macht von Diamanten glaubte, dass es diese auch wirklich gab. Andererseits war sie auch hier gelandet und wie war das erklärbar? Durch Physik? Vielleicht beeinflusste der König auch mit Bestechung oder etwas Ähnlichem die Menschen, vor denen die anderen sich anscheinend fürchteten. Macht über die, die uns alle vernichten können, hatte Robinio gesagt.
Vielleicht die Soldaten des Königs? Ein König hatte über viele Menschen Macht.
Francine flüsterte laut: „Wen macht der König für den Tod seiner Frau verantwortlich?"

Alle sahen schweigend zu Boden, bis Marisia antwortete: „Uns."
Francine schnappte nach Luft. „Euch? Aber wieso?"
„Er fand mich über seine Frau gebeugt, denn ich war diejenige, die sie fand. Danach beschuldigte er mich und meine Freunde", sie machte eine ausholende Handbewegung, „gemeinsame Sache gemacht zu haben. Wir würden das Königreich übernehmen wollen, warf er uns vor." Die Nackenhärchen von Francine stellten sich bei dieser Aussage auf. Merkwürdig, sie schauderte.
„Genug gerastet, wir wollen heute noch über den Fluss, aber zuerst", Robinio blickte auffordernd zu Francine, „werden wir sehen, wie es um Eure Schwerthand steht."
Wie auf sein Stichwort kam Serlina zurück, bereit.
Ihre Augen leuchteten, sie freute sich offensichtlich auf die Übungsrunde.
Francine blickte das Schwert in ihrer Hand an, es sah doch sehr gefährlich aus.
„Sollten wir nicht erst mit Stöcken oder so üben, bevor wir scharfe Schwerter nehmen?"
Jetzt fingen die anderen doch tatsächlich zu lachen an.
Serlina schüttelte kurz den Kopf. „Ihr seid wirklich amüsant, was für eine Wirkung hätte ein Stock? Ihr müsst das Gefühl für ein Schwert bekommen, nicht für ein Stück Holz."
Serlina drehte sich zu den anderen. „Wobei ein Stock manchmal auch hilfreich ist, nicht wahr?" Ihr Blick war neckend und blieb an Robinio hängen. Anscheinend handelte es sich um eine Andeutung, die nur Francine nicht verstand, denn die anderen schmunzelten und Robinio seufzte:
„Das werde ich wohl nie wieder los."

Die rote Mähne von Francine fiel über ihre Schultern und wurde leicht von der Brise des Windes erfasst.

Das Schwert war kurz, wog aber dennoch, vielleicht einen halben Meter lang war die Klinge. Und schwerer als angenommen. Sie schätzte etwas weniger als ein Kilo. Der Griff fühlte sich gut an und er war edel verziert. Rote Steine waren in den drei Ecken des Griffs eingearbeitet und in der Mitte befanden sich einige Diamanten.

„Seid Ihr bereit?" Serlina hatte kaum ihre Frage beendet, da holte sie auch schon mit ihrem Schwert aus. Francine parierte – sie kannte das nur aus Filmen – recht gut und Serlina hieb weiter auf sie ein. Jeden Schlag konnte Francine abwehren, aber es war mühsam und aufgrund der schnellen Attacken von Serlina bot sich ihr selbst keine Gelegenheit anzugreifen. Ihr Arm vibrierte beim Aufeinandertreffen der Klingen. Die anderen saßen am Boden weiter entfernt und beobachteten alles.

„Was denkt Ihr, hat Francine schon mal ein Schwert geführt?" Robinio blickte Gelano an, der die Frage äußerte. Marisia nickte: „Sie hält das Schwert sehr gut und auch ihre Abwehr sieht nicht schlecht aus."

Gelano zog die Augenbrauen zusammen. Seine scharf geschnittenen Gesichtszüge wirkten hart. „Verdammt, Ihr habt recht Marisia, das kann doch nicht wahr sein. Sie sagte doch, sie kann mit einem Schwert nicht umgehen. Also hat sie gelogen?"

Robinio winkte ab. „Seid nicht so hart. Vielleicht liegt es ihr nur, der Schwertkampf. Oder sie erinnert sich nicht daran, aber ihre Arme."

Gelano runzelte die Stirn und blickte weiterhin aufmerksam auf das Geschehen.

Natürlich kämpfte Serlina nicht richtig, sie griff nur sehr langsam an, um Francine eine faire Chance zu geben. Sie zeigte ihr, wie sie selbst angreifen konnte und trotzdem auf ihre eigene Deckung achtete. Das Klirren der Schwerter und das Rauschen des Wasserfalls bildeten die einzige Geräuschkulisse.

Francine geriet richtig ins Schwitzen, es war sehr anstrengend, das schwere Schwert zu bewegen und ständig abzuwehren und anzugreifen. Dabei war es ein kurzes Schwert, wie schwer war dann erst das lange von Robinio, welches Serlina führte! Spaß machte es allerdings ebenfalls. Es gelang ihr ein paar Mal, auf Serlinas Schwert zu schlagen, doch dies schien Serlina kaum zu stören, denn sofort konnte sie wieder selbst zuschlagen.
Robinio blickte Gelano eine Weile an. „Was stört Euch so sehr an ihr?"
Gelano runzelte die Stirn. „Mich? Ich frage mich eher, warum Ihr der Rothaarigen so blindlings vertraut?"
„Das tue ich keineswegs. Doch sie verdient eine Chance. Und ich bilde mir ein, eine gute Menschenkenntnis zu besitzen. Meint Ihr nicht?"
Gelano lachte. „Sehr geschickt von Euch. Versteht mich nicht falsch, doch ich bilde mir mein Urteil lieber selbst."
Robinio grinste. „Ja, ich weiß. Dann bin ich gespannt, zu welchem Schluss Ihr kommen werdet."
„Vertraut Ihr nicht unserem Leitsatz? Nichts geschieht ohne Grund. Also gibt es auch einen Grund, weshalb wir sie getroffen haben."
Gelano zuckte die Schultern. „Ja, das ist wahr. Aber verdammt, Robinio, der Grund muss nichts Gutes sein, das wisst Ihr ebenso gut wie ich. Manche Menschen trifft man und sie sind eine Lektion."
Gelano entspannte sich, behielt aber immer genau seine Umgebung im Auge. Er nahm eine Bewegung am Waldrand war und blickte genauer auf die Stelle. Es hätte eine Täuschung der Sonne sein können, aber sein Baugefühl sagte ihm – da war etwas.
Gelano vertraute immer seinem Baugefühl. Er nickte kurz zu Robinio und deutete kaum wahrnehmbar auf die Stelle.

Sie beide hatten bereits viel miteinander erlebt, Gelano war der beste Freund seines Bruders und es war Robinio ein Leichtes, Gelanos Geste zu verstehen.
Unauffällig beobachtete auch er die Stelle am Waldrand.
Marisia ließ ihren Blick auf der restlichen Umgebung ruhen, wartete ab, ob etwas geschah. Es war bereits einige Zeit vergangen, in der Serlina mit Francine kämpfte, und beide hatten dabei offensichtlich viel Spaß. Immer wieder lachten sie.
Ein tiefes Knurren war zu hören und Robinio, Gelano und Marisia erhoben sich ohne zu zögern.

Francine mochte das Gefühl, wie die Schwerter aufeinanderprallten. Sie war sich im Klaren darüber, dass Serlina nicht alles gab, sondern sanfter und zurückhaltender kämpfte.
Sie fand, für ihren ersten Versuch stellte sie sich dabei gar nicht mal so schlecht an.
Die Sonne stand fast ganz oben und ihr lief Schweiß den Nacken hinunter und über ihre Stirn. Es war anstrengend, in der Sonne zu kämpfen, schwül wurde es auch langsam wieder.
Das Schwert fühlte sich so natürlich in ihren Händen an, als hätte sie das bereits früher getan. Doch so weit sie sich erinnerte, war es das erste Mal, dass sie ein Schwert hielt.
Ihre Oberarme trainierte sie mit regelmäßigen Liegestützen, das zahlte sich jetzt aus, denn das Schwert war wirklich schwer, wenn man es dauerhaft hielt und bewegte.
Ihre Bewegungen wurden immer schneller und geschmeidiger, sie fühlte sich mittlerweile eins mit dem Schwert.
Um sich herum nahm Francine fast nichts mehr wahr, weil sie so auf Serlina und den Schwertkampf konzentriert war.

Aber als sie ein grollendes Knurren hörte und die anderen von ihrem Platz aufsprangen, da wurde ihr ganz anders.
Sie sah sich schnell in alle Richtungen um. Woher war dieses Geräusch gekommen?
Die Gesichter der anderen erschienen ihr plötzlich bleich, was sie mehr beunruhigte als das Grollen selbst.
Sie flüsterte Serlina zu: „Was war das?" Serlina deutete auf ihre Lippen – ein Zeichen zu schweigen – und schüttelte nur den Kopf. Die anderen waren in kurzer Zeit abmarschbereit und gingen Richtung Fluss.
Francine folgte Serlina und war furchtbar nervös. Robinio hatte sein Schwert wieder an sich genommen. Francine fühlte sich schrecklich hilflos, sie hatte keine Waffe, außer das Messer von Robinio, und wusste nicht einmal, womit sie es zu tun hatten.
Ob die anderen es wussten? Sicher, sie lebten schließlich hier. Vielleicht ein Bär? Bären waren groß und selbst mit Schwertern könnte man sich wahrscheinlich nur mühsam gegen einen verteidigen. Oder ein ähnliches Tier?
Beim Beobachten der Umgebung war ihr bereits aufgefallen, dass alles irgendwie anders war und doch auch so wie sie es kannte. Die Früchte sahen anders aus, allerdings nicht alle. Einige sahen zwar anders aus, schmeckten aber ähnlich wie daheim. Auch die Bäume, abgesehen von diesen Wasserbäumen, waren nicht anders. Vielleicht größer und mit breiteren Stämmen. Wobei es in Amerika auch wesentlich größere Bäume gab, man nehme den Mammutbaum.
Ständig blickte Francine hinter sich und wunderte sich darüber, dass sie jedes Mal nur die weite Wiese sah. Unheimlich. Hohes Gras, wie in einem Horrorfilm.
Dort konnte sich vieles verstecken. Ohne gesehen zu werden. Sie spürte, wie sich die Härchen auf ihren

Armen aufstellten und es war, als würden sie beobachtet.
Und den Waldrand dahinter, dort könnte sich ebenfalls viel vor ihren Augen verbergen.
Keiner der anderen sah hinter sich, alle liefen zielstrebig in Richtung des Flusses.
Nur Francine konnte nicht anders. Ständig sah sie sich um, sie fühlte sich gehetzt, wusste nicht, was sie erwarten sollte.
Was für ein Geschöpf blieb außer Sichtweite und war dennoch so laut zu hören? Oder war es ein Echo aus dem Wald? Ihr ging so viel durch den Kopf und sie wollte so viel fragen, aber es gab dazu noch keine Gelegenheit.
Ihr fiel auf, wie kurz das Gras der Wiese war, je näher sie dem Fluss kamen. Hier mähte doch sicher niemand den Rasen, wieder eine Sache, die sie nicht logisch erklären konnte.
Also musste es hier Tiere geben, die grasten, oder?
Aber weit und breit war nichts zu sehen. Es machte Francine nervös, dass man das Wasser des Flusses so laut hörte, denn dadurch konnte sie nichts anderes hören.
Dieses Gefühl von Unbehagen kannte sie sonst gar nicht, sie war kein ängstlicher Mensch. Doch die Situation war eben nicht wie zuhause, hier war alles fremd.
Die Nervosität konnte sie sich logisch erklären, es gab hier zu viel Unbekanntes, und daher konnte sie gar keine Gefahren einschätzen. Da war es kein Wunder, dass sie ein wenig ängstlich war.
Beim Fluss angekommen liefen Marisia und Robinio einen Teil am Ufer entlang und besichtigten verschiedene Plätze.
Francine nahm an, um eine Stelle zu finden, an der es am leichtesten wäre, den Fluss zu überqueren bzw. zu

durchqueren, denn wie hätten sie ihn überqueren sollen ohne Brücke? Es gab auch keine Bäume, an die man ein Seil hätte spannen können. Selbst wenn, hätte einer von ihnen das Seil an der anderen Seite anbringen müssen. Serlina beobachtete die Umgebung und Gelano die andere Seite des Flusses. Francine kam sich so unnütz vor, da sie gar nicht wusste, was sie tun sollte. Also wartete sie einfach ab und blickte sich ebenfalls immer wieder um. Sie kaute auf ihrer Unterlippe und nestelte an ihren Nägeln herum. Auf der einen Seite das Wasser, welches schon bedrohlich genug wirkte, und auf der anderen Seite das Unbekannte, vor dem sie – ja, was eigentlich?
Geflohen waren? Sie unterbrach ihre nervöse Geste und atmete tief durch. Was war nur mit ihr los? Sie war doch sonst nicht so ängstlich.
Es war ihr wahrscheinlich deutlich anzusehen, wie nervös sie war, das musste sie lassen, es half nichts. Vernünftig sprach sie sich in Gedanken selbst zu. Egal welche Bedrohung es gab, wenn sie ängstlich und nervös war, dann wäre das nur hinderlich.
Ruhiger musterte sie weiter die Umgebung, doch es war weiterhin nichts zu sehen.
Sie wäre verdammt froh, wenn sie diesen lauten Fluss nicht mehr hören würde. Wie musste sich ein tauber Mensch fühlen? Wahrscheinlich so ähnlich, wenn man nichts anderes hören konnte, fühlte man sich irgendwie gehandicapt.
Serlina fasste Francine sachte am Arm und deutete zu den anderen am Fluss.
„Kommt, wir besprechen uns kurz."
Bei den anderen angekommen, blickten alle düster.
„Was ist los?" Francine klang atemlos.
„Bedauerlicherweise ist der Fluss hier zu schnell und zu breit, wir kommen hier nicht rüber."

Francine blickte den breiten Fluss an, es waren bestimmt vierzig Meter bis zur anderen Seite und bei der starken Strömung – wirklich nicht machbar.
„Wie gehen wir also vor? Laufen wir am Fluss entlang, bis sich eine geeignete Stelle findet?" Serlina klang ruhig.
Gelano schüttelte den Kopf. „Keine gute Idee, wir sind am Fluss zu ungeschützt, keine Bäume, nichts, um in Deckung zu gehen."
Marisia fragte scharf: „Sollen wir etwa in den Wald zurück?" Robinio nickte.
„Wir bleiben am Waldrand, so sind wir in der Nähe des Flusses und dennoch geschützt."
„Geschützt?" Marisia rollte mit den Augen.
„Also ich weiß nicht."
„Wir haben keine andere Wahl." Robinio blickte kurz um sich. „Wir gehen flussaufwärts, da müsste das Wasser ruhiger sein."
Serlina blickte besorgt die anderen an. „Das ist nicht gut, wir verlieren Zeit. Außerdem ist hier die einzige Gegend am Fluss ohne Moor."
Robinio nickte finster. „Ja, wir werden durch den Wald gehen, und uns bleibt nichts übrig, als weiter südlich durch das Moor zu gehen."
Francine schluckte.
„Ein Moor? Ist das nicht gefährlich?" Bilder von Menschen, die im Moor versanken, schossen ihr durch den Kopf.
Robinio nickte. „Das ist es. Es gibt keine andere Möglichkeit."
Gelano spuckte. „Zur Hölle, das verdammte Moor bekommt uns auch nicht klein." Er lächelte die anderen an. „Wir haben schon anderes geschafft."
Alle marschierten wieder Richtung Wald, aber bereits flussaufwärts. Am Waldrand blickten sich noch mal alle um, bevor sie wieder im Schutz der Bäume

verschwanden. Sie marschierten ein paar Meter vom Waldrand entfernt und achteten genau auf ihre Umgebung.

Francine musste ein Schaudern unterdrücken, wenn sie an das Grollen von vorher dachte – das war eindeutig aus dem Wald gekommen. Sobald sie sich sicherer fühlten, musste Francine unbedingt in Erfahrung bringen, woher das Grollen kam und wovor die anderen sich fürchteten. Dennoch waren sie in diesen Wald zurückgegangen.

Die Schuhe von Francine waren zwar bequem, aber sie hatte eindeutig schon zu lange die gleichen an. Ihre Socken waren verschwitzt und ihre Füße taten langsam weh. Den Marsch von gestern und nun heute wieder, das war doch etwas mehr, als sie es gewohnt war. Die Aussicht der nächsten Tage war nicht besser, sie würden jeden Tag einige Kilometer zurücklegen müssen, um am Ziel – den Höhen des grünen Mondes – anzukommen.

„Gibt es keine Pferde?" Serlina drehte sich um und spitzte die Lippen.

„Doch, wir haben Pferde, aber sie wären eher hinderlich denn hilfreich. Wir haben keine Zeit, uns um die Tiere zu kümmern, und wir gehen durch Gelände, in dem man zu Fuß besser vorankommt. Außerdem wiehern die Tiere meist im falschen Moment."

Wieder eine Aussage, über die Francine sich den Kopf zerbrechen konnte. Im falschen Moment? Ja, wenn irgendjemand oder etwas in der Nähe war und nicht auf sie aufmerksam werden sollte.

Ein Zeitgefühl besaß Francine längst nicht mehr. Vor allem im Wald sah man nicht mal den Stand der Sonne. Aber es kam ihr wie eine Ewigkeit vor, seit sie am Fluss gewesen waren. Sie straffte die Schultern und lief einfach weiter, obwohl ihre Füße schmerzten und sie langsam,

aber sicher an ihre Grenzen kam. Eine Wurzel hier, ein Ast dort.
Es war eben kein von Menschen gemachter Wanderweg, auf dem man keine Hindernisse hatte, hier gab es nur wilde Natur, was die ganze Sache erschwerte.
Ein falscher Tritt und sie verstauchte sich den Fuß oder Schlimmeres. Immer wieder gab es kleine Löcher in der Erde, in denen man stecken bleiben und sich den Fuß umknicken konnte.
Francine sah immer wieder ein Stück vor sich und ständig, wohin sie trat.
Was würde passieren, wenn sie nicht mehr weitergehen konnte, weil sie sich verletzte?
Die anderen hatten eine Mission, eine, die zeitlich eng eingeschränkt war. Ob sie Francine dann zurücklassen würden? Dann wäre sie alleine im Wald mit irgendetwas, was den anderen sogar ängstliche Blicke entlockte. Allen außer Marisia, sie schien gar keine großen Emotionen diesbezüglich zu verspüren.
Ihr Magen knurrte, kein Wunder, Francine hatte nur ein bisschen Obst gegessen. Kurzzeitig war damit ihr Magen zwar gefüllt, aber auf Dauer reichte das einfach nicht, vor allem, wenn sie so viele Kalorien verbrannte.
Wie schafften die anderen das? Hatten die keinen Hunger? Robinio war ein großer, kräftiger Mann. Wie hielt er das aus mit so wenig Essen? Auch ihre Wasserflasche war inzwischen wieder leer und ihr Gesicht hatte sie vorhin auch nicht waschen können.
Am Fluss war alles so schnell gegangen. Ihre roten Haare waren mit einem Haargummi zu einem Pferdeschwanz gebunden, wenigstens etwas Nützliches, was sie bei sich trug. Was gäbe sie jetzt für eine Dusche und frische Kleidung! Da Francine es nicht ändern konnte, fokussierte sie sich auf das, was vor ihr lag. Das Moor. Super.

Sie wollte die anderen mit Fragen löchern, aber da sich niemand unterhielt, unterdrückte sie dieses Bedürfnis. Zu hören war nichts mehr. Nur ihre eigenen schnaufenden Atemzüge nahm sie wahr.
Ab und zu erblickte sie Schmetterlinge in den schönsten Farben. Blaue und zitronengelbe Falter, die sich hier am Waldrand ein paar Blüten widmeten. Nein, es waren gar keine Schmetterlinge. Beim genauen Hinsehen erkannte sie, dass es Vögel waren, ähnlich des Kolibris, aber doch anders.
Bedrohliche Geräusche hatten sie nicht mehr gehört, aber das musste nichts heißen.
Robinio, der vorauslief, blickte ab und zu nach hinten, um zu prüfen, ob noch alle dabei waren.
Sie versuchte sich nicht ansehen zu lassen, wie müde und hungrig sie bereits war. Wenn die anderen es schafften, dann sollte es an ihr nicht scheitern. Mit dem Handrücken strich sie sich den verklebten Pony aus dem Gesicht.
Obwohl sie nahe am Fluss waren, war dieser nur noch leicht zu hören. Die breiten Bäume am Waldrand und das Gebüsch dazwischen schirmten den Wald gut ab, sodass nur sanft das Rauschen wahrnehmbar war. Nach einer Weile hörte man den Fluss gar nicht mehr. Er musste jetzt weiter entfernt vom Waldrand sein, je weiter sie südlich gingen.
Fast wäre Francine gegen Serlina gelaufen, als alle anhielten. Robinio kam ein Stück zurück. Flüsternd sprach er schnell:
„Da vorne ist eine Feuerstelle. Vermutlich zwei Tage alt. Dennoch, wir müssen auf der Hut sein, wir sind hier sicher nicht alleine."
Francine flüsterte zurück und dachte an das Gespräch von gestern Abend mit Serlina:
„Ich dachte, ihr macht kein Feuer, weil das zu gefährlich ist? Benutzt ihr nicht diese Steine?" Robinio nickte mit

ernster Miene. „So ist es, wir nehmen die Livos, aber wer auch immer hier war, hat ein Feuer entzündet."
So richtig nachvollziehen konnte Francine nicht, was das bedeutete, aber die anderen sahen besorgt aus.
„Warum würde das jemand machen?"
Serlina flüsterte: „Nur jemand, der keinen Grund hat sich zu fürchten, würde das tun." Sie sah Robinio an. „Meint Ihr, es könnte sein ..." Robinio schüttelte den Kopf. „Unwahrscheinlich, das wäre doch ein großer Zufall."
Francine wusste nicht, wovon die beiden sprachen, aber offensichtlich kannten sie jemanden, der es gewesen sein könnte.
„Wen sucht ihr noch, außer Eure Großtante, Serlina?"
„Was meint Ihr, Francine?"
„Vorhin erwähnte Marisia, ihr würdet unter anderem Eure Großtante suchen, wen also noch?"
Sie zuckte die Schultern. Robinio antwortete: „Wir suchen nicht direkt, hoffen aber darauf, meinen Bruder noch anzutreffen."
„Euer Bruder? Er hält sich hier in den Wäldern auf?"
Er schüttelte den Kopf. „Nein, vielleicht. Wir wissen nicht genau, wo er sich aufhält. Wir verlassen hier den Wald, ich kann das Moor bereits riechen. Der Fluss auf dieser Höhe müsste ruhiger sein."
Am Waldrand angekommen, scheuchten sie ein paar Vögel auf und Francine zuckte erschrocken zusammen. Serlina warf ihr einen verständnisvollen Blick zu.
Das Moor sah gruselig aus. Überall lagen diverse Baumstämme und Geäst. Nebelschwaden hingen über dem Boden. Vereinzelt standen Bäume.
Das Moorgewässer war mit einer grünen Schicht bedeckt. Überall waren schlammige Stellen zu sehen. Auf den Baumstämmen wuchsen Gräser und vereinzelt gab es Büsche.
Es roch etwas faulig und schlammig.

Robinio ging voraus. An Francine gewandt sagte er: „Tretet immer dorthin, wo Euer Vordermann entlanggeht. Hier gibt es Stellen, da werdet Ihr von der Erde eingesaugt."
Marisia und Gelano folgten, dann Francine.
Serlina nickte ihr aufmunternd zu, sie ging als Letzte.
Durch den dichten Nebel sah man den Boden nur ungenau.
Sie liefen zwar relativ dicht hintereinander, doch es war schwer, immer genau in die Fußstapfen der anderen zu treten.
Ein falscher Tritt und sie würde im Moor verschwinden.
Ein ekelhaft stinkendes Moor, nein, so wollte niemand sterben. Francines Stirn war mit Schweißperlen übersät, doch weniger wegen der Hitze als viel mehr von der Herausforderung. Hier im Moor war es etwas kühler. Es war ein großes Moor, sie stapften mitten hindurch und ein Ende war nicht zu sehen. Francine sah aus dem Augenwinkel eine Bewegung und drehte sich nach links.
War da etwas im Moor?
Ein Blubbern. Francine musste sich auf den Weg konzentrieren, die anderen gingen langsam, aber zielstrebig. Es blieb keine Zeit sich umzusehen.
Das Blubbern musste durch irgendwelche Gase hier entstehen, immer wieder kamen Blasen zur Oberfläche und platzten mit einem schmatzenden Geräusch und schlammigen Spritzern.
Noch mal eine Bewegung, diesmal rechts.
Sie war gerade über einen Baumstamm gegangen, von dem sie fast abrutschte.
Nach dem Baumstamm war der Boden etwas besser.
Wieder hörte Francine dieses Geräusch.
Sie blieb direkt am Baumstamm stehen und blickte zu ihrer linken Seite und zu Serlina hinter sich, um zu sehen, ob diese das auch gesehen hatte. Sie bedeutete

Francine gerade weiterzugehen, als etwas aus dem Moor schoss und sich um Serlinas Fußgelenk schlang.
Ein lauter Schrei entfuhr ihr, sie verlor das Gleichgewicht und stürzte.
Francine reagierte intuitiv und rannte zu Serlina.
Sie erwischte gerade noch ihre Hand, als sie im Moor versank.
„Festhalten!"
Francine klammerte ihre Beine um den Baumstamm und hielt Serlina fest. Die Hände waren glitschig, vom Schweiß und jetzt vom Schlamm des Moors. Verdammt, sie würde gleich abrutschen. Serlina war fast komplett im Schlamm, nur ihre Arme und ihr Kopf waren oberhalb und es wurde an ihr gezogen.
Als Francine dachte, sie schaffe es nicht mehr, war Marisia da und half, Serlina herauszuziehen. Doch was auch immer sie packte, hielt ihr Bein fest.
Das Messer von Robinio fiel ihr ein und sie zog es hervor. „Ich komme nicht an ihr Bein."
Sie müsste selber weiter vor ins Moor, doch dann hätte sie keinen Halt mehr.
Plötzlich war Gelano da. „Ich halte Euch, los doch!"
Er packte ihre Beine, während sie ihren Oberkörper weiter ins Moor gleiten ließ, es schmatzte und die Blubberblasen spritzten. Sie blendete das aus, streckte die Arme, um mit dem Messer den schlangenartigen Griff um Serlinas Bein zu zerschneiden. Das Bein, an das sie nur unter dem Schlamm durch Tasten rankam. Sobald sie die Haut der Kreatur ausgemacht hatte, stach sie mit dem Messer zu. Das Biest löste sich, sobald sie ein paarmal zustach.
Marisia zog Serlina heraus und Gelano half Francine zurück.
Schwer atmend knieten sie an der Stelle nach dem Baumstamm.

„Verdammt, das wäre fast schief gegangen." Gelano wischte sich die Stirn ab und lachte. Francine konnte nicht anders, sie musste auch lachen. Eine verrückte Sache, die da gerade passiert war. Serlina lächelte.
Marisia stand auf. „Wir müssen weiter."
Robinio kam dazu. „Sind alle in Ordnung?"
Sie nickten und Francine blickte auf ihre Arme, ihren Oberkörper. Alles voller Schlamm. Langsam erhob sie sich, sie hatte sich die Beine am Baumstamm aufgeschürft, es brannte wie Feuer. Serlina legte ihr die Hand auf die Schulter.
„Ich schulde Euch etwas, hättet Ihr nicht so schnell reagiert ..." Sie atmete hörbar aus. „Danke Francine."
Ein Schulterzucken. „Ihr schuldet mir nichts." Sie blickte auf das Gewässer, den Schlamm. „Was war das für ein Tier?"
Serlina lächelte. „Eine der Moorschlangen. Sie ziehen ihre Opfer herunter und warten ab, bis diese erstickt sind."
„Na das ist ja allerliebst."
Serlina deutete nach vorne. „Die anderen warten. Gehen wir weiter."
Es war mühsam, den restlichen Weg durch das Moor zu gehen.
Francine blieb auf der Hut, lauschte nach jedem Geräusch. Das Blubbern war immer wieder zu hören, doch es passierte nichts mehr.
Nach dem Moor liefen sie durch Dickicht und ein paar Minuten später standen sie an einer Wiese, der Fluss war wieder zu hören.
Francine war vielleicht keine gute Schwimmerin, aber sie konnte es kaum erwarten, sich den ganzen Dreck abzuwaschen.
Plötzlich kamen lauter Männer aus dem Waldrand, verborgen vom Dickicht. Es mussten an die fünfzehn Mann sein, bewaffnet.

Robinio zog sein Schwert, Gelano hob bereits seine Axt. Was waren das für Menschen? Robinio sah kurz zu Francine. „Bleibt hinter uns!"
Die Fremden sagten nichts, griffen sofort an. Alle diese Männer waren mit Schwertern bewaffnet. Einer hieb nach Robinio und Francine beobachtete, wie er den Schlag mit Leichtigkeit abwehrte. Nur wenige Hiebe waren notwendig, dann schlitzte er ihm die Kehle auf.
Blut sprudelte aus dem Angreifer hervor, spritzte und er sackte auf dem Boden zusammen. Francine wusste nicht, was sie tun sollte. Das Messer war das Einzige, was sie zur Verteidigung bei sich trug.
Marisia schwang ihren Bogen und tötete gerade einen der Männer. Francine bemühte sich, nicht im Weg zu sein. Einer der Männer kam auf sie zu und Gelano ließ seine Axt in dessen Kreuz sausen. Ein lautes Knacken, und der Mann sackte auf seine Knie ehe er zu Boden ging. Dankbar nickte Francine Gelano zu.
Es war erstaunlich, mit welcher Anmut sich Robinio und Serlina bewegten. Sie kämpften unnachgiebig, töteten die Männer nacheinander mit fließenden Bewegungen.
Das Klirren von Metall, das Schreien, wenn einer den Todesstoß erhielt.
Alles ging so schnell, die übrigen drei Männer flohen. Doch Marisia spannte ihren Bogen und schoss schnell hintereinander drei ihrer Pfeile ab. Jeder traf sein Ziel.
Francine schluckte. Sie waren richtig gut, obwohl die anderen in der Überzahl waren, hatten sie keine echte Chance gehabt.
Gelano spuckte auf den Boden.
„Widerliche Schmarotzer. Lauern hier, anstatt sich ihr Essen zu verdienen."
Er lachte. „Ihr seid bleich, Rothaarige. Noch nie getötet?"
Sie atmete langsam ein und aus. Es war unfassbar, überall lagen Tote, Blut bespritzt. So was hatte sie noch nie erlebt. Wo auch? Höchstens im Fernsehen.

Sie schüttelte nur den Kopf.
„Wer waren diese Männer?" Sie sahen zerlumpt aus, wie Landstreicher.
Robinio wischte sein Schwert ab, ehe er es wieder in die Scheide hinter seinem Rücken verschwinden ließ.
„Gewöhnliche Gauner. Sie treiben sich oft in kleinen Gruppen herum und versuchen, an Gold oder andere wertvolle Dinge zu kommen."
„Sie hatten offensichtlich keine Chance."
Robinio zuckte die Schultern. „Nein. Wir haben eine harte Kampfausbildung hinter uns. Diese hier sind gewöhnliche Diebe, haben vermutlich bisher nur Menschen überfallen, die selbst gar nicht bewaffnet waren."
Gelano grinste. „Ja, verdammt. Unterschätze niemals deine Gegner."
Sie wandten sich wieder in die Richtung des Flusses.
Francine blickte noch mal über die Leichen, ehe sie schaudernd den anderen folgte.

Kapitel 4

Der grüne Kalno

Tatsächlich war es hier wesentlich ruhiger und der Fluss war auch nicht ganz so breit. Beruhigt war Francine aber keineswegs.
„Wie überqueren wir den Fluss?" Serlina hatte die Frage an alle gerichtet.
Marisia zog die Augenbrauen hoch. „Schwimmen?"
„Was ist los, Marisia, Angst, nass zu werden", sagte Gelano.
Sie zuckte die Schultern.
Vom Dickicht hinter ihnen flogen einige Vögel auf und alle blickten an die Stelle. Francine überkam ein Schaudern. Was hatte die Vögel aufgeschreckt, wenn nicht sie selbst?
Angespannt beobachteten sie den Rand, an dem die Wiese begann. Noch mal Gauner? Eher unwahrscheinlich. Laut Serlina traf man solche Gruppen nicht häufig.
Nichts geschah. Nach einer gefühlten Ewigkeit gab Robinio kurze Anweisungen.
„Wir werden dicht hintereinander den Fluss überqueren, so kann immer einer auf den anderen achten und notfalls helfen, sollte doch eine stärkere Strömung jemanden mitreißen."
Speziell an Francine gewandt warnte er: „Der Fluss mag harmlos erscheinen, aber es gibt Unterwasserströmungen, die einen überraschen können. Ihr sollet also mit allem rechnen und vorsichtig sein. Ich werde mit Euch zusammen gehen, Ihr könnt Euch an mir festhalten, wenn Ihr unsicher seid."
„Entschuldigt die Umstände, die ihr durch mich habt. Ich halte euch auf und bin euch so gar keine Hilfe."

Robinio lächelte. „Nein, Ihr haltet uns nicht auf. Und wir helfen uns alle gegenseitig. Was hätte Serlina vorhin im Moor ohne Euch getan?"
Francine nickte und strich sich ein paar ihrer roten Strähnen aus dem Gesicht. Die sahen allerdings nicht mehr rot aus. Ihr Haar war wie ihr Oberkörper verschlammt und alles an ihr klebte. Ihr Shirt war nicht wiederzuerkennen, es klebte mit braunen und grünen verkrusteten Flecken an ihrem Körper.
Vorsichtshalber wandte sie sich an die anderen, die jetzt alle direkt am Wasser standen.
„Gibt es hier Tiere im Wasser, die gefährlich sind?" Sie dachte an die Schlange im Moor.
Marisia und Serlina antworteten zeitgleich: „Nein."
Dann lächelten die beiden beeindruckenden Frauen einander an.
Marisia erklärte: „Keine, von denen wir wüssten. In einem See wäre ich eher vorsichtig, im Fluss gibt es höchstens ein paar Fische."
Francine musste an Marianne denken und daran, wie sehr sie ihr fehlte. Mit ihr verband sie etwas, was sie sich immer gewünscht hatte, als sie noch ein Kind gewesen war. Sie war für sie die Schwester, die sie nie gehabt hatte. Francine war klar geworden, dass dieses Gefühl, eine Schwester zu haben, nicht nur auf Blutsverwandtschaft beruhte, man konnte diese Beziehung auch zu einer Freundin haben.
Oder zu einer Schwester eben nicht haben. Sie kannte solche Fälle, in denen Schwestern gar nichts gemeinsam hatten und völlig verschiedene Ansichten.
Eine Arbeitskollegin sprach seit Jahren nicht mehr mit ihrer Schwester aus eben diesen Gründen. Blutsverwandtschaft war eben nicht auch Seelenverwandtschaft.

Was fehlte, war die gemeinsame Kindheit, aber das machte nichts, mit Mari verband sie trotzdem ein untrennbares Band.
So wie es offensichtlich bei Serlina und Marisia auch der Fall war, trotz der großen Unterschiede im Charakter, die Francine bereits in der kurzen Zeit wahrnahm.
Familie, das waren nicht nur die Menschen, die durch Blut zu einem gehörten, es waren die Menschen, denen wir wichtig waren und die uns am Herzen lagen, das war Francine nach dem Tod ihrer Eltern klar geworden.
Menschen, die sich gegenseitig vertrauten, die sich nie enttäuschen würden. Mari war immer für sie da und bei allem dabei, was wichtig war – und umgekehrt. Ob sie nach ihr suchten? Hatten sie vielleicht genau gesehen, was passiert war?
Francine schüttelte die Gedanken daran ab, sie musste sich jetzt auf die Gegenwart konzentrieren.
Der Fluss war nicht so laut wie am Wasserfall, aber dennoch hörte man ihn. Was Francine außerdem hörte, war ein knurrendes Geräusch.
Sie blickte sich um und sie war nicht alleine, die anderen mussten es auch gehört haben, denn alle standen still und sahen sich in der Wiese um.
Die anderen blickten wieder zum Fluss, nachdem nichts zu sehen war, doch Francine blickte auf eine Stelle, an der sie etwas vermutete. Warum, wusste sie nicht, denn man sah nur das Gras, aber ihr Gefühl sagte ihr, dass dort etwas war.
Schließlich bewegte sich dort im hohen Gras etwas.
Francine flüsterte: „Dort ist etwas, seht nur!"
Ein Tier erhob sich aus dem Gras, es war – Francine schluckte – eine Art Tiger.
Er hatte schwarzes Fell und dunkle, lila Streifen. Seine Ohren waren spitz wie bei einem Lux.
Über seinem Rücken, entlang der Wirbelsäule, verliefen spitze Zacken, wie Stacheln. Francine schluckte, dieses

Tier war atemberaubend schön und vermutlich sehr gefährlich. Francine rührte sich nicht vom Fleck.
Er kam nicht näher, aber knurrte immer wieder.
„Was ist das für ein Tier?" Francine klang atemlos.
„Der schwarze Jäger", sagte Robinio. „Schnell jetzt! Ins Wasser." Sobald die anderen sich in Bewegung setzten, sprang der Tiger anmutig auf sie zu.
Ehe Francine es schaffte zu flüchten, landete der Tiger hinter ihr, schnitt sie von den anderen ab. Dann drehte er sich zu ihr. Verdammt, wie schnell er war. Und so groß. Seine Augen waren fesselnd, die Iris schimmerte lila.
Da war etwas in seinen Augen, sie sah es und verstand es nicht wirklich.
Francine sah aus dem Augenwinkel Marisia, die den Tiger ablenken oder angreifen wollte.
„Nicht!" Der Tiger drehte sich und fauchte Marisia zornig an.
Marisia zögerte. „Er tötet Euch."
„Ich glaube nicht. Bitte, geht zurück. Sonst greift er Euch an."
Robinio legte ihr die Hand auf die Schulter und Marisia zog sich einen langsamen Schritt weit zurück.
Der Tiger schien besänftigt, drehte sich wieder Francine zu.
Francine liebte Katzen, das war schon immer so. Es war wie eine Verbindung, die sie spürte, wenn sie auf eines dieser eigenwilligen Geschöpfe traf. Sie musste ihnen nur in die Augen sehen und die Verbindung war da.
Und auch jetzt tat sie das, was sie immer tat, wenn sie auf eine Katze traf: Sie ging in die Hocke und wartete. Ihr Gefühl sagte ihr, genau dies zu tun, egal wie verrückt es auch sein mochte. Sie blickte dem Tier in die Augen.
Zuerst schien die Raubkatze verwirrt, zögerte.
Natürlich war das keine harmlose Hauskatze, es war nicht mal ein Tier, welches es in ihrer eigenen Welt gab,

doch es kam ihr genau richtig vor. Vielleicht war sie naiv, doch sie vertraute ihrem Gefühl.

Der schwarze Tiger stand jetzt vor ihr und kam zu ihrer Hand, beschnupperte sie, strich um sie herum. Francine wagte es, ihm die Hand an seine Wange zu legen und er kuschelte mit ihrer Hand, schnurrte laut. Es war ein atemberaubendes Gefühl.

Sein Fell war wundervoll weich und er war so schön. Allein seine Augen, die lila Iris, waren hypnotisierend.

Dann blickte der Tiger kurz knurrend zu den anderen, ehe er sich gemächlich entfernte und am Rand der Wiese flussaufwärts lief.

Gelano erwachte zuerst aus seinem Schock. Er stieß einen Pfiff aus.

„Eine Schattenkatze, verfickte Scheiße, was macht die denn hier?" Er sah Robinio mit einer hochgezogenen Augenbraue an.

Francine fragte sich, was er meinte. „Wieso sollte sie nicht hier sein?"

Robinio erklärte: „Sie lebt in den Weißtälern der dunklen Sonne. Das liegt im Norden, wir sind hier sehr weit südlich. Hier findet man die Schattenkatzen gewöhnlich nicht."

Gelano schnaubte. „Alles verändert sich. Verdammter Run." Robinio presste die Lippen zusammen, er wusste um die Tragweite dieser Aussage.

„Was war das hier eben?" Gelano sah die Rothaarige von oben bis unten an.

„Was, verdammt noch mal, habt Ihr gerade mit dem schwarzen Jäger gemacht? Wieso griff er Euch nicht an?"

„Ich weiß es nicht." Sie schluckte und atmete dann tief durch, um ruhig zu bleiben.

Er trat direkt vor Francine und blickte sie mit großen Augen an.

„Ihr wisst es nicht? Erzählt mir keine Scheiße. Wieso sonst habt Ihr Marisia aufgehalten? Wieso habt Ihr gewusst, dass sie Euch nicht angreift, nicht zerfleischt und herunterschlingt?" Er nickte aufgrund ihres verblüfften Blickes. „Ja, so ist es. Diese gewaltigen Jäger verschlingen ihre Beute, sobald sie diese zerfleischt haben. Gegen einen Menschen zu Mittag haben diese Kreaturen auch nichts."
Serlina und Marisia traten auch näher, sahen sie genau an. Kurz dachte Francine, Wut in den Augen von Marisia gesehen zu haben, aber da war so schnell wieder eine Maske der Gleichgültigkeit. Wieso sollte sie auch wütend sein?
Solch einen magischen Moment zu erleben, das hätte Francine sich nicht träumen lassen.
„Es war seltsam, als würden wir uns verstehen." Francine murmelte es fassungslos, doch die anderen verstanden alle, was sie sagte. Gelano sah sie aufmerksam an.
Er traute ihr nicht. Das würde sich wohl lange nicht ändern.
Robinio lächelte. „Ich weiß nicht, wer Ihr seid, Francine, aber offensichtlich etwas Besonderes. Die schwarzen Jäger sind, wie der Name bereits sagt, Jäger. Ich habe noch nie davon gehört, dass ein Jäger sich nähert auf diese Art. Schon gar nicht, dass er sich von einem anderen Lebewesen berühren lässt. Auf diese Weise."
Francine lächelte ihn an. „Das war wirklich unglaublich."
Ihr fiel wieder ein, was Robinio vorhin gesagt hatte.
„Was sind diese Weißtäler?"
„Es ist das Land der weißen Wiesen. Dort leben die Schattenkatzen."
„Die Wiesen sind wirklich weiß? Oder liegt Schnee auf ihnen?" Sie versuchte, sich möglichst von allem ein vollständiges Bild zu machen.

„Nein, kein Schnee, tatsächlich weiße Wiesen. Doch es ist kalt dort, kein Vergleich mit hier. Der schwarze Tiger liebt die Kälte, darum waren wir so erstaunt, was dieses Tier so nahe GranKalno macht. Aber ich nehme an, König Run hat so einiges durcheinandergebracht."
„Mich wundert das, er ist schwarz, aber er lebt in Tälern, in denen die Wiesen weiß sind? Wie tarnt er sich dann?"
Während Robinio sich die Stirn abwischte, machte Francine sich einen neuen Pferdeschwanz.
„Er ist ein Jäger, er wechselt seine Fellfarbe, wenn nötig."
„Dann wird sein Fell weiß?" Francine erstaunte das zwar, aber sie kannte ja selbst Tiere, die ihre Fellfarbe wechselten. Aber das waren kleine Tiere, keine Tiger.
„Sind diese Tiere Einzelgänger?"
Robinio schüttelte den Kopf. „Nein, sie leben in Verbänden von fünf bis zehn Tieren. Das Männchen hat weiße anstelle von lila Streifen."
Robinio blickte sich wieder um und nahm den Fluss in Augenschein.
„Lasst uns jetzt aufbrechen, wie müssen durch den Kalno."

Die Reihenfolge, in der sie alle den Fluss durchquerten, legte Robinio fest. Auch sein Haar klebte am Gesicht und jetzt, wo Francine die anderen genauer betrachtete, erkannte sie, wie verschwitzt alle aussahen. Serlina war wie sie mit viel verkrustetem Schlamm bedeckt.
Sie spürte, wie Gelano immer wieder zu ihr blickte. Francine fragte sich, ob er jetzt mehr Vertrauen hatte oder ob er noch misstrauischer ihr gegenüber war. Wo auch immer sie hier war oder weshalb, es war wie ein Wunder.
Robinio würde das Schlusslicht bilden gemeinsam mit Francine, Marisia ging voran, gefolgt von Gelano, dann

Serlina. Im Abstand von circa einem Meter zueinander stapften sie also los.

Bei der schwülen Luft war sie sehr froh, den Haargummi zu haben.

Es war bereits klar, dass sie nur am Rand stehen konnten, den Rest mussten sie schwimmend zurücklegen. Francine war nervös. Sie biss die Zähne zusammen und bemühte sich ruhig zu bleiben. Sie schaffte das. Sie konnte schwimmen, sie würde es schaffen.

Das Wasser des Flusses glitzerte durch die Sonne und blendete fast schon. Der Boden war zuerst steinig, dann widerlich schlammig und schließlich schwammen sie.

So wie die Sonne stand, musste bereits später Nachmittag sein, und doch brannten die Sonnenstrahlen auf der Haut.

Das Wasser war angenehm kühl und Francine bespritzte ihr Gesicht schnell mit einer Handvoll davon, bevor es zu tief wurde, um noch stehen zu können.

Die Mitte des Flusses erreichte sie gerade, als sie hinter sich ein lautes Platschen hörte. Sofort drehten sich alle um. Robinio war nicht mehr zu sehen.

Serlina rief erschrocken seinen Namen. Da tauchte er gerade wieder auf und schnappte nach Luft. Wieder wurde er unter Wasser gezogen. Serlina schwamm auf ihn zu, um zu helfen, Francine wusste nicht, was sie tun sollte.

War das eine Strömung, die ihn erfasst hatte?

Gelano brüllte: „Weiter schwimmen, Robinio schafft das!"

Da Francine sowieso nicht hätte helfen können, tat sie, was Gelano sagte, blickte aber immer wieder hinter sich.

Es fiel ihr nicht leicht, gleichmäßig zu schwimmen, der Fluss trieb einen vom Weg ab.

Bereits nach ein paar Zügen war Robinio wieder unterwegs. Der Abstand zu ihr war jetzt größer, was Francine nicht gerade glücklich machte.

Francine blieb plötzlich die Luft weg, als sie unter Wasser gezogen wurde. Sie war in einen Strudel geraten, der sie in die Tiefe zog. Mit aller Kraft versuchte sie, sich wieder nach oben zu kämpfen. Panik überschwemmte sie. Schwimmen war eine Sache, tauchen eine ganz andere. Unter Wasser fühlte sie sich hilflos.
Alles drehte sich und sie konnte um sich herum nichts erkennen. Sie wurde hin und her geschleudert wie in der Achterbahn mit rasendem Tempo. Als sie es kurz an die Oberfläche schaffte, erhaschte sie mit Entsetzen einen Blick auf ihre Umgebung. Sie war ein ganzes Stück weit flussabwärts gerissen worden, die anderen waren in einiger Entfernung auszumachen und riefen ihr irgendetwas zu.
Sie hörte nichts.
Panisch sog sie Luft in ihre schmerzenden Lungen.
Doch da wurde sie bereits wieder unter Wasser gezogen.
Der ständige Kampf an die Oberfläche verlangte einiges von ihr ab. Hilflos kämpfte sie sich wieder und wieder nach oben, um Luft zu holen. Unter Wasser war alles verwirbelt, sie konnte nichts erkennen. Robinio hatte richtig gelegen, die Strömungen waren sehr stark.
Schwindel erfasste sie von diesem Unterwassertanz.
Immer mal wieder hatte sie davon gelesen, dass Menschen im Rhein ertrunken waren und hatte es gar nicht glauben können. Aber jetzt, als sie das am eigenen Leib erfuhr, dachte sie ganz anders darüber. Selbst ein guter Schwimmer wäre nicht in der Lage viel auszurichten.
Mühsam versuchte sie, unter Wasser etwas zu erkennen, doch sie drehte sich im Wirbel des Wassers ständig und kam immer nur kurz an die Oberfläche, gerade lang genug, um Luft für den nächsten Tauchgang zu holen.

Nicht nur der ständige Sog nach unten war ein Problem, inzwischen bemerkte sie auch, dass die gesamte Flussströmung stärker war, weil sie weiter in Flussrichtung trieb.
Die anderen waren bei ihren jetzigen Auftauchkämpfen gar nicht mehr zu sehen. Das machte ihr am meisten zu schaffen. Wie eine Wilde versuchte sie sich in Richtung Ufer zu kämpfen, aber sie hatte gegen die mächtige Strömung keine Chance. Ihr wurde erst klar, was da noch vor ihr lag, als sie das tobende Tosen des Wassers hörte.
Natürlich, irgendwann musste bei der zunehmenden Strömung ein Wasserfall kommen. Francine schnappte ein letztes Mal nach Luft, bevor sie über den Rand des Wasserfalls geworfen wurde. Der ohrenbetäubende Lärm ließ ihren Schrei untergehen.

Francine konnte es nicht fassen, sie war am Leben und wie es schien unverletzt. Der Wasserfall endete in einem großen See. Nachdem sie weit gespült worden war, bewegte sie sich jetzt auf den Rand des Sees zu. Dort lag sie erst mal ein paar Minuten und atmete schwerfällig.
Ihr Kopf fühlte sich träge an und sie war völlig erschöpft. Bereits vor dem turbulenten Abgang im Wasser war sie müde und hungrig gewesen, jetzt war sie bald am Ende ihrer Kräfte. Nach einigen Minuten ging ihre Atmung wieder normaler und sie setzte sich auf, um ihre Umgebung in Augenschein zu nehmen.
Dabei spürte sie wieder das Pochen in ihrem Kopf.
Mit der rechten Hand fasste sie sich an die Schläfe und entdeckte dann Blut an ihren Fingerspitzen.
Irgendwo musste sie gegen einen Felsen gestoßen sein. Langsam drehte sie ihren Kopf nach rechts und links, um einen Eindruck ihres jetzigen Umfelds zu bekommen.
Ein ruhiger See, selbst das Getöse des Wasserfalls hörte man nur noch in der Ferne. Rings um den See wuchsen Nadelbäume. Der See zog sich vom Wasserfall aus in die Länge. Sie war an der breitesten Stelle an Land gekommen. Am wieder schmaler werdenden Ende des ovalen Sees waren Berge zu sehen.
Wäre sie nicht in der Situation, in der sie war, hätte sie den Anblick mehr genossen. Die Sonne schenkte den Bergen einen Hauch ihres Lichts und gab ihnen damit ein atemberaubendes Aussehen.
Die Gipfel waren weiß und strahlten.
Das Ufer des Sees war relativ verwachsen dort, wo sie war. Kleine Büsche und ein steiniger Boden befanden sich rechts und links von ihr.
Das Wasser des Sees war tiefblau und man könnte meinen, in einem Kalenderbild zu stehen. Trotz der Wärme fröstelte Francine.

Ihre Kleidung war durchnässt und ihre Haut fühlte sich klamm an. Außerdem pochte ihr Kopf, ob von der Verletzung oder der Anstrengung konnte sie nicht sagen. Vermutlich von beidem.
Francine runzelte die Stirn. Sie hatte keine Zeit zu verlieren. Wenn es dunkel wurde, wäre sie auf sich gestellt. Sie musste weit von den anderen entfernt sein. Wie sollte sie vorgehen? Am besten in die Richtung marschieren, aus der sie gekommen war. Allerdings hieße das – sie warf einen Blick in Richtung des weiter entfernten Wasserfalls – dort hinauf zu kommen.
Zu beiden Seiten sah sie scharfe Klippen, also müsste sie erst weiter außen entlanggehen und darauf hoffen, einen Aufstieg zu finden, den sie schaffte. Bis sie dann allerdings oben war, wäre es dunkel. Und vielleicht hatte sie eine Gehirnerschütterung, dem Pochen ihres Kopfes nach zu urteilen, war das durchaus möglich.
Zu große körperliche Anstrengungen waren also für heute nicht mehr ratsam. Wenn sie umkippte, wäre es vorbei. Ob die anderen nach ihr suchten? Sie wussten vermutlich von dem See hier am Ende des Wasserfalls und dass sie hierhin gespült wurde. Nur wie groß würden sie die Wahrscheinlichkeit einstufen, dass sie das überlebt hatte?
Aber selbst, wenn die anderen ihre kostbare Zeit nutzten, um zu ihr zu gelangen, so würden sie es auch nicht bis zum Einbruch der Nacht schaffen, dazu stand die Sonne bereits zu tief.
Immerhin hatte sie den ganzen Weg aufgrund des Flusses in kurzer Zeit zurückgelegt, aber zu Fuß war das bestimmt ein Tagesmarsch oder mehr. Sie konnte das wirklich gar nicht einschätzen, vor allem, weil sie während ihrer Wildwasserfahrt nur wenig von der Distanz mitbekommen hatte. Es war alles sehr schnell passiert.

Und doch war die Sonne bereits tief, also war sie vermutlich zwischendurch bewusstlos gewesen.
Das kleine Stück, welches sie vorhin gemeinsam am Waldrand zurückgelegt hatten, um eine bessere Stelle für die Überquerung zu finden, hatte sie bereits viel Zeit gekostet, also konnte sie es sich ausrechnen, wie lange das dauern würde.
Die Sonne würde bald untergehen. Jetzt loszulaufen, war also keine Option, vor allem nicht in ihrem Zustand. Weit kommen konnte sie nicht mehr und sich verteidigen falls nötig auch nicht. Mit was auch? Sie hatte keine Waffe, oder doch, das Messer. Sie tastete danach. Mist. Es war nicht mehr da, sie musste es im Fluss verloren haben. Ihre Beine waren zerkratzt. Sie blickte ihre Arme und den Rest von sich an, nur um sicherzugehen, dass alles so weit in Ordnung war.
Man sagte doch, dass Menschen durch einen hohen Adrenalinspiegel gar nicht mitbekamen, wie schwer verletzt sie waren. Sie spielte mit den Steinen unter ihren Handflächen und grübelte. Sie brauchte einen Plan. Zuerst musste sie einen Schlafplatz finden. Dann etwas zu essen. Und jetzt kam ihr der Gedanke, dass sie Durst hatte.
Sie krabbelte zum Wasser und griff nach ihrem Wasserbeutel, der auch nicht mehr da war. Sie stöhnte. Der war wohl während ihrer Wasserfahrt mit verloren gegangen.
Ironisch grinste sie, die Kette hing immer noch um ihren Hals, als würde sie die brauchen. Sie beugte sich vor und probierte ein paar Schlucke. Es schmeckte, wie Wasser ihrer Meinung nach auch schmecken sollte, und so durstig wie sie war nahm sie ein paar kräftige Züge aus ihren beiden Händen.
Woher sollte sie wissen, ob es trinkbar war? Aber viele Möglichkeiten blieben nicht, verdursten war schließlich auch keine Option.

Im Wasser blickte sie auf ihr Spiegelbild. War das sie? Bisher hatte sie sich nicht viel um ihr Äußeres gesorgt, das lag einfach nicht in ihrer Natur. Sie kämmte sich morgens die Haare, wusch sich, putzte ihre Zähne – mehr auch nicht.
Ab und zu Wimperntusche und fertig. Dieses Gefühl von Frische reichte ihr aus.
Nun musste sie schlucken. Ihre Haare waren verfilzt und zerzaust. Ihr Gesicht wirkte aschfahl.
Die Sommersprossen stachen geradezu hervor und ihre Wangenknochen wirkten eckiger als sonst. Sie hatte das Glück, mit einer schlanken Figur gesegnet worden zu sein und durch Joggen und Wandern hielt sie sich fit. Aber jetzt bemerkte sie, wie sehr es an ihr zerrte, zwei Tage nicht normal gegessen zu haben.
Ihr Körper aber hatte viel härter arbeiten müssen als sonst und das bei viel weniger Nahrung. Viele Fettquellen zum Verbrennen hatte sie nicht. Mit ihren Fingern fuhr sie behelfsmäßig durch ihr nasses Haar. Toll, der Haargummi war auch verschwunden.
Sie seufzte und stand langsam auf. Mehr konnte Francine jetzt nicht machen, und wieder gab es Wichtigeres. Fast wäre sie erneut auf die Knie gegangen, ihre Beine fühlten sich wie Gummi an und sie flehte sie an, noch ein bisschen durchzuhalten. Vielleicht konnte sie einen Baum finden, in dem man schlafen konnte? Das wäre ihr am liebsten, doch sie fürchtete, nicht so viel Glück zu haben. Wenn sie an die Geräusche dachte, die sie heute gehört hatten, musste sie ein Schaudern unterdrücken.
Keinesfalls konnte sie ohne Schutz Schlaf finden, sie würde kein Auge zumachen. Sie stieß ein kurzes Lachen aus, ihre Situation war einfach verrückt. Wer hätte sich ausmalen können, dass ein Wanderausflug so endete? Sie war erst zwei Tage hier und nicht zu Hause, aber es fühlte sich bereits wie eine Ewigkeit an.

Die Realität kam ihr merkwürdig vor, fast, als wäre sie nie woanders als hier gewesen. Ob sie sich mit dem Leben hier abfinden konnte, gar musste? Oder gäbe es eine Möglichkeit, nach Hause zu kommen. Plötzlich fühlte sie sich alleine und hilflos.
Die anderen hatten ihr Stabilität gegeben, jetzt ohne jemanden bei ihr war alles so trüb. Tief atmete sie ein und wieder aus, um ihre Gefühle zu beruhigen, sonst fing sie noch an zu weinen, was gar nicht zu ihr passte. Durcheinander. Ja, das war sie. Vermutlich auch wegen ihrer Kopfverletzung.
In Gedanken sprach sie sich gut zu, sie musste positiv denken, es half alles nichts. Wenigstens das konnte sie beeinflussen, wenn schon nichts anderes. Francine wollte sich gerade vorwagen, um ein wenig die Umgebung zu erkunden, als sie ein leises Knurren hörte. Als sie sich umdrehte, erblickte sie die Kreatur.

Kapitel 5

Das unbekannte Geschöpf

Serlina blickte Gelano wütend an. „Das kann doch nicht Euer Ernst sein! Wir können sie nicht einfach sich selbst überlassen!" Ihre blauen Augen funkelten und sie sah aus, als würde sie gleich auf Gelano losgehen.
„Ganz ruhig, habt Ihr vergessen, weshalb wir unterwegs sind, was wir in kauf nehmen und wofür verdammt noch mal? Die Rothaarige ist vermutlich sowieso nicht mehr am Leben und wenn doch, dann muss sie wohl selbst dafür Sorge tragen, dass es so bleibt."
Serlina blitzte ihn noch feuriger an. „Vergessen?" Ihre Stimme wurde hart. „Ihr glaubt, ich könnte das vergessen? Nur weil es mich nicht kalt lässt, was mit anderen passiert."
„Fickt Euch, Ihr wisst nicht, was mich kalt lässt." Sein Gesicht verhärtete sich.
Robinio hob die Hand. „Beruhigt euch, streiten hat keinen Sinn." Robinio wusste, was in Gelano vorging, das gleiche ging in ihm vor. Sie wussten nicht, wo er war und ob sie ihn jemals wiedersehen würden. Gelano war hauptsächlich deshalb mitgekommen. Er hoffte durch ein Wunder, ihn vielleicht auch zu finden, Adoran. Sein Bruder war schon lange fort und Gelano war sein bester Freund. Aber nicht nur darum. Er konnte ihnen auch eine große Hilfe mit dem Kristall sein.
Serlina sah, wie seine Lider sich kurz senkten.
Robinio wirkte erschöpft. Sein Bruder und sein Brudervater und dieser ganze Kampf, der tobte, während sie hier saßen. Das alles belastete ihn, das wusste sie.
Serlina empfand Bewunderung für Robinio. Er machte trotz allem weiter, in seiner ruhigen und konzentrierten Art. Bevor er eine Entscheidung traf, beleuchtete er alle Blickwinkel und wägte ab. Niemals hatte sie erlebt, dass

er leichtfertig entschied, vor allem nicht, wenn es um Leben ging.
Serlina erhob eindringlich das Wort: „Ich bin es ihr schuldig, ohne ihre Hilfe wäre ich im Moor vermutlich gestorben."
Gelano kniff die Augen zusammen, sagte aber nichts dazu. Sollte sie doch glauben, was sie wollte. Er war ein guter Mensch, er wollte die Rothaarige auch nicht zurücklassen, aber Robinios Bruder war sein bester Freund, er würde ihn nicht im Stich lassen. Wenn er wählen müsste, dann ganz klar seinen Freund. Insgeheim hoffte er, ihn zu finden auf ihrem Weg. Er wusste, Robinio ging es nicht anders. Auch wenn die Gründe dafür sicherlich vielseitig waren.
Marisia legte Serlina den Arm auf die Schulter. „Serlina, es steht viel mehr auf dem Spiel als eine einzelne Person. Wenn wir es nicht schaffen, dann wird Run keine Ruhe geben. Er wird eine Armee haben, eine, gegen die niemand ankommt. In blindem Zorn zerstört er bereits jetzt Vioruna."
Serlina atmete ruhig. „Was tun wir also?" Sie blickte Robinio an. „Was tun wir?"
Ihre Frage im Raum dachte Robinio nach. Hin- und hergerissen zwischen dem Wohlergehen des gesamten Königreichs und der Entscheidung, jemanden zurückzulassen, der es alleine nicht schaffen würde – denn das würde Francine nicht –, zog er seine Stirn in Falten. Die Bedrohungen hier draußen waren selbst für ihn und seine Leute gefährlich, obwohl sie gut kämpfen konnten und sich mit der Natur und dem Leben hier auskannten.
Francine jedoch schien wirklich keine Ahnung von alldem hier zu haben. Die Begegnung mit dem schwarzen Jäger war wirklich seltsam, er konnte sich keinen Reim darauf machen.

War es ein Zufall gewesen? Oder konnte sie mit diesen Tieren kommunizieren? Etwas war da passiert, er wusste noch nicht was, doch sie würden es schon herausfinden. Allerdings nicht, wenn die Rothaarige nicht mehr lebte.
Er fragte sich, woher sie wirklich kam. Vielleicht von einer anderen Welt? Es gab Gerüchte darüber – er schüttelte den Kopf. Wahrscheinlich Märchen, an denen nichts dran war, doch er konnte die Fakten nicht außer Acht lassen. Wenn sie nur ihr Gedächtnis verloren hätte, warum sollte sie dann die einfachsten Dinge nicht mehr kennen? Die Früchte, die hier wuchsen, die Bäume, die Tiere, die hier lebten.
Seltsam fand er auch ihre Erscheinung. Noch nie hatte er jemanden gesehen, der so gekleidet war. Der Stoff ihrer Hose war ganz anders als alles, was er kannte, und auch ihre Schuhe waren ihm aufgefallen.
Er blickte einen nach dem anderen in die Augen, alle sahen ihn erwartungsvoll an. An manchen Tagen, so wie heute, hätte er gut darauf verzichten können, die Entscheidungen zu treffen. Für ihn gab es kein Aufgeben, er machte weiter, weil er musste. Und wenn er eines gelernt hatte, dann, dass es keine Zufälle gab. Wer weiß, warum sie auf Francine gestoßen waren? Vielleicht konnte sie ihnen helfen, denn etwas war an ihr, was Robinio nicht greifen konnte, aber es war da.
Hätte er eine Wahl, wäre er jetzt liebend gerne in dem kleinen Dorf unterhalb des Schlosses. Dort könnte er den Garten bewirtschaften, nach dem er sich sehnte. Eine Ehefrau an seiner Seite, die mit ihm gemeinsam ihre Kinder großziehen würde – er blinzelte kurz, als er dabei vor seinem geistigen Auge Serlina sah.
Zugegeben, er fühlte sich zu ihr hingezogen. Nicht nur ihr attraktives Äußeres sprach ihn an, sondern ihr Lachen und ihre Gewitztheit. Ihre fröhliche Art und ihr Mitgefühl. Aber für Serlina, die in die Leibgarde

gegangen war, weg vom Landleben ihrer Eltern, war es bestimmt kein Traum, einen Garten zu haben und Kinder ausgerechnet auf dem Land groß zu ziehen.
Nein, sie suchte Abenteuer, kein ruhiges Leben.
Er schob diese Gedanken beiseite.
Jetzt war nicht der Zeitpunkt, um daran zu denken, was er sich wünschte, es galt schließlich, seine Heimat zu retten und wenn möglich seinen Vaterbruder – oder ihn aufzuhalten.
Run war bereits seit vielen Jahren König. Robinios Vater war seit Langem tot, er hatte nur kurz regiert. Robinio und Adoran waren noch jung gewesen als er starb.
Er würde es Run nie vergessen, wie sehr er sich um die beiden gekümmert hatte, als wären sie seine Söhne. Egal wie sehr es Robinio schmerzte, seinem Vaterbruder entgegenzutreten, er konnte nicht zulassen, was dieser auf seinem fehlgeleiteten Rachezug tat. Wäre er noch bei Verstand, so würde König Run nichts anderes von ihm erwarten.
Nach einem tiefen Seufzer sprach er schließlich: „Ich kann nicht weitergehen in dem Wissen, dass Francine sich selbst überlassen ist."
Gelano war zu verblüfft, um etwas zu sagen.
Marisia akzeptierte die Entscheidung und nickte.
Serlina stand auf und war voller Tatendrang. „Lasst uns keine Zeit verlieren."
Jetzt stand Gelano auf und seine dunklen Augen wirkten fast schwarz, als er ruhig sprach: „Wisst Ihr, was Ihr tut?" Robinio kannte seinen Freund gut genug, um zu wissen, was in ihm vorging. Er würde an seiner Entscheidung nicht rütteln, aber er war besorgt. „Ja. Wir werden es trotzdem schaffen. Aber ich kann nicht guten Gewissens weiterziehen und so tun, als gäbe es Francine nicht. Und Serlina liegt richtig, Francine hat ihr ohne zu zögern geholfen, obwohl sie selbst dadurch fast in das Moor gezogen worden wäre."

Gelano erwiderte gelassen: „Ob es sie noch gibt, wissen wir nicht. Es ist unwahrscheinlich, einen Sturz über den Rand des Wasserfalls zu überleben – und ihr wisst, dort ist sie angekommen." Bevor die anderen etwas erwidern konnten, fügte er noch hinzu: „Dennoch verstehe ich Eure Entscheidung. Wenn sie tatsächlich noch am Leben ist, dann wäre es unverantwortlich, sie so zurückzulassen." Gelano verstand die Entscheidung, auch wenn er selbst anders entschieden hätte. Zwar hatte er nichts gegen die Rothaarige, aber er war sich sicher. Sie sagte ihnen nicht die Wahrheit. Etwas verbarg sie vor ihnen, darum traute er ihr nicht. Nur inwieweit sie nicht die Wahrheit erzählte, das konnte er nicht sagen. Ob sie ihnen nun half oder mit Raubkatzen sprach, änderte daran nichts.
„Die Sonne steht bereits tief." Gelanos Feststellung war den anderen nicht entgangen.
Serlina wirkte bedrückt, als sie murmelte. „Hoffentlich übersteht sie die Nacht."
Gelanos Worte klangen hart, aber ehrlich: „Eher unwahrscheinlich, aber vielleicht hat sie Glück, so wie mit der Schattenkatze."
Serlina hoffte es für Francine.
„Wir müssen davon ausgehen, dass sie in den großen See am Ende des Wasserfalls gespült wurde." Marisia führte weiter aus: „Hat die Strömung einen einmal erfasst, ist es schwer, daraus zu entkommen. Vorausgesetzt, sie ist heil aus dem See gekommen, dann wird sie es dort bestimmt nicht weit schaffen. Wir sollten also unsere Suche auf das Gebiet des Sees konzentrieren."
Robinio nickte zustimmend, er nahm das Gleiche an.
„Gut, so machen wir es. Bedauerlicherweise werden wir es nicht bis zum Wasserfall schaffen. Außerdem haben wir zu lange nichts gegessen. Es wäre unvernünftig,

geschwächt loszumarschieren, vor allem wenn bald die Dunkelheit über uns hereinbricht."

Wieder erhob Marisia ihre feste Stimme: „Vorhin habe ich Wildspuren am Flussufer gesehen." Dann lächelte sie.

„Wir sollten auf die Jagd gehen." Marisia war nicht nur eine gute Jägerin, sie liebte die Jagd.

Das Anpirschen an ein Beutetier gab ihr einen Adrenalinstoß, das Lauern und auf den passenden Augenblick zu warten, bevor man zuschlug. Sie war eine meisterhafte Bogenschützin, es lag ihr im Blut.

Und ihr Magen knurrte, ein Grund mehr für die Jagd.

Robinio ging kurz den Plan im Kopf durch und nickte. „Also gut, dann besorgen wir zuerst etwas Nahrhaftes und dann schlafen wir. Die Sonne steht bereits zu tief, um heute noch weit zu kommen. Wir pausieren und starten morgen früh wieder. Ich schätze, bis morgen Abend haben wir es dann zum See geschafft."

Da es nichts weiter zu sagen gab und jeder wusste, was zu tun war, gingen sie in flottem Schritttempo weiter und auf den weniger dicht bewachsenen Wald zu, der auf dieser Seite des Flusses lag. Der Wald war nicht so dunkel, da die Bäume hier kein dichtes Blätterdach hatten, sondern offener waren. Es dauerte nicht lange, bis sie ein paar Rehe entdeckten und sich auf die Jagd machten.

Francine stockte der Atem, sie hatte das Gefühl, gleich ohnmächtig zu werden. Bewegungsunfähig stand sie da und starrte das Tier an – wenn sie es überhaupt Tier nennen konnte. Sie konnte nichts hören außer das Donnern ihres Herzschlags. Ihre Sinneswahrnehmungen schienen ausgeschaltet. In ihren Ohren rauschte es wie verrückt und sie zitterte. Nicht mal zu blinzeln wagte sie. Aber trotz ihres Schocks und der Angst, die sie empfand, waren da noch andere Gefühle.
Erstaunen. Bewunderung.
Das Geschöpf vor ihr war wirklich ein Drache.
Wunderschön und unglaublich groß. Seine vier Beine waren kräftig und muskulös und trugen diesen gigantischen Körper. Seine Augen, oh Gott, wie konnten die Augen so ausdrucksstark und schön aussehen! Nie hätte sie sich träumen lassen, einmal vor einem solch beeindruckenden Lebewesen zu stehen.
Sie wusste nicht warum, doch sie war sich sicher, es handle sich um ein männliches Tier. Ob es an seinen Augen lag oder am muskulösen Körperbau wusste sie nicht. Vielleicht auch an dem Ausdruck in seinen Augen. Diese wirkten so menschlich. Sie waren grün und groß.
Der obere Teil seines Kopfes, von den Nüstern bis in den Nacken, war mit Schuppen bedeckt, welche in einem dunklen Grün schimmerten. Außerdem verliefen kleine Spitzen, die wie Hörner aussahen, in der Mitte seines Kopfes bis längs nach oben, wobei sie größer wurden und schließlich über seiner Stirn am längsten waren. Die untere Hälfte seines Kopfes schien zartere Schuppen zu haben, sie waren auch nicht dunkelgrün, sondern ganz hell, fast schon ein schwaches Gelb oder leichtes Beige.
Diese erstreckten sich auf den vorderen Teil des Halses bis über seinen Brustkorb. Vermutlich bedeckten diese auch seinen Bauch.

Und seine Flügel! Eindrucksvoll waren sie auf beiden Seiten deutlich zu sehen. Die Unterseiten waren jeweils leicht gezackt und es verliefen stark ausgeprägte Stränge in gleichmäßigen Abständen längs in den Flügeln, die das dunkle Grün seiner Schuppen besaßen.
Ob das Knochen waren, oder Ähnliches?
Der Rest der Flügel, die Zwischenräume, wurde von einem zarten Rotton geschmückt. Plötzlich war ihr bewusst, wie lange sie den Drachen schon anstarrte und über seinen Körperaufbau nachdachte.
Was war nur mit ihr los? Sie blickte wieder in seine Augen und wunderte sich darüber, dass er nicht angegriffen hatte.
Im Gegenteil, er schien sie ebenfalls zu mustern.
Irritiert ging Francine einen Schritt zurück und dem Drachen entfuhr ein tiefes Knurren.
Bei diesem Geräusch bekam sie eine Gänsehaut.
Wieder blieb Francine ruhig stehen. Hatte das Knurren missmutig geklungen? Stand sie schon lange hier und starrte den Drachen an? Es fühlte sich zumindest so an, als wäre es bereits eine Ewigkeit.
Der Drache bewegte sich nicht, er blieb ruhig stehen und starrte sie an. Was sollte sie machen? Vielleicht wartete er auf ihre Flucht, weil ihm die Jagd gefiel?
Ja, wahrscheinlich spielte er gerne mit seiner Beute. Sie unterdrückte ein Schaudern und überlegte fieberhaft, was sie tun sollte. Mit einem Drachen hatte sie nun beim besten Willen nicht gerechnet.
Ihre Fluchtmöglichkeiten waren sehr eingeschränkt.
Hinter ihr lag der See. Konnte sie untertauchen und hoffen, der Drache würde nicht ins Wasser kommen? Oder würde er sie noch schnappen, bevor sie weit genug im See war?
Vielleicht war er durch seine Größe schwerfällig und sie konnte schneller sein. Allerdings war da das Problem mit ihren Beinen, die nicht mehr richtig mitmachen wollten.

Die Luft konnte sie auch nicht lange anhalten und der Drache besaß Flügel – ergo konnte er auch noch fliegen und sie wahrscheinlich aus dem Wasser fischen.
Fieberhaft überlegte sie weiter.
Rechts und links von sich hatte sie wenig Chance, der Boden war steinig und Gebüsch würde sie am Rennen hindern.
Sie entschied, gar nichts zu tun und abzuwarten. Sollte der Drache angreifen, dann würde sie in den See flüchten, das erschien ihr die beste Option.
Eine Flucht zu Fuß kam bei ihrer Schwäche gar nicht infrage. Ihr Magen knurrte laut und sie hätte schwören können, dass der Drache die Augenbrauen hochzog und sie fragend ansah.
Während sie wartete, stellte sie fest: Es passierte gar nichts. Nach einer gefühlten Ewigkeit bewegte sich der Drache und Francine zuckte zusammen und stolperte rückwärts. Allerdings kam das Tier nicht auf sie zu, es knickte seine Beine ein und saß nun auf dem Boden.
Ein Gähnen entblößte kurz seine scharfen Zähne. Die vorderen waren zu beiden Seiten sehr lang, dahinter ging es mit kleineren Zähnen weiter. Wobei die kleinen Zähne immer noch riesig waren. Abwartend sah er sie weiterhin an.
Was ging hier bloß vor? War das eines der Tiere, vor denen sich die anderen gefürchtet hatten? Was auch sonst. Aber woher sollte sie wissen, was hier noch alles lebte, wenn es schon Drachen gab, dann schien nichts anderes unmöglich zu sein. Und sie hatte gedacht, der schwarze Jäger wäre bereits das unglaublichste Geschöpf.
Sein Schwanz, der ebenfalls wie sein Hals und Rücken mit dunkelgrünen Schuppen bedeckt war, lag in einem Halbkreis um ihn herum.
An dessen Spitze befand sich eine Art Pfeil, der in diesem dunklen Grünton funkelte. Er wirkte so friedlich

und gar nicht angriffslustig. Täuschte sie sich oder wollte der Drachen sie tatsächlich nicht angreifen? Halluzinierte sie vielleicht? Möglich wäre es, immerhin war ihr Kopf verletzt. Würde ihr das trotzdem so real vorkommen?
Im Moment begnügte er sich damit, sie im Auge zu behalten.
Länger konnte sie hier nicht stehen bleiben, es hatte sich nichts geändert. Sie brauchte immer noch etwas zu essen und einen Schlafplatz. Die Zeit lief weiter. Es überkam sie ein Gefühl von Frieden, wenn er sie fressen würde, dann wäre es so. Sie hatte es satt, ängstlich und kauernd hier zu stehen, während sie sich immer schwächer fühlte und erbärmlich fror.
Inzwischen hatte nämlich ein frischer Wind eingesetzt und die Sonne ließ nur noch ihre letzten Strahlen sehen.
Francine straffte entschlossen die Schultern, sie würde jetzt loslaufen und sehen, wie der Drache reagierte.
Rechts an ihm vorbei und so tun, als wäre das selbstverständlich und alles in Ordnung. Jawohl, so sah ihr Plan aus.
Tiere konnten doch Emotionen spüren. Wenn sie also keine Angst hatte, dann spürte das der Drache sicher? Vielleicht griff er sie nicht an, wenn er keine Angst bei ihr spürte und sie nicht wegrannte?
Ein paar Minuten lang redete sie sich in Gedanken Mut zu, endlich ihre Beine zu bewegen. Und dann schaffte sie es plötzlich. Mit langsamen Schritten ging sie nach rechts, den Körper schräg abgewandt vom Drachen, aber so dass sie ihn weiterhin sah. Sie musste dicht an ihm vorbei, nur zwei oder drei Meter, da der Rest so bewachsen war, dass sie nicht durchkam.
Ruhig atmete sie immer wieder ein und aus und hörte nur das Rauschen ihres eigenen Blutes. Sie war so aufgeregt, dass es ein Wunder war, dass sie an dem Tier vorbeikam. Als sie ungefähr zehn Meter weit weg vom Drachen war – unglaublich –, stand dieser auf und

drehte sich zu ihr um. So viel zu ihrem Plan. Mit schnelleren Schritten lief sie weiter und blickte dann hinter sich.

Scheiße, der Drache folgte ihr mit gemütlichen Schritten. Beeilen musste er sich gar nicht, seine Schritte brachten ihn sowieso viel schneller vorwärts. Er knurrte nicht und wirkte auf sie nicht, als wäre er auf der Jagd, aber warum zum Teufel folgte er ihr dann? Sie blieb stehen und starrte ihn an.

Er blieb ebenfalls stehen.

War das ein krankes Spiel? Sollte sie sich in Sicherheit wägen und dann käme der Angriff? Andererseits war es doch bloß ein Tier, dachte er überhaupt so weit?

Es reichte, es war einfach genug. Jetzt drehte sie durch, diese ganze Situation war einfach lächerlich. War sie doch im Delirium und bildete sie sich das Tier nur ein? Das war durchaus möglich, schließlich hatte sie zu lange keine anständige Mahlzeit zu sich genommen und sie war übermüdet und dann die Kopfverletzung. Wahrscheinlich war sie verrückt, aber genug war genug, also rief sie laut aus: „Das reicht! Ich gehe jetzt! Entweder du frisst mich gleich oder du lässt mich verdammt noch mal in Ruhe!"

Sie war keine Frau, die leicht aufgab oder weinte. Aber im Moment war ihr einfach nur nach weinen zumute. Sie kämpfte mit den Tränen, einfach weil sie am Ende ihrer Kräfte war. Dann versuchte sie weiterzugehen, gab aber nach zwei Schritten auf und ließ sich auf den jetzt bereits mit Gras bedeckten Boden plumpsen. Es war ihr im Moment alles egal, sie konnte nicht weiterhin stehen, sie musste sich unbedingt ausruhen.

Sitzen war ihr sogar zu anstrengend, also legte sie sich hin – nur kurz, um Kraft zu sammeln, sagte sie sich. Bevor der Drache bei ihr ankam, hörte sie bereits seine wenigen Schritte. Sein großer Kopf kam ganz nah an ihr Gesicht und er schien zu schnuppern.

Sie murmelte schwach: „Ich schmecke bestimmt beschissen, so wie ich aussehe und rieche."

Konnte ein Drachen schmunzeln? Und konnte er sie verstehen? Sie musste wirklich langsam durchdrehen, denn genau das schien der Drache zu tun.

Ihre Augen fielen ganz von alleine zu und sie wachte erst auf, als an ihr gerüttelt wurde. Sie blinzelte und wusste erst nicht genau, was los war. Langsam setzte sie sich aufrecht hin, rieb sich die Augen und blickte auf.

Da war er, der Drache. Warum blickte er sie bloß so erwartungsvoll an? Es war inzwischen fast vollständig dunkel, warum war er noch da? Und warum tat er ihr nichts? Sie verstand das alles nicht. Erst dann erblickte sie das ganze Obst, welches vor ihr aufgetürmt war. Und Fisch! Und Brot! Wo hatte er bloß das Brot her? Fragend blickte sie dem Drachen in die Augen, der es sich wieder gemütlich machte. Seinen Schwanz hatte er wieder in einem Halbkreis um sich gelegt, diesmal schloss der Kreis sie allerdings mit ein.

Sie sah kurz hinter sich und hatte das Gefühl, in Sicherheit zu sein. Francine war so hungrig, ihr lief das Wasser im Mund zusammen.

„Warum auch immer du das machst – danke."

Er schien ihr Murmeln gehört zu haben, denn er sah auf einmal so zufrieden aus. Er streckte seinen Hals und legte den Kopf in ihre Richtung zu Boden. Anstatt seine Augen zu schließen, behielt er sie weiterhin unter Beobachtung. Zuerst aß Francine das Brot und es war so köstlich. Himmlisch. Sie seufzte. Danach die Früchte, die ihr bereits bekannt waren. Der Saft der Frucht fühlte sich herrlich an.

Den Fisch betrachtend zog sie ihre Augenbrauen zusammen. Roher Fisch, wie sollte sie das jetzt machen? Am liebsten würde sie ihn grillen, aber Feuer konnte sie nicht machen und die heißen Steine zu suchen, wäre zu aufwändig. Außerdem war sie sich nicht

sicher, ob der Drache sie überhaupt weglassen würde. Darüber wollte sie im Moment nicht weiter nachdenken.
Während sie über den Fisch grübelte, blickte sie den Drachen an. Ob er Feuer speien konnte? Sollte sie einfach fragen? Denn ihr lief das Wasser im Mund zusammen, wenn sie an den Fisch dachte. So gut das Obst auch war und das Brot, sie brauchte was Deftiges, selbst wenn es nur Fisch war.
Zögernd und ruhig sprach sie ihn also an: „Also ich bin dir wirklich dankbar für das hier", mit einer ausholenden Geste zeigte sie auf das Essen, oder was noch übrig war, „aber ich esse Fisch nicht roh."
Entschuldigend blickte sie ihn an.
Da hob er seinen Kopf wieder vom Boden an und blickte auf den Fisch. Als er leise knurrte, legte sie den Fisch wieder zurück auf den Stein, auf dem alles gelegen hatte. Und siehe da, er pustete ganz leicht und eine kleine Flamme grillte den Fisch in Sekunden. Danach kam eine Rauchwolke aus seinen Nüstern und er legte seinen Kopf wieder ab und blickte sie weiterhin an.
Faszinierend. Nicht nur dass er Francine verstand, nein, er konnte sogar Feuer speien. Sehr effektvoll. Und nützlich. Nachdem sie fast alles gegessen hatte, lehnte sie sich zurück und fragte sich, wie es sein konnte, dass sie sich jetzt so satt, müde und zufrieden fühlte, wie nie zuvor.
Der Drache schien keine Bedrohung zu sein, im Gegenteil, er hatte ihr etwas zu Essen besorgt. Vielleicht sollte sie das einfach akzeptieren und keinen Hintergedanken vermuten.
Jetzt legte sie sich auf den harten Boden und versuchte zu schlafen. Sonderbar, wie sicher sie sich fühlte. Nachdem sie sich mehrfach hin und her drehte, schob der Drache sie auf sein rechtes Vorderbein, wo es tatsächlich wesentlich bequemer war. Dort schlief sie schnell tief und fest ein. Ein Gedanke schoss ihr noch

durch den Kopf: Wie konnte ein so riesiges Geschöpf so zart mit ihr umgehen? Ein Feuerspeier, der in der Lage war, einen Hauch davon für den Fisch auszustoßen. Wahnsinn.

Der Drache beobachtete sie noch eine Weile, erstaunt darüber, wie klein sie in seiner großen Pranke aussah.

Als er sie am See entdeckt hatte, war in ihm ein Beschützerinstinkt erwacht, von dem er nicht gewusst hatte, dass er in ihm schlummerte, und ihm wurde es unheimlich wichtig, sich um sie zu kümmern.

Es hatte ihn erstaunt, keine angstvollen Schreie von ihr zu hören. Er war überrascht, sie roch nicht so stark nach Angst wie er vermutet hatte. Auch an ihrem Gesicht hatte er die Faszination gesehen. Sie verspürte den Drang, ihn zu berühren. Das war ihm aufgefallen, als sie kurz die Hand streckte – sie selbst war sich darüber wohl nicht im Klaren gewesen.

Das fühlte er, nahm er durch die Düfte wahr, die sie abgab.

Sie musterte ihn bewundernd und sah sich alles an ihm genau an – was ihm nicht entgangen war. Ihre Augen waren groß und von einem tiefen Blau. Ihre Gesichtszüge waren fein und ihre Haut wurde von Sommersprossen verziert. Die roten Haare reichten ihr bis zur Mitte ihres schmalen Rückens.

Sie sah wunderschön aus, hatte eine außergewöhnliche Ausstrahlung.

Das war ihm noch nie passiert. Wenn ihm ein Mensch begegnete, dann stets in Angst oder Wut. Die Zeiten, in denen Drachen mit Menschen friedlich zusammengelebt hatten, waren Geschichte.

Sie schien erschöpft zu sein und abgrundtief müde.

Dann hatte ihr Magen geknurrt und ihm war schmerzlich bewusst geworden, dass es ihr nicht nur schlecht ging, sondern dass sie zudem noch hungrig war. Ihm war dann klar geworden, was zu tun war, und so hatte er ihr etwas Essbares beschafft und dafür gesorgt, dass sie in Sicherheit bei ihm war.

Wer wusste, wie lange sie nichts gegessen hatte hier draußen. Er hatte keine Ahnung, was sie in den letzten

Tagen durchgemacht hatte, doch es musste einiges gewesen sein, so erschöpft, wie sie war. Auch die Wunde an ihrem Kopf war ihm nicht entgangen. Sie hatte wahrscheinlich nicht mal gemerkt, wie er sie mit sich herumgetragen hatte, so erschöpft war sie. Aber am See war es ihm zu gefährlich, es gab keine Deckung.
Er beobachtete ihre Reaktion auf das mitgebrachte Essen genau. Erstaunt sah sie ihn an, so als könnte sie es nicht fassen, dass er noch da war und sogar Nahrung gebracht hatte. Aber ihr war entgangen, dass sie nicht mehr am See waren.
Woher sie wohl kam? Sie trug merkwürdige Kleidung. Solche Sachen waren ihm neu, er sah sie das erste Mal.
Sein Gehör war außerordentlich gut, ebenso wie sein Geruchssinn. Ihren Duft hatte er schon seit Tagen in der Nase gehabt, bis er sie heute endlich entdeckt hatte. Alleine.
Was auch immer ihr passiert war, sie war müde und erschöpft. Die Kleider an ihrem Leib waren nass, ihre Knie aufgeschürft und sie zitterte.
Und dann war auch noch er aufgetaucht, was sie offensichtlich schockiert hatte, so als wäre ihr nicht klar gewesen, dass es Drachen überhaupt gab. Er fragte sich, wie das sein konnte.
So friedlich wie hier mit ihr hatte er sich schon lange nicht gefühlt. Er war froh darüber, sie jetzt in seiner warmen Pranke liegend und schlafend zu sehen.
Der schwarze Diamant schien ihn nicht mehr zu erreichen, seit er ihren Duft wahrnam. Und jetzt, wo er sie bei sich hatte, spürte er, dass er wieder er selbst war. Irgendwie ergab alles noch keinen Sinn. Seine Augen und Ohren waren überall. Obwohl er schon lange alleine hier in den Wäldern lebte, bekam er vieles mit. Menschen waren vorübergezogen, auf der Flucht vor den Drachen, die unter Bann standen.

Es gab nur zwei Möglichkeiten, die Macht des schwarzen Diamanten zu brechen.
Die eine war es, den weißen Diamanten zu benutzen – wenn man ihn fand. Damit konnte man den Bann über alle Drachen brechen, die der König jetzt dank dieser Macht besaß. So hörte man zumindest. Glauben konnte er es noch nicht, denn der König war ein guter Mann, warum sollte er das tun?
Die andere Möglichkeit bestand darin, dass er seine Vertraute, seinen Smaragd fand.
Ein Drache, der mit seiner Vertrauten zusammen war, konnte durch die Macht des Diamanten nicht beeinflusst werden.
Er blickte die kleine Frau in seiner Pranke an. Sie gefiel ihm, sogar sehr.
Er spürte ein Gefühl, wie er es noch nie verspürt hatte.
Es musste so sein, es musste an ihr liegen, dass er nicht mehr dem Kommando des Kristalls folgte.
Zufrieden schloss er die leuchtend grünen Augen, doch selbst im Schlaf zuckten seine Ohren ständig in alle Richtungen und nahmen jede Bedrohung oder Veränderung in seiner Umgebung wahr.

Francine streckte sich und gähnte herzhaft. Sie fühlte sich richtig gut. Die Sonne stand bereits hoch am Himmel, weshalb sie blinzelte. Als sie spürte, dass sie nicht auf dem Boden lag, blickte sie unter sich. Ja, sie war tatsächlich nicht verrückt geworden, gestern war sie sich da nicht so sicher gewesen. Und er war immer noch bei ihr.
Seine Augen waren geschlossen, aber sie konnte sehen, wie seine Ohren zuckten. Sie blieb in seiner Hand – oder war es sein Fuß? – sitzen und sah ihn weiter an. Da öffnete er langsam sein Auge, als ob er ihren Blick spüren konnte, und schaute sie an. Das leuchtende Grün seiner Augen gefiel ihr sehr. Sie war schon immer ein Fan von Drachenfilmen gewesen, diese Geschöpfe der Fantasie faszinierten sie einfach. Na ja, jetzt war es wohl kein Geschöpf der Fantasie mehr.
Dass es diese Wesen in der Realität gab, war einfach unfassbar.
Ebenso war es überraschend, was für ein Gemüt dieses Tier besaß. Er kümmerte sich um sie, nur warum tat es das? Francine betrachtete ihn eine Weile, da sie überhaupt keine Lust verspürte, sich bereits dem nächsten Tag zu stellen. Er schloss seine Augen wieder und schnaubte leise.
Trotz seiner Größe und der Tatsache, dass er ein Drache war, der Feuer speien konnte, fürchtete sie sich nicht vor ihm.
Es gab bisher auch keinen Grund dazu. Ob es hier normal war, dass es Drachen gab? Dann wäre er nicht der Einzige und es gäbe vermutlich noch mehr von seiner Sorte.
Francine grübelte kurz. Womöglich waren nicht alle Drachen so friedlich wie dieses Exemplar hier. Mit Daumen und Zeigefinger fuhr sie ihre Unterlippe nach.
Sie stand auf und sofort öffnete er seine Augen, um sie zu beobachten.

Plötzlich wurde Francine ganz aufgeregt, denn ihr wurde bewusst, dass sie die einmalige Gelegenheit hatte, mit diesem Drachen Zeit zu verbringen. So ein faszinierendes Lebewesen und es griff sie nicht an und hatte es offensichtlich auch nicht vor. Es war Zeit, ihn sich näher anzusehen.
Sacht strich sie mit den Fingern über die wunderschönen Schuppen, die in einem dunklen Grünton strahlten. Faszinierend! Eigentlich hatte sie angenommen, dass die Schuppen härter wären, aber diese fühlten sich einfach glatt und fest an. Kurz blickte sie ihn an und stellte fest, dass er sie ebenso fasziniert betrachtete wie sie ihn. Seltsam. Was konnte ein Drache, ein so mächtiges Geschöpf, an ihr interessant finden?
Als sie ihn berührte, schien er zu erschaudern. Sie spürte ein Zittern unter ihrer Handfläche.
Wahrscheinlich war er überrascht, dass sie sich traute ihn anzufassen – vielleicht tat man das hier nicht?
Ob andere ihn wohl jagten, wie in den Filmen, die sie kannte? Der Gedanke bedrückte sie und sie schüttelte ihn ab.
Da es den Drachen nicht zu stören schien, wie Francine ihn berührte, lief sie langsam um ihn herum.
Sein Schwanz war noch mal so lang wie sein Körper, und zwar vom Kopf über den Hals bis zu den Hinterbeinen. An seinen Füßen befanden sich jeweils lange Krallen, selbst diese studierte Francine und fasste sie an.
Er blieb völlig ruhig und verfolgte ihre Bewegungen aufmerksam mit den Augen.
Nachdem sie ihn einmal umrundet hatte, dachte sie wieder an gestern. Hatte sie nicht etwas zu ihm gesagt? Und er schien es verstanden zu haben.
Wenn sie wissen wollte, ob er sie verstehen konnte, dann sollte sie ihn testen.

„Also, ich habe mir überlegt, wie es kommt, dass du dich um mich kümmerst." Ihre blauen Augen blickten ihn genau an und sie konnte fast sehen, wie er nachdachte.
Woran wollte sie erkennen, ob er sie verstand?
Schließlich konnte er ihr nicht antworten.
Also nächster Versuch.
„Verstehst du mich?"
Ein Kopfnicken seinerseits erstaunte sie, obwohl sie bereits vermutet hatte, dass er ihre Worte verstand.
Eine Weile starrte sie ihn nur mit hochgezogenen Augenbrauen an. Sie grinste. Sie kam sich herrlich verrückt vor. Stand hier in dieser Welt mit diesem Tier und sprach auch noch mit ihm. Konnte es noch irrer werden? Dann kam ihr eine Idee.
„Weißt du was? Ich glaube, du bist gerade der perfekte Zuhörer für meine Geschichte, denn ich kann sie sonst niemandem erzählen."
Francine musste endlich jemandem von den Ereignissen der letzten Tage erzählen. Warum nicht ihm? Er konnte es zumindest nicht weitererzählen, das war perfekt. Sie kletterte wieder auf seinen rechten Vorderfuß und setzte sich im Schneidersitz hin.
Aufmerksam blickte er sie an, als könnte er es nicht erwarten, ihre Geschichte zu hören.
„Also, heute ist erst mein dritter Tag hier."
Francine runzelte kurz ihre Stirn – stimmte das? Ja, sie war angekommen, mit den anderen marschiert, dann hatten sie im Baum übernachtet, wieder marschieren bis zum Fluss, dann war das Moor gewesen und dann war sie den Fluss runtergespült worden. Noch eine Übernachtung mit dem Drachen. Und jetzt Tag drei? Wahnsinn.
Sie hatte das Gefühl, bereits ewig hier zu sein und doch waren es nur die paar Tage.
An ihren Vater denkend schmunzelte sie. Für ihn wäre das hier ein Traum gewesen. Schon immer hatte er sich

gewünscht, es möge etwas Außergewöhnliches passieren. Aber für ihn waren bereits Sachen außergewöhnlich, die andere als selbstverständlich betrachten.
Man nehme als Beispiel ein Gewitter. So oft hatte er zu Francine gesagt, was für ein Wunder ein Gewitter ist. Die Elektrizität, die Geräusche, diese Urgewalt von Mutter Natur. Ja, er hätte diese Gelegenheit hier nicht lange hinterfragt, er hätte sich mit einem Lächeln auf den Lippen in das bevorstehende Abenteuer gestürzt.
Der Gedanke an ihren Vater heiterte sie auf und sie begann damit, dem Drachen ihre verrückte Geschichte zu erzählen.
„Wie ich hierher gekommen bin, weiß ich nicht. Eigentlich lebe ich an einem ganz anderen Ort. Ich wollte mit meiner besten Freundin und ihrem neuen Freund nur einen Wanderausflug machen. Doch wie du siehst, kam es ganz anders."
Während Francine vom Wetter und der Autofahrt erzählte, lauschte der Drachen gespannt und staunte, als er hörte, dass sie vom Blitz getroffen und dadurch offensichtlich hierher teleportiert worden war.
Konnte das sein?
War sie etwa eine Nachfahrin aus dieser Welt?
Oh, er hatte von der anderen Welt gelesen, aber noch nie davon, dass jemand zu ihnen gekommen war. Aber das waren nur Legenden. Glaubte er bisher jedenfalls.
Sehr genau musterte er sie.
Konnte es sein, dass ihre Vorfahren aus dieser Welt, aus Vioruna, gekommen waren? Möglicherweise. Es gab uralte Geschichten, dass es Familien gegeben haben soll, die in die andere Welt gegangen waren, um Vioruna hinter sich zu lassen.
Man musste wissen, dass vor sehr langer Zeit in Vioruna Krieg geherrscht hatte. In dieser Zeit, die bereits so

lange her war, dass man nicht mehr alles genau wusste, soll der schwarze Diamant im Spiel gewesen sein.

Durch die zerstörerische Kraft des Kristalls war damals viel verändert worden. Aber Vioruna war erst entstanden, nachdem die Macht des Kristalls gebannt war.

Eigentlich nicht vorstellbar, wenn man Vioruna kannte. Es war ein friedliches Land.

Auch jetzt gerade sah es ziemlich düster aus. So lange der König den schwarzen Diamanten hatte und keiner von ihnen den weißen fand – er schnaubte, wollte nicht daran denken, wie Vioruna aussehen würde in ein paar Monden. Verwüstet. Tot.

Noch konnte man nicht verstehen, was genau des Königs Beweggründe waren. Aber es musste etwas passieren.

Die Königin war ermordet worden, so viel wusste er. Anscheinend war das der Auslöser für Run gewesen, den schwarzen Kristall zu befreien. Doch mehr wusste er nicht darüber.

Er konzentrierte sich wieder auf die schöne Rothaarige, die ganz selbstverständlich in seiner Hand saß und mit den Fingern seine Krallen befummelte, während sie sprach.

Ihm wurde schlagartig klar, dass er der erste Drache sein musste, den sie zu Gesicht bekam. In ihrer Welt existierten Drachen gemäß alten Überlieferungen nicht.

Verwunderlich, wie wenig Angst sie vor ihm hatte. Selbst die Menschen hier fürchteten sich oft vor Drachen, obwohl sie hier aufwuchsen – wo Drachen allgegenwärtig waren.

Gestern war sie vor Angst erstarrt gewesen, aber er hatte in ihren Augen trotz dieser Angst bereits die Faszination gesehen. Diese zarte Frau war für ihn einfach erstaunlich.

Plötzlich sprang sie auf, wobei sie ihn erschrocken anstarrte.
„Oh nein! Verdammt. Wo sind wir denn hier? Ich muss zu den anderen! Vielleicht suchen sie am See nach mir und ich bin nicht dort!" Es musste bereits nach Mittag sein, sie hatte sicher lange geschlafen – kein Wunder bei ihrer Erschöpfung von gestern.
Francine wollte gerade aus seiner Hand klettern, da drehte er sie so, dass sie nicht runter konnte. Wütend blitzte sie ihn an, bevor sie fauchte: „Was soll das?"
Dann atmete sie kurz tief durch und sagte in freundlichem Ton: „Bitte bring mich zum See. Du hast doch gehört, was ich dir erzählt habe. Die anderen – sie sollen nicht vergebens nach mir suchen."
Leiser fügte sie noch hinzu: „Falls sie nach mir suchen."
Sie sah ihm in die Augen und fragte sich, was er wohl über sie dachte. Würde er sie gehen lassen oder betrachtete er sie inzwischen als sein persönliches Spielzeug?
Dann erhob er sich mit ihr, legte sie auf seinen Flügel, nahe am Hals, und lief los. Sie musste sich festhalten, um nicht abzurutschen.
Irgendwie hatte sie fälschlicherweise angenommen, er würde langsam und schwerfällig gehen. Aber ganz und gar nicht.
Er bewegte sich zügig und anmutig. Nirgends knallte er gegen einen Baum, obwohl die dicht beisammenstanden, wenn man die Größe dieses Drachens bedachte.
Sie mussten in der Nähe des Flusses sein, denn er hielt an, lauschte – was sie an den Bewegungen seiner Ohren erkannte – und ließ sie herunter.
Zu ihrer Überraschung beugte er seinen Kopf zu ihr und rieb sich kurz an ihr.

War das eine Geste der Zuneigung? Sie fuhr über seine Wange und spürte einen Stich dabei, nicht mehr Zeit mit diesem atemberaubenden Wesen verbringen zu können.
„Musst du jetzt gehen?" Sie klang trauriger als sie wollte.
Er nickte kurz. „Du könntest uns helfen und mitkommen." Er zog die Augenbraue hoch und wendete sich ab.
Sie hatte nicht erwartet, dass er mitkam. Anscheinend verkehrte er auch nicht mit anderen Menschen, denn er zog ab, als Stimmen zu hören waren. Es war wie ein Traum, alles ging so schnell.
Francine war überrascht darüber, einen Stich in ihrem Herzen zu fühlen. Sie kannte den Drachen kaum, hatte nur diese einen Nacht in seiner Pranke geschlafen und ein bisschen mit ihm gesprochen – dennoch fühlte sie sich ohne ihn sehr allein, als würde ein Teil von ihr fehlen.
Stimmen!
„Danke", flüsterte Francine, bevor der Drache im Grün des Waldes verschwand. Ja, das war eindeutig die Stimme von Serlina! Francine kämpfte sich durch das Gebüsch und erblickte am See die anderen, die mit Spurenlesen beschäftigt waren.

Vor einer halben Stunde waren sie am See angekommen. Gelano sagte es zum wiederholten Mal: „Sie ist nicht hier. Verdammt, vermutlich hat ein Tier sich ihren Kadaver bereits gesichert. Oder aber es ist nichts mehr von ihr übrig." Serlina warf ihm einen langen Blick zu.
„Nein, sie ist nicht hier. Aber die Spuren zeigen, dass sie hier war. Vielleicht ist sie entwischt und auf dem Weg zurück dorthin, wo wir sie verloren haben."
Gelano sah sie mit gesenktem Kinn und erhobenen Augenbrauen an.
„Euch ist die andere Spur nicht entgangen. Ihr wisst, was das bedeutet."
Serlina spürte, selbst Gelano wäre das nicht egal, wenn Francine etwas zugestoßen wäre. Robinio war sehr schweigsam, seit sie am See angekommen waren. Er hatte die Spuren nur kurz angesehen und sich dann auf einen Stein am See gesetzt. Er wirkte bedrückt.
Im Moment warf er kleine Steine in den See.
Serlina wusste, was er dachte. Sie hasste es, ihn so zu sehen, sie wollte nicht, dass er sich schuldig fühlte.
Marisia sah Gelano und Serlina vom Boden aus an.
Sie hatte sich bei den Spuren hingekniet und gedeutet, was geschehen war.
„Sie müssen sich direkt gegenübergestanden haben. Wir sind zu spät."
Serlina war bedrückt. Nein, sie kannten die Rothaarige nicht lange, aber irgendwie war sie in kurzer Zeit Teil ihrer Gruppe geworden. Und niemand sollte so sterben.
„Wir wissen nicht, ob sie wirklich tot ist."
Serlina wünschte, sie könnte etwas tun, aber dem war nicht so. Langsam ging sie zu Robinio, der weit ab von ihnen auf einem Felsen saß.
„Traurig, dass wir sie hier nicht gefunden haben."
Robinio verfinsterte seine Miene. „Ihr habt die Spuren gesehen?"

Serlina kniete sich vor Robinio, um ihm in die Augen zu sehen. „Er muss es nicht gewesen sein." Sie sprach eindringlich.

Er lachte. „Ich glaube doch. Seine Spur erkenne ich."

„Selbst wenn, Robinio, es ist nicht Eure Schuld. Außerdem haben wir keine Blutspuren gefunden oder sonstige Kampfspuren. Vielleicht ist sie gar nicht tot."

Wieder schwieg er.

„Selbst wenn ihr etwas zugestoßen ist, weder Ihr noch er hätten Schuld daran. Ihr wisst doch, wie der schwarze Diamant Einfluss nimmt.

Wir sollten jetzt weiter. Unser Vorhaben hat sich nicht geändert. Ihr glaubt an Schicksal ebenso wie ich. Wenn Francine wieder zu uns stoßen soll, dann wird es geschehen, und wenn sie nicht mehr am Leben ist, dann können wir daran nichts mehr ändern."

Robinio nickte. Er dachte zwar auch an Francine, aber noch mehr an seinen Bruder. Hoffentlich ging es ihm gut. Er konnte sich nicht vorstellen, wie es war, die ganze Zeit alleine zu sein. Würde er nicht dem Wahnsinn verfallen? Serlina hatte ihre Hand auf sein Knie gelegt und er ergriff sie jetzt.

Serlina war überrascht, seine Hand zu sehen, die ihre hielt, aber nicht davon, wie gut und richtig sich das anfühlte.

„Manchmal denke ich, es ist alles so aussichtslos. Was haben wir für eine Chance gegen Drachen und gegen den schwarzen Diamanten? Wir suchen eine Nadel im Heuhaufen."

Er seufzte.

„Ihr wisst, dass das nicht stimmt. Wir haben eine Chance und diese werden wir nutzen. Sollten wir es nicht schaffen, dann will ich für mich wissen – wir haben alles versucht!"

Serlina schnaubte.

Lange Zeit sahen sie sich einfach nur in die Augen und Robinio fragte sich, ob sie vielleicht doch so für ihn empfand wie er für sie. Seine Zuneigung war mit jeder gemeinsam verbrachten Minute gewachsen. Er respektierte sie. Ja, er war verliebt in sie.
Robinio blickte lange in ihre wundervollen Augen, diese blauen Augen, die tiefer als jedes Gewässer schienen. Er wusste, es war nicht der richtige Zeitpunkt, doch vielleicht verpasste man sein ganzes Leben, weil es nie den richtigen Zeitpunkt gab.
Dann zog er sie hoch auf seinen Schoß, blickte sie weiterhin unverwandt an. Langsam näherte er sich ihren Lippen und sie kam ihm entgegen, legte den Kopf leicht zurück. Innerlich seufzte Serlina – darauf hatte sie so lange gewartet. Der Kuss war zärtlich und sanft.
Als er sich von ihr löste, grinste sie.
„Das war wohl überfällig." Sein Lächeln war so sexy und selbstsicher, davon wurde Serlina fast schwindlig.
Als sie nickte, fühlte sie sich schuldig, dass sie glücklich war, obwohl sie doch traurig sein sollte.
Dann hörten sie Francine rufen und schreckten hoch.
Gelano verdrehte nur die Augen.
War auch endlich Zeit geworden, dass Robinio und Serlina das auf die Reihe bekamen, dachte er.
Schon eine Ewigkeit tanzten die beiden umeinander herum, jeder konnte sehen, dass die zwei wie füreinander geschaffen waren, aber anscheinend hatten sie es erst jetzt bemerkt. Oder zugelassen.
Er drehte sich um, als er das Rufen von Francine hörte.
„Hallo? Wo seid ihr?"
Marisia antwortete sofort: „Hier Francine."
Dann tauchte sie aus den Büschen auf und lächelte strahlend. Alle starrten sie sprachlos an. Francine blickte den anderen in die Gesichter und freute sich, alle wiederzusehen. Sie waren alle hier, um sie zu suchen.

Serlina und Robinio, die weiter entfernt waren, kamen näher. Gelano und Marisia standen zwei Meter vor ihr und starrten sie mit offenen Mündern an.

„Was ist denn mit euch los?" Francine runzelte die Stirn.

Gelano zog die Augenbrauen zusammen, bevor er langsam sagte: „Wir dachten, Ihr wärt tot. Die Spuren hier, diese Bestie hat Euch nicht getötet? Verfluchtes Glück hattet Ihr da."

Francine blickte die anderen genau an, die erstaunt aussahen.

„Ich bin euch allen sehr dankbar. Trotz der wenigen Zeit, die ihr habt, kommt ihr hierher, um nach mir zu suchen. Ich danke euch allen, ich weiß, wir kennen uns erst kurz." Francine wusste nicht, was sie noch sagen sollte.

Serlina kam mit schnellen Schritten zu ihr, ein freudiges Lächeln auf den Lippen, und nahm sie in den Arm.

„Natürlich haben wir nach Euch gesucht!" Serlina sah sie neugierig an. „Vor allem ich war es Euch schuldig. Jetzt erzählt uns, was passiert ist, nachdem der Fluss Euch mitgerissen hat."

„Mitgerissen ist das richtige Wort." Francine holte kurz Luft.

„Ich bin hier unten am Ufer gelandet, nachdem ich den ganzen Fluss entlanggewirbelt wurde. Zuerst dachte ich, es nicht zu schaffen, als ich merkte, dass es über den Rand des Wasserfalls weit nach unten ging. Doch hier bin ich schließlich am Ende meiner Kräfte an Land gekrochen."

Robinio war so überrascht und erleichtert gewesen, Francine zu sehen, dass er bisher kein Wort gesagt hatte. Doch jetzt fragte er: „Ihr habt hier einen Drachen getroffen, oder nicht?" Verunsichert aufgrund des harten Tonfalls von Robinio nickte Francine langsam.

„Ich wusste nichts von den Drachen, warum habt Ihr mir nichts darüber gesagt, dass es welche in Eurer Welt gibt?"

Zu spät bemerkte Francine, was sie damit ausgedrückt hatte. Robinio fragte gefährlich leise: „In unserer Welt? Wie meint Ihr das, Francine? Ist dies nicht auch Eure Welt?"
Länger konnte Francine nicht so tun, als hätte sie ihr Gedächtnis verloren. Die Katze war aus dem Sack. Schweigend betrachteten die anderen sie und warteten auf eine Erklärung.
Kopfschüttelnd antwortete Francine: „Nein, ist sie nicht."
Bevor Francine etwas erklären konnte, fragte Robinio scharf: „Ich glaube, Ihr schuldet uns eine Erklärung."
Sie ignorierte seinen beißenden Ton, sie wäre an seiner Stelle auch wütend.
Also erläuterte sie kurz die Geschehnisse.
Alle hörten aufmerksam zu, bis sie mit ihrer Ausführung schloss. Niemand sagte etwas, während Francine auf eine Reaktion wartete. Serlina hatte die Stirn gerunzelt.
Gelano sprach als Erster: „Das war kein Scherz, Ihr meint das wirklich ernst?" Ungläubig starrte er Francine an und dann die anderen.
„Glaubt ihr das, was die Rothaarige uns da auftischt?"
Wieder Schweigen.
Francine konnte es nicht fassen, jetzt hatte sie alles erzählt und die anderen zweifelten ihre Geschichte an? Aber wunderte sie das? Es klang wirklich ziemlich verrückt.
Robinio ergriff das Wort und sein Tonfall war sehr sachlich: „Erzählt uns von dem Drachen, den ihr hier traft."
Er beobachtete sie genau. Francine war enttäuscht. Die anderen glaubten ihr offensichtlich nicht. Marisia und Gelano sahen sie skeptisch an. Serlina sah eher verwirrt aus und Robinio – nun, was er dachte, wusste wohl nur er selbst. Seine Miene und sein Tonfall verrieten gar nichts.

Francine fuhr sich frustriert durch die rote Mähne und schnaubte. „Wisst ihr, ihr macht es mir nicht einfach. Starrt mich doch nicht so an. Ich habe mich überwunden, euch alles zu erzählen. Ist es wirklich so schwer, mir zu glauben?"

Kopfschüttelnd blickte sie die anderen an. „Wenn ihr mir nicht glaubt, dann solltet ihr besser eurer Wege gehen und ich ziehe alleine weiter."

Jetzt schien Serlina aus ihrer Starre zu erwachen.

„Unsinn. Ihr kennt euch doch in dieser Welt gar nicht aus, Francine." Hoffnung flackerte in Francines Augen auf.

„Ihr glaubt mir also, Serlina?" Serlina nickte zögernd. „Die Geschichte ist schon so verrückt, wie könntet Ihr Euch das ausdenken?"

Erleichtert schloss Francine kurz ihre Augen. Gut, wenigstens eine, die ihr glaubte, dann würde sie die anderen auch noch überzeugen.

Robinio erinnerte sie an seine Frage: „Der Drache?"

Er wirkte so aufgewühlt. Warum war das Thema nur so wichtig? In knappen Sätzen erzählte sie von ihrem Zusammentreffen mit dem Drachen und davon, dass er in der Nacht auf sie aufgepasst und ihr zu Essen gebracht hatte. Ebenfalls berichtete sie darüber, dass der Drache sie offensichtlich verstanden hatte – dabei beobachtete sie Robinio genau – und er schien nicht überrascht zu sein.

Andererseits war so gut wie keine Reaktion auf seinem Gesicht zu sehen.

Gelano fragte fast stotternd nach: „Er hat euch Essen gebracht?" Stumm nickte Francine. „Ich muss Euch jetzt auch ein paar Fragen stellen." Robinio nickte kurz: „Fragt."

„Ihr macht kein Feuer, ihr habt mir nie gesagt, wen oder was es anlockt, nur wie gefährlich es wäre."

Robinio lächelte kurz. „Ihr zählt eins und eins zusammen. Richtig, Feuer lockt Drachen an." Langsam nickte Francine, ehe sie ihre nächste Frage formulierte: „Also wart ihr vor Drachen auf der Hut? Oder gibt es noch etwas anderes?"
Robinio nickte wieder. „Nicht nur Drachen. Natürlich müssen wir auch mit Kämpfern des Königs rechnen, aber ich denke, darauf spielt Ihr nicht an." Nickend fragte Francine weiter: „Gibt es viele Drachen? Sind sie gefährlich und wenn ja, warum hat mir dieser Drache nichts getan?"
Serlina sprang ein, als Robinio selbst zu grübeln schien. „Zurzeit sind Drachen sehr gefährlich. Früher war das mal anders, da gab es einige, die mit ihnen kommunizieren konnten, so war es leicht, mit ihnen auszukommen.
Außerdem haben Drachen ein unglaubliches Gespür dafür, ob ihnen jemand etwas Böses will oder eben nicht.
Und jetzt, wo der König den schwarzen Kristall hat, sind die Drachen gefährlicher denn je."
„Aber was hat der schwarze Kristall mit den Drachen zu tun?" Langsam fügte sich Stück für Stück zusammen und Francine verstand immer mehr. Die anderen hatten gesagt, der König hätte durch den schwarzen Kristall Macht – Macht über jemanden.
Robinio führte nun aus: „Der schwarze Kristall hat die Macht, die Drachen zu beherrschen. Der König. Jetzt beherrscht er die Drachen und er befehligt sie, um Menschen zu töten, ganze Dörfer niederzubrennen."
So war das also. Und mit dem weißen Kristall konnten sie wohl die Wirkung des schwarzen aufheben und die Drachen wären nicht mehr das Problem.
Eines dämmerte jetzt Francine: „Stehen alle Drachen unter dem Einfluss dieses Kristalls? Des schwarzen Kristalls?"

Die anderen nickten. „Das verstehe ich nicht. Der Drache kann unmöglich unter dem Einfluss des Königs gestanden haben, wenn das stimmt, was ihr sagt, warum hätte er mir dann helfen sollen?"

Marisia antwortete gedehnt: „Nun, es gibt zwei Dinge, die den Drachen vom Einfluss des schwarzen Kristalls befreit hätten."

Robinio schüttelte den Kopf und blickte Marisia stirnrunzelnd an: „Das ist unmöglich."

Die anderen musterten Francine.

„Und was sind das für Möglichkeiten?"

Gespannt wartete Francine auf eine Antwort.

Robinio erklärte kurz: „Die eine wäre, dass der weiße Kristall in der Nähe ist und somit die Macht bricht."

Francine klatschte begeistert in die Hände. „Aber das wäre doch großartig, dann hätte die Suche vielleicht bald ein Ende!"

Serlina blickte betrübt. „Wir wissen nicht, in welchem Umkreis die Macht des Kristalls spürbar ist."

Enttäuscht strich Francine sich die Haare hinter die Ohren. „Nun, ihr sagtet, es gäbe zwei Möglichkeiten, was ist die zweite?"

Marisia wollte antworten, doch Robinio schnitt ihr das Wort ab.

„Die zweite ist nur ein Mythos. Wir müssen jetzt wirklich weiter, wir haben bereits einiges an Zeit verloren."

Francine runzelte die Stirn. Was war wohl die andere Möglichkeit, die Robinio offensichtlich störte? Seltsam.

Die anderen hatten wegen ihr bereits einen ganzen Tag verloren, nein, sogar zwei, denn jetzt mussten sie den ganzen Weg bis zu ihrem Ausgangspunkt zurück.

Kapitel 6

Adoran

Francine starrte den Mann mit offenem Mund an, der soeben aus dem Dickicht trat. Ihr Blick blieb auf seinen strahlend grünen Augen hängen. Sie glaubte, noch nie so intensiv strahlend grüne Augen gesehen zu haben. Blau ja, aber grün?
Die anderen hatten ihn auch bemerkt, keiner rührte sich, alle starrten den Mann an. Er war attraktiv mit herben Gesichtszügen und kinnlangem Haar, das schwarz war wie die Nacht. Er kam ihr so bekannt vor, aber das war nicht möglich, oder? Nach ein paar Minuten bemerkte sie, dass er sie ebenfalls die ganze Zeit über anstarrte, den Blickkontakt hielt.
„Kennen wir uns?" Francine hatte die Augen leicht zusammengekniffen und die Frage war ihren Lippen wie von selbst entschlüpft.
Bisher hatte sein Gesicht keine Regung gezeigt, jetzt lächelte er und zwinkerte ihr zu.
„So ähnlich."
Robinio konnte es nicht fassen, aber er war es wirklich. Erschüttert starrte er Adoran an, dann trat er auf ihn zu.
„Es ist lange her."
Seine Stimme war fest und klar.
„Ja."
Adoran sah seinen Bruder nur kurz an. Auch Gelano begrüßte seinen Freund mit einer kurzen, festen Umarmung. „Wo hast du bloß gesteckt?"
Gelano grinste, er war verdammt froh, seinen Freund heil zu sehen.
„Hier und dort." Adoran blickte wieder auf die Rothaarige, die ihn immer noch verwirrt musterte. Er fragte sich, was sie wohl dachte. Robinio war der Blick

seines Bruders nicht entgangen. „Francine, das ist mein Bruder Adoran."

Allen anderen brauchte er ihn nicht vorzustellen, denn sie kannten sich bereits. Erstaunt blickte sie Robinio an.

„Euer Bruder?" Sie konnte keine Ähnlichkeit sehen, aber Geschwister mussten sich auch nicht immer ähnlich sehen.

Francine fühlte sich entblößt bei dem intensiven Blick von Adoran. Woher kannte sie ihn nur?

Es war eine Vertrautheit vorhanden, wenn sie ihm in die Augen sah – das konnte sie sich nicht erklären.

War das Seelenverwandtschaft?

Ohne sich zu kennen, sofort zu wissen, dass da etwas war? Eine Verbindung zu einem völlig Fremden zu spüren?

Francine dachte angestrengt nach. Sie wollte sich daran erinnern, doch konnte sie keinen klaren Gedanken fassen. Schließlich zwang sie sich dazu, den Blick abzuwenden von diesem Mann, der sie so in seinen Bann zog.

„Wie soll es weitergehen, bleibt unser Plan bestehen?" Serlina stellte die Frage an Robinio. Er nickte zerstreut. Adoran hob fragend seine Augenbraue. „Was ist Euer Plan?" Serlina wandte sich ihm zu. „Wir suchen meine Großtante. Wir hoffen von ihr zu erfahren, wie oder wo wir den weißen Diamanten finden." Adorans Blick trübte sich.

Serlina entging das nicht. „Was ist los? Was wisst Ihr?"

Er schwieg einen Augenblick, dann blickte er die anderen an, bevor er weitersprach:

„Eure Großtante befindet sich in Gewahrsam des Königs." Serlina blieb ruhig, aber ihre Augen zeigten einen Hauch von Panik. „Seid Ihr sicher?"

Adoran nickte. „Leider ja. Die Wachen haben sie bereits vor einigen Tagen gefangen genommen. Ich vermute, der König hatte eine Ahnung, dass ihr nach ihr sucht. Es

gibt schließlich nicht viele Möglichkeiten an Informationen zu gelangen, so war es nicht schwierig zu erraten, was ihr vorhabt."
Francine hörte schweigend zu.
Marisia erhob das Wort: „Dann gehen wir zum Schloss zurück." Gelano lachte kurz freudlos auf.
„Natürlich, wir gehen einfach zurück und lassen uns gefangen nehmen, anders kommen wir an Eure Großtante kaum heran. Wir wissen nicht mal, ob sie überhaupt noch lebt."
Serlina warf ihm einen vernichtenden Blick zu. „Bei Eurem Optimismus müssen wir wohl froh sein, überhaupt noch zu leben."
„Sarkasmus steht Euch nicht." Gelano blickte sie durchdringend an, ehe er fortfuhr:
„Ich mache uns nichts vor, wir müssen uns gut überlegen, was wir als Nächstes tun. Der König wird damit rechnen, dass wir zu ihm kommen, um Eure Großtante zu befragen."
„Vermutlich ist es so, aber wir müssen trotzdem dorthin zurück, es gibt keine andere Option." Robinio raufte sich das Haar und dachte nach. „Unser Vorhaben hat keinen Sinn ohne die Informationen Eurer Großtante. Uns fehlt jeder Anhaltspunkt zum weißen Diamanten."
Er sah Serlina lächelnd an. „Wenn sie Euch ähnlich ist, dann hält sie auch durch, bis wir dort sind. Eure Familie ist zäh."
Serlina lächelte. „Und ob."
„Außerdem weiß Run, was wir wollen. Er weiß von dem Köder, den er hat. Schließlich kennt er uns gut genug."
Gelano lächelte finster. „Aber er weiß nicht, dass Adoran bei uns ist."
Besorgt blickte Robinio zu Adoran. „Ihr könnt nicht mitkommen."

Adoran runzelte die Stirn. „Natürlich kann ich und ich werde mitkommen. Gelano hat recht, ich bin quasi euer Trumpf." Robinio sah seinen Bruder zweifelnd an.

Das konnte er nicht ernst meinen. „Ihr wisst nicht, was dann passiert. Was, wenn nur hier der schwarze Diamant keine Wirkung auf Euch hat? Wenn Ihr beim Schloss seid, kann sich das ändern, das wäre für keinen von uns gut." Er räusperte sich. „Wir haben gehofft, Euch zu finden, Bruder, doch da gingen wir noch davon aus, unser Weg würde zu den Höhen des grünen Mondes führen und nicht zum Schloss zurück. Da werdet Ihr für uns sicherlich keine große Hilfe sein. Außer Ihr wisst mehr über den weißen Diamanten?"

Adoran zuckte nur die Schultern.

Eben hatte Francine noch gegrübelt und mit halbem Ohr das Gespräch verfolgt, als sie plötzlich ausrief: „Was? Was redet ihr denn da? Ich dachte, der schwarze Diamant beeinflusst Drachen. Nun doch auch Menschen?"

Das war verrückt, was konnte dieser Stein denn alles anrichten! Fassungslos starrte Francine Adoran an.

Aber warum sollte der Diamant nur ihn beeinflussen und nicht die anderen? Was war anders an ihm? Dazu gab es für sie keine vernünftige Erklärung.

Robinio blickte Adoran fragend an. Er würde dazu nichts sagen, das sollte sein Bruder alleine klären.

„Nun, im Moment spielt das keine Rolle. Ihr müsst keine Angst haben, Euch kann der Diamant nichts anhaben." Francine runzelte die Stirn.

„Das beantwortet nicht meine Frage. Warum soll er Euch etwas anhaben können?"

Adoran sah ihr lange in die Augen. Die Frau sah umwerfend aus mit ihrer roten Mähne und den funkelnden blauen Augen. „Die Uhr tickt."

Er starrte auf den Himmel, die Sonne stand bereits hoch oben. „Wenn wir heute noch einen Teil der Strecke zurücklegen wollen, dann sollten wir los."
Francine war nicht entgangen, dass er ihrer Frage ausgewichen war. Aber warum? Was verbarg er?
„Der Weg zum Schloss wird nicht leicht. Wir werden drei oder vier Tage unterwegs sein." Robinio blickte die anderen ernst an. „Außerdem müssen wir durch die Ruinen von Urefa."
Adoran nickte und grinste. „Tja, also Bruder, glaubt Ihr, dort wäre meine Hilfe nicht sinnvoll?"
Robinio musterte ihn, ehe er erwiderte: „Wir werden sehen."

Francine trottete hinter Serlina her und Adoran lief fast neben ihr. Gleich nachdem sie aufgebrochen waren, hatte er sich an ihre Seite geheftet. Er sprach nicht, aber sie spürte, wie er sie immer wieder von der Seite musterte. Seltsamerweise empfand sie seine Gegenwart als sehr angenehm. Gewöhnlich mochte sie es nicht, wenn fremde Menschen ihr zu nahe kamen.
Nun, welche Frau würde ihn nicht gerne neben sich laufen sehen? Die anderen trugen düstere Mienen zur Schau, nur er wirkte überaus zufrieden, und, Gott steh ihr bei, damit wirkte er anziehender, als sie es sich vorstellen konnte.
Francine wurde das Gefühl nicht los, dass sie etwas übersah. Bisher verstand sie nicht alle Zusammenhänge, aber immerhin war sie wesentlich weiter als vor einigen Tagen. Was mochte an diesen Ruinen wohl auf sie warten?
Die anderen hatten nicht erfreut gewirkt, als Robinio darauf hingewiesen hatte, dass sie dort durch mussten.
Der Einzige, der ihr unbekümmert erschien, war Adoran. Er machte sich offensichtlich keine Sorgen. „Also, warum erzählt Ihr mir nicht von dem Kristall und was das mit

Euch zu tun hat?" Francine war eine ganze Weile schweigend mit ihm gelaufen, doch es gab keinen Grund für sie, nicht zu fragen.

„Warum ist das so wichtig?"

„Wieso weicht Ihr mir aus? Das macht das Ganze verdächtig. Warum wollt Ihr es mir nicht sagen?"

Er runzelte kurz die Stirn.

„Verdächtig? Wie meint Ihr das?"

Francine zuckte frustriert die Schultern. Meinte er das ernst? „Geheimnisse wirken unehrlich, findet Ihr nicht? Wenn Ihr mir also nicht von dieser Sache erzählen wollt, dann muss ich doch denken, dass es etwas Schlimmes ist, etwas, was ich nicht erfahren soll."

Jetzt lächelte er. „Es ist nichts Schlimmes."

Francine lachte kurz auf. „Und damit ist das Thema für Euch erledigt?"

„Ihr habt wunderschöne Augen."

Überrascht warf sie ihm einen schnellen Seitenblick zu. Er sah sie an, seine Augen wie dunkle Teiche. Der Themenwechsel wunderte sie nicht, offensichtlich wollte er nicht mehr über den Kristall sprechen. Sie zuckte die Schultern.

„Vorerst lasse ich es auf sich beruhen, aber Ihr könnt das nicht ewig für Euch behalten."

Er nickte nur lächelnd. Sie hatte recht, sie sollte wissen, was das alles bedeutete. Aber noch nicht jetzt. Sie sollte ihn erst besser kennenlernen.

Der Weg, den sie einschlugen, führte nicht den Wasserfall hinauf, wie Francine angenommen hatte, sie gingen in die andere Richtung, um den See zu umrunden.

Rings um den See wuchsen hohe Nadelbäume und der Boden war angenehm weich.

Sie liefen weit genug vom Seeufer entfernt, um im Schutz der Bäume zu sein. Francine fand es wesentlich angenehmer, als ununterbrochen durch den Wald zu gehen, denn der Boden war nicht so wild bewachsen und sie stolperte nicht ständig über Wurzeln.

Das Wasser hier war türkisblau und die Berge am Ende des Seebeckens kamen immer näher. An den Bergkuppen war Schnee zu erkennen.

Wie faszinierend, dachte Francine. Die Temperaturen am Wasserfall waren ganz anders gewesen. Dort war es stickig und schwül. Jetzt näherten sie sich dem Ende des Sees und hatten ihn fast umrundet. Das Wetter war herbstlich, eine frische Brise zog auf.

So verschwitzt wie Francine war, fröstelte sie leicht in der jetzt kühlen Luft. Inzwischen nahm sie die Schmerzen in ihren Waden gar nicht mehr wahr, sie lief einfach vorwärts.

Später, wenn sie nicht mehr in Bewegung waren, würde sie die Schmerzen wieder spüren.

Die letzten Sonnenstrahlen erwärmten ihr Gesicht. Ihre Haut saugte die Strahlen dankbar auf. Trotz allem, was geschehen war, fühlte Francine sich glücklich. Sie fragte sich, ob sie den Drachen noch mal wiedersehen würde. Sie bedauerte es, dass sie mit diesem atemberaubenden Wesen nicht mehr Zeit hatte verbringen können.

Inzwischen erschien es ihr wie ein Traum, die Zeit, die sie mit dem Drachen verbracht hatte. Aber es war wirklich passiert. In diese Welt gekommen zu sein, erschien ihr wie ein Geschenk, die Möglichkeit, etwas zu sehen und zu entdecken, das sie in ihrer Welt nicht konnte.

Adoran war überrascht, wie gut Francine sich hielt, wusste er doch, dass sie nicht von hier kam. Ihre Kleidung war nicht optimal für die Reise durch die Wälder und ihre Beine mussten von der Anstrengung schmerzen.

Er konnte es manchmal ihrem Gesicht ansehen, wenn sie kurz fast stolperte und ihr Gesicht sich vor Schmerz verzog. Er sah auch die Schürfwunden an ihren Beinen, die vermutlich brannten vom Schweiß.
Bewundernd betrachtete er sie von der Seite.
Ihre Entschlossenheit war ebenso attraktiv wie ihr bezauberndes Äußeres.
Ihr rotes Haar fiel ihr über die Schultern und floss fast bis zum Ende ihres zarten Rückens. Es tat ihrer Schönheit keinen Abbruch, dass es zerzaust war.
Immer wenn sie sich nach einem Stolpern wieder fing, knabberte sie kurz an ihrer Unterlippe, um anschließend wieder eine zufriedene Miene aufzusetzen.
Faszinierend.
Sie jammerte nicht. Er kannte Frauen, die sich über alles beschweren würden, aber sie tat das nicht. Diese zierliche rothaarige Frau biss die Zähne zusammen und ging weiter.
Und er sah ihr an, wie sie sich darum bemühte, zufrieden auszusehen, vielleicht einfach auch zufrieden zu sein. Ihre großen blauen Augen schienen alles in sich aufzusaugen, was es in ihrer Umgebung zu sehen gab.
Fast hätte er laut gelacht, als sie kurz stehen blieb, um einen gelben Skun zu beobachten. Sie lächelte verzückt, ehe sie schnell weiterging. Ob es solche Vögel auch in ihrer Welt gab? Er war sich nicht sicher, er würde sie noch fragen, wie ihre Heimat war. Jetzt genoss er einfach ihre Gegenwart.
Er wich ihr nicht von der Seite und das hatte er auch nicht vor. Ihm war nicht entgangen, wie sein Bruder ihm ab und zu misstrauische Blicke zuwarf. Ja, er machte sich Sorgen.
Adoran ignorierte das. Für ihn zählte nur Francine.
Sein kleiner Rotschopf schien sich an seiner Nähe nicht zu stören. Die anderen gingen zielstrebig vorwärts und jeder hing seinen eigenen Gedanken nach. Gelano lief in

einigem Abstand hinter ihnen und behielt die Umgebung im Auge.
Adoran konnte sich keine bessere Rückendeckung vorstellen, obwohl ihm selbst nichts entgehen würde.
Bei dem Tempo, das sie vorlegten, wären sie am nächsten Abend in Urefa. Das war nicht gut, im Dunkeln sollte sich dort niemand aufhalten. Aber warten und die Reise verzögern, konnten sie sich nicht leisten. Zumindest wusste er, wo sie heute Nacht schlafen würden.

Das Ende des Sees war ganz anders, als Francine es erwartet hätte. Sie hatte angenommen, den ganzen See bereits gesehen zu haben, doch dies war ein Irrtum.
Die Bäume, die den See abgrenzten, waren auf der Seite, auf der sie liefen, so dicht, dass man nicht ahnen konnte, dass der See dahinter noch mal eine kleine Biegung machte.
Hinter diesen Bäumen war erst das Ende zu sehen.
Das gesamte Ufer war wie eine Acht geformt. Bisher war nur die große Null der Acht zu sehen gewesen. Jetzt erblickte sie den kleinen Rest. Am Erstaunlichsten war das wunderschöne Haus am Ende dieses Seestücks. Es war gut verborgen, bisher nicht zu sehen gewesen.
„Unglaublich", stieß sie atemlos hervor. Das Haus war der Wahnsinn! Wie konnte das nur sein?
Adoran lächelte sie erfreut an.
„Freut mich, dass es dir gefällt." An die anderen gewandt erhob er seine tiefe Stimme: „Heute schlafen wir in meinem Haus."
Robinio hob die Augenbrauen: „Euer Haus?"
Adoran lächelte ihn an. „Warum so überrascht, Bruder? Ich war lange fort, habt Ihr nicht erwartet, ich würde in einem Haus wohnen?"
Robinio lächelte jetzt ebenfalls. „Nein, Bruder, das habe ich nicht erwartet. Ich dachte, Ihr schleicht durch die

Wälder und schlaft jeden Tag unter einem anderen Baum."

Serlina war begeistert von der Möglichkeit, endlich in einem Haus zu übernachten und nicht irgendwo im Wald.

„Das ist eine tolle Überraschung, Adoran, jetzt bin ich richtig froh, über Euch gestolpert zu sein." Serlina zwinkerte ihm zu.

„Nun, eigentlich bin ich über Euch gestolpert, aber das spielt auch keine Rolle. Wir schlafen heute hier und brechen dann morgen früh gut erholt auf. Für den morgigen Abend werden wir unsere Kräfte brauchen."

Gelano klopfte ihm auf die Schulter und lachte.

„Tolle Überraschung, mein Freund, ich hoffe, du hast genug Schlafplätze!"

Adoran lächelte bei diesen Worten Francine vielsagend an, die sich allerdings gleich von ihm wegdrehte und weiter auf das Haus blickte, auf das sie zugingen.

Francine war überwältigt. Wie hatte sie nur annehmen können, hier wäre es wie im Mittelalter? Ach ja, wegen dem König und der Kleidung der anderen. Aber das Haus?

Nun, das sah definitiv nicht nach Mittelalter aus. Es hatte zwei Dachgiebel und einen Kamin. Helle Holzbalken und Bretter waren überall verarbeitet. Und auf den beiden Seiten, die sie von ihrem Blickwinkel aus sehen konnte, waren große Fensterfronten.

Fenster? Wie war das nur möglich? Gab es hier auch Glas? Warum auch nicht? Sie wusste ja, dass sie nicht in einer anderen Zeit war, sondern in einer anderen Welt oder Dimension oder wie auch immer – sonst hätte es den Drachen auch nicht gegeben.

Hoffentlich gab es ein Bett für sie in diesem Haus. Francine wagte kaum, das zu hoffen. Die hohen Tannenbäume um das Haus herum verbargen es gut,

nur wenn man wirklich nah dran war, konnte man es ausmachen.
Der Kamin ließ sie die Stirn runzeln. War es nicht zu gefährlich, Feuer zu machen? Wozu dann ein Kamin? Oder war es ungefährlich, im Haus eines zu entfachen?
Der Blick von Adoran war ihr vorhin nicht entgangen, als Serlina ihn nach den Schlafplätzen gefragt hatte. Bei seinem Blick hatte sie ein Schaudern unterdrückt – und es war ein angenehmes Schaudern. Noch nie war ihr das passiert. Eine so starke Anziehung zwischen zwei Menschen. Und er blickte sie an, als wäre bereits etwas zwischen ihnen.
Vielleicht lag er sogar richtig damit, sie selbst fühlte auch eine Verbindung, welche sie nicht verstand.
Sein Gesicht war attraktiv, obwohl es rau und kantig war. Vielleicht fand sie ihn gerade deshalb so anziehend, es war pure Männlichkeit, die er ausstrahlte. Und Selbstsicherheit, die wirkte wie ein starkes Aphrodisiakum.
An der Tür angekommen, ging Adoran voraus. Nach dem Eintreten stand man direkt in einem geräumigen Raum, den sie als Wohnzimmer bezeichnet hätte.
Gegenüber der Tür lag ein schöner Kamin und drumherum standen Holzstühle mit Fell auf der Sitzfläche.
Faszinierend, wie gemütlich es hier war. Es gab zwei Türen zur rechten Seite des Raumes und zwei auf der linken Seite. Das Haus war gemütlich, aber einfach gehalten.
Francine ging zu der großen Fensterfront, die sich auf der linken Seite befand. Sie berührte die Scheiben vorsichtig und war überrascht davon, wie rau es sich anfühlte, nicht wie das Glas, welches sie kannte. Adoran trat zu ihr und strich ebenfalls über das Glas, wobei er kurz ihre Hand berührte.

„Aus was besteht das Fenster?" Sie war wirklich neugierig und ignorierte vorerst seine Hand.

Sie betrachtete die kühle Fläche unter ihren Händen mit gerunzelter Stirn.

„Das Fenster besteht aus Glaschen." Auf ihren fragenden Blick hin führte er weiter aus: „Es sind Pflanzen, deren Blätter fast durchscheinend sind, und wenn man die Blätter presst und erhitzt, entsteht eine Flüssigkeit, die in die Form gegossen wird, die man braucht. Nach dem Erkalten hat man die Fenster."

„Kann ich eine dieser Pflanzen sehen?" Immer noch entzückt strich sie über die raue Fläche.

Traurig aber war, sie wusste nicht mal sicher, aus was Glas in ihrer Welt bestand. Aus Sand? Das hatte sie doch mal aufgeschnappt, oder nicht?

Adoran sah sie fasziniert an. „Ja, aber nicht hier, sie wächst nicht in dieser Gegend."

Francines Augen waren wunderschön und sie leuchteten vor Neugier. Es erregte ihn, ihre Wissbegierde zu sehen, und gleichzeitig erstaunte ihn, wie glücklich sie wirkte, obwohl sie so viel erlebt hatte und in dieser fremden Umgebung gelandet war. Und jetzt war sie mit Menschen unterwegs, die sie kaum kannte, dennoch störte sie das nicht – oder sie nahm es wie es war und machte das Beste daraus.

Aber sie schien deswegen gar nicht wütend oder traurig zu sein, sondern eher erfreut. Sie wollte anscheinend so viel wie möglich sehen. Ihm war nicht entgangen, wie oft sie gestolpert war, weil sie ständig alles um sich herum betrachtete.

Er erwartete, sie würde ihre Hand wegziehen, wenn er seine bei ihrer liegen ließe, doch sie überraschte ihn, indem sie ihre Hand dort ließ, wo sie war.

Interessant.

Erst als nun Gelano die Tür neben ihnen öffnete und einen Pfiff ausstieß, nahm sie ihre Hand vom Fenster

und von seiner weg. „Also, wie ich das sehe, haben wir hier drei Schlafräume. Und ich werde mich hier niederlassen, wer noch?"
Robinio blickte in das Zimmer, vor dem Gelano stand. Marisia und Serlina standen auf der anderen Seite und blickten in eines der Zimmer dort. „Wir nehmen dieses Zimmer." Marisia nickte bei Serlinas Worten.
Robinio musterte seinen Bruder, ehe er sagte: „Wir sollten uns diesen Raum zu dritt teilen, Francine überlassen wir das dritte Zimmer."
Francine hatte sich rausgehalten, sie war sowieso nur Gast, in jeder Hinsicht. Ihr war es egal, wo sie schlief und mit wem sie sich das Zimmer teilte, sie war schließlich erwachsen und es war nicht wie früher mal, als Mann und Frau sich kein Bett teilen konnten. Es war nichts Anrüchiges dabei.
Adoran zog seine Augenbrauen zusammen. „Nein. Ihr könnt es Euch mit Gelano teilen, ich werde mir das Zimmer mit ihr teilen." Er sah Francine wieder mit diesen dunklen Augen an, seine Lider leicht gesenkt.
„Das halte ich für keine gute Idee." Robinio war gereizt.
Adoran warf ihm einen wütenden Blick zu und kurz flackerten seine Augen in einem hellen Grün. „Haltet Euch da raus." Seine Stimme war ruhig, doch der drohende Unterton entging keinem.
Francine wusste nicht genau, was dieses Gefecht zu bedeuten hatte, sie zuckte müde die Schultern und ging in das Zimmer, Adoran folgte ihr, ignorierte die besorgten Blicke von Robinio. Selbst Gelano sah skeptisch aus. Doch Adoran war das völlig egal. Sie verstanden nicht. Noch nicht.

Francine starrte an die Decke und dachte nach.
Es war inzwischen dunkel und sie sah nur wenig, da der Mond leicht durch das kleine Fenster schien.
Irgendwie war ihr von Anfang an klar gewesen, dass sie sich das Bett mit Adoran teilen würde. Aber sie war nicht darauf vorbereitet, wie bewusst ihr war, dass er neben ihr lag.
Dabei war ihre Reaktion auf ihn doch so stark, sie hätte sich denken können, wie schwierig es sein würde, neben ihm einzuschlafen.
Vor dem Schlafen hatte er sich das Hemd ausgezogen, das er trug und damit einen muskulösen und gebräunten Oberkörper freigelegt, den sie am liebsten abgeschleckt hätte. Das war einfach zu viel.
Sie war es gewohnt, ohne Kleidung zu schlafen, in ihrem eigenen Bett schlief sie immer nackt. Immerhin fühlte sie sich wieder wie ein Mensch und im Vergleich zu vorher frisch. Die Zähne hatte sie sich mit Seife bestmöglich geputzt, ein herrlich frisches Gefühl. Der Waschraum, über den sie sich sehr freute, lag direkt neben ihrem Zimmer.
Vor dem Schlafen hatte sie sich so frisch gemacht, wie es unter den Umständen möglich war. Es gab sogar so was wie eine Toilette. Mit einem Hebel konnte man ein Brett unterhalb der Toilette öffnen und mit einem Eimer Wasser spülen. Dann gab es den Waschtisch, hier musste man Wasser einfüllen, um diesen zu nutzen. Adoran und Gelano hatten einige Eimer hereingeholt, doch das Wasser war sehr kalt und Francine hatte sich nur das Gesicht gewaschen und den Rest mit einem Lappen so gut es ging abgetupft. Sie war so dankbar für das Hemd, welches sie jetzt trug. Es reichte ihr fast bis zu den Knien und war zwar kein dicker Stoff, aber dennoch kuschelig weich. Da all ihre Sachen verdreckt waren, hatte sie das Angebot von Adoran angenommen,

für die Nacht das Hemd zu tragen und die Sachen über Nacht trocknen zu lassen, die sie ausgewaschen hatte.

Davor hatte Adoran sie sogar mit einem herausfordernden Blick angesehen und gefragt, ob sie wirklich in den Sachen, die sie trug, schlafen wollte. Daraufhin sagte sie, dass sie das selbstverständlich tun würde – da wusste sie ja von dem Hemd noch nichts. Der Reiz, sich einfach auszuziehen, nur um zu sehen, wie überrascht er deswegen gewesen wäre, wenn sie einfach nackt ins Bett gekrochen wäre, war verlockend gewesen. Bei diesem Gedanken schmunzelte sie.

Egal wie sehr sie den Mann neben sich begehrte, sie kannten sich kaum und sie wusste gar nicht, wohin dies alles führen sollte, vielleicht kam sie wieder in ihre Heimat zurück und sie war sich sicher, einen Mann wie Adoran, der sie mit solch intensiven Blicken ansah, würde sie nicht einfach vergessen.

Bereits jetzt war das Gefühl da, nicht mehr ohne ihn sein zu können, das war irrsinnig! Es war noch gar nichts zwischen ihnen gelaufen, woher kam dieses Empfinden bloß?

Es verwirrte sie sehr. Aber gleichzeitig war es aufregend, erregte sie.

Manchmal wünschte sie, ihren Verstand einfach abzuschalten und das zu tun, was sie wollte, wonach sie sich sehnte, die Konsequenzen zu vergessen. Ja, das würde sie vielleicht tun, was sollte schon Schreckliches passieren? Ihr Körper kribbelte und sie fühlte sich sinnlich und weich, Kleidung störte sie, nur wenn sie nackt schlief, fühlte sie sich frei und ungezwungen. Sie mochte es, die Decken daheim direkt an ihrer Haut zu spüren, oder die Luft, wenn sie sich im Sommer abdeckte und ein Fenster einen Spalt weit geöffnet hatte. Wenn die zarte Brise ihre nackte Haut küsste, ein herrliches Gefühl.

Die Matratze war erstaunlich bequem, das Bett gerade groß genug, dass sie beide ohne großen Abstand nebeneinander liegen konnten. Sie wusste, dass Adoran ebenfalls noch nicht schlief, dafür ging sein Atem nicht gleichmäßig genug.

Robinio war besorgt gewesen, als Adoran mit ihr in diesem Zimmer verschwunden war, das hatte man ihm deutlich angemerkt.

Francine fragte sich warum.

Was war denn so schlimm, selbst wenn sie die ganze Nacht verruchte Dinge taten, es ging doch niemanden etwas an?

Irgendetwas wurde ihr verheimlicht und es hatte mit Adoran zu tun. Und mit diesem Kristall des Königs. Noch wusste sie nicht was, aber sie würde es noch erfahren.

„Wieso wolltet Ihr Euch mit mir das Zimmer teilen?" Sie fragte nicht, ob er wach war, sie sprach leise und wartete, was er erwidern würde.

Er lächelte im Dunkeln und entgegnete mit seiner tiefen, vor Sinnlichkeit triefenden Stimme: „Nun", er strich mit seiner Hand über ihre und sie zuckte kurz, „wegen deiner offensichtlichen Reaktion auf mich."

Wie arrogant er war! Wieso war das nur ebenfalls ein attraktiver Zug an ihm? Dann fügte er noch hinzu: „Es war auch wesentlich verlockender mit dir das Bett zu teilen als mit Gelano und Robinio."

„Meiner offensichtlichen Reaktion?" Sie lächelte. „Nicht eher wegen Eurer?"

„Das auch."

Eine Weile schwiegen sie, dann fragte er: „Hast du etwas unter dem Hemd an?"

Francine atmete seufzend aus. „Wir kennen uns nicht und Ihr meint, ich sollte so eine Frage beantworten?" Ob er es wusste? Sie hatte ihren BH und auch das Höschen gewaschen und zum Trocknen liegen lassen. Sie hatte

es nicht mal über sich gebracht, den nassen Tanga anzuziehen, obwohl er sowieso nicht viel Stoff hatte.
Adoran drehte sich um, sah sie lange schmunzelnd an. Ihm gefiel der Schalk in ihrer Stimme. „Wieso nicht? Hast du noch nie mit einem Mann geschlafen, den du nicht kanntest, aber so sehr wolltet, dass es völlig egal war?" Francine erschauderte bei seinen Worten, was ihm nicht entging. Er sprach mit der Stimme eines Mannes, der Verführung genoss, tief und dunkel. Als sie nichts erwiderte, sprach er weiter: „Suchst du Liebe? Ohne Leidenschaft wirst du sie nicht finden. Ein Leben oder eine Liebe ohne Leidenschaft ist wie Essen ohne Salz, fad und geschmacklos. Du brauchst das Feuer, heiß und lange brennend, dann kommt die Liebe von selbst."
Ihre Haut kribbelte, seine Stimme, seine Worte reizten eine Seite an ihr, die sie gewöhnlich in den Hintergrund drängte. Der Teil von ihr, der sich am liebsten nackt mit ihm in den Laken wälzen wollte, die Seite, die rau war, unbändig, zügellos. Eine Hitze stieg in ihr auf, sie brannte. Bilder blitzten vor ihrem inneren Auge auf. Ihre feuchte Haut und dann der Drache, wie er sie betrachtete, lüstern, begierig, bewundernd. Erschrocken ob ihrer Gedanken zuckte sie zusammen.
„Worauf wollt Ihr hinaus? Ich bin nicht auf der Suche."
„Sag, meine schöne Rothaarige, begehrst du mich?"
Seine direkte Art war ungewohnt. Bisher kannte sie keine Männer, die so unverblümt sprachen wie er, doch es gefiel ihr. Es erregte sie.
„Stellt Ihr immer Fragen, deren Antworten Ihr bereits kennt?"
Er lachte leise und tief. „Wieso hältst du dann Abstand? Willst du nicht herausfinden, wohin unser Begehren führt?"
„Ihr verbergt etwas vor mir."
Adoran schwieg, was Antwort genug war.

Francine seufzte. „Es ist nicht wichtig, ich werde noch hinter Euer Geheimnis kommen."

„Das hoffe ich." Seine Stimme war nur ein leises Flüstern in der Dunkelheit.

Francine schlief sehr gut und träumte vom Drachen. In Ihrem Traum erinnerte sie sich daran, wie zärtlich er sie angesehen und wie gut er sich um sie gekümmert hatte.
Sie fühlte einen Schmerz, wenn sie daran dachte, ihn nicht mehr wiederzusehen.
Anschließend sah sie Adoran in ihrem Traum, wie er aus dem Feuer auf sie zutrat mit leuchtend grünen Augen.
Langsam spürte sie, wie der Traum verblasste und sie erwachte.
Sie fühlte sich so gut und weich und angenehm erholt.
Sie lag auf der warmen nackten Brust von Adoran und strich mit ihrer Hand über seine Haut. Halb im Schlaf seufzte sie zufrieden.
Moment mal! Francine war schockiert über sich selbst, sie lag halb auf ihm! Wie war das denn passiert? Vielleicht schlief er ja fest genug und merkte nichts, wenn sie sich jetzt auf ihre Seite zurückzog.
„Guten Morgen mein Smaragd."
Mist – zu spät, um sich würdevoll zurückzuziehen.
„Morgen."
Jetzt, wo sie bereits auf ihm lag und es sich so verdammt gut anfühlte – sie hatte viel zu lange mit keinem Mann das Bett geteilt –, konnte sie es auch dabei belassen.
Dafür, dass sie sich gar nicht kannten, fühlte es sich erstaunlich normal an, so im Bett mit ihm zu liegen.
„Hast du gut geschlafen?" Seine Stimme klang rau.
„Hmm." Sie wollte schon „und Ihr?" fragen, als Francine auffiel, dass er „du" gesagt hatte! Das tat er seit gestern Abend, aber warum?
Hier hatte bisher jeder gesprochen wie in einem Mittelalterroman. Die Anreden waren stets mit „Ihr" und „Euch" erfolgt und niemals mit „du".
Sie räusperte sich, ehe sie vorsichtig fragte:

„Wie kommt es, dass du einfach nur du zu mir sagst und nicht Ihr? Ich dachte, Ihr, ähm, du kennst diese Anrede gar nicht."

Adoran lächelte, als er beobachtete, wie sich ihre Augenbrauen leicht zusammenzogen.

„Nur mit sehr vertrauten Menschen sprechen wir so."

Sie schwieg eine Weile, schien über seine Aussage nachzudenken.

„Nur sehr vertraute also, ja?"

Als er nickend zustimmte, zog sie sich abrupt von ihm zurück. Sie saß jetzt aufrecht auf ihrer Seite des Bettes und blickte ihn forschend an.

Er würde zu gerne hören, was ihr durch den Kopf ging.

Er fand sie wunderschön. Ihre blauen Augen waren dunkel und strahlten eine Lebensenergie aus, die man äußerst selten sah. Die roten Haare hingen herrlich zerzaust über ihre Schultern. Sein Herz zog sich zusammen. Ihm war ihre Angewohnheit, mit ihrer Unterlippe zu spielen, bereits aufgefallen, wenn sie grübelte.

Genau das wünschte er sich – hatte er sich schon lange gewünscht, diese eine besondere Frau zu finden, die zu ihm gehörte. Jeden Morgen mit ihr aufzuwachen.

Nach einer kleinen Weile hakte sie nach:

„Aber warum duzt du dann Robinio nicht? Er ist doch dein Bruder?"

Zielsicher hatte sie das Thema gefunden, über das er nicht sprechen wollte.

Zögernd gab er zu:

„Mein Bruder und ich stehen uns seit einiger Zeit nicht mehr sehr nahe."

Francine runzelte die Stirn und wirkte bedrückt.

„Das ist schade, ich habe mir immer Geschwister gewünscht. Es muss ein tolles Gefühl sein, einen Menschen von klein auf zu kennen und alles mit ihm zu

teilen. So habe ich mir das immer vorgestellt, wenn ich eine Schwester gehabt hätte.
Ich hätte mit ihr Geheimnisse vor unseren Eltern gehabt und über Jungs geredet und ..." Sie brach ab, als sie merkte, wie sie ausholte.
Lächelnd sah sie ihn an. „Ich will nur sagen, dass ich es traurig finde, wenn das Verhältnis von Geschwistern nicht so ist, wie ich es mir vorstelle." „Mir gefällt es auch nicht, aber es ist manchmal nicht einfach."
Francine nickte mitfühlend. Sie überkam ein starkes Bedürfnis, ihn zu trösten, weil Adoran so bedrückt zu sein schien.
„Ist Robinio dein einziger Bruder oder hast du noch andere Geschwister?"
Adoran lächelte Francine an. „Nur Rob."
„Was ist mit deinen Eltern?"
„Sie sind schon lange tot."
„Meine Eltern leben auch nicht mehr."
Adoran beobachtete Francine und wartete darauf, dass sie fortfuhr, mehr von sich zu erzählen. Als sie ihn nur ansah, hakte nun er nach:
„Wer ist dir geblieben, wenn du keine Geschwister hast?"
Ihr Lächeln wirkte unbekümmert. „Familie ist nicht nur Blutsverwandtschaft, Familie sind die Menschen, denen man am Herzen liegt und die einem selbst am Herzen liegen. Die Menschen in meinem Leben, die wichtig sind. Meine letzte lebende Verwandte ist meine Tante, aber es gibt noch mehr Menschen in meinem Leben."
Francine dachte an Mari, die für sie Familie bedeutete.
Adoran nickte und strich beiläufig über Francines Arm. Das Hemd war hochgerutscht und bedeckte gerade noch ihre Oberschenkel, sie sah so verlockend aus.
„Ich verstehe, damit hast du natürlich recht. Gelano ist ebenfalls wie ein Bruder für mich, er ist mein bester Freund." Francine lächelte. „Das ist gut."

„Wie ist deine Welt, Francine? Ist es sehr anders als bei uns?" Adoran war wirklich neugierig, er hatte zwar Gerüchte gehört, doch die hatte er nicht ernst genommen.
Francine sah Adoran lange schweigend an.
„Anders und doch sehr ähnlich. Ich bin nicht sicher, wie ich es beschreiben soll. Es gibt viele Dinge ..." Sie brach ab. Wie beschrieb man Autos, wenn jemand noch nie eines gesehen hatte? „Also wir haben Fahrzeuge, um von einem Ort zum anderen zu kommen, die nennen wir Autos."
Adoran zog eine Augenbraue hoch, bevor er skeptisch erwiderte: „Autos? Interessant. Habt ihr keine Pferde?"
Francine lachte kurz. „Doch, früher, also lange vor meiner Geburt gab es noch keine Autos, da wurden Pferde genutzt, um von einem Ort zum anderen zu kommen, oder Wagen, vor die Pferde gespannt wurden."
Adoran lächelte. „Du sprichst von Kutschen?"
Francine legt sich die Hand auf die Wange und schüttelte lächelnd den Kopf. „Ja! Ich wusste ja nicht, ob ihr die auch kennt hier."
„Wieso reitet ihr nicht mehr?"
„Doch, einige reiten noch, aber zum Spaß und Sport."
Jetzt vertiefte sich das Stirnrunzeln bei Adoran. „Sport? Spaß? Das ist merkwürdig."
„Eigentlich nicht. Einige arbeiten gerne mit Pferden und reiten in ihrer Freizeit."
„In Ordnung, also ich arbeite auch gerne mit Tieren, jedoch ist es immer zweckmäßig."
Es war schön, mit ihm zu reden. Überhaupt empfand sie es als sehr angenehm, mit ihm hier zusammen zu sitzen. Die Selbstverständlichkeit, mit der sie hier gemeinsam auf dem Bett saßen, gab ihr zu denken.
Draußen war es noch nicht hell, aber langsam ging die Sonne auf. Bisher war es ruhig im Haus. Die anderen schliefen wohl noch.

Nicht mehr lange und sie mussten wieder aufbrechen.
Francine schwang ihre Füße über die Bettkante und rückte das Hemd zurecht.
Adoran erhob sich ebenfalls.
Er hatte kein Wort darüber verloren, obwohl sie praktisch auf ihm gelegen hatte. Sie blickte ihn kurz verstohlen von der Seite an.
Auf seinem Gesicht lag ein selbstzufriedenes Lächeln.
Nun, sie würde es sicher auch nicht erwähnen.
„Wir müssen bald los, oder?"
Adoran zog sich sein Hemd an und nickte. Seine Augen blickten jetzt ernst.
„Es wird kein angenehmer Abend heute, wir müssen auf der Hut sein. Die Ruine von Urefa ist gefährlich, vor allem weil heute Nacht und die nächsten beiden Nächte der Smaragdmond am Himmel steht."
Erstaunt hob Francine eine Augenbraue.
„Smaragdmond?"
Adoran nickte, bevor er erläuterte: „Der Smaragdmond beeinflusst die Drachen."
Er klang wirklich besorgt. Francine fand es beunruhigend, wenn ein Mann wie er sich Sorgen machte.
„Inwiefern beeinflusst der Mond die Drachen?"
Adoran räusperte sich.
„Sie werden aggressiv zu dieser Zeit, meistens."
Oh je, aggressive Drachen, das klang gar nicht gut.
„Halten sich dort Drachen auf, in diesen Ruinen?"
„Wahrscheinlich. Ein Erddrache wird dort bestimmt zu finden sein." „Gibt es verschiedene Drachen?"
„Allerdings."
Das war interessant, Drachen waren für Francine automatisch Feuerspeier mit Flügeln, sie hätte nicht erwartet, dass unterschiedliche Rassen existierten.
„Nun, worin unterscheiden sie sich denn?"

„Die Drachen haben Macht über die verschiedenen Elemente. Es gibt Erdddrachen, Feuerdrachen, Wasserdrachen, Eisdrachen und ..." Bei seiner Pause machte Francine große Augen. „Und?"
„Das sind die bekannten Arten, es gibt allerdings Gerüchte über noch weitere Drachen, die es geben soll."
„Und welche?"
„Drachen, die Macht über alle Elemente haben. Aber es gibt keine Nachweise darüber, ob ein solcher Drache tatsächlich existiert, es gibt keine Dokumente dazu. Niemand hat je einen gesehen. Es sind wohl nur Legenden."
„Hm."
Adoran beobachtete Francine genau. Sie schien über das Gesagte zu grübeln. Nachdenklich sah sie ihn an.
Ihm war wichtig, was sie über die Drachen dachte.
Schließlich kannte sie solche Wesen aus ihrer eigenen Welt nicht.
Aber während er beobachtete wie sie nachdachte, konnte er an ihren Gesichtszügen deutlich erkennen, wie sehr sie von dem Thema Drachen fasziniert war.
Interessant. Womöglich könnte sie all das akzeptieren? Ihn akzeptieren?

Es klopfte an der Tür, bevor Gelano fragte: „Seid ihr angezogen? Wir brechen auf."
Francine hatte gar nicht wahrgenommen, dass im Haus bereits alle munter waren. Adoran öffnete die Tür und traf die anderen an, die bereits aßen.
Bei dem Anblick von Essen knurrte Francine der Magen.

Kapitel 7

Die Ruinen von Urefa – Der Erdras

Robinio bildete das Schlusslicht bei ihrem Marsch. Vor ihm liefen Adoran und Francine und er konnte nicht umhin, sich um seinen Bruder und auch um Francine Sorgen zu machen.
Er hoffte, dass Adoran keinen Fehler machte.
Francine kam nicht aus ihrer Welt, es war unwahrscheinlich, dass sie hierblieb und dass sie zu Adoran gehörte. Allerdings war er sich nicht sicher, ob Francine überhaupt wieder in ihre Welt zurückkonnte.
Ihm war es ein Rätsel, wie sie überhaupt hergekommen war.
Adoran schien die Beobachtung seines Bruders zu spüren, denn er warf ihm einen seltsamen Blick über die Schulter zu.
Er wusste wahrscheinlich genau, was er dachte.
Die ganze Reise war auch so schon beschwerlich genug. Einerseits war er froh zu sehen, wo Adoran war, die Ungewissheit hatte an ihm genagt.
Aber wenn er zusah, wie sein Bruder Francine anblickte – nun, er konnte nichts weiter tun als abwarten und hoffen, sein Bruder wusste, was er tat.
Wenn sie gegen Abend bei den Ruinen von Urefa ankamen, würde es brenzlig werden. Sie konnten nur hoffen, dort auf keinen der Erdras zu treffen.
Wieder dachte er über Francine nach. Sie hatte vielleicht Wirkung auf einen Drachen, aber nicht auf einen zweiten. Oder waren sie tatsächlich nahe am weißen Diamanten? Möglich wäre es, aber auch sehr unwahrscheinlich. Er fragte sich, wie wahrscheinlich es war, die Großtante von Serlina lebend am Schloss anzufinden und dann auch noch entscheidende Informationen zu erhalten.

Die Wetterbedingungen hatten sich geändert, sie durchquerten jetzt keinen Dschungel mehr, in dem die Hitze stand, nein, jetzt wurde es immer kühler.

An den Ruinen würde Schnee liegen. Dort lag immer Schnee.

Das machte es nicht leichter. Francine war jetzt wie die anderen auch in ein langes Leinenhemd und eine enge Lederhose gehüllt. Zusätzlich hatten sie aus der Hütte auch noch Fellumhänge mitgenommen.

Die waren im Moment schwer, aber bald schon wären sie froh darüber. Das würde zumindest ausreichen, um sie warm zu halten. Überraschend ließ sein Bruder sich zurückfallen und lief nun neben ihm.

„Worüber zermartert Ihr Euch Euren Kopf, Bruder?"

Adoran wusste genau worüber, er wollte es jedoch von Rob hören.

„Adoran, ich hoffe, Ihr wisst, was Ihr tut." Robinio deutete mit dem Kopf in Richtung Francine. Die strich sich gerade das rote Haar aus dem Gesicht und kletterte über einen Baumstamm, der den Weg versperrte.

„Sie ist es." Adorans Stimme war tief und klar.

„Du bist dir sicher? Sie kommt nicht von hier."

Adoran hob eine Augenbraue bei der persönlichen Anrede, die er von seinem Bruder nicht erwartete.

„Ja. Es spielt keine Rolle, woher sie kommt, sie ist es."

Robinio nickte. „Nun gut, wenn du dir sicher bist. Dann muss ich mir wohl keine Sorgen machen."

Das Lachen von Adoran klang gequält.

„Doch, und ob, es liegt in deiner Natur."

Robinio nickte. „Wahrscheinlich. Du musst mir zugutehalten, dass es mir manchmal schwer fällt, mich in deine Lage zu versetzen."

Adoran nickte kurz. „Ja ich weiß."

Robinio wusste, es gab Themen, die Adoran nicht gefielen, aber sie waren nun mal wichtig. „Wirst du endlich dein Erbe akzeptieren?"

Adoran schnaubte. „Fängst du wieder damit an?"
„Du läufst davon, lebst hier alleine. Aber dein Schicksal kannst du nicht umgehen. Du weißt es ebenso wie ich. Der Thron ist nicht mir bestimmt."
Adoran zuckte die Schultern.
„Er passt wesentlich besser zu dir. Wieso sollte ich mich damit quälen?"
„Das ist doch kein Spiel. Du kannst es dir nicht aussuchen, du wurdest als König geboren, der Thron ist dein."
Adoran lächelte und schüttelte den Kopf.
„Wir werden sehen. Ich verstehe nicht, wieso dir das so wichtig ist, Rob. Sieh mich an, sehe ich wie ein König aus?"
Rob funkelte ihn böse an. „Du kannst deinem Schicksal nicht den Rücken kehren. Du hast Verantwortung. Es wird Zeit, dass du das akzeptierst."
Adoran blickte zu Francine. „Da vorne läuft meine Verantwortung." Rob folgte seinem Blick.
„Pass gut auf sie auf. Es ist sehr gefährlich und wir gehen in den Machtbereich von König Run zurück."
Adoran nickte grimmig. „Glaubst du, ich war es?"
Robinio wusste sofort, was Adoran meinte. „Nicht vorsätzlich." Diese schlichte Antwort von Rob machte Adoran wütend.
„Du hältst mich für verantwortlich. Alle dachten, ich hätte die junge Frau verbrannt. Glaub mir, ich war es nicht. Ich kann mir nicht erklären, was da passiert ist."
Adoran schüttelte ungläubig den Kopf. „Sie stand plötzlich in Flammen und rannte schreiend weg. Und sie schrie, ich sei ein Monster."
Robinio hielt an und Adoran drehte sich zu ihm. Er legte seine Hand auf Adorans Schulter und sah ihn an. „Ich kenne dich mein Leben lang, niemals würdest du jemandem absichtlich Leid zufügen, das weiß ich, ich wusste es schon immer."

Adoran schnaubte. „Du glaubst, ich habe sie verbrannt? Es war nicht so. Wirklich nicht."

Robinio nickte. „Warum bist du dann geflüchtet? Wieso bist du nicht geblieben, um mit mir zu sprechen?"

„Weil ich es nicht ertrug. Sie beschuldigte mich, alle glaubten ihr." Adoran schnaubte wütend. „Du erinnerst dich wohl an den Vorfall, als ich sechzehn war? Da habe ich wirklich den Arm eines Mädchens verbrannt. Jeder dachte doch daran zurück. Alle sehen in mir etwas Gefährliches, Unkontrollierbares. Darum kannst du dir auch deine Predigt über mein Schicksal sparen. Wer würde einen wie mich als König wollen?"

Adoran blickte Francine an. Sie sah zum Anbeißen aus und die Kleidung, die sie nun trug, stand ihr ausgezeichnet. Mit ihrem roten langen Haar sah sie wie eine Kriegerin aus. Als spürte sie seinen Blick, drehte sie sich kurz um.

Ihre blauen Augen funkelten.

Sie sah glücklich aus.

„Ich hätte dir geglaubt. Was die anderen denken, ist unwichtig. Aber was ist jetzt? Hast du dich wirklich im Griff? Was ist mit dem Smaragdmond? Was wird dann sein?"

Robinio sah auch zu Francine, während sie weiterliefen. Adoran stieß die Luft aus, die er unbewusst angehalten hatte.

„Ich habe mich im Griff, vor allem, wenn es um sie geht."

„Gut. Vergiss nie, ich stehe immer auf deiner Seite."

„Ich bin froh, dass sich unsere Wege wieder gekreuzt haben."

Robinio nickte. „Ich auch." Er klopfte Adoran kurz auf die Schulter. „Geh schon zu ihr. Ich sehe ja, dass du schon bei dem geringen Abstand nervös wirst."

Und schon schloss Adoran grinsend wieder zu Francine auf.

Francine hätte vielleicht gefroren, doch die neue Kleidung, die sie inzwischen trug, schützte sie besser und sie fühlte sich wesentlich wohler als in den durchgeschwitzten Sachen. Außerdem liefen sie jetzt seit Stunden und dadurch war ihr nicht kalt. Das Wetter, die Temperatur, es fühlte sich so an, als wäre bald Wintereinbruch.
Francine fand es erstaunlich, welche Temperaturunterschiede es auf diese kurze Distanz bereits gab.
Kaum fassbar, gestern waren sie noch durch einen dampfenden Dschungel gelaufen und jetzt das. Adoran hatte nichts gesagt, aber sie konnte ihm ansehen, dass es ihm gut tat, sich mit seinem Bruder unterhalten zu haben.
Er schien wesentlich entspannter zu sein, als beim Aufbruch von der gemütlichen Hütte am Morgen.
Francine fragte sich wieder, warum sie sich dermaßen zu ihm hingezogen fühlte.
Gab es Seelenverwandtschaft? Klar, er sah verdammt heiß aus mit seinen schwarzen Haaren und den unergründlichen grünen Augen. Sein Gesicht war markant und er hatte etwas Verwegenes, vor allem wenn er grinste, was er in den letzten Stunden ziemlich häufig getan hatte.
Aber das war nicht alles, es war seine Ausstrahlung, sein Wesen, das sie ebenfalls anzog.
Merkwürdig, Francine fragte sich, ob man mit Liebe auf den ersten Blick nicht nur rein äußerliche Anziehung meinte, sondern ob es möglich war, sofort zu erkennen, dass jemand auch charakterlich zu einem passte? Obwohl man jemanden noch gar nicht kannte?
Die Kleidung, die sie trug, gefiel ihr wirklich gut.
Die Jeanshose und das T-Shirt hatte sie in der Hütte zurückgelassen. Darin hätte sie nur gefroren und für unnötiges Gepäck war kein Platz. Froh war sie über die

getrocknete Unterwäsche, welche sie wieder trug. Die Halskette von Tante Anne hing, sorgsam verborgen unter der Kleidung, noch immer um ihren Hals. Francine hütete das Schmuckstück wie einen Schatz, vor allem jetzt, wo es das Einzige war, das ihr geblieben war aus ihrer Welt.

Was Marianne jetzt wohl dachte? Ob sie sich Sorgen machte? Was dachte sie wohl, was ihr widerfahren war? Nun, Francine konnte im Moment sowieso nichts daran ändern, also sollte sie sich darüber besser nicht den Kopf zerbrechen.

„Worüber denkst du nach?"

Sie warf Adoran einen kurzen Blick zu.

„Über mein Zuhause." Ihr Tonfall verriet nichts.

„Vermisst du es?" Seine vorsichtige Frage ließ sie schmunzeln. Tatsächlich vermisste sie es nicht so sehr, wie sie vermutet hatte.

„Ein bisschen."

Ihre Antwort schien ihn zufrieden zu stellen.

„Es gefällt dir hier?"

„Ja." Sie musste lachen. „Versteh mich nicht falsch, was hier vor sich geht mit eurem König, tut mir sehr leid, aber der Rest – ist", sie blickte ihn mit einem zarten Lächeln an, „fesselnd."

Er lächelte sie an. „Was genau?"

„Nun, hier sieht es anders aus, es gibt andere Pflanzen und Früchte und Tiere. Alleine die Tatsache, dass es Drachen gibt, ist der Wahnsinn!" Ihre Aufregung war fast greifbar.

„Dir gefallen Drachen?"

Obwohl Francine voller Neugier und Freude alles in dieser Welt entdeckte und durch ihre Begeisterung gerade abgelenkt war, bekam sie seinen fragenden Unterton mit.

Es schien ihm wichtig zu sein, was sie von dieser Welt und speziell von den Drachen hielt. Warum? Wieso war ihm das so wichtig?
Vielleicht hoffte er, sie bliebe in dieser Welt? Vielleicht selbst wenn sie die Möglichkeit bekäme nach Hause zu kommen?
Diese Gedanken brachten sie doch ins Grübeln, denn sie fragte sich, ob sie diese Welt einfach so hinter sich lassen könnte oder wollte. Die Menschen, die sie jetzt kennengelernt hatte – und Adoran. Vor allem Adoran.
Jetzt war wahrscheinlich der falsche Zeitpunkt darüber nachzudenken. Wenn sie wusste, wie sie zurückkam, dann konnte sie entscheiden, ob sie das wollte.
Um auf seine Frage zurückzukommen, antwortete sie ihm wahrheitsgemäß: „Ja. In unserer Welt gibt es diese fantastischen Tiere nicht, sie sind nur ein Mythos.
Und mich haben sie schon immer fasziniert. Jetzt hier zu sehen, dass sie tatsächlich real sind – das ist unbeschreiblich.
Und der Drache, den ich hier getroffen habe – ich weiß, ihr alle fandet das seltsam, aber ich schwöre, er war mit mir auf einer Wellenlänge, er hat sich um mich gekümmert."
Adoran sah sehr zufrieden aus.
Francine konnte nicht umhin wieder zu grinsen.
„Du denkst, ich bin verrückt, oder?"
„Nein, ganz und gar nicht. Du faszinierst mich so sehr, wie dich die Drachen faszinieren."
Seine grünen Augen blickten unergründlich.
Sie strich sich eine rote Haarsträhne aus dem Gesicht.
„Hör zu, Francine, es ist großartig, wie du über Drachen denkst. Aber sei vorsichtig, wir werden bald bei den Ruinen von Urefa ankommen. Wenn wir dort auf Erdras treffen, dann werden die nicht so freundlich sein, sondern sehr gefährlich. Vielleicht wollen sie uns sogar töten."

Francine wusste, was Adoran ihr sagen wollte. Nicht jeder Drache war nett, vor allem standen die Drachen unter dem Einfluss des schwarzen Kristalls. Oder des Mondes?

„Ich verstehe. Was machen wir eigentlich, wenn wir angegriffen werden?"

„Uns verteidigen." Adoran blickte ernst.

„Wie verteidigt man sich gegen einen Drachen?" Es kam Francine ziemlich lächerlich vor, mit Schwertern gegen ein so mächtiges Tier zu kämpfen, als würde man einen Löwen mit Zahnstochern attackieren.

Adoran blickte sie aufmerksam an.

„Du kannst das gar nicht. Wir möchten sie nicht töten, denn sie können nichts für ihr Verhalten – sie stehen unter dem Bann des Kristalls." Sein Bedauern war so aufrichtig, dass Francine schlucken musste.

„Dich nimmt das richtig mit, was diesen Drachen passiert?" Francine selbst fand es auch schrecklich.

Die Menschen hier nahmen an, sie würden von ihnen angegriffen werden, dabei war es gar nicht so, dabei ging das alles nur von ihrem König aus.

„Natürlich, sie gehören zu unserer Welt und sie sind nicht schlecht oder böse."

„Nun, das mag sein, aber was machen wir, wenn wir angegriffen werden? Ich meine, auch wenn wir wissen, dass die Drachen nichts dafür können, müssen wir uns trotzdem verteidigen."

„Wir werden das schon hinbekommen. Du kannst nicht mit einem Schwert umgehen, oder?"

„Die anderen haben mir mal kurz den Umgang gezeigt, mich etwas üben lassen. Aber das wird wohl nicht reichen."

Adoran schüttelte den Kopf.

„Das ist zwar gut, aber du hast recht, es wird wohl nicht reichen. Selbst erfahrene Schwertkämpfer tun sich nicht leicht, vor allem gegen einen Drachen."

Inzwischen wechselte ihre Umgebung und ihre weichen Lederschuhe knirschten auf dem leichten Schnee, der auf dem Boden lag. Er war festgefroren, so kalt war es hier.
„Beginnt jetzt der Winter hier?" Sie wollte es gerne von Adoran wissen.
„Winter? Wie meinst du das?" Adoran sah sie kurz fragend an, ehe er wieder auf den Weg achtete.
Francine zog überlegend ihre Augenbraue zusammen und dachte über seine Antwort nach.
Er wusste nicht, was Winter war? Nannte man die Jahreszeiten hier anders?
„Also Winter ist eine der vier Jahreszeiten, Frühling, Sommer, Herbst und Winter."
„Und was passiert in diesen Jahreszeiten?" Adoran schien tatsächlich nicht zu wissen, was das bedeutete.
„Nun, am Anfang des Jahres ist der Frühling, alles beginnt zu wachsen – also die Pflanzen. Und dann kommt der Sommer und es wird sehr heiß und alles, was im Frühling erblüht war, verblüht langsam und Früchte wachsen. Danach kommt der Herbst, die Blätter färben sich von Grün in Rot und Gelb und fallen von den Bäumen. Es wird kühler, es weht oft ein Wind – der Herbstwind. Danach folgt der Winter mit kalten Temperaturen, es fällt oft Schnee und die Temperaturen können so kalt werden, dass Seen zufrieren. Und dann geht es wieder von vorne los, im neuen Jahr."
Francine beobachtete Adorans Reaktion. Ob ihm das mit den Jahreszeiten bekannt vorkam.
„Interessant. Bei uns gibt es das nicht, Jahreszeiten, wie du es nennst."
„Ach nein? Und wieso schneit es jetzt?"
Dicke, aber wenige Flocken rieselten vom Himmel.
„Das liegt daran, dass wir fast bei den Ruinen von Urefa sind. Hier ist das Schneegebiet der Höhen des grünen Mondes."

„Okay, damit willst du sagen, das Wetter bestimmt sich anhand der Gebiete hier?"

Adoran lächelte. „So kann man es sagen. Wir sind hier östlich von Vioruna, hier liegen der See, die Höhen", er deutete auf die Gebirgskette, deren Gipfel man sah, „und auch die Ruinen."

„Die Höhen?" Francine blickte die Berge an. „Das Gebirge wird so genannt? Heißt dieser Ort deshalb so? Die Höhen des grünen Mondes?"

Adoran nickte. „Ja, hauptsächlich."

„Wie ist es sonst mit dem Wetter? Im Norden und Süden?"

Adoran strich sich die Haare aus der Stirn und fuhr fort: „Im Norden liegen die Weißtäler der dunklen Sonne, dort ist es nur wenige Stunden am Tag hell, die restliche Zeit herrscht Dunkelheit. Am Tag, wenn die Sonne für kurze Zeit die Erde dort küsst, ist es angenehm warm, nicht heiß.

Aber sobald die Sonne verschwindet, wird es kalt. Zwar schneit es dort nicht, aber wenn es ab und zu regnet, dann gefriert dieser manchmal auf dem Boden."

„Ist das weit von hier?" Francine wollte sich alles so gut wie möglich merken, man konnte nie wissen, wozu sie die Infos noch brauchte. Außerdem faszinierte es sie ungemein.

„Nun, zu Fuß sind es sicher vier Tage. Die Wasserwälder, die rings um Vioruna wachsen, ziehen eine Schneise zwischen den Weißtälern und dem Gebiet hier."

„Ganz Vioruna ist also von den Wasserwäldern umgeben?"

„Genau. Das Klima in den Wasserwäldern ist heiß und feucht, vermutlich reguliert sich dadurch alles andere. In Vioruna ist es angenehm warm, aber nicht feucht. Es regnet nicht so oft wie in den Wäldern."

Francine fand es gar nicht merkwürdig, es gab selbst in ihrer Heimat Gebiete, in denen das Wetter immer gleich oder ähnlich war. Man nehme Afrika, hier gab es keinen Schnee, oder die Arktis, in der es immer kalt war und Schnee lag. „Wie sieht es im Süden aus?"
„Dort liegt GranKalno. Das Land der Veuerflüsse."
„Veuerflüsse?" Francine fragte sich, ob das wörtlich zu nehmen war.
„Ja, es ist das heißeste Land, das uns bekannt ist. Aber eine trockene Hitze. Viele Berge, die Veuer sprühen, liegen dort. Daher auch die Veuerflüsse."
„Wow, dann lebt dort wohl auch niemand? Oder wie ist das überhaupt, ist nur Vioruna bewohnt?"
Adoran schüttelte den Kopf. „Jedes Land hier wird bewohnt, aber wir wissen nicht alles, denn unser Leben spielte sich vor allem in Vioruna ab. Wir kennen die Höhen des grünen Mondes gut, denn hier ist ein ergiebiges Jagdgebiet. Aber weiter?
Vereinzelt gibt es Berichte über Menschen, die dort leben, aber sie kommen nicht zu uns und wir nicht zu ihnen, so kommen wir gut zurecht."
„Seltsam. Habt ihr keine Angst? Ihr kennt diese Menschen nicht, vielleicht warten sie nur darauf, euch angreifen zu können?"
Adoran nickte kurz. „Möglich, aber das ist in den letzten Tausend Monden nicht passiert, also warum sich Sorgen machen um etwas, das vielleicht nie eintritt? Ich nehme an, wenn es eine Bedrohung gibt, die auf uns zukommt, können wir immer noch entsprechend reagieren."
Francine fand es ziemlich gruselig, dass die anderen nicht genau wussten, wer die Menschen waren, die dort lebten. Wer wusste schon, ob es brutale Menschen waren und ob sie bereits Pläne schmiedeten. Leider lag es in der Natur vieler Menschen, Besitzansprüche zu stellen, mehr zu wollen als man bereits hatte.

Irgendwann reichte ihnen vielleicht ihr eigenes Land nicht mehr.

„Was ist mit dem Norden, leben dort Menschen? Trotz der häufigen Dunkelheit?"

„Ja, Francine, dort leben Menschen."

„Und diese Menschen kennst du?"

Adoran schmunzelte. „Nicht persönlich, aber sicher, die Menschen sind auch Teil des Königreichs. Der Lord der dunklen Sonne kümmert sich dort um die Geschehnisse. Er steht in Kontakt mit dem König, obwohl er ihm nicht Untertan ist."

Jetzt fehlte noch der Westen. „Was ist im Westen?"

Adoran sah Francine genau an. „Du saugst das wohl alles auf? Im Westen liegt YorkAn, die Eislanden. Es ist dort so kalt, dass man nur sehr gut vorbereitet dort hinreisen kann. Man muss erst viele Tage Richtung Westen durch die Wasserwälder gehen, Wiesen überqueren und dann steht man vor der Brücke."

„Eine Brücke?"

Adoran nickte. „Ja, die Brücke. Sie führt über einen riesigen Fluss, dessen Oberfläche eine leichte Eisschicht bedeckt. Die Brücke wurde vor Urzeiten erbaut und ist inzwischen dauerhaft eingefroren. Angeblich schläft im Fluss ein Eisdrache, eines der mächtigsten Geschöpfe dieser Welt."

„Und man kommt nur über die Brücke nach YorkAn?" Francine wunderte sich, wie das möglich war.

„Nun, theoretisch kann man auch den Fluss überqueren, aber mit einem Boot ist das schwierig wegen der leichten Eisschicht. Außerdem wagt das keiner aus Furcht, den Drachen zu wecken."

„Also überquert jeder, der dorthin will, diese Brücke." Francine musste das alles erst mal verdauen und verstehen. Ein angeblich schlafender Drache?

Eigentlich war das etwas, was sie als Fantasie abtun würde, aber nach allem, was sie selbst bereits hier gesehen hatte, lag es sicher im Bereich des Möglichen.
„Geht dort denn jemand hin? Also gibt es dort etwas?"
Eine gute Frage, dachte Adoran. So genau wusste er es nicht. „Weißt du, Francine, es gibt keinen Grund, dort rüber zu gehen. Es gibt in den Eislanden nur Eis und Kälte, was sollten wir dort? Aus diesem Grund sind wir dort nie auf Erkundung gewesen. Bis zur Brücke, ja, aber weiter sind nur wenige gegangen und sie haben dort nichts gefunden außer – Eis."
Sein Zögern ließ Francine aufhorchen.
„Also nur Eis?" Sie fühlte, dass er etwas für sich behielt, schon wieder.
Abwesend wirkte er jetzt auch.
„Laut Legenden in unserer Geschichte leben dort die Eisheiligen. Angeblich Menschen, die sich den Witterungsbedingungen dort hervorragend angepasst haben. Aber wir konnten das nie bestätigen, daher nehme ich an, es sind nur Geschichten."
„Wir sind hier also in den Höhen des grünen Mondes. Aber wollten wir dort nicht hin, als wir in die andere Richtung gingen, flussaufwärts? Wie kommt es, dass wir jetzt trotzdem in diesem Gebiet sind?"
„Wir sind im Norden der Höhen. Ihr wolltet in den Süden dieses Gebiets."
„Dann ist das ein sehr großes Gebiet, oder?"
„Größe ist relativ, aber ja. Selbst ein Drache benötigt mehr als einen Tag, um durch das Gebiet zu fliegen."
Adoran blickte vor sich auf den Weg und erblickte ihr Ziel.
Die Ruinen von Urefa lagen vor ihnen. Francine war nicht sicher, was sie erwarten sollte, doch als sie jetzt sah, was in einiger Ferne vor ihr lag, schluckte sie. Ihre Augen wurden groß.

Man konnte eine Treppe sehen, die um die zwanzig Meter breit sein musste. Rechts und links von der Treppe standen gewaltige Säulen.

Dahinter erstreckten sich majestätisch die Berge.

Das sollte eine Ruine sein? Zerstört sah nichts aus, vielleicht nannte man das Objekt vor ihnen aus anderen Gründen Ruinen.

Es war unheimlich still, alle starrten auf die Treppe, die in die Dunkelheit hinab führte.

„Müssen wir nach da unten?" Francine blickte erst Adoran an, dann die anderen, die alle langsam nickten.

„Wohin genau gehen wir eigentlich?"

Francine konnte sich nicht vorstellen, wie sie irgendwo ankommen würden, wenn sie diese dunkle Treppe hinabstiegen. Das Objekt sah aus, als wäre es von Riesen erbaut worden. Alleine die breite der Treppe war merkwürdig, wozu baute man so breite Stufen?

Logischerweise nur, wenn sie auch gebraucht wurden, oder?

Was ging dann diese Treppe hinab?

Etwa Drachen? Aber Drachen bauen keine Bauwerke.

„Der Weg führt durch den Berg. Auf der anderen Seite liegt unsere Heimat. Es ist von dort nicht mehr weit zum Schloss und zu König Run." Robinio nickte in Richtung der Ruine.

„Es wird langsam dunkel und durch die Ruinen braucht man einige Stunden. Ich schlage vor, wir machen hier Rast und nicht in den Ruinen."

Marisia blickte sich um.

„Ist es nicht zu gefährlich?"

„Ja, aber jetzt reinzugehen und dort zu übernachten? Das wäre wesentlich gefährlicher."

Robinio blickte zum Himmel. „Der Smaragdmond rückt näher." Seine Worte waren an Adoran gerichtet, der kurz nickte. „Er wird heute Abend oder morgen aufgehen."

Francine erinnerte sich daran, wie besorgt die anderen wegen des Smaragdmonds waren. Sehr seltsam, dass der Mond Smaragdmond hieß und dass er die Drachen beeinflusste. Aber andererseits waren hier bereits seltsamere Dinge geschehen, also sollte sie sich nicht wundern.
„Woher wisst ihr, wann der Smaragdmond aufgeht?"
Robinio blickte sie flüchtig an. „Man sieht es an der Veränderung im Mond. Er sieht jetzt schon nicht mehr so aus, wie er sollte, er hat bereits in den Umrissen einen leichten grünen Schimmer. Seht ihn Euch nachher genau an, vielleicht seht Ihr den Unterschied auch."
„Spielt der Smaragdmond wirklich eine Rolle? Ihr sagtet doch, dass die Drachen bereits durch den schwarzen Kristall beeinflusst werden?"
Robinio nickte. „Das ist richtig, aber der Smaragdmond spielt immer eine Rolle, ob ein Drache nun vom schwarzen Kristall beeinflusst wird oder nicht."
„Ihr wisst viel darüber."
Robinio nickte. „Adoran und ich wuchsen mit den alten Geschichten auf. Unsere Mutter erzählte uns alles, was sie wusste über Drachen."
„Woher wusste sie so viel?"
Robinio zuckte die Schultern. Francine bohrte nicht weiter nach, sie hoffte einfach darauf, keinem bösartigen Drachen zu begegnen. Inzwischen war es merklich abgekühlt und Francine war froh, sich in die Felldecke kuscheln zu können, die Adoran auf den Rücken geschnallt hatte.
Gelano packte Livos aus, die er am Seeufer gesammelt hatte. Zum Glück, denn die Wärme tat wirklich gut. Francine runzelte die Stirn, während sie auf die glühenden Livos blickte.
„Wart ihr schon in diesen Ruinen? Seid ihr schon durchgelaufen?" Ihr rotes Haar schimmerte im Licht der Steine.

Gelano reagierte zuerst. „Ja, wir alle schon. Früher war es auch nicht so gefährlich wie inzwischen. Während des Smaragdmonds hat sich keiner durchgewagt und jetzt ist es richtig gefährlich wegen des schwarzen Kristalls."

„Wie ist es in den Ruinen? Man läuft die ganze Zeit unter der Erde?"

„Richtig." Gelano nickte nachdenklich. „Eigentlich ist es ziemlich furchteinflößend, weil man praktisch einen Tagesmarsch im Dunkeln unter der Erde verbringt. Zu Beginn läuft man die riesige Treppe hinunter und durch Gemäuer, die von Menschen erbaut wurden. Später ist es dann nur noch natürlicher Stein, der bearbeitet wurde, um Tunnel entstehen zu lassen. Es ist der schnellste Weg durch die Berge. Ansonsten müsste man um die Berge gehen oder sie gar überqueren, ein schwerfälliges Unterfangen. Es gibt verschiedene Tunnelsysteme, kleinere und größere. Die verfickte Finsternis dort lässt Euch glauben, Eure Augen wären Euch ausgestochen worden."

Francine fand das klang wirklich beängstigend.

„Gibt es hier eigentlich auch Erdbeben?"

Gelano grinste, ehe er erwiderte: „Nein, allerdings kann die Erde auch aus anderen Gründen erschüttert werden, wenn einer der gewaltigen Erdras sich Platz verschafft."

„Also erweitern die Drachen den Tunnel?"

„Manchmal."

Na das klang ja wirklich beruhigend. Am Ende konnte es also passieren, dass sie dort unten in der Falle saßen mit den Drachen, die außerdem sehr aggressiv waren.

Adoran berührte kurz ihre Hand.

„Mach dir keine Sorgen. Ich bin die ganze Zeit bei dir, es passiert uns nichts."

Francine nickte abwesend. Seltsamerweise machte sie sich auch gar keine Sorgen, obwohl das alles

beunruhigend war. Fühlte sie sich sicher bei Adoran? Definitiv.
Sie schien ihm sehr wichtig zu sein, sie konnte es spüren und sah es an seinen Gesten.
Ständig schien er auf sie aufzupassen und er wich tatsächlich so gut wie nie von ihrer Seite. Ob er sich genauso zu ihr hingezogen fühlte wie umgekehrt?
Marisia saß etwas abseits von den anderen und schliff die Messerspitzen an ihrem Bogen. Francine fragte sich, ob Marisia ein sehr einsamer Mensch war. Sie sprach nie viel und lächelte sehr selten. Aber wahrscheinlich war es einfach so, dass nicht jeder Mensch eine Frohnatur wie sie selbst war.
Gelano unterhielt sich mit Adoran und man sah, wie gut die beiden befreundet waren, auch wenn es Adoran nicht erwähnt hätte. Francine gesellte sich zu Marisia, die sie nur kurz anblickte und dann weiter schliff.
„Ihr seid sehr gut mit dem Bogen, oder?"
Marisia ließ sich Zeit, ehe sie antwortete: „Jeder aus der Garde."
Francine lächelte, war das Bescheidenheit?
Es faszinierte sie, mit welch gleichmäßigen und geübten Bewegungen Marisia die Spitzen schärfte.
Es war inzwischen dunkel geworden und Francine beobachtete die Sterne.
Der Mond stand hoch am Himmel und sah bereits voll aus. Robinio irrte sich nicht, man konnte es dem Mond bereits ansehen. Die Umrisse schienen einen grünen Schimmer zu haben. Sie war sehr gespannt, wie der Smaragdmond aussah. Der würde morgen Abend aufgehen, bis dahin sollten sie aus den Ruinen raus sein.
Es war seltsam, im Freien zu schlafen, vor allem, da sie die letzte Nacht in einem echten Bett verbracht hatten.
Francine legte sich auf die Seite und nicht zu Adoran.

Sie hatten sich zwar ein Zimmer geteilt, aber sie waren kein Paar und es gab keinen Grund, dicht bei ihm zu schlafen. Wenn es um ihn ging, war sie durcheinander. Sie wusste nicht, was sie wollte – doch, das wusste sie. Nur nicht, ob sie das tun sollte. Wieso wollte sie ihn so sehr? Ständig malte sie sich aus, wie es wäre, wie es sein würde.

Dann kam Adoran zu ihr, legte sich dicht neben sie und flüsterte. „Wenn wir alleine wären, ich glaube, ich könnte mich nicht beherrschen, mein Smaragd."

Die Nacht war voller Geräusche und die Felle, die sie dabei hatten, schützten nicht vollständig vor der Kälte in dieser Nacht. Francine lag lange wach und lauschte den verschiedenen Geräuschen.

Es war schwer sie zuzuordnen, doch ein unheimliches Brüllen konnte sie inzwischen einordnen. Das musste zu einem Drachen gehören. Es klang wie aus Jurassic Park.

Zum Glück klang es, als wäre das Tier weit weg, sonst wäre Francine wohl nie eingeschlafen.

Serlina hielt Wache, das war beruhigend.

Der Tag heute war ziemlich ruhig verlaufen. Sie waren wieder stundenlang gelaufen, hatten nur für eine Mittagspause gerastet. Francine spürte, wie ihre Füße sich dankbar streckten.

Und so glitt sie schließlich doch ins Land der Träume.

Geweckt wurde sie von einer Hand auf ihrem Mund und sie hätte aufgeschrien, wenn die Hand das nicht verhindert hätte. Adoran flüsterte ihr zu: „Ganz leise, Soldaten des Königs erkunden das Gebiet."
Francine kam hoch und blickte sich suchend um, die anderen waren nirgends zu sehen.
Adoran zog sie mit sich hinter einen Baum und flüsterte weiter: „Die anderen sind bereits in der Ruine, sie warten am Ende der Treppe auf uns und halten sich bedeckt."
Als sie Stimmen hörten, die sich näherten, blieben sie ganz still.
Francine hörte nur ihren eigenen Atem. Er war so laut in der Stille. Adoran drückte sie ganz fest an sich hinter den Baum. Sie spürte das Hämmern ihres Herzens und hatte das Gefühl, dass es so laut war, dass die Soldaten es auch hören mussten.
Die Soldaten liefen nahe am Baum vorbei und unterhielten sich leise darüber, dass hier nichts war.
Als sie vor dem Baum standen, setzte Francines Atmung kurz aus, sie hielt die Luft an und hoffte, die Männer würden weitergehen. Was sie dann auch taten, zum Glück ohne sie zu bemerken.
Nachdem die Männer verschwunden waren, holte Francine tief Luft.
Adoran sprach weiterhin leise. „Das war knapp. Sie haben uns hier überrascht, wir haben nicht damit gerechnet, dass Run Soldaten auf diese Seite des Berges schickt, ein Fehler."
Nachdem Francine wieder normal atmete, fragte sie flüsternd: „Waren es viele Soldaten?" Adoran nickte. „Um die fünfzig, er sucht uns anscheinend dringend. Er weiß definitiv, dass wir ihn aufhalten wollen."
Sie warteten noch kurz, um sicher zu sein, dass die Luft wirklich rein war.
Die Sonne war noch nicht zu sehen, es war gerade erst Morgendämmerung. Dann schlichen sie leise in

Richtung der Ruine und Adoran blickte sich ständig aufmerksam um. Francine wunderte sich darüber, wie warm er war, sogar durch die Kleidung hindurch spürte sie seine Hitze.

Sie selber fror seltsamerweise auch nicht, obwohl sie ihren Atem in der kühlen Luft in Form kleiner weißer Wölkchen sehen konnte.

Die Treppe war von Nahem noch unheimlicher, als würde man in ein schwarzes Loch hinabsteigen.

Francine kam sich vor wie ein Winzling, weil die Treppe so breit und lang war.

Sie war dankbar dafür, dass Adoran ihre Hand hielt, das machte es ihr leichter, in diese Gruft zu gehen.

Man hörte nichts, und hätte Francine nicht gewusst, dass die anderen dort unten waren, sie hätte es nicht bemerkt.

Alleine um bis ans Ende der Treppe zu kommen, brauchten sie bestimmt eine halbe Stunde. Wie tief waren sie hier?

Besser, sie wusste es nicht.

Es gab nicht viel, was Francine Angst machte, aber unter der Erde fühlte sie sich seltsam beklommen.

Am Ende der Treppe sah man noch etwas, da das Tageslicht, welches inzwischen von draußen hereingeworfen wurde, ein paar Meter bis nach der Treppe erhellte. Doch dann – tiefe Dunkelheit.

Adoran gab ein leises Pfeifen von sich.

Dann war Robinio zu sehen, der zu ihnen kam. Zwar erst nur als dunkler Schemen, aber Francine erkannte sofort die Art und Weise, wie er sich bewegte.

Serlina folgte ihm mit Marisia und Gelano.

Alle sahen sehr angespannt aus. Der Marsch heute würde der schwierigste werden.

Robinio nickte Adoran zu. „Wir müssen Fackeln nehmen."

„Ich weiß." Robinio hielt Adoran kurz an der Schulter zurück, als er gehen wollte.
„Wie geht es dir? Der Mond ist bereits grün, heute Abend wird er am Himmel erstrahlen."
Adoran nickte, doch seine Augenbrauen waren zusammengezogen.
Robinio zog eine Braue hoch und sah seinem Bruder weiterhin ins Gesicht.
„Es geht mir gut." Doch Robinio sah ihm an, wie er kämpfte. Adoran sah ihm in die Augen und sagte noch mal. „Glaub mir, Rob, für sie schaffe ich alles."
Francine konnte die hohen Säulen links und rechts erkennen, die bis zur Höhlendecke reichten, mit ihr verschmolzen.
Inzwischen war die Sonne aufgegangen, wodurch der gesamte Vorraum in ein leichtes Licht getaucht wurde. Hätte Francine ihre Augen nicht bereits an die Dunkelheit gewöhnt, wäre ihr das wahrscheinlich entgangen.
Die Säulen waren gewaltig. So um die zehn Meter Durchmesser musste jede einzelne haben. Das Gefühl, ein Zwerg zu sein, überkam sie wieder. Als würde sie in einer Halle von Riesen erbaut stehen. In diesem Augenblick kam sie sich so unendlich winzig vor, wie eine Ameise, die über den Boden eines Schlosses krabbelt.
Der Grund aus Stein hier musste ebenfalls bearbeitet worden sein, denn der Stein war glatt wie ein Marmorfußboden.
Jeder von ihnen nahm eine Fackel in die Hand, und gerade als Serlina die Fackeln anzünden wollte, hörten sie ein Bröckeln am Eingang.
Francine bewunderte die Reaktionsgeschwindigkeit der anderen. Adoran zog sie sofort am Arm hinter die nächste Säule. Die anderen stürzten auf die andere Seite hinter einen Pfeiler.

Francine hatte nichts gesehen, wahrscheinlich waren die Soldaten zurück. Würden sie den Weg durch die Ruinen nehmen? Wenn ja, dann würde sich ihre Reise noch mal verzögern, weil sie dann Abstand halten müssten, groß genug, um nicht entdeckt zu werden.

Es war so lange still. Francine glaubte fast schon, die anderen wären unnötig in Deckung gegangen.

Doch als Francine etwas sagen wollte, bedeutete Adoran ihr, leise zu sein.

Dann hörte Francine ein Schaben, welches eine Gänsehaut bei ihr verursachte. Wie Metallstäbe, die über einen Steinboden gezogen wurden. Sie wollte wissen, was das war. Vorsichtig blickte sie mit Adoran um die Säule, die hoffentlich im Dunkeln lag und deren Schatten genug Schutz vor Entdeckung bot.

Ihr stockte der Atem. Ihr Mund wurde staubtrocken. Ihre Augen weiteten sich. Konnte das möglich sein? Unfassbar. Und sie hatte sich eingebildet, nach der Begegnung mit dem Drachen wären diese Tiere normaler für sie. Lächerlich, wie naiv sie gewesen war.

Es waren immer noch Drachen, und dieser hier war fantastisch. Riesig.

Das musste ein Erdras sein.

Er stand bereits am Ende der Treppe und blickte in Richtung des Pfeilers, hinter dem die anderen verschwunden waren.

Dieses Geschöpf sah aus wie ein Drache, aber er hatte keine Flügel. Sein Kopf war viel flacher als bei dem Drachen, den sie gesehen hatte. Von der Stirn bis zum Schwanz befanden sich Zacken, die in der Mitte über seinen Rücken verliefen.

Von seiner Kehle bis zum Ende seines Bauches war ein rotes Glühen zu sehen. Der restliche Körper, der gewaltig erschien, war mit grauen Schuppen bedeckt. Vier kräftige Beine mit Krallen vollendeten das Bild.

Er sah gefährlich und furchteinflößend aus.

Trotz seiner Größe wirkte er geschmeidig und es war unglaublich, wie leise er die Treppe heruntergekommen war. Das Gesicht war so flach, dass es fast sofort in seinen breiten Hals überging.
Mehr konnte Francine nicht sehen, denn Adoran zog sie wieder leise zurück.
Die Stille war unheimlich, Francine fragte sich ununterbrochen, was der Drache gerade tat. War er wirklich gefährlich? Das hatte sie schließlich von dem anderen auch gedacht. Aber ihre Begleiter wussten es wohl besser, sie lebten schließlich lange genug hier.
Jetzt hörte sie den Drachen, wie er schnaubte und wie seine Krallen über den Boden fuhren.
Adoran wartete, die anderen sicherlich auch. Sie wollten einen Kampf vermeiden, wenn möglich. Aber der Drache schien zu wissen, dass sie hier waren. Er kratzte an einer Säule und ging zur nächsten.
Francine blickte Adoran besorgt an. Hinter der nächsten Säule waren die anderen.
Sie hielt den Atem an, während der Drache mit seinen riesigen Krallen an der Säule schabte, hinter der die anderen in Deckung gegangen waren. Der Erdras hatte wesentlich größere Krallen als der andere Drache, den sie im Wald getroffen hatte.
Bestimmt lebte dieser hier auch längere Zeit unter der Erde, darum hatte er keine Flügel, sondern diese Krallen, um sich durch Erde und durch den harten Stein zu graben.
Wäre die Situation nicht so bedrohlich, hätte sie sich dieses Tier gerne genauer angesehen. Denn eines bemerkte sie, auch wenn sie nur einen kurzen Blick erhaschen konnte. Das Tier war atemberaubend, wunderschön.
Francine und Adoran lehnten sich hervor, um den Drachen zu beobachten, der auf die gegenüberliegende Säule starrte.

Sogar aus der Entfernung und von hinten konnte Francine sehen, wie Rauch aus den Nüstern des Drachen qualmte.

Adoran hielt die Luft an. Er hoffte, der Erdras würde von der Säule ablassen und sich wieder dem widmen, was er sonst gewöhnlich tat.

Er wollte nicht gegen ihn kämpfen, aber wenn es zu gefährlich wurde, musste er sich entscheiden.

Francine sah gar nicht verängstigt aus, warum überraschte ihn das nicht? So war sie einfach nicht. Im Gegenteil, es schien, als würde sie am liebsten zu dem Erdras gehen und ihn untersuchen – wieso missfiel ihm das so sehr? Oh, er wusste warum.

Wie perfekt sie zu ihm passte, sie war eindeutig sein Smaragd. Nur musste er ihr das noch sagen, dazu war hoffentlich noch genug Zeit.

Schließlich wollte er es ihr schonend beibringen. Aber so wie Francine sich hielt, war er zuversichtlich. Sie würde das mit Sicherheit gut aufnehmen.

Im Moment blickte ihr hinreißendes Gesicht in Richtung des Erdras, und obwohl ihre Wangen leicht beschmutzt waren von der Nacht, fand er sie unvergleichlich schön.

Die Erde bebte unter dem Brüllen des Erdras. Blitzschnell drehte er den Kopf in Ihre Richtung und strafte damit seiner schwerfälligen Optik lügen.

Adoran stieß zischend ein „Verdammt" hervor und zog Francine hinter die Säule zurück. Francine sah Adoran kurz an. Ihre Lippen leicht geschürzt. „Wir stecken in der Klemme, stimmt's?" Adoran nickte, er konnte hören, wie der Erdras sich auf sie zubewegte.

Was sollte er jetzt tun?

Gleich gab es keine Wahl mehr, wenn der Erdras in seiner Wut die Ruine zum Einsturz brachte – dann wäre ihr Weg versperrt. Er war hin und hergerissen, wie er sich entscheiden sollte.

Ehe er eine Entscheidung treffen konnte, hörte er Robinio. Er lenkte die Aufmerksamkeit des Erdras auf sich.
„Adoran! Ihr müsst die Treppe wieder hinauf, hier drinnen ist es zu eng."
Adoran zögerte nicht, er schnappte sich Francines Hand und rannte los zur Treppe. Der Erdras war zwar abgelenkt von Robinio, der hinter einer anderen Säule verschwunden war, doch ihm entging nichts. Sofort drehte er seinen gewaltigen Körper in Richtung Ausgang und blickte Adoran in die Augen, der den Kopf kurz gedreht hatte, um zu sehen, was der Drache tat.
„Scheiße, wir schaffen es nicht, er kommt auf uns zu."
Adoran war jetzt fest entschlossen.
Sie standen am Ende der Treppe und der Erdras war keine zehn Meter entfernt. Was er jetzt tun musste, war klar, auch wenn er es nicht gerne tat.
Doch dann blickte der Erdras auf Francine, und Adoran konnte nicht fassen, was sich vor seinen Augen abspielte.
Francine konnte ganz genau spüren, in welchem Moment der Erdras keine Bedrohung mehr war. Er blickte wütend von Adoran zu ihr und plötzlich verflog die Wut aus seinen fast rotglühenden Augen. Seine Augen waren jetzt grau und er blickte sie ruhig an.
Seltsam, Francine fühlte sich heiß, als hätte sie Fieber. Irgendetwas passierte mit ihr, oder war es wegen der Panik? Aber sie fühlte sich nicht panisch. Auch Angst fühlte sie nicht, im Gegenteil, sie fühlte sich absolut sicher. Wie kam das?
Jetzt sah der Drachen friedvoll aus, lag das an ihr?
Quatsch, das war doch nicht möglich, wieso sollte sie eine Wirkung auf den Drachen haben?
Es war ganz anders als bei dem Drachen am See. Der hier sah sie nicht interessiert an, sondern er blickte ihr

nur kurz in die Augen, ehe er an ihnen vorbeiging und die Treppe hinaufstapfte.
Eine Weile lang blieben alle, wo sie waren.
Keiner schien begreifen zu können, was da gerade passiert war.
Francine war die Erste, die kurz erleichtert auflachte. Sie konnte es nicht glauben, der Drache war keine Gefahr mehr.
Glücklich blickte sie zu Adoran, der seltsamerweise richtig wütend aussah.
„Alles in Ordnung mit dir, Adoran?" Francine konnte sich nicht vorstellen, warum er wütend sein sollte, der Drache war weg und keine Bedrohung sonst war auszumachen.
Adoran sagte nichts, er starrte sie einfach nur böse an.
Francine erhob sich und fragte sich, was das sollte. Wieso sah er sie so an?
Sie hörte die anderen, als sie zu ihnen herüberkamen.
Serlina lachte. „Wahnsinn! Wir sind echte Glückspilze."
Francine lächelte schulterzuckend. Adoran presste schließlich zwischen zusammengebissenen Zähnen eine Frage hervor: „Wie hast du das gemacht?"
Seine Augenbrauen waren zusammengezogen.
Verständnislos blickte sie ihn an.
„Wie habe ich was gemacht?"
Er lachte höhnisch. „Gehört er etwa zu dir? Machst du das mit allen Drachen?"
Francine gefiel der Tonfall von Adoran überhaupt nicht, er war voller Vorwürfe. Und was sollte das überhaupt bedeuten, ob der Drache zu ihr gehörte?
„Ich verstehe nicht, was du mir sagen willst, Adoran. Was habe ich getan? Was meinst du überhaupt damit, dass der Drache zu mir gehört? Wie kann denn ein Drache zu mir gehören?"
„Als wüsstest du das nicht! Wie hast du das gemacht?"

Francine wurde jetzt langsam selbst sauer, es fiel ihr schwer, ruhig und vernünftig mit jemandem zu reden, der ihr gegenüber so herablassend und vorwurfsvoll war. Der Drache war glücklicherweise fort und keiner von ihnen war verletzt, und jetzt musste sie sich ausgerechnet von Adoran beschuldigen lassen, aber weswegen?

„Was wirfst du mir eigentlich vor, Adoran? Der Drache ist weg und hat uns zum Glück alle unversehrt zurückgelassen, was habe ich deiner Meinung nach Schreckliches getan?"

Adorans Augen schienen Funken zu sprühen.

„Wieso hat er dich angesehen und dann kehrt gemacht? Du hast damit etwas zu tun und ich will jetzt wissen, was!" Seine donnernde Stimme hallte von den Wänden.

„Spinnst du? Ich habe gar nichts getan, der Drache ist von alleine gegangen."

Obwohl Francine zugeben musste, dass sie sich da nicht sicher war, aber das tat nichts zur Sache.

„War er attraktiv? War es das? Wickelst du alle Drachen um den Finger?" Er brüllte sie bereits an.

„Was redest du da bloß?" Francine sah ihn völlig verwirrt an und strich sich über die verschwitzte Stirn. „Fragst du mich allen Ernstes, ob ich den Drachen attraktiv fand?" Ihre Stirn lag in Falten.

Bevor Adoran weiter gegen sie feuern konnte, erhob Robinio das Wort, der inzwischen fast neben ihr stand.

„Wir brechen auf, dort draußen laufen immer noch die Soldaten des Königs herum und wir müssen vorwärtskommen."

An Adoran gerichtet sagte er nur scharf: „Genug Bruder." Dann flüsterte er ihm noch zu: „Du kannst das Gesagte später nicht mehr zurücknehmen, also zügle dich."

Adoran warf ihm einen finsteren Blick zu und ging dann voraus. Er stapfte förmlich und kochte vor Wut.

Francine verstand gar nichts mehr.

Die ganze Zeit war Adoran ihr gegenüber sehr charmant gewesen und ja, Francine fand Adoran äußerst attraktiv. Was da eben geschehen war, begriff Francine einfach nicht.
Hätte sie es nicht besser gewusst, dann würde sie sagen, dass Adoran verdammt eifersüchtig gewesen war.
Aber auf einen Drachen?
Das machte doch keinen Sinn. Sie trottete Marisia hinterher, die mit Serlina zusammen hinter Adoran lief. Und Robinio ging hinter ihr, zusammen mit Gelano.
Ihr war das nur recht, sie wollte im Moment mit niemandem sprechen, sondern in Ruhe ihren Gedanken nachgehen. Marisia nahm die Fackeln, die am Ende der riesigen Halle verteilt waren, und entzündete sie jeweils, bevor sie jedem eine in die Hand drückte.
Nach der Halle eröffnete sich ein großer Tunnel, dem sie folgten. Der Boden wurde unebener und teilweise lagen Steinbrocken auf dem Weg verteilt.
Francine wunderte sich, als Gelano an ihre Seite eilte. Sie warf ihm nur einen kurzen Blick zu und folgte dem Weg. Sie spürte seine Musterung.
Was konnte sie denn dafür, wenn der Drache sie ansah und genau dann beschloss, von ihnen abzulassen?
„Erinnert Ihr Euch an die Worte von Robinio?"
Francine zuckte die Schultern. „Welche?"
„Nichts geschieht ohne einen Grund. Wir haben Euch getroffen, also gibt es einen Grund dafür."
„Ach ja?" Irgendwie verstand sie nicht, warum er mit ihr sprach, er mochte sie offensichtlich doch nicht mal.
„Offenbar seid Ihr tatsächlich eine Hilfe."
„Da bin ich ja froh." Sie wusste, sie klang schnippisch, aber sie war wegen Adoran sauer und verwirrt. Gelano packte sie am Arm und zwang sie, mit ihm stehen zu bleiben.

„Ich traue Fremden nicht, nie." Er sah ihr in die Augen und sie starrte auf seinen Arm, der sie packte. Langsam ließ er sie los.
„Verdammt, ich bilde mir eben erst ein Urteil, ehe ich jemandem über den Weg traue. Doch inzwischen sehe ich Euch mit anderen Augen, Rotschopf."
Sie wollte weitergehen, aber er hielt sie noch mal zurück. Mit dem Kopf deutete er nach vorne. „Adoran ist mein Freund."
Francine seufzte. „Das ist mir nicht entgangen."
„Diese Scheiße, in der wir stecken, lösen wir alle gemeinsam. Keine Ahnung, wie Ihr das mit den Viechern macht, dass die Euch alle aus der Hand fressen. Ist mir auch verfickt noch mal egal. Bin mit Rob einer Meinung, es war gut, Euch zu treffen. Außerdem scheint Ihr nicht mehr zu lügen." Prüfend sah er sie an, als warte er auf eine Bestätigung.
„Also scheint es, als würde Euer Misstrauen sich legen, Gelano, wollt Ihr mir das sagen?"
Er spuckte auf den Boden. „Verdammt nein." Er lächelte und zeigte dann mit den Händen nach vorne, damit sie weiterging. Weiterhin lief er neben ihr.
„Adoran ist ein verdammt guter Mann."
Jetzt ahnte Francine, wo das Gespräch hinführen sollte. Im Moment wollte sie nicht über Adoran sprechen. Wobei, vielleicht wusste Gelano, was los war.
„Was war das vorhin für eine Reaktion? Wieso hat er sich so aufgeregt?"
„Das solltet ihr mit Adoran klären." Sie zuckte nur die Schultern und er beließ es dabei.
Sie fasste nach dem Medaillon und sinnierte über die Geschehnisse. War es möglich, dass es etwas damit zu tun hatte? Nein, das war doch weit hergeholt, oder?
Außerdem war die Begegnung mit dem Drachen im Wald anders gewesen. Der Drache hatte sie richtig angesehen und mit ihr Zeit verbracht, sich um sie

gekümmert. Er wollte offensichtlich nicht von ihrer Seite weichen.

Jetzt der Erdras hatte sich überhaupt nicht für sie interessiert. Er war einfach gegangen, nachdem er ihr in die Augen geblickt hatte. Das war schon unerklärlich, selbst sie musste das zugeben. Außerdem war ihr nicht klar, warum sie sich so heiß und seltsam gefühlt hatte.

Aber dennoch hielt sie es für Zufall, wie der Erdras reagiert hatte.

Vielleicht war der weiße Kristall einfach näher, als sie dachten? Obwohl Francine sich eingestand, dass der Drache erst von ihnen abgelassen hatte, nachdem er ihr in die Augen blickte.

Es war doch etwas Gutes und nichts Schlechtes passiert.

Adoran hatte sich ihr gegenüber unmöglich benommen. Wie er sie angesehen hatte, voller Wut. Es sollte sie nicht verletzen, sie kannte ihn kaum. Doch sein Blick, seine Worte, es hatte sich angefühlt, als würde sie durch einen Dornenwald gehen, überall brennende Schnitte.

Wenigstens schienen die anderen sie zu akzeptieren, Robinio, Serlina, ja, selbst Gelano schienen damit keine Probleme zu haben.

Robinio hatte Adoran sehr besorgt gemustert wegen seines Wutanfalls.

Erst gestern Früh hatte sie mit ihm noch im Bett gelegen und gedacht, wie selbstverständlich das war.

Doch jetzt musste sie realisieren, dass sie ihn gar nicht kannte. Sonst würde sie diese unbeherrschte und unangemessene Reaktion vielleicht verstehen.

Francine rieb sich über den Nacken, der sich verspannt anfühlte.

Sie liefen durch die dunkle Höhle, jeder von ihnen eine Fackel in der Hand. Das war zwar nicht ungefährlich, aber sonst konnte man in dieser Dunkelheit nicht mal die eigene Hand sehen.

Francine hatte in der Zeit, die sie jetzt bereits im Dunkeln liefen, lange gegrübelt. Ihr Entschluss stand fest. Sie würde in der Bibliothek suchen, um herauszufinden, wie sie hierhergekommen war und wie sie zurückkam. So oder so musste sie es wissen.
Da sie zum Schloss gingen, wo sich die Bibliothek befand, würde sie irgendwie dort hingelangen.
Inzwischen war sie davon überzeugt, dass es mit der Kette um ihren Hals zu tun haben musste. Außerdem war die Kette wahrscheinlich auch ihr Schutz vor den Drachen – warum auch immer.
Das war die einzig logische Erklärung, die ihr einfiel.
Adoran, wenn sie im Moment an ihn dachte, dann wurde sie so wütend wie noch nie. Es war ihr nur recht, wie weit entfernt er von ihr lief. Auf Spielchen war sie nun wirklich nicht scharf. Sie war sehr gespannt, wie sich die Reise noch entwickelte.

Kapitel 8

Die Ruinen von Urefa – Adorans Geständnis

Adoran ärgerte sich maßlos über sich selbst. Was war er nur für ein Narr, dass er Francine so behandelte? Aber er war außer sich gewesen vor Eifersucht.
Er hatte nicht verstanden, was da passiert war – er verstand es auch jetzt nicht. Trotzdem sollte er doch wissen, was ihm sein Instinkt sagte. Sie war seine Frau, sein Smaragd.
Wie konnte er nur eine Sekunde daran zweifeln? An ihr zweifeln.
Robinio hatte ihn streng ermahnt aufzupassen, was er in seiner Wut sagte.
Und er hatte recht gehabt.
Francine hatte ihn am Ende angesehen als wäre er ein völlig Fremder. So hatte er sich auch aufgeführt.
Da hatte er geglaubt, große Fortschritte gemacht zu haben. Ja, sie mochte ihn, dessen war er sich sicher. Aber jetzt? Nach dem, wie er mit ihr gesprochen hatte? Er glaubte, damit einiges zerstört zu haben.
Sie war sehr leise, hatte mit keinem von ihnen mehr gesprochen. Hinter Marisia trottete sie her und schien in ihre eigenen Gedanken versunken zu sein.
Sie gehörte zu ihm. Er würde alles daran setzen, ihr das zu zeigen.
Und er wusste, sie fand ihn attraktiv und mochte ihn sehr. Seine schöne Rothaarige, sie würde ihm verzeihen, denn sie war seine Frau. Außerdem reagierte sie stark auf ihn, das war in den letzten Tagen deutlich zu sehen gewesen.
Verwundert war er allerdings trotzdem–. Wie hatte sie das gemacht mit dem Erdras? Warum war er plötzlich friedvoll und hatte von ihnen abgelassen?

Adoran konnte das nicht verstehen. Hatte sie den weißen Diamanten bei sich? Aber das würde sie ihnen doch mitteilen? Oder wusste sie gar nichts davon. Adoran konnte es sich ansonsten nicht erklären. Gab es etwas, von dem sie nichts wussten? Eine andere weitere Möglichkeit, die den Bann des schwarzen Kristalls auf die Drachen brach? Nun, was auch immer es war, Adoran würde es herausfinden.
Der Tunnel spaltete sich vor ihnen in zwei Gänge. Klasse.
Adoran blieb stehen und wartete, bis die anderen bei ihm waren. Jetzt mussten sie eine Entscheidung treffen, denn die Tunnel hatte es noch nicht gegeben als er das letzte Mal hier durchkam.
Wahrscheinlich waren diese beiden Röhren durch die Grabungen der Erdras entstanden. Der große Tunnel war vergraben und stattdessen gab es diese beiden. Hoffentlich führte einer davon noch auf die andere Seite zum Schloss.

Gelano runzelte die Stirn, als er Robinio nach seiner Meinung fragte.
„Was, glaubt Ihr, ist da passiert mit dem Erdras und Francine?"
Robinio neigte den Kopf.
„Wenn ich das wüsste. Es war schon seltsam. Er sah sie an und war wie ausgewechselt. Unerklärlich für mich. Ich kann nicht sagen, was passiert ist, aber Francine schien genauso überrascht zu sein wie wir."
Gelano sagte mit nachdenklicher Stimme: „Oder sie hat ihre Überraschung gespielt."
„Ja, aber warum? Was hätte sie davon?"
„Das ist es, was mich beunruhigt. Wir wissen sehr wenig über sie. Darum sollten wir sehr achtsam sein."

Robinio war da anderer Meinung. Er blickte zu Francine, die hoch erhobenen Hauptes den steinigen Weg lang ging und tapfer die Fackel vor sich hielt.
„Es scheint mir nicht so, als wäre Francine eine Bedrohung. Bisher hat sie nichts getan, was uns schadet. Außerdem ist Adoran überzeugt davon, dass sie sein Smaragd ist."
Nachdenklich fuhr sich Gelano mit der Hand übers Kinn.
„Nun, das lässt mich noch mehr sorgen. Vielleicht hat sie mit dem schwarzen Kristall zu tun und kann ihn irgendwie täuschen."
„Und wenn sie es einfach ist?"
Gelano nickte. „Ja, das wäre verdammt schön. Ich schätze, spätestens morgen Abend wissen wir es, oder? Wenn der Smaragdmond am Himmel steht?"
Robinio nickte etwas besorgt. „Allerdings weiß sie noch nichts von ihrem Glück."
Gelano grinste. „Nun, sie wird es dann schon mitbekommen. Den Mond kann man nicht betrügen, oder?"
Robinio lächelte. „Nicht, dass ich wüsste."
Sie sahen, dass Adoran stehen geblieben war. Das bedeutete wohl, dass der Weg nicht weiterführte.
Als sie bei ihm ankamen, erblickten sie die beiden Tunnel.
Francine pustete sich eine Haarsträhne aus dem Gesicht. Obwohl es kühl war in den Tunneln, schwitzte sie durch die anstrengende Wanderung in der Dunkelheit. Ständig musste man aufpassen, wohin man trat, denn vereinzelt lagen größere Felsbrocken oder Steine auf dem Weg.
Zudem gruselte Francine sich ein bisschen hier unter der Erde. Sie wäre lieber schnell wieder an der Oberfläche. Die Luft erschien ihr stickig und ohne die Fackeln war es stockdunkel. Selbst mit dem Feuer sah man nicht weit.

Adoran konnte sie nur durch die Fackel ausmachen, die er in der Hand hielt.
Stabil wirkten die Steinwände auch nicht, vielleicht stürzte hier bald alles ein, woher wollten sie wissen, dass der Tunnel hielt? Schließlich entstanden die hier nur durch die Grabungen dieser Erddrachen.
Sie sah, dass Adoran, Serlina und Marisia anhielten. Das war nicht gut, denn sie waren höchstens zwei Stunden unterwegs, noch zu früh für eine Pause.
Als sie zu den anderen stieß, erblickte sie die beiden Tunnel.
„Was haben wir denn hier?" Gelano war kein bisschen überrascht, eher amüsiert. Er hatte bereits damit gerechnet. Zwangsläufig steht man irgendwann vor einer Wahl aufgrund der vielen Tunnel.
„Welchen nehmen wir?" Er blickte in die Runde.
Francine runzelte die Stirn und starrte auf die beiden Tunnel. „Wisst ihr nicht, welchen ihr nehmen müsst?" Sie blickte Gelano mit großen Augen an.
Er schüttelte den Kopf. „Nein, die gab es noch nicht, als wir das letzte Mal hier durchkamen."
Na das waren gute Nachrichten. Jetzt mussten sie wohl raten.
Marisia erhob so sachlich wie immer ihre Stimme: „Ich schlage vor, wir teilen uns auf."
Robinio schüttelte den Kopf: „Das ist keine gute Idee."
„Habt Ihr eine bessere Idee, Robinio?" Marisia blickte kurz die anderen an. „Wie sollen wir uns für einen der Tunnel entscheiden? Wir wissen nicht, welcher an unser Ziel führt."
Robinio widersprach ihr: „Aber wenn wir uns aufteilen, dann kommen wir nicht alle am Ziel an, was machen wir dann? Reicht es, wenn nur die Hälfte von uns am Schloss ankommt?"
Gelano nickte kurz. „Das stimmt, aber Marisia hat recht, wenn wir uns nicht trennen und alle falsch laufen, dann

verlieren wir kostbare Zeit. So kann wenigstens ein Teil von uns bereits alles auskundschaften und einen Plan ausarbeiten. Sobald die anderen feststellen, dass sie im falschen Tunnel sind, kehren sie einfach um und nehmen den anderen."
Das klang zu simpel, fand Francine. Irgendwie missfiel es ihr, wenn die Gruppe sich trennte. Es überkam sie ein seltsames Gefühl.
Marisia war entschlossen.
Und sie konnte Robinio ansehen, dass er die Argumente von Gelano nicht von der Hand weisen konnte.
Schließlich nickte er. „Also gut, wir machen es so."
Serlina hob ihre Augenbraue und stieß die Luft aus. „Wie teilen wir uns auf?"
Da meldete sich Adoran auch zu Wort.
Er nahm Francines linke Hand und hielt sie fest, obwohl Francine versuchte sich loszureißen.
„Francine und ich nehmen den rechten Tunnel."
Marisia runzelte die Stirn. „Ich komme mit euch."
Adoran warf ihr einen bösen Blick zu. „Nein, wir gehen allein."
Francine wusste, sie konnte Adoran nicht daran hindern, mit ihr zu gehen, aber sie würde sicher nicht mit ihm alleine gehen. Er zog sie bereits in den rechten Tunnel.
„Was soll denn das, wir müssen uns besser aufteilen!"
Gelano und Robinio tauschten kurz einen Blick.
„Es ist besser, wir nehmen den linken Tunnel, geht ihr beiden den rechten entlang."
Selbst Marisia hob überrascht die Augenbraue. Ihre Lippen waren zusammengekniffen, aber sie sagte nichts dazu.
„Was soll das, lass mich los." Francine war außer sich, er zog sie in den Tunnel und die anderen gingen einfach in die andere Richtung.
„Warum teilen wir uns nicht gleichmäßig auf? Das macht doch keinen Sinn!"

Er ließ sie erst los, als sie bereits einige Meter im Tunnel waren. Francine überlegte kurz zurückzugehen, aber das war bestimmt sinnlos, schließlich waren Robinio und Gelano einverstanden gewesen. Nur Marisia sah aus, als wäre sie verärgert. Seltsam, sonst sah man ihr nie an, was sie dachte. Aber egal, sie war selbst wütend.
Unglaublich, jetzt musste sie mit ihm alleine weitergehen. Es gefiel ihr überhaupt nicht, dass sie alleine waren.
Sie rieb sich kurz über den Arm an der Stelle, an der er sie gepackt hatte, und warf ihm einen vernichtenden Blick zu.
Dann hob sie die Fackel und ging gleichgültig an ihm vorbei.
Sein Lächeln sah sie nicht, aber sie hörte seine leisen Schritte, als er ihr folgte.
„Wirst du jemals wieder mit mir reden?"
Francine ärgerte sich über seinen Tonfall, so als wäre sie ein schmollendes Kind, dabei hatte er doch Mist gebaut.
„Ich habe dir im Moment einfach nichts zu sagen." Sie bemühte sich um einen möglichst gleichgültigen Ton.
Adoran lief neben ihr und sie konnte aus dem Blickwinkel sehen, wie er einen Arm in ihre Richtung bewegte, jedoch wieder sinken ließ.
Sie war ein guter Mensch, weshalb sie fast Mitleid mit ihm hatte, aber nur fast.
„Francine, es tut mir leid."
Adoran schien es wirklich ehrlich zu meinen, aber eine Entschuldigung reichte wirklich nicht, um sein Verhalten wieder gut zu machen.
„Das sollte es auch."
Ihre Augen schienen Funken zu sprühen, als sie stehen blieb und ihn anfuhr: „Was glaubst du eigentlich, wer ich bin? Du erwartest von mir, dass ich dir vertraue, obwohl du mir so wenig über dich erzählst oder über die Dinge,

die der Kristall mit dir zu tun hat." Adoran wollte etwas sagen, doch sie hob abwehrend die Hand. „Und dann passiert etwas, was du nicht erklären kannst, ja, etwas, das ich selbst nicht erklären kann, und sofort feuerst du auf mich ohne zu zögern!"
Sie schnaubte abfällig. „Und dann willst du mir allen Ernstes vorhalten, dass ich nicht mit dir spreche? Du kannst mich mal, Adoran. Erst benimmst du dich mir gegenüber, als wäre ich von Bedeutung, als wäre ich deine Partnerin, doch dann lässt du mich ohne zu zögern fallen und ich habe gedacht ..." Francine schluckte und sagte nichts mehr, sie war sehr aufgebracht und sie wollte sich nicht lächerlicher machen als ohnehin bereits geschehen.
Adoran fühlte sich schrecklich. „Was, Francine?"
Francine wollte sagen, sie hatte gedacht, dass etwas zwischen ihnen war, eine Verbindung.
Das ließ sie aber besser bleiben, er musste nicht noch mehr Angriffsfläche gegen sie haben, wenn ihm das nächste Mal etwas an ihr missfiel.
„Nichts."
Damit marschierte sie weiter. Für sie war alles gesagt. Doch Adoran griff nach ihr und fluchte, als sie sich wehrte.
„Verdammt noch mal, Francine, jetzt hörst du mir auch zu."
Sie blitzte ihn böse an.
Adoran fand sie bezaubernd, wie sie ihn anfunkelte mit ihren großen blauen Augen. Er verstand ihre Wut nur zu gut, sie hatte keine Ahnung, weshalb er so wütend geworden war.
„Leider neige ich dazu, sehr schnell wütend zu werden, und dann denke ich nicht nach, so wie vorhin mit dem Erdras. Aber Francine, du bedeutest mir so viel, du ahnst nicht wie viel." Was würde seine bezaubernde Frau davon halten?

Bald würde er es wissen. Nachdem sie nicht mehr an ihrem Arm riss, wagte Adoran es, sie zu sich zu ziehen.
Er blickte in ihre wundervollen Augen und senkte seinen Kopf. Das Gefühl ihrer vollen weichen Lippen war besser als alles, was er sich vorstellen hätte können.
Sie war warm und nachgiebig. Ihre weichen Lippen öffneten sich leicht und er ließ seine Zunge in ihren Mund gleiten und umkreiste ihre.
Er stöhnte vor Verlangen auf, als sie seinen Kuss erwiderte. Er hielt ihr Gesicht in seinen Händen wie einen kostbaren Schatz.

Francine war wie benebelt von dem Kuss, aber als sie seine Männlichkeit spürte, erwachte sie aus ihrer Trance und zuckte zurück. Es war ihr etwas peinlich, wie schnell sie nachgegeben hatte.
Sie sagte nichts. Wenn sie genauso aussah wie er, dann steckte sie echt in der Klemme. Seine Augen waren dunkel vor Verlangen.
Hatte er gerade geknurrt? Das musste sie sich eingebildet haben, weil sie sich selber fühlte, als müsste sie ein wildes Geräusch von sich geben. Sie raufte sich das Haar mit der einen Hand und hob die rechte Hand mit der Fackel in Richtung des Tunnels. „Wir sollten wohl besser weitergehen."
Adoran lächelte sie selbstzufrieden an. „Das sollten wir."
Francine war nicht bereit, das auf sich beruhen zu lassen, also setzte sie noch nach: „Also, das hat nichts zu heißen, nur weil wir uns geküsst haben."
Jetzt wurde sein Grinsen noch breiter. „Doch und ob, es verlangt dir nach mir so sehr wie mir nach dir."
Manchmal wunderte Francine sich schon über die Ausdrucksweise, die er manchmal an den Tag legte. Was sie aber mehr verwunderte, war die Art und Weise, wie er von ihnen beiden sprach.

Bisher war ihr das nicht so bewusst gewesen, aber von Anfang an blickte er sie besitzergreifend an und tat so, als wären sie bereits ein Paar.

„Eigentlich kennst du mich überhaupt nicht, sonst wärst du vorhin bei der Begegnung mit dem Erdras nicht so ausgerastet. Warum tust du also so, als würden wir zusammengehören?"

Sie fühlte, dass da mehr war als nur die Anziehung zwischen ihnen. Adoran schien es nicht nur um körperliches Verlangen zu gehen – zumindest deutete es Francine so. Aber wie gut kannte sie sich schon mit Männern aus, vor allem mit Männern aus einer anderen Welt?

Sie hatte nur eine Beziehung in ihrem Leben gehabt und die war kurz gewesen.

Erst sagte er nichts, sondern lief nur schweigend neben ihr.

„Du musst es doch spüren."

„Was?" Sie wusste, was er meinte, sie wollte es aber von ihm hören.

„Die Anziehung zwischen uns."

Francine lächelte. „Nun, Anziehung ist eine Sache, aber ich gehe nicht mit jedem ins Bett, von dem ich mich angezogen fühle."

„Willst du mir sagen, du hast dich bereits von anderen Männern so angezogen gefühlt? Du hattest schon so ein Gefühl von Vertrautheit und Zugehörigkeit?" Sein Ton war messerscharf, er schien wieder wütend zu sein oder zu werden.

Adoran zügelte sich, es war schwer, nicht eifersüchtig zu sein, wenn sie andeutete, dass sie sich von anderen Männern angezogen fühlte.

„Das ist ein seltsames Gespräch, auf was willst du hinaus?

Auf Liebe auf den ersten Blick?"

Adoran runzelte die Stirn, dann grinste er verschmitzt.

„Das heißt, du hast dich auf den ersten Blick in mich verliebt?"

Er fand es absolut hinreißend, wie sie wütend schnaubte – anscheinend ohne sich darüber im Klaren zu sein –, ehe sie süffisant erwiderte: „Oh nein, ich dachte, wir sprechen hier allgemein über Begegnungen mit Männern und damit habe ich es verglichen."

„Ach ja?" Wäre er nicht sicher gewesen, dass sie log, er wäre vor Wut explodiert.

„Ich glaube, Francine, dass du genau mich meinst und dass es keinen Mann gibt, der mir das Wasser reichen kann."

Francine ärgerte sich über seine Arroganz. Sie war sonst nicht so, aber er brachte sie mit solchen Aussagen auf die Palme. Bevor er sie angeschnauzt hatte wegen des Erdras, war sie ihm gegenüber viel nachgiebiger gewesen, sie hatte die Anziehung zwischen ihnen nicht als bedrohlich empfunden, im Gegenteil, sie war bereit gewesen, sich auf ihn einzulassen.

Diese seltsame Situation, bei der er so unbeherrscht geworden war, ja, aggressiv – damit hatte er sie wirklich überrascht.

Einerseits fand sie ihn unwiderstehlich und er hatte vollkommen recht damit, dass sie sich zu ihm hingezogen fühlte wie noch nie zuvor zu einem anderen. Aber auf der anderen Seite war ihr nie deutlicher bewusst gewesen, dass sie ihn überhaupt nicht kannte und dass sie ihn nicht einschätzen konnte – noch nicht. Trotzdem – und das überraschte sie sehr – vertraute sie ihm.

Sie hatte keine Angst vor ihm.

Allerdings hieß das nicht, dass sie sich auf ihn einlassen würde, jedenfalls nicht so schnell.

Ihr brummte der Kopf vom vielen Nachdenken und von der Anstrengung ihrer Augen, in dieser Dunkelheit etwas

zu sehen. Die Flammen der beiden Fackeln, die sie und Adoran bei sich trugen, gaben nur mäßig Helligkeit ab.
Themenwechsel war angesagt, sie wollte nicht über die Anziehung zwischen ihnen diskutieren, schließlich waren sie alleine und bei Gott, sie war wirklich sehr in Versuchung, ihm die Kleider vom Leib zu reißen.
Sie schüttelte den Kopf, so kannte sie sich gar nicht.
Und wenn sie sich hier umschaute, war das nicht gerade der ideale Ort. Was dachte sie da nur! Wahrscheinlich war es generell keine gute Idee, schließlich wollte sie in ihre Welt zurück und sie sollte sich hier nicht zu sehr in Gefühle und Beziehungen verstricken. Falls sie überhaupt zurück konnte.
Nach Hause in ihre Welt.
Das erschien ihr schon so surreal, als würde es ihre Welt gar nicht mehr geben. Damit würde sie sich beschäftigen, wenn sie in der Bibliothek des Schlosses war. Adoran war tatsächlich der attraktivste Mann, dem sie je begegnet war. Das war nicht alles, er hatte etwas an sich – würde sie ihn einfach hinter sich lassen können? Es wollen?
Und diese Welt hier, sie war so faszinierend. Sie wollte gerne mehr davon sehen.
Der Westen mit den Eislanden, das würde sie zu gerne in Augenschein nehmen. Die Brücke, die dort über den Fluss führte, in dem angeblich ein Eisdrache schlief, wie gerne würde sie die überqueren.
„Wie lange werden wir diesen Tunnel entlanglaufen?"
Adoran hatte kein Problem mit ihrem Themenwechsel.
„Das kann man nicht sagen, es sind veränderte Gänge, die durch die Grabungen der Erdras entstanden sind."
Francine nickte nur.
Der Tunnel öffnete sich und überall waren Felsen, die von der Decke zum Boden reichten. Die sahen aus wie Bäume, die in die Decke wuchsen, aber es war eindeutig Stein, grau wie der Boden.

Der ganze Weg veränderte sich, eben noch waren sie in einem Tunnel gewesen, jetzt war der Weg so breit wie in einem Raum. Überall befanden sich die Säulen, die von der Decke breit nach unten schmaler wurden und dann wieder breit im Boden versanken.
Die Luft war stickig hier unten und Francine fragte sich, wann sie endlich rauskamen. Die nächste Stunde liefen sie schweigend, sie sprachen erst wieder, als sie ans Ende dieser Halle kamen, wo wieder zwei Tunnelröhren warteten.
Adoran runzelte die Stirn und trat vor jeden Tunnel, um ihn zu begutachten. Francine setzte sich kurz auf den Boden, ihre Füße schmerzten leicht und sie hatte Durst.
In ihrer Feldflasche war leider nicht mehr viel Wasser, aber einen Schluck nahm sie. Das Wasser befeuchtete ihre trockene Kehle, es war eine Wohltat.
„Welchen Tunnel nehmen wir? Mir erscheint es hier wie in einem Labyrinth. Wo kommen wir hin, wenn wir zweimal hintereinander den falschen Tunnel nehmen?"
Adoran nickte abwesend. „Wir müssen es ausprobieren."
„In meiner Flasche ist kaum noch Wasser."
Francine hob fragend die Augenbraue und hoffte, dafür eine Lösung von Adoran zu hören.
„Bedauerlicherweise werden wir hier unten auch kein Wasser finden. Wir müssen aus den Tunneln raus, auf der anderen Seite dieses Gebirges befinden sich Lauraden."
„Das sind diese Bäume, aus denen Wasser fließt?"
Adoran nickte. „Genau. Jetzt solltest du sparsam sein, es wird bestimmt noch ein paar Stunden dauern, bis wir Tageslicht sehen. Vielleicht müssen wir hier drin übernachten, mir scheint, als wäre der Tunnel sehr gewunden, wir sind vorhin einen weiten Bogen gelaufen, fast als wäre der Tunnel ein Stück zurück und dann erst wieder in die richtige Richtung gegangen."

Tolle Nachrichten. Francine strich sich die Haare aus dem Gesicht. Sie hasste die Vorstellung, hier unten im Staub und in dieser verlassenen schwarzen Hölle zu schlafen. Nirgends konnte es mehr Dunkelheit geben als in diesen schwarzen Höhlen.

„Wie viele Stunden sind wohl vergangen, seit wir hier unten sind?"

„Wir haben die Tunnel früh betreten, ich schätze, es ist jetzt kurz nach Mittag."

„Ist es denn sicher, hier zu schlafen?" Francine war nicht wirklich besorgt, sie vertraute Adoran und darauf, dass er wusste, was er tat.

Adoran zuckte kurz zusammen. Der Smaragdmond. Er spürte es in seinem Blut. Der Smaragdmond würde heute Nacht aufgehen. Er musste mit Francine sprechen, bevor der Abend anbrach. Bevor der Mond hoch am Himmel stand.

Aber wie sollte er es ihr sagen?

„Dir wird nichts passieren. Francine, ich ..." Er zögerte, weil er nicht wusste, wie er es sagen sollte. Es war aber zwingend notwendig. Sie musste die Wahrheit über ihn und die Bedeutung des schwarzen Kristalls für ihn erfahren. Der Smaragdmond würde es spätestens offenbaren und sie sollte nicht unvorbereitet sein.

Sie blickte ihn fragend an, während sie ihre Wasserflasche wieder an der Seite ihrer Tunika verstaute.

Sie schwitzte und ihr Pony klebte an ihrer Stirn. Ihr Gesicht war so zart, ihre Wangenknochen betonten die Zartheit zusätzlich und ihre Sommersprossen verliehen ihren natürlichen Gesichtszügen Charakter.

Ihre blauen Augen waren so groß, dunkel und tief wie ein Ozean.

Verlangen kochte in ihm und er musste all seine Selbstbeherrschung aufbringen, um nicht über sie herzufallen.

Francine atmete flach, Adoran sah sie an, als würde er sich jeden Moment auf sie stürzen und verdammt, sie fühlte sich erhitzt unter seinem Blick.
Ihr Körper schien zu vibrieren. Wenn er sie weiter so ansah, würden sie gleich übereinander herfallen.
Solch ein Verlangen war völlig neu für Francine, sie berührten sich nicht einmal. Nie hätte sie vermutet, dass ein einziger Blick das in ihr auslösen konnte.
Sie blickte in seine flackernden Augen.
Moment mal, flackernd? Die Iris seiner Augen leuchtete hellgrün. Wie war das möglich? Hier schien keine Sonne, nichts konnte eine solche Reflexion auslösen.
„Was ist mit deinen Augen?"
Sie keuchte, als er mit einem Schritt auf sie zukam.
„Hab keine Angst, ich möchte dir erklären, was du bisher nicht weißt über mich."
Sie nickte. „Warum sollte ich Angst haben? Was ist mit dir, Adoran?"
Er schluckte. „Du erinnerst dich doch an den Drachen, dem du am See begegnet bist."
Francine wunderte sich, warum er das erwähnte, aber sie nickte nur.
„Nun, dieser Drache, das bin ich."
Erst sagte Francine nichts, dann lächelte sie kurz. „Du? Soll das ein Scherz sein?"
Jedoch verging ihr das Lachen, als sie seinen ernsten Blick sah. Sie stand vom Boden auf und blickte ihn überrascht an.
„Wie meinst du das? Du warst der Drache?" Sie zitterte, obwohl sie nicht fror.
„Genauso wie ich es sagte. In unserer Welt, Francine, gibt es nicht nur Menschen und Drachen, es gibt auch Medras, das sind Menschendrachen, so wie ich."
Francine blickte ihn fassungslos an.
„Wie du." Ihr Murmeln war kaum zu hören.

Tausend Gedanken schossen ihr durch den Kopf.
Es erschien ihr unfassbar und verrückt und doch schien plötzlich alles einen Sinn zu ergeben.
Warum der Drache sich um sie gekümmert hatte und warum Adoran ihr vom ersten Moment an so bekannt vorgekommen war.
Und jetzt verstand sie auch, warum der schwarze Kristall ihn beeinflusste, obwohl er nur Drachen beeinflusste – weil er einer war. Wie war das möglich?
„Menschendrachen?" Francine wusste nicht, was sie dazu sagen sollte. Sie blickte auf den Boden, während sie fassungslos Luft holte. Wie war das nur möglich?
Nach einer gefühlten Ewigkeit blickte sie ihm ins Gesicht. Er schaute sie erwartungsvoll an. In seinen Augen sah sie noch etwas anderes – Furcht. Damit hatte sie bei ihm nicht gerechnet.
Hatte er Angst, dass sie ihn ablehnen würde? Würde sie?
Tausend Fragen schossen ihr wieder und wieder durch den Kopf, aber nicht ein Gedanke bezüglich ihm und dieser Offenbarung hatte etwas mit Ablehnung oder Furcht zu tun.
Er erschien ihr immer noch so begehrenswert wie eben – wenn nicht sogar mehr. Francine schüttelte den Kopf. Vielleicht war sie ja verrückt, wenn sie so dachte?
„Vielleicht beantwortest du mir jetzt einige meiner Fragen."
Adoran schien überrascht. Er kreuzte seine Arme vor der Brust. „Frag."
Francine klopfte sich den Staub von den Sachen und blickte die beiden Tunnel an.
„Welchen Weg nehmen wir?"
Adoran war verwirrt, er dachte, sie würde ihn zu den Drachen und Medras befragen.
„Ich schlage vor, wir nehmen den rechten."
„Und warum?"

„Nur so ein Gefühl."
Sie nickte und blickte ihn fragend an, als er ihr nicht zum Tunnel folgte.
„Was ist, Adoran? Ich denke, wir haben es eilig?"
Er fuhr sich durch sein dunkles Haar und lächelte.
„Ja, so ist es. Aber ich muss zugeben, ich bin sehr überrascht, dass du mich nicht mit Fragen bombardierst."
Sie lächelte. „Dazu ist jetzt genug Zeit, während wir den Tunnel entlanggehen."
Lächelnd nickte er. „Ich verstehe." Sie war wirklich eine Wahnsinnsfrau. Dann folgte er ihr.

Adoran konnte nicht mal in Worte fassen, wie erleichtert er war. Sie war nicht wütend auf ihn, obwohl er ihr diese Sache verheimlicht hatte. Außerdem schien sie sich nicht vor ihm zu fürchten oder gar zu ekeln.
„Du bist eine beeindruckende Frau, Francine."
Sie lächelte ihn kurz an.
„Erzähl mir von dir, bist du so geboren, Adoran? Oder wie wird man zu einem Drachenmenschen?" Francine hatte genug Fantasie, um sich da einiges auszumalen. Wurde man vielleicht von einem Drachen gebissen, so wie von einem Vampir?
Er nickte. „Ja, ich bin so geboren."
„Was ist mit Robinio? Ist er auch ein Drache?"
Adoran lachte kurz.
„Nein, er ist ein Mensch. Das Gen erbt nicht jeder. Unsere Mutter hat es mir vererbt."
„Und dein Vater war ein normaler Mensch?"
„Ja, so ist es."
„Das heißt, es spielt keine Rolle, also Menschendrachen und Menschen können zusammen sein? Und sogar Kinder haben?"
Er grinste sie vielsagend an.
„Unbedingt."

Sein arroganter Blick ließ sie auch grinsen. Er war so sexy, wenn er lächelte. Aber wann fand sie ihn nicht sexy?

„Was war das vorhin mit deinen Augen? Wieso haben sie grün geflackert?"

„Wenn wir starke Gefühlsregungen haben, kann man das unseren Augen ansehen. Und der Smaragdmond beeinflusst uns auch stark."

Francine fand das alles sehr aufregend und spannend. Was war das nur für eine Welt, in der sie hier gelandet war?

„Also, was hat das mit dem Mond auf sich, inwiefern beeinflusst er dich? Beeinflusst er auch die normalen Drachen?"

Adoran blieb stehen und blickte Francine an, die es ihm gleichtat und neben ihm stehen blieb. Obwohl sie so zart aussah, hielt sie einiges aus. Ihre schönen Augen blickten ihn offen an.

„Der Smaragdmond verstärkt die Gefühle und Bedürfnisse, die ein Drache hat. Außerdem beeinflusst er uns Medras noch stärker als die normalen Drachen."

Jetzt flackerten seine Augen wieder. „Was heißt das, stärker? Was passiert denn?" Seine Augen reizten sie.

„Nun, wenn unsere Frau in unserer Nähe ist, dann ist unser Sexualtrieb zu stark, um gegen ihn anzukommen."

Francine hob lächelnd die Augenbrauen. „Aha, das ist, also das ist ..." Francine wusste nicht, was sie dazu sagen sollte. Sie räusperte sich.

„Was heißt in dem Fall deine Frau? Musst du verheiratet sein?" Ob er wohl deshalb so nervös war, weil der Smaragdmond bevorstand?

War er verheiratet? Nein, dann würde er sich ihr gegenüber nicht so benehmen, wie er es tat.

„Nein, das hat mit einer Heirat nichts zu tun. Francine, für uns Medras gibt es nur einen passenden Partner."

„Ja, das denken in unserer Welt auch ein paar Menschen, dass es den einen Partner gibt, der perfekt zu einem passt. Das ist eine schöne Vorstellung, finde ich, dass zwei Menschen füreinander bestimmt sind. Und dass sonst niemand zu einem gehört außer diesem einen."
Sein Blick wurde ernst und seine Augen flackerten wieder.
„Nein, so meine ich das nicht. Für uns gibt es tatsächlich nur einen Partner, wir können mit sonst niemandem zusammen sein."
„Was heißt, ihr könnt mit niemandem zusammen sein?" Sie runzelte die Stirn.
„Kein anderer kann eine Nacht mit mir überleben, nur die Frau, die zu mir gehört. Wir sagen, sie ist unser Smaragd und wenn sie beim Smaragdmond in unserer Nähe ist, dann können wir unseren Trieb nicht zügeln, wir geraten außer Kontrolle."
Francine zitterte kurz. „Außer Kontrolle?"
Das klang beängstigend, wenn man bedachte, in was er sich verwandelte. Sie dachte über das nach, was er gesagt hatte. Eine Frau gehörte also zu ihm – dachte er, sie wäre seine Frau? Er hatte sie seinen Smaragd genannt. Dabei hatte sie sich nichts weiter gedacht.
„Warte mal, denkst du, ich bin das? Dass ich dein – wie sagtest du gleich – Smaragd bin?"
Ihre Frage klang nicht entsetzt, Adoran fand, sie klang eher ungläubig. „Ich weiß, das ist schwer zu glauben, aber so ist es, Francine, du gehörst zu mir."
„Wieso bist du dir da so sicher?" Sie zog die Augenbrauen zusammen.
„Als ich deinen Duft im Wald witterte, war das eine Offenbarung, ich habe dich sofort erkannt."
„An meinem Geruch?" Francine wischte sich ihren Pony aus der verschwitzten Stirn, irgendwie wurde ihr das zu viel.

„Weißt du, da ist noch etwas. Den Einfluss des schwarzen Kristalls bricht nur der weiße Kristall oder die mir bestimmte Frau."

„Dann ist das alles? Nur weil du glaubst, ich gehöre zu dir, willst du mich?"

Adoran lächelte, er wusste, was sie dachte.

„Nein, das ist nicht alles. Die Frau, die zu uns gehört, passt in jeder Hinsicht zu uns. Francine, du bist wunderschön und stark und es ist unglaublich, wie gut du mit allem hier zurecht kommst. Du bist eine sehr starke und schöne Frau, von innen ebenso wie äußerlich.

Francine, ich will dich wegen allem, was du bist. Dein Duft hat mich zu dir geführt, aber dass ich dich will, das schaffst du ganz alleine."

Francine fand das seltsam, die Vorstellung, dass er zu ihr gehörte. Aber andererseits konnte sie nicht leugnen, dass sie sich ebenfalls zu ihm hingezogen fühlte. So sehr.

Und war es so schlimm? Irgendwie war sie doch sehr romantisch, die Vorstellung, dass sie beide tatsächlich zusammengehörten.

„Wie findest du das, Francine? Was denkst du jetzt?"

„Ich bin nicht sicher."

„Ich muss dir sagen, Francine, der Smaragdmond ist nicht weit entfernt, und du bist bei mir und ..." Er geriet ins Stocken und blickte sie verlangend an.

Francine verstand nicht sofort, dann räusperte sie sich, als es ihr dämmerte.

„Oh, du meinst, du und ich, also du kannst dich nicht bremsen?" Sie musste über ihr eigenes Stottern lachen.

„Gut, dass du darüber lachen kannst. Francine, ich wünschte, wir hätten mehr Zeit, es langsam anzugehen." Er grinste frech. „Nein, das ist gelogen, ich kann kaum erwarten, dir die Kleider vom Leib zu reißen." Sie keuchte überrascht auf.

Der Gedanke, dass er bereits die kommende Nacht über sie herfallen würde, erregte sie. Wie würde es sein mit einem Mann wie ihm, einem Mann, der mehr als nur ein Mann war, zu schlafen?
Der Kuss war schon berauschend gewesen.
Er stöhnte. „Gott, Francine, ich kann riechen, wie erregt du bist." Francines Wangen röteten sich leicht.
„Was?" Sie war etwas peinlich berührt, doch gleichzeitig erregte es sie noch mehr, wie er sie anstarrte und was er da sagte.
„Wir müssen weiter, sonst passiert es gleich hier." Adorans Augen flackerten nicht mehr, sie waren jetzt dauerhaft leuchtend grün.
Francine trat ein paar Schritte von ihm zurück.
Sie musste ihre Atmung beruhigen, sie hatte gar nicht gemerkt, wie hektisch diese geworden war.
„Was passiert eigentlich mit dir, du verwandelst dich doch nicht beim Sex?"
Er schüttelte den Kopf. „Nein, du musst keine Angst haben, ich könnte dir nie wehtun."
„Was ist, wenn du dich irrst, wenn ich nicht die bin, für die du mich hältst? Was passiert dann mit mir?" Genau beobachtete sie, wie er die Stirn runzelte, als gefiele ihm nicht, was sie sagte. „Ich irre mich nicht."
Francine zuckte die Schultern. „Okay, gut, also gehen wir weiter."
Sie strich sich die Haare hinters Ohr. Nachdenken konnte sie auch während sie weiterliefen und sie wollte nicht unbedingt in diesen Tunneln stecken, wenn der Smaragdmond aufging. Doch zu befürchten war das wohl.
Er nickte, nahm ihre Hand in seine – was ihr ein Lächeln entlockte – und dann gingen sie weiter.

Es bebte gewaltig und vor ihnen regnete es Steine herunter. Robinio, Marisia und Serlina schafften es, sich rückwärts an der Wand zu schützen, aber Gelano war weiter vorne. Robinio sah nichts, es staubte in dem dunklen Tunnel zu stark. Man sah kaum das Licht der Fackeln.
Tosender Lärm. Dann Stille. Robinio blickte sich suchend um und trat näher an die herabgefallenen Felsbrocken.
„Gelano!" Sein Ruf schallte durch den ganzen Tunnel.
Serlina und Marisia kamen auch und sahen sich den jetzt verschütteten Weg an.
Leise hörten sie ein Rufen. „Da, habt ihr gehört? Das muss Gelano sein." Serlina ging zu der Stelle und räumte kleine Steine weg, Robinio half ihr sofort.
Gelano war am Leben, doch sein Bein klemmte unter einem riesigen Felsbrocken. „Verdammt." Robinio schwitzte wie verrückt, doch er schaffte es nicht, den Brocken fortzubewegen.
„Das wird so nichts werden, der Fels ist zu schwer."
Marisia blickte zurück in die Richtung, aus der sie gekommen waren.
„Ich werde zurückgehen und Adoran holen, er kann den Felsen bewegen."
Serlina nickte. „Ja, wir gehen zusammen."
„Nein." Marisia sah sie ausdruckslos an. „Alleine bin ich schneller."
Serlina schüttelte den Kopf. „Es ist nicht klug, alleine zu gehen, ich gehe mit dir."
Marisia schnalzte mit der Zunge, nickte schließlich widerwillig.
Robinio wischte sich über die Augen. „Es wird wohl nicht anders gehen, dann bleibe ich bei Gelano."
Gelano war bewusstlos geworden, doch er atmete, darauf kam es an.

Serlina und Marisia marschierten los und waren bereits nach kurzer Zeit nicht mehr zu sehen oder zu hören.
Robinio hasste es zu warten, doch er musste.
Als Gelano stöhnte, reichte er ihm Wasser. Dann blinzelte er.
„War ich bewusstlos?" Robinio nickte. „Wie geht es Euch?"
Gelano lächelte schief. „Abgesehen von dem verfickten Felsen auf meinem Bein? Kann mich nicht beschweren."
Robinio nickte und runzelte die Stirn.
Etwas machte ihn nervös, er wusste nur nicht genau, was es war.
„Denkt Ihr, Adoran kann dem Einfluss des schwarzen Kristalls entgehen, wenn er so nah am Schloss ist?"
Robinio nickte. „Da bin ich mir sicher. Aber was mir Sorgen bereitet, ist Francine, sollte ihr etwas zustoßen, dann wäre Adoran nicht mehr geschützt."
„Denkt Ihr wirklich, dass sie der Grund ist, warum der Kristall Euren Bruder nicht beeinflusst?"
„Ich bin überzeugt davon. Unsere Mutter hat uns solche Geschichten erzählt und ich denke, es waren nicht nur Geschichten. Vor allem mit Adoran hat sie viel über Drachen gesprochen, er sollte alles wissen, was sie wusste."
„Nun, ich hoffe, Ihr irrt Euch nicht. Und ich hoffe, Francine passiert nichts. Ihr habt mit Adoran gesprochen, was hat er gesagt über die junge Frau, die in Flammen stand?"
Robinio kniff die Lippen zusammen. „Nicht viel, nur er wäre es nicht gewesen."
Gelano nickte leicht. „Glaubt Ihr ihm?"
Robinio nickte. „Das tue ich."
„Warum?" Gelano sah Robinio aufmerksam an. Er wusste, wie viel Sorgen er sich immer um seinen Bruder machte und für wie gefährlich er seine Drachennatur hielt.

„Erinnert Ihr Euch daran, als er sechzehn war? An den Vorfall als er herausfand, was er ist?"
Gelano schnaufte. „Wie könnte ich das vergessen? Er wusste, er würde Marisia vom Geschlecht der Weisiras heiraten, doch da war diese junge Frau, die ihm schöne Augen machte. Als er sie küsste und ihre Hände hielt, da fügte er ihr Brandwunden zu."
Gelano blickte an die Decke. „Er war so entsetzt über sich selbst, sein innerliches Brennen kehrte sich nach außen – so beschrieb er es mir damals."
Robinio fuhr sich durch die Haare. „Richtig. Das Mädchen erzählte es überall herum. Er war lange Zeit bedrückt, er fühlte sich wie ein Monster."
Gelano lachte leise. „Aber ist kein Junge mehr und er und Francine, wenn man sie zusammen sieht, weiß man einfach, wie sehr es passt."
Robinio hob lachend die Augenbraue. „Wirklich? Ich dachte, Ihr misstraut Francine." Gelano blickte ihn nur finster an und so sprach Robinio weiter: „Aber ich sehe es auch so. Doch was war vor zwanzig Monden, als Adoran wegging? Was war mit dieser Frau, mit der er sich nur unterhalten hat? Es ist mir ein Rätsel. Sie hat hinterher behauptet, er hätte sie verbrannt. Ihre Arme, sie waren von Blasen und Narben übersät. Es wurde von anderen gesehen, wie sie plötzlich Feuer fing."
Gelano sah ihn aufmerksam an. „Nun, wenn er sagt, er war es nicht und Ihr glaubt ihm, was denkt Ihr dann, Robinio?"
„Das ist es doch, was mich grübeln lässt. Wenn Adoran es nicht war, was ist dann da passiert? Und warum hat die junge Frau behauptet, Adoran wäre es gewesen?"
„Gute Fragen, auf die wir die Antwort jetzt und vielleicht auch niemals erfahren werden."
„Ja. Wisst Ihr, was mich noch stutzig macht, Gelano?"
Gelano hob die Augenbrauen und neigte den Kopf.

„Bevor wir in die Ruinen sind, haben wir draußen überall Soldaten von Run gesehen."
Gelano nickte verwundert und fragte sich, worauf Robinio hinauswollte.
„Und kurz darauf sind wir dem Erdras begegnet, der muss genug Lärm veranstaltet haben in der Eingangshalle und er hat die Ruinen verlassen. Das hätte doch den Soldaten auffallen müssen, meint Ihr nicht, Gelano?"
„Ja, jetzt, wo Ihr es erwähnt, das ist mir bisher nicht aufgefallen. Wenn sie uns gesucht haben, was anzunehmen war, dann stellt sich die Frage, warum sie uns nicht hier herunter gefolgt sind."
Robinio nickte. „Das denke ich auch. Also warum? Darüber zerbreche ich mir gerade den Kopf."

Der Tunnel, in dem sie liefen, wurde immer schmaler, es dauerte nicht lange und sie konnten nur hintereinander gehen. Francine hustete immer wieder aufgrund des Staubes im Tunnel. Ihre Augen brannten von der schmutzigen Luft und wegen der Anstrengung.
Fast wäre sie über einen größeren Felsbrocken gestolpert.
Ein leises Plätschern war zu hören.
„Was ist das?" Francine wunderte sich über dieses Geräusch. Bisher war es gespenstisch still hier unten gewesen, außer ihrer eigenen Stimmen, wenn sie sprachen. Eigentlich war es richtig unheimlich in der Dunkelheit.
Umso mehr störte sie das plötzliche Geplätscher.
„Klingt so, als wäre Wasser in der Nähe."
Im engen Gestein stützte sich Francine immer wieder mit den Händen an die Felswand links von ihr, in der rechten Hand hielt sie die Fackel.
„Gibt es hier eigentlich keine Insekten? Spinnen oder so?"
Adoran schwieg einen Moment, als dachte er über ihre Frage nach.
„Was soll das sein?"
Francine dachte wieder an die anderen, die ihr ja bereits gesagt hatten, dass es keine Insekten gab.
„Egal." Merkwürdig fand sie es schon, aber so war es hier eben.
Nach wenigen Metern traf Francine nicht mehr nur auf kalten Felsen mit ihrer Hand, sondern auf nassen Felsen. Ob das ein schlechtes Zeichen war? Bisher war kein Licht in Sicht, welches auf einen Ausgang hinwies.
„Adoran?"
„Hm?"
„Sieh mal, die Felswand hier ist ganz nass."
„Bei unseren bisherigen Durchquerungen hier unten gab es nirgends Wasser. Aber das ist das Gefährliche an

den Ruinen, dass sie ständig durch die Erdras verändert werden, man muss mit allem rechnen."
Adoran war wirklich überrascht, er hoffte, dass es nicht noch mehr Wasser gab. Hier unten konnte das schnell gefährlich werden.
Francine keuchte erschrocken, als der Tunnel sich vor ihnen spaltete. „Das gibt's doch nicht."
Zwei Löcher waren das, und zwar nur so groß, dass sie gerade so durchkriechen konnten.
Francine schauderte. Sie fand, dass sie ganz mutig war und eigentlich kam sie mit vielen Dingen gut zurecht, aber sie kroch bestimmt nicht in so einen kleinen Tunnel, das war einfach unheimlich.
Adoran blickte beide Löcher genau an.
„Tja, das ist verdammt ungünstig."
„Verdammt ungünstig?" Francine schüttelte den Kopf.
„Ich schätze mehr als das, wir können nicht weiter, Adoran."
Adoran schmunzelte, er spürte, dass Francine sich nicht wohl fühlte bei dem Gedanken, in die Löcher zu krabbeln, aber es blieb ihnen nichts anderes übrig. Sie mussten weiter.
„Francine." Er drehte sie zu sich um und nahm ihre Hand in seine. „Wir müssen weiter. Ich weiß, es behagt dir nicht, in einen der Tunnel zu kriechen, aber wir haben keine Wahl."
Francine schüttelte den Kopf.
„Oh nein, man hat immer eine Wahl. Woher willst du wissen, dass wir auf dem richtigen Weg sind? Vielleicht sind die anderen auf dem richtigen Weg, auf einem normalen Weg ohne beengende Löcher. Nein, ich krieche nicht durch einen dieser engen Tunnel. Wer sagt uns, dass die nicht noch enger werden und dann stecken wir fest? Rückwärts raus ist bestimmt nicht so leicht. Im Tunnel kann man nicht umdrehen."

Adoran strich besänftigend ihre Hand, sie war doch sehr aufgebracht.
„Hast du Angst in engen Räumen?"
Francine blickte ihn böse an.
„Angst? Nein, aber willst du mir etwa sagen, meine Bedenken sind nicht berechtigt? Wenn wir sicher wüssten, dass einer der Tunnel nach draußen führt und wir dann auch noch zufällig den richtigen wählen würden – ja, dann wäre das kein Problem, dann steige ich in den Tunnel. Aber wir wissen es nicht."
„Süße, du wirst es riskieren müssen, aber du bist nicht allein, ich bin bei dir."
Francine grummelte vor sich hin, sie wusste, er würde nicht umkehren, sie waren schon zu weit gekommen.
„In welchen Tunnel?" Sie klang wieder gefasst.
Er packte sie und küsste sie, was ihr ein Lachen entlockte, ehe sie seinen Kuss leidenschaftlich erwiderte. Adoran ließ erst wieder von ihr ab, als sie beide keuchten.
„Francine, du bringst mich noch um den Verstand."
„Gleichfalls." Sie war auf dem besten Weg, sich in ihn zu verlieben, er war charmant und sexy und unheimlich lieb. Außerdem war er ein Drache, das ließ sie schlucken.
War das merkwürdig? Sie war sich darüber noch nicht im Klaren. Aber es reizte und faszinierte sie ungemein.
Francine ging zum ersten Tunnel und dann zum zweiten und sah sich beide an. „Wie sind diese Tunnel nur entstanden? Der Erdras ist doch viel zu groß, um solch schmale Tunnel zu graben." Sie betrachtete mit gerunzelter Stirn die Wurmlöcher.
„Es gibt hier Tunnel in verschiedenen Größen, wir nehmen an, die meisten werden von Erdras geschaffen, aber sicher nicht alle."
„Nicht? Willst du sagen, hier lebt noch etwas, was diese Höhlen formt?"

Er zuckte die Schultern. „Die Wahrheit ist, wir wissen es nicht genau. Durch die Ruinen zu gehen, gilt seit jeher als gefährlich, darum haben es nicht viele getan. Darum wissen wir nicht mehr. Und man begegnet nicht allen Lebewesen, wenn die es nicht wollen."
Beunruhigend. Hoffentlich begegneten sie hier nicht noch anderen Tieren.
„Die sehen beide so gleich aus, woran sollen wir ausmachen, welchen wir nehmen?"
„An unserem Instinkt."
Lächelnd hob Francine eine Augenbraue.
„Ja, nun, wir haben nicht alle solch scharfe Sinne wie Drachen."
„Oh doch, die meisten Menschen hören nur nicht auf ihren Instinkt, sie haben vergessen, wie das funktioniert."
„Tatsächlich?" Vielleicht stimmte das sogar. Wahrscheinlich trauten sich die Menschen nicht, auf ihre innere Stimme, ihren siebten Sinn zu hören. War sie nicht selber so? Entscheidungen traf sie logisch und nicht aus dem Bauch heraus. Vielleicht bemühte sie sich, künftig etwas daran zu ändern, mal sehen, ob sie nicht doch aus dem Bauch heraus entscheiden konnte.
„Nehmen wir den linken Tunnel." Francine lächelte, weil sich das gut anfühlte. Ob der Gang sie ans Ziel brachte, würden sie dann sehen.
Adoran strich ihr über die Schulter. „Gut, dann gehst du voraus, ich bin direkt hinter dir."
Francine nickte tapfer, bevor sie sich daran machte, in den Tunnel zu kriechen, der ungefähr einen Meter über dem Boden begann.
Als sie im Tunnel war, konnte sie nur wenig sehen. Die Fackel konnte sie gerade so hantieren. Als sie vollständig drin war und ein paar Meter hinter sich hatte, hörte sie Adoran, der ebenfalls in den Tunnel kam.
„Also ich hoffe wirklich, dass der Tunnel nicht so bleibt, sondern wieder größer wird."

Adoran grinste hinter ihr, ihr Grummeln amüsierte ihn. Trotzdem kroch sie fleißig vorwärts.

„Also mich stört das nicht, ich habe einen guten Ausblick." Ihren Hintern eine Weile direkt vor sich zu haben, war ihm ganz und gar nicht unangenehm.

Kapitel 9

Die Ruinen von Urefa – Smaragdmond

Francine tat alles weh. Vom langen und vielen Laufen taten ihr sowieso bereits die Muskeln weh. Und jetzt schmerzten ihre Knie vom Kriechen und an ein paar Stellen hatte sie sich bereits die Haut aufgeschürft.
Sie ignorierte so gut es ging ihr Unwohlsein in diesem engen Tunnel und hoffte, bald rauszukommen.
Es musste bestimmt eine Stunde vergangen sein und sie fühlte sich verkrampft. Das Bedürfnis zu stehen und sich zu strecken, war übermächtig und sie schüttelte den Gedanken daran ab, da das im Moment nicht möglich war.
Außerdem lenkte es sie ab, dass Adoran hinter ihr war. Ständig fühlte sie seinen Blick auf sich und sie überkam eine Gänsehaut.
Der Gedanke an Sex mit ihm spukte ihr auch so schon im Kopf herum, ohne seine ständige Nähe und das Knurren, welches sie hin und wieder von ihm hörte. Bei dem Gedanken daran musste sie lächeln. Dadurch fiel ihm das Krabbeln hier bestimmt nicht leichter.
Zwar war sie nervös wegen des bevorstehenden Smaragdmonds, aber sie war auch erregt, besonders wenn sie sich ausmalte, was dann mit ziemlicher Sicherheit passierte.
Was, wenn sie dann noch nicht aus dem Tunnel raus waren?
Ginge das hier drin überhaupt? Bestimmt.
Sie fluchte kurz, als sie sich die Hand aufschürfte. Egal, es gab Schlimmeres – nahm sie an. Wo die anderen wohl waren? Ob sie einen Ausweg gefunden hatten? Oder waren sie bereits auf dem Weg in diesen Bereich?

„Hier unten bekommt man gar nicht mit, wie die Zeit vergeht. Woher weißt du, wann der Mond aufgeht? Du siehst es doch von hier unten gar nicht, oder?"
„Ich spüre es."
Das reichte schon, um ihr wieder kleine Schauer über den Rücken zu jagen. „Und wie lange ist es noch, bis der Mond aufgeht? Ich habe gar kein Zeitgefühl mehr."
„Nicht mehr lange."
Adoran konnte spüren, wie sie sich anspannte. Anscheinend machte sie sich Gedanken.
„Ist alles in Ordnung?"
Francine überlegte, was sie dazu sagen sollte.
„Ehrlich gesagt bin ich ein bisschen besorgt."
„Besorgt? Meine Süße, es gibt keinen Grund zur Sorge." Er klang selbstsicher wie immer.
„Aber was ist, wenn der Mond aufgeht und wir immer noch im Tunnel feststecken? Also ich meine hier in der Enge – wie stellst du dir das vor?"
Adoran lachte kurz. Seine Stimme war so tief und sexy.
„Francine, glaub mir einfach, wenn ich dir sage, dass du dir keine Sorgen machen sollst. Ich habe immer noch Kontrolle über mich, auch wenn mein Verlangen unerträglich sein wird – es jetzt schon ist."
„Adoran ..."
„Kriech einfach weiter, mein Smaragd, wenn wir Glück haben, sind wir hier bald raus."
„Ja."
Plötzlich bebte die Erde und Francine stieß einen kurzen Aufschrei aus. Man hörte Steine, die sich lösten, ein paar kleine auch in dem Tunnel, in dem sie krochen.
Es dauerte nur wenige Sekunden und dann beruhigte sich alles wieder.
„War das ein Erdbeben?"
„Nicht direkt. Ich nehme an, es war ein Erdras."
„Was? Das klingt aber nicht gut. Könnte der Tunnel einstürzen, solange wir hier sind?"

„Weißt du eigentlich, wie sehr ich dich bewundere? Du machst hier so viel mit und selbst jetzt bist du nicht panisch, sondern fragst mich nur aus, um zu wissen, mit was du rechnen musst."
Francine musste wegen seines Lobs lachen.
„Es ist eben einfach nicht meine Art, in Panik zu geraten, helfen würde es ja eh nicht."
„Richtig. Sollte der Tunnel einstürzen, verwandle ich mich und schütze uns damit."
Das klang besorgniserregend. „Aber dann würdest du dich sicher verletzen?"
„Nein, ich bin unsterblich, mir kann nichts passieren."
„Unsterblich? Wie meinst du das?"
„Mich kann man nicht so einfach töten."
„Und wie kann man dich töten?" Bei dieser Frage zog er die Augenbraue fragend hoch.
„Nur wenn mein Herz herausgerissen wird, ist mein Leben beendet."
Das überraschte Francine doch sehr. Dass es immer noch möglich war, sie zu verwundern, erstaunlich, nach allem, was sie hier schon mitbekommen hatte.
„Was passiert also, falls dich jemand mit dem Schwert durchbohrt? Geht das dann gar nicht?"
„Doch, man kann mich verletzten, aber die Wunden heilen sehr schnell und, wie gesagt, tödlich ist keine, so lange mein Herz in meiner Brust bleibt." Seine Unsterblichkeit war gut für sie beide.
Schutz bot diese Sache definitiv. Also brauchte sie sich keine Sorgen zu machen.
„Also Adoran, du sagst, du bist unsterblich? Das heißt, du wirst nicht älter? Oder heißt das nur, dass du nicht durch fremden Einfluss sterben kannst?"
Adoran war nicht überrascht über die Schlüsse, die Francine zog. „Das stimmt, ich werde nicht älter."
Das war ein Hammer. Sie hörte auf, sich vorwärts zu arbeiten, ihr blieb fast die Luft weg. Francine wusste

nicht genau, wie sie mit dieser Information umgehen sollte. Adoran alterte also nicht. Aber dann konnten sie doch nicht zusammen sein. Es wäre furchtbar mit anzusehen, wie er unverändert bliebe und sie immer älter wurde.

Eine äußerst bizarre Vorstellung. Robinio war sein Bruder und er hatte das Drachengen nicht geerbt, wie er ihr erzählt hatte. Sie schienen vom Alter aber nicht weit getrennt zu sein und Robinio war der Ältere. Dann konnte Adoran noch nicht lange aufgehört haben mit dem Älterwerden, oder?

„Seit wann wirst du nicht mehr älter?"

„Wahrscheinlich hat der Prozess erst vor Kurzem angefangen. Es wird erst richtig auffallen, wenn ein paar Jahre vergangen sind."

„Oh." Francine krabbelte wieder fleißig weiter.

Diese Sache warf ein ganz neues Licht auf die Beziehung, die sich zwischen ihnen entwickelte. Wie stellte er sich das eigentlich vor? Sie hatte keine Ahnung, was er erwartete, nachdem sie jetzt darüber Bescheid wusste.

„Verrätst du mir, was dir durch den hübschen Kopf geht?"

Sie konnte sein Lächeln fast hören, während er das fragte.

„Ehrlich gesagt ist das nicht so schwer zu erraten, oder?"

„Trotzdem, sag es mir."

„Du wirst also nicht älter. Aber ich bin nur ein Mensch, ich werde älter. Wie stellst du dir das zwischen uns vor? Oder habe ich etwas falsch verstanden und es geht hier nur um eine kurze Affäre? Wann wolltest du mir davon erzählen? Nachdem wir gevögelt haben?" Eine Welle der Wut durchströmte sie plötzlich.

„Francine, du weißt, dass du nichts missverstanden hast. Ich will dich mein Leben lang an meiner Seite haben."

„In Ordnung, ja. Ein Leben lang? Wie ist das genau, du sagtest, es gäbe nur eine passende Partnerin für dich, was passiert, wenn ich sterbe? Du bist doch unsterblich, bleibst du dann den Rest deines Lebens alleine?"
Adoran wurde bei dem Gedanken, ihr könne etwas zustoßen, ganz schlecht.
„Dir passiert nichts."
Als sie nichts sagte, sprach er weiter:
„Francine, es ist so, du wirst ebenfalls nicht mehr altern, sobald wir uns vereint haben."
Jetzt verschlug es ihr die Sprache. Wieso bloß platzte eine Bombe nach der nächsten, seit sie sich hier in dieser Welt befand? Sie atmete einmal tief durch und runzelte die Stirn, war die Luft etwa frischer?
„Du sagst gar nichts?"
„Adoran, gib mir einen Moment, um das zu verdauen."
„Ich verstehe nicht, was es da zu verdauen gibt, ist es nicht eine sehr gute Nachricht? Du wirst unsterblich sein."
„Ach ja? Vielleicht will ich das gar nicht, vielleicht weiß ich auch gar nicht, was das dann für mich bedeutet."
Damit hatte Adoran nicht gerechnet, er dachte, sie würde davon begeistert sein. Andererseits musste er ihr zugutehalten, wie viel sie bisher einfach so akzeptiert hatte. Dass er ein Drache war zum Beispiel.
Sie brauchte etwas Zeit, doch die hatten sie nicht. Der Mond ging bereits auf. Er spürte es.
„Was heißt, wenn wir uns vereint haben, Adoran? Du meinst durch Sex mit dir werde ich unsterblich?"
Sie redete nun wirklich nicht drumherum. „Genau das. Hast du jetzt noch mehr Angst vor der Smaragdnacht?"
„Wieso noch mehr Angst? Ich habe keine Angst und hatte auch bisher keine Angst."
„Aber was ist dann das Problem? Willst du nicht unsterblich sein? Ist es das?"

Francine stieß zischend Luft aus. „Keine Ahnung, wahrscheinlich geht mir das gerade alles etwas zu schnell. Ich habe noch nie darüber nachgedacht, unsterblich zu sein, schließlich bestand diese Option bisher nicht."

Ewig leben? Klar, im ersten Moment klang das gut, aber dann würden die Menschen in ihrem Umkreis sterben – nur sie nicht. Die anderen waren ja keine Unsterblichen. Wäre das schlimm?

Was würde passieren, sollten sie sich trennen? Wäre ihre Unsterblichkeit dadurch beendet?

„Wie ist das mit der Unsterblichkeit in dem Fall, wenn wir uns trennen?"

„Du denkst jetzt bereits an Trennung?" Adoran kochte vor Wut, er konnte nichts dagegen tun, der Drache in ihm war erwacht. Der Gedanke daran, dass sie sich von ihm trennte, war unerträglich.

Francine konnte die Wut aus seiner Stimme deutlich hören. Wie leicht er doch in Rage geriet.

„Du musst das lassen, Adoran."

Er knurrte. „Was?"

„Immer so wütend zu werden, nur weil ich etwas sage, was dir nicht gefällt." Sie pustete sich Haare aus dem Gesicht, ehe sie fortfuhr: „Also, ich habe nie gesagt, dass ich mich trenne, außerdem, sind wir denn bereits ein Paar? Egal, vergiss das. Ich will nur wissen, wie das ist, bin ich nach einer Nacht mit dir für immer unsterblich oder gibt es einen Haken?"

„Kein Haken, du wärst für immer unsterblich, egal, was danach passiert."

„Was heißt das genau? Muss man mir auch das Herz herausreißen, um mich zu töten? Höre ich ab diesem Tag dann auf zu altern?"

„So ist es, Francine. Es sind noch weitere Aspekte, aber wir reden in Ruhe darüber."

„In Ruhe? Wenn es zu spät ist, um mich dagegen zu entscheiden? Nein. Immer wieder werde ich vertröstet, erfahre ich nur Halbwahrheiten, Bruchstücke, aber es geht hier auch um mich. Es geht um mein Leben, da muss ich alles wissen. Du kannst mich nicht immer mit der Hälfte abspeisen und dann wieder eine Bombe platzen lassen. Also, was für Dinge?" Francine runzelte die Stirn, was war denn da noch? „Ich will nicht noch mal überrascht werden, also sag mir jetzt alles." Sie hörte auf weiterzukriechen. Sie legte sich auf den Bauch, um sich zu drehen und dann in die Hocke zu setzen. Sie musste ihn jetzt ansehen.
Adoran lächelte und setzte sich ebenfalls, er musste zwar den Kopf nach unten halten, aber es ging gerade so „Zum Beispiel deine Augen."
Überrascht keuchte Francine auf. „Was? Meine Augen? Wie meinst du das?" Francine verstand nicht, was er damit sagen wollte.
„Deine Augen werden ebenfalls grün leuchten, wenn du starke Empfindungen hast."
Francine schluckte. „Faszinierend. Aber leuchten meine Augen grün, obwohl ich blaue Augen habe?"
„So ist es."
„Nun, da bin ich aber gespannt."
Adoran fand ihr verträumtes Lächeln unwiderstehlich.
Es dauerte noch lange, bis der schmale Tunnel nach und nach größer wurde, bis sie endlich wieder aufrecht gehen konnten. Francine war unendlich erleichtert, nicht mehr krabbeln zu müssen. Ihre Knie waren auch froh, von ihrer Aufgabe erlöst zu sein, sie waren aufgeschürft und schmerzten. Überhaupt tat ihr so ziemlich alles weh und sie fühlte sich müde.
Als die Erde bebte und einige kleine Steine von der Decke fielen, stürzte Adoran sich sofort schützend auf Francine.
Sie keuchte kurz erschrocken auf.

Als das Beben zu Ende war, erhob sich Adoran und blickte ihr ins Gesicht. „Ist alles in Ordnung?" Adoran strich ihr liebevoll über ihre Wange.
Francine nickte. „Und bei dir?"
Adoran lächelte. „Mir kann so schnell nichts etwas anhaben."
„Das ist gut zu wissen." Auch Francine lächelte.
„War das wieder ein Erdras?"
Adoran nickte. „Ja, sonst löst nichts eine solche Erschütterung aus."
Er atmete schwer und sie sah ihn verwundert an.
„Mein Smaragd, der Mond geht bereits auf."
Sie erschauderte. Seine Augen glühten bereits grün, es war das Grün eines Seerosenblattes, dunkel und doch leuchtend hell.
„Und." Etwas nervös leckte sie sich über die trockenen Lippen. „Also ..." Sie wusste nicht so genau, was sie sagen sollte. „Werden wir heute Nacht hier drinnen bleiben?"
Nickend sah er sie durchdringend an. „Wir sollten hier unser Nachtlager aufschlagen." Vorsichtig prüfte er den Gang und breitete seinen Fellumhang als Schlafplatz aus.
„Denkst du, es ist hier sicher? Gerade hat es noch gebebt?"
Sein Blick war so dunkel, er schien an ganz andere Dinge zu denken.
„Sicher sind wir nirgends, doch sicherer als bei mir kannst du nicht sein."
Es war seltsam, als würde ihr jetzt erst die volle Bedeutung dessen bewusst, was passieren würde. Ihr war ganz heiß, sie keuchte, und wenn sie ihn ansah, wurde ihr fast schwindlig. Dieses Verlangen in seinem Blick war wie eine Liebkosung.
Er berührte sie tief, auf eine Art und Weise, wie sie es nie zuvor erlebt hatte.

Langsam streckte er ihr seine Hand entgegen.
„Meine wunderschöne Francine." Wusste sie, wie sie aussah? Zum Anbeißen. Mit ihren langen zerzausten roten Haaren und den tiefblauen Augen. So zart und doch so stark. In ihren Augen war eine Wildheit zu sehen, die er bereits vermutet hatte.
Nur kurz zögerte sie, ehe sie entschlossen zu ihm kam. Er nahm ihr Fell und legte es ebenfalls zu Boden.
Er fühlte sich heiß, als stünde er in Flammen. Plötzlich zuckte er zurück. Er sah auf seine Hände. Keine Flammen. Bestürzt und gleichzeitig verlangend sah er zu Francine.
Ihre Augen waren dunkel, ihr Blick umwölkt. „Was ist mit dir, Adoran?"
Sie trat näher zu ihm, überrascht von dem Kampf, der in ihm zu toben schien. Zärtlich berührte sie seine Wange und er sah sie an. „Es ist, ich habe nicht erwartet, daran zu denken."
„Woran?"
Lange blickte er sie an, ehe er zögerlich zugab: „Es gab da einen Vorfall."
Francine lächelte. „Ein Vorfall?" Sie spielte mit seiner Hand. Seltsam, durch seine plötzliche und unerwartete Unsicherheit fühlte sie sich selbst viel sicherer.
„Erzähl mir davon."
In Erinnerung daran zog er seine Augenbrauen zusammen. Seine Augen leuchteten immer noch grün.
„Als ich sechzehn war, erfuhr ich, was ich war. Was ich bin."
Francine beobachtete seine Gesichtszüge. Er wirkte so zerknirscht. Sie schwieg, wartete, bis er sich gesammelt hatte. „Es gab ein Mädchen, ich wollte sie küssen, tat es auch."
Wieder musste er durchatmen, ehe er in der Lage war, weiter zu sprechen. Er blickte zu Boden, dann sah er sie

wieder an. „Ich verbrannte ihr die Arme. Sie lief schreiend fort von mir und nannte mich ein Monster."
Francine sah ihn ruhig an. „Und mehr war nicht?" Sie spürte, wie er mit sich rang. Er wollte noch etwas sagen. „Doch, es gab noch etwas. Aber ganz anders. Vor rund zwanzig Monden unterhielt ich mich mit einer jungen Frau, ich kannte sie nicht, traf sie nur zufällig am See. Plötzlich ging sie in Flammen auf."
Er wirkte so gequält, sie wollte ihn halten und trösten. „Wieso?"
Sein Kopfschütteln sagte alles. „Ich weiß es nicht. Aber ich schwöre dir, ich war das nicht. Damals mit sechzehn hatte ich mich nicht unter Kontrolle. Wie auch? Ich wusste nicht, was ich war." Er sah sie ernst an. „Aber du musst wissen, worauf du dich mit mir einlässt."
Francine runzelte die Stirn. „Ich verstehe. Was hat die Frau getan, als sie in Flammen stand?" Adoran presste die Lippen zusammen. „Sie schrie, ich wäre ein Monster. Die Leute glaubten ihr. Wir waren am See, als wir uns unterhielten, was Glück für sie war. So kam sie ohne bleibende Verletzung davon. Ich musste fort. Unerträglich. Die Blicke. Das Flüstern."
Francine fühlte ein seltsames Prickeln in sich. Glück? Seltsam, diese Geschichte klang gar nicht so, als wäre das zufällig passiert. Die Frau geht in Flammen auf, als sie sich mit Adoran unterhält, und zwar am See, in den sie sich glücklicherweise rettet? Dann beschuldigt sie Adoran, wirft ihm die Worte von damals, als er sechzehn war entgegen?
Wut überkam sie.
Ihr Mann. Keiner sollte ihn Monster nennen, denn das war er nicht. Er war einzigartig, ein Geschöpf aus einer Traumwelt. So atemberaubend. Allein seine Existenz. Unfassbar.

Sie atmete tief ein. „Diese Frau, sie hat das rumerzählt? Bist du darum fortgegangen? Dieser Vorfall war wirklich der Grund?"
Er nickte. „Ich ertrug es nicht. Mein Smaragd war nicht dort, das wusste ich mit Sicherheit. Ich wollte nur weg. Ich wusste nicht, warum ich dort hätte bleiben sollen."
„Adoran, du bist so vieles, aber ein Monster sicher nicht." Sie lächelte.
Er wusste es, hatte es vorher gewusst, Francine sah ihn anders. Sie sah ihn, wie er war.
„Drachen faszinieren mich schon immer ungemein. Es ist das Beste, was ich mir vorstellen kann, sich in ein so mächtiges, atemberaubendes Wesen zu verwandeln. Fliegen zu können!" Ihre Begeisterung war so süß, er konnte nicht anders als zu lachen. Sie zu küssen. „Ich brauche dich, Francine, so sehr." Er küsste sie, seine rechte Hand in ihrem Nacken, seine linke an ihrer Hüfte.
Sein Verlangen kochte wieder hoch. An ihren Lippen flüsterte er: „Vertraust du mir?"
Ihr gehauchtes „Ja" reichte ihm, machte ihn unendlich stolz.
Langsam knabberte er an ihrer Unterlippe, sog sie sanft in seinen Mund. Sie stöhnte. Sein Kuss wurde tiefer, drängender. Er saugte an ihrer Zunge und streichelte ihre Hüfte.
Sie brannte innerlich, spürte, wie feucht es zwischen ihren Schenkeln wurde. Und er roch es, ihren Duft der Erregung. Es verlangte ihn so sehr danach, sie zu berühren, zu schmecken.
Sanft zog er sie mit sich auf die Felle, legte sie auf den Rücken und streifte ihr Hemd ab. Bei ihrer Unterwäsche zögerte er und Francine verkniff sich ein Lachen. Büstenhalter gab es hier wohl in dieser Form nicht, also zog sie ihn selbst schnell aus. Adoran sog scharf die Luft ein bei dem Anblick, der sich ihm bot.
Ihr Busen war wundervoll weich, füllte seine Hand aus.

Zärtlich küsste er ihren Hals, zog eine feuchte Spur entlang bis zu ihren harten Spitzen. Er saugte an der einen und spielte mit seinen Fingern an der anderen und stöhnte. Francine seufzte. Zitterte vor Verlangen.
Ihr Kopf war wie vernebelt, sie spürte nur noch ihn. Ungeduldig zog sie an seinem Hemd und er entledigte sich dessen. Seine Brust war fest, seine Nippel hart.
Fordernd fuhr sie ihm über den Oberkörper, von seinen Schultern über die Nippel bis zu seinem weichen Bauch. Die Haare von seinem Nabel führten in seine Hose und Francine stöhnte, als sie daran dachte, wohin sie ihre Spur zogen.
Geschickt zog er ihr die Hose samt Tanga aus und drückte sie in die Felle. Ein Zischen entfuhr ihren Lippen, sie wollte ihn berühren, so sehr wünschte sie es sich.
Er knurrte, als sie nicht liegen bleiben wollte. Sie blinzelte, die Fackeln lagen in einer Ecke, nur ein leichter Schein war zu sehen. Sein Antlitz war atemberaubend. Wie er vor ihr kauerte und lustvoll zwischen ihre Beine starrte. Er leckte sich die Lippen und sie ließ sich stöhnend nach hinten sinken. So sehr wollte sie seine Berührung an ihrer empfindsamsten Stelle, er sollte sie dort küssen, alleine der Gedanke daran ließ sie sich winden. Sein Blick wirkte berauschend, erregend.
„Francine, ah, meine wunderschöne Francine."
Dann endlich senkte er den Kopf. Er packte ihre Pobacken mit festem Griff. Als sein Mund endlich ihr Geschlecht küsste, explodierte Francine fast und ein leiser Schrei entfuhr ihrer Kehle. Seine Zunge leckte sie, zuerst sanft, verspielt. Er saugte an ihrer Klitoris, leckte sie von dort bis zu ihrem Pospalt. Gleichzeitig knetete er ihren Hintern, ihren süßen wundervollen Hintern.
Sie zitterte, stöhnte, wand sich. „Adoran, ja, ja." Sie konnte nicht denken, nur stöhnen, sein Knurren erwidern. Die Vibrationen, die sein Knurren auslöste, waren eine zusätzliche Stimulierung. Erwartungsvoll hob

sie ihm die Hüften entgegen, wollte mehr und er gab ihr mehr. Schnell ließ er seine Zunge in sie gleiten, tief. „Du bist so köstlich, ich könnte dich ewig weiter lecken." Er genoss es, lauschte jedem ihrer Laute. Sie wand sich, wollte ihn auch berühren. „Lass mich", sie stöhnte. „ich muss dich fühlen." Widerwillig beendete er seinen dunklen Kuss, leckte ein letztes Mal über ihre feuchte Knospe. Schnell krabbelte sie zu ihm, er kniete und konnte es kaum glauben, als sie seinen Schwanz in ihren Mund saugte, fest und lustvoll stöhnend. Er verdrehte die Augen. „Gott Francine." Sein Stöhnen füllte die Höhle aus. Er streichelte ihr Haar, war wie von Sinnen, während sie seine Eichel immer wieder in ihren nassen Mund saugte. Ihre freche kleine Zunge spielte mit seinem Schlitz, entlockte ihm Flüssigkeit.

Gleichzeitig massierte sie seine schweren Hoden, spielte mit seinen Hüften, es war unerträglich erregend. Er konnte nicht anders, hielt ihren Kopf fest und rang um Beherrschung.

Francine schmeckte ihn leicht salzig auf ihrer Zunge. Er war hart und seine Haut so samtig. Es machte sie wahnsinnig, der Kontrast seines harten Schwanzes zur samtigen Haut und seiner schlüpfrig weichen Eichel. Während sie saugte, fühlte sie, wie sie noch nasser wurde. Ihn zu verwöhnen, brachte sie der Ekstase noch näher. Er zupfte an ihren harten Nippeln. „Ich muss endlich in dir sein, ich halte es nicht mehr aus." Er knurrte und löste sie von sich. „Ich muss dich ficken, Francine."

Sein Schwanz pulsierte. Er drückte sie nieder.

Sie spreizte ihre Beine, stöhnte, wollte ihn so sehr in sich fühlen. Er positionierte seinen Schwanz an ihrem schlüpfrigen Spalt. Er wollte sie ficken, hart und tief. Wollte in diese heiße, feuchte Höhle eintauchen. Diese Enge spüren. Und dann schob er sich in sie, langsam, es auskostend.

Er stöhnte. Sie gab kehlige Laute von sich, streichelte unablässig seine Brust. Endlich konnte sie seinen heißen Schaft in sich spüren. Wie er sie ausfüllte, langsam immer weiter.
„Du bist so heiß und eng." Er knurrte mehr als dass er sprach.
Als sie ihn ganz und gar umschloss, verharrte er einen kurzen Moment, beugte sich über sie, saugte an ihren Nippeln. Dann stieß er in sie – immer und immer wieder.
Ihr Hüften fanden seinen Rhythmus, sie wurden immer schneller, fester, härter.
„Ja, ja, Adoran, genauso." Er ließ seine Hüften kreisen und sie rieb sich an ihm wie eine wild gewordene Katze. Er sah ihr Gesicht, die Ekstase. „Sieh mich an." Er musste in ihre Augen schauen, wenn sie kam. Und sie öffnete ihre Augen, sah ihn voller Lust und Irrsinn an. Ihre Augen, sie leuchteten blau. Er küsste sie und sah erneut in ihre wunderschönen Augen.
Er spürte, wie sich ihre feuchte Enge um ihn herum zusammenzog. Sie schrie auf, wand sich wie wild unter ihm, völlig von Sinnen ergab sie sich ihrem Orgasmus und er konnte nicht anders. Ihre schlüpfrige Nässe molk ihn und er ergoss sich mit einem wilden Schrei in ihr.

Eine gefühlte Ewigkeit lag er bewegungslos auf ihr.
Um Atem ringend. Schließlich drehte er sich mit ihr, legte sich auf den Rücken und drückte sie an seine Brust. Dann zog er eines der Felle über sie beide und sie seufzte zufrieden, kuschelte sich an seine warme Brust.
Er küsste zärtlich ihre Augenlider, ihre Wange.
Sie war glücklich, schien sehr zufrieden mit ihm. Er hatte ihr nicht weh getan. Er schluckte. Obwohl er es bereits gewusst hatte, war er doch unendlich erleichtert, hier mit ihr zusammen zu sein. Sie war die Seine. Und sie war so ungezähmt und wild wie er.
Ermattet streichelte er ihr Haar.

Sie war wunderschön. Ihre Wangen glühten und sie war wunderbar weich und warm. Das Liebesspiel stand ihr gut.
Der Drache in ihm war äußerst befriedigt. Francine atmete ruhig und gleichmäßig, sie war eingeschlafen. Er wusste, er konnte ebenfalls bedenkenlos schlafen, denn wenn irgendetwas sein sollte, wäre er sofort hellwach.
Und sein Herz quoll fast über, seine Francine, sie war jetzt auch unsterblich. Bevor er einschlief, erfasste ihn ein Gedanke. Ihre Augen hatten nicht grün geleuchtet, sondern blau?

Francine lächelte die ganze Zeit, während sie weiter den Tunnel entlanggingen. Die gestrige Nacht würde sie nie vergessen, egal was noch kommen mochte. Als sie früh aufgewacht waren, hatten sie sich noch einmal geliebt, gemächlich, voller Zärtlichkeit. Seine Küsse berauschten sie.
Sie waren zügig aufgebrochen, hungrig. Erst wenn sie hier heraus waren, würde es etwas zu Essen geben. Immer noch fühlte sie die Auswirkungen der Liebesnacht zwischen ihren Beinen.
Es war bereits ein frischer Luftzug zu spüren, also konnte der Ausgang aus den Ruinen nicht mehr weit sein. Adoran hielt ihre Hand und lächelte sehr zufrieden.
Endlich betraten sie eine riesige Halle, wie die, in der sie den Durchgang gestartet hatten. Mehrere Tunnel führten zu beiden Seiten hier herein, also waren die anderen vielleicht auch durchgekommen.
Er dachte wieder an ihre Augen, die blau geglüht hatten.
„Es gibt da etwas, was mich sehr gewundert hat, Francine."
Ehe er weitersprechen konnte, hörte Adoran etwas. Jemand rief.
„Adoran! Francine! Seid ihr hier irgendwo?"
Sie blieben stehen, auch Francine hörte die Stimme. Es kam aus einem der anderen Tunnel?
„Hast du das gehört? Ist das Marisia?" Francine wunderte sich, sie konnte sehr gut hören, was Marisia rief und es gelang ihr sogar zuzuordnen, woher die Stimme kam.
Gehörte das zu den Veränderungen, die jetzt auf sie zukamen, zusammen mit der Unsterblichkeit? Sie fühlte sich überhaupt nicht anders.
„Ja, Francine, das muss Marisia sein." Sie näherten sich dem Tunnel, aus dem die Stimme gekommen war.
Marisia stürzte aus dem Tunnel.

Sie sah sehr aufgebracht aus, was Francine etwas erschreckte. Marisia zeigte doch nie Emotionen.
„Adoran, Francine, gut."
„Wie seid ihr hierher gekommen?" Adoran sah sie prüfend an, sie keuchte und wirkte aufgelöst, so hatte er sie noch nie gesehen. Obwohl, als sie damals erfahren hatte, was er war und er ihr sagte, sie wäre nicht die Seine – das war das einzige Mal, dass er sie auch aufgebracht erlebt hatte. Schnell vergaß er diesen Gedanken wieder, es war ewig her.
Adoran nickte kurz. „Was ist passiert?"
Marisia atmete tief durch.
„Gelano wurde verschüttet, ihr müsst ihn befreien, wir haben es nicht geschafft."
Marisia sah ihn flehend an.
Adoran nickte. Er dachte an die Beben. „Gut, dann brechen wir sofort auf. Wie weit ist es bis zu Gelano?"
Marisia zuckte die Schultern. „Vermutlich zwei Stunden."
Francine hob die Augenbraue.
„So kurz nur? Aber wir waren doch ewig unterwegs."
Adoran sah Marisia wieder an. „Ihr habt wohl den anderen Tunnel gewählt, der ein viel kürzerer Weg ist."
Marisia sah ihn mit großen Augen an. „So wird es sein."
„Nun, unser Weg war – mühsam." Dennoch lächelte er Francine verschmitzt an. „Manchmal lohnt sich der mühsame Weg mehr." Sie lächelte wissend zurück.
Marisia entging das nicht. Sie runzelte die Stirn.
„Wir sollten nicht alle zurück, das ist zu gefährlich."
„Ich denke nicht, dass es noch mal bebt und wenn doch, ist Francine bei mir sicher."
Marisia verdrehte die Augen. Zum Kotzen. Immer ging es nur um die Sicherheit der rothaarigen Göre. Sie atmete kurz durch und konzentrierte sich, noch musste sie ihr Gesicht wahren.
„Richtig, aber ich bin nicht sicher, ob ihr gegen alle Soldaten ankommt. Es wimmelt in der Ruine inzwischen

von ihnen. Serlina und ich wurden angegriffen, ich musste sie zurücklassen und bin so schnell ich konnte hergerannt."

„Die Garde?" Adoran hob überrascht die Augenbrauen.

Marisia nickte. „Nun gut, ich verstehe Euch. Ihr wollt gemeinsam gehen, dann lasst uns aufbrechen, Gelano läuft die Zeit davon. Wir müssen uns beeilen." Sie blickte Francine kurz an. „Hoffentlich schafft Ihr das."

Francine runzelte die Stirn. Marisia sah sie herablassend an und Francine verstand nicht warum. Merkwürdig, sonst war ihr doch alles relativ egal. Es musste die Sorge um die anderen, um ihre Schwester sein.

„Adoran, geh und hilf Gelano, ich bleibe hier." Francine wollte sie nicht aufhalten.

„Nein, kommt nicht infrage."

Marisia sah ihn schockiert an. „Das ist viel zu gefährlich, Francine wäre jeder Gefahr ausgeliefert, Ihr könnt nicht alle beschützen, die anderen sind nicht mehr in der Lage zu kämpfen. Überlegt es Euch gut, wollt Ihr sie diesem Risiko aussetzen und sie mitnehmen?"

Adoran überlegte kurz und blickte Francine an. Er wollte sie nicht zurücklassen. Ohne seinen Schutz, nein, er hielte es nicht aus, Francine nicht an seiner Seite zu haben. Sie war jetzt unsterblich, aber nicht unverwundbar.

„Ich verstehe. Natürlich wollt Ihr Euch nicht von ihr trennen, Adoran, wenn Ihr das Risiko eingehen möchtet, sie mitzunehmen, dann ist das in Ordnung, aber wir werden länger brauchen, um zu den anderen zu kommen."

Francine mischte sich bei Marisias Worten wieder ein.

„Dann geh, Adoran, wenn die anderen in Gefahr sind, musst du helfen, so schnell es geht. Ist schon gut, ich warte hier, das ist bestimmt sicherer und effektiver. Ich bin sowieso hungrig."

Für Adoran klang das auch vernünftig, aber irgendetwas in ihm sträubte sich. Er war hin und hergerissen zwischen den anderen, die seine Hilfe brauchten, und Francine, die er nicht zurücklassen wollte. Sie war die Seine und es fiel ihm sehr schwer, sie so kurz nach ihrer ersten Liebesnacht allein zu lassen.
Francine blickte ihn aufmunternd an. „Adoran, es ist okay. Marisia kann doch bei mir bleiben, dann bin ich nicht alleine. Und mir kann nichts passieren. Außerdem kommst du so noch schneller voran."
Marisia nickte sofort. „Natürlich. Wir können bereits die Höhlen verlassen und dort auf euch warten."
Adoran musste nachdenken. Was war das Beste? Francine war jetzt unsterblich, er sollte sich keine Sorgen um sie machen.
„Also gut, dann machen wir es so. Ich beeile mich."
Adoran trat zu Francine und blickte ihr in die Augen.
„Hab keine Angst, ich bin bald zurück."
„Ich habe keine Angst. Bin ich nicht sicherer denn je seit letzter Nacht? Pass du auf dich auf und bring die anderen heil zurück."
Er gab ihr einen zarten Kuss und küsste dann ihre Schläfe. „So schnell wollte ich dich nicht alleine lassen. Dass du mir nicht mit anderen Drachen anbandelst."
Das Lächeln war seiner Stimme anzuhören.
Seinen Humor hatte er jedenfalls nicht verloren.
Sie lehnte ihre Wange an seine, es war ein so schönes Gefühl. Ein anziehender Kontrast. Ihre Haut so weich. Seine rau von seinen Bartstoppeln. „Bring du lieber dich und die anderen heil da heraus."
Er küsste sie noch mal, diesmal voller Leidenschaft, und sie erwiderte seinen Kuss ungehemmt.
Erst als sie keuchte, löste er sich von ihr und machte sich auf den Weg in den Tunnel, aus dem Marisia gekommen war.

Francine fröstelte plötzlich, es kam ihr ohne Adoran so kalt vor. Dann sah sie Marisia an, die Adoran hinterherschaute. Ihr Blick wirkte seltsam entrückt.

„Was nun? Warten wir oder verlassen wir die Tunnel?"

Marisia schien kurz zu überlegen, während sie Francine musternd ansah. Seltsam, plötzlich fühlte sich Francine extrem unwohl. Sonst machte Marisia nie so einen Eindruck wie jetzt, sie sah sie missbilligend an.

„Am besten wir machen kurz Pause, ich schätze, wir beide können sie brauchen. Aber dann sollten wir aufbrechen. Hier drin ist es zu gefährlich."

Francine nickte.

Adoran lief so schnell er konnte. Er spürte die Entfernung zu Francine, die zunahm. Das fühlte sich falsch an. Sein Herz wurde bei der Entfernung schwer und er machte sich Sorgen.

Er vertraute seinem Gespür, welches ihm ganz deutlich sagte, dass etwas nicht stimmte, aber er kam nicht darauf, was es war. Er musste sich einfach beeilen.

Um den anderen zu helfen und um schnell zurück zu kommen zu Francine.

Er lief fast eine Stunde, war aber nicht außer Atem, da traf er auf Serlina.

Verblüfft blieb er stehen.

Serlina rieb sich die Schläfe und sah Adoran überrascht an. „Adoran? Ihr seid hier, habt Ihr Marisia gesehen?"

Adoran runzelte die Stirn. „Ja, wo sind die Soldaten? Wo sind Robinio und Gelano?"

Serlina runzelte die Stirn. „Welche Soldaten?"

Adoran ging in die Knie, sah sich Serlinas Kopf an. „Was ist Euch passiert?"

Sie sah zu Boden, schien angestrengt nachzudenken. „Ich bin nicht sicher. Ich lief mit Marisia, um Euch zu holen, dann hörte ich etwas, und als ich mich umdrehte, wurde alles dunkel, jemand muss mir auf den Hinterkopf geschlagen haben."

Sie sah Adoran mit zusammengezogenen Augenbrauen an.
„Was hat Marisia gesagt, wieso hat sie mich hier liegen gelassen?"
„Sie meinte, es wimmle hier von der Garde und sie hätten Euch angegriffen."
Serlina runzelte die Stirn. „So wird es dann wohl sein, anscheinend hat mich einer von ihnen erwischt. Aber warum sollten sie mich hier zurücklassen? Und warum sollte Marisia das tun?"
Adoran schüttelte den Kopf. „Ich kann es nicht sagen. Mit Eurer Wunde könnt Ihr nicht schnell gehen. Ihr solltet Euch langsam in Richtung Ausgang bewegen, ich gehe zurück und hole Robinio und Gelano. Marisia wartet mit Francine am Ausgang auf uns."
Serlina nickte leicht. „Seltsam. Ich verstehe nicht, warum sie mich hier liegen ließ."
Adoran war sich darüber auch nicht im Klaren. Aber es spielte erst mal keine Rolle, sie konnten sie später noch fragen. „Also kommt Ihr zurecht?"
„Sicher. Ich gehe los. Lasst Euch nicht aufhalten."
Als sie sicher stand, machte sich Adoran auf den Weg weiter in die Ruinen.
Er rannte ohne stark zu ermüden, durch seine Drachennatur war sein Durchhaltevermögen viel höher als bei einem Menschen. Endlich kam er bei Robinio und Gelano an.
„Ich habe nirgends Soldaten getroffen." Adoran sah Robinio an, wartete auf eine Erklärung dafür.
Robinio sah ihn mit schiefem Kopf an. „Soldaten? Wieso hast du erwartet, welche zu treffen?" Adoran schien verdutzt.
„Was ist, Adoran?"
„Marisia, sie sagte mir, es wimmle überall von Soldaten, doch bisher bin ich auf keinen gestoßen, auch nicht auf Spuren oder Gerüche von Soldaten."

„Wir auch nicht, ich kann nicht sagen, wo Marisia welche gesehen hat."

„Das ist merkwürdig."

Gelano schnaubte. „Scheiße, könntet Ihr mir vielleicht erst helfen, bevor ihr das ausdiskutiert? Der verfickte Felsen bewegt sich nicht von selbst." Seine Augen funkelten trotz seiner Situation amüsiert.

Adoran lachte kurz. „Natürlich." Für ihn war es leicht, den Felsen zu entfernen.

Er musterte Gelanos Bein kritisch. „Werdet Ihr laufen können?"

Probeweise humpelte Gelano. „Ja, aber langsam."

Adoran nickte. „Also gut, lasst uns gleich aufbrechen, wir müssen endlich raus hier. Ich werde Euch helfen."

Adoran stützte seinen Freund so gut es ging und sie machten sich auf den langen Weg raus aus den Ruinen.

Kapitel 10

Die Ewigflamme

Die Luft war so frisch und feucht, ganz anders als in den Ruinen. Dort war es so staubig gewesen, dass Francine das Gefühl gehabt hatte, bald ersticken zu müssen. Ein Fluss plätscherte leise. Überall sah man tiefgrüne Wiesen und vereinzelt Bäume, weiter entfernt einen Wald. Die Sonne stand am Himmel, hier und da zogen Wolken vorbei.
Was für ein wunderschöner Tag!
Francine schloss die Augen, ließ die Sonne ihre Haut erhitzen. Was für ein Gefühl.
Sie öffnete die Augen, als Marisia zu ihr trat.
„Wir sollten weiter, hier sind wir zu ungeschützt."
Francine blickte sich um und konnte nicht umhin, Marisia zuzustimmen. Hier konnte jeder sie sehen.
Und da Soldaten offensichtlich bereits hinter ihnen her waren, mussten sie Schutz suchen.
Entschlossen nickte Francine.
„Ich weiß, Ihr wollt Adoran nicht zurücklassen, aber er kann auf sich und die anderen aufpassen. Aber wir sollten uns zum Schloss durchschlagen."
Francine hob eine Augenbraue.
„Wieso gleich zum Schloss? Wir haben doch vereinbart zu warten."
Francine wollte nicht ohne Adoran und die anderen weiter, warum auch? Sie konnte sich kaum verteidigen, Marisia mochte ja selbstsicher genug sein und sich Kämpfe zutrauen, aber für Francine galt das nicht.
Wenn jemand angriff, was sollte Francine dann tun? Sie zupfte an ihrer Unterlippe.
Ein Schwert konnte sie vielleicht im Spaß gegen Serlina führen – als sie geübt hatten –, aber im Ernstfall? Nein, es war eher unwahrscheinlich, dass sie gegen einen

geübten Gegner, der es ernst meinte, eine Chance hätte.

Marisia blickte sie durchdringend an.

„Uns läuft die Zeit weg, wir müssen dringend zum Schloss und herausfinden, ob meine Großtante dort ist und ob wir Informationen von ihr bekommen können. Denkt Ihr nicht, Adoran würde das wollen?"

Francine zögerte keine Sekunde mit ihrer Antwort.

„Nein, ich denke, er würde wollen, dass wir warten."

„Worauf? Den Tod? Vorhin habe ich bereits Spuren gesehen, ich nehme an, es waren einige der Soldaten.

Hier draußen ist es nur eine Frage der Zeit, bis sie uns erwischen."

„Aber am Schloss wird es doch viel gefährlicher sein. Dort wimmelt es doch von Soldaten." Francine leuchtete es nicht ein, ohne die anderen dorthin zu gehen.

„Dort werden sie uns nicht erwarten oder vermuten, hier in der Gegend schon. Wir können bereits morgen Abend dort sein, wenn wir jetzt aufbrechen." Marisia überlegte, wie sie Francine überzeugen konnte. Sie wollte keinen Verdacht erregen, warum sie wirklich zum Schloss wollte und warum unbedingt ohne die anderen.

„Ich mache mir Sorgen um meine Großtante, was, wenn es zu spät ist, bis wir dort ankommen? Wir wissen nicht, wie lange die anderen noch brauchen."

Francine empfand Mitgefühl mit ihr, wenn jemand Geliebtes in Gefahr ist, dann könnte sie auch nicht hier rumsitzen und warten. Sie zupfte erneut an ihrer Unterlippe.

„Also gut", lenkte Francine schließlich ein.

„Ihr seid einverstanden?" Marisia versuchte, möglichst hoffnungsvoll zu klingen.

„Ja, ich verstehe Euch, wenn es meine Großtante wäre, ich würde auch nicht untätig hier herumsitzen wollen. Also brechen wir auf. Die anderen werden sich denken können, wo wir sind, oder?"

Marisia nickte kurz. „Ja. Also lasst uns losgehen, wir besorgen Nahrung und dann brechen wir auf."
Francine lächelte Marisia an. „Nahrung klingt wirklich gut."
Marisia lächelte zurück. Zum ersten Mal hatte Francine das Gefühl, dass Marisia kein Eisblock war, sondern dass sich unter ihrer rauen Oberfläche tatsächlich ein normaler Mensch verbarg. Sie war zuversichtlich, Adoran würde sie finden, er konnte sich nicht nur zusammenreimen, wo sie waren, er konnte doch auch ihrem Duft folgen? So hatte er es ihr doch erzählt.
Die Ruinen waren wirklich erstaunlich gewesen, auch wenn Francine sehr glücklich war, dort raus zu sein. Doch wenn sie an den Sex mit Adoran dachte, überkam sie ein wohliges Prickeln. Eine sehr schöne Erinnerung an die Ruinen.
Der Ausgang war wie der Eingang gewesen, eine mit Säulen verzierte Halle und eine riesige Treppe, die hinaufführte.
Jetzt liefen sie nicht mehr über steinigen Boden, sondern über weiches Gras und das fühlte sich toll an. Hier und da sah man Felsen. Es erinnerte sie an Bilder aus Neuseeland – Graslandschaft, Felsen und weite Täler. Einzelne Baumgruppen.
Am Fluss, der vor den Ruinen plätscherte, füllten sie ihre Trinkbeutel auf und Francine trank durstig, um gleich noch mal nachzufüllen. Sie wusste ja nicht, wann sie wieder Gelegenheit dazu haben würde. Das Wasser rann frisch und kühl ihre Kehle hinunter.
Sie spritzte sich Wasser ins Gesicht, was sein Übriges tat. Endlich fühlte sie sich nicht mehr staubig.
„Wann wird der Mond wieder aufgehen? Ich habe gar kein Zeitgefühl, die Sonne steht schon so hoch."
Marisia blickte zum Himmel. „In acht bis neun Stunden schätze ich. Dann wird der Smaragdmond aufgehen."
Sonderbar, wie Marisia das sagte.

„Findet Ihr den Smaragdmond nicht schön? Ich freue mich darauf, ihn endlich zu sehen."
Marisia schnaubte.
„Es ist keine angenehme Zeit, so lange er am Himmel steht."
„Nein? Ist schon beeindruckend, die Drachen hier in eurer Welt."
Marisia fragte: „Beeindruckend? Ja, der Schaden, den sie anrichten, ist auch beeindruckend."
„Schaden?" Francine kratzte sich am Kopf.
„Was glaubt Ihr wohl, Francine? Die Drachen sind wild, bedrohlich. Geschöpfe, denen es egal ist, wenn sie unsere Häuser beiläufig zerstören oder wenn Menschen ihretwegen sterben.
Oh ja, sie sind eine Gefahr, vor allem in der Nacht des Smaragdmondes. Hat Euch Adoran das nicht gesagt? Da werden sie zu Monstern."
„Doch, ja, stimmt, er meinte, die Drachen werden aggressiv, wenn der Smaragdmond aufgeht. Aber Monster? Das ist übertrieben, denkt Ihr nicht?"
Francine erinnerte sich an das Gespräch mit ihm und wie er besorgt gewesen war wegen den Ruinen. Andererseits hatte ihnen der Erdras dort auch nichts getan trotz seiner Aggressivität.
Es war verständlich, wie Marisia empfand. Drachen waren riesige Tiere mit wahnsinnig viel Kraft. Für Menschen war es schwierig, sie verstanden das nicht. Doch sie waren ja nicht alleine, durch die Medras gab es eine Verbindung zwischen Menschen und Drachen.
„Marisia, ich verstehe zwar, wie unangenehm das ist, aber es sind Tiere. Sie zerstören doch nicht absichtlich eure Häuser. Außerdem meinte Adoran, sie leben gewöhnlich nicht in Vioruna, sondern in den Höhen des grünen Mondes und in GranKalno."
Marisia sah sie lange schweigend an, ehe sie erwiderte: „Ist das so?"

„Etwa nicht?"

„Adoran scheint Euch so einiges erzählt zu haben, glaubt Ihr ihm?"

Francine überkam ein mulmiges Gefühl. Nicht wegen Adoran, sie vertraute ihm bedingungslos. Wegen der Art, wie Marisia sie anblickte. Was bezweckte sie?

„Warum? Sollte ich ihm nicht glauben?"

Francine war neugierig, was Marisia erwidern würde.

„Er ist ein Medra, er will Euch. Kennt Ihr nicht diese Art von Männern? Sie erzählen einem, was immer nötig ist, nur um die Frau zu ficken, nach denen ihnen gerade ist."

„Und was ist wohl nötig?" Francine verzog keine Miene. Die Richtung, in die das alles ging, verwirrte sie. Und Marisias plötzlich abschätzigen Worte.

Marisia lächelte. „Habt Ihr nicht bemerkt, wie offensichtlich Eure Faszination für Drachen war? Ein guter Anhaltspunkt, um Euch die Drachen schön darzustellen. Was hat er Euch über Medras erzählt? Über seine Art? Sicher sehr viel Gutes, nicht wahr? Wie wäre es mit der anderen Seite?"

Francine lächelte gekünstelt und zog die Brauen zusammen. „Die andere Seite?"

„Hat er Euch gesagt, was wir waren?"

Francine runzelte die Stirn. Marisia wartete kurz, ließ das Gesagte wirken.

„Wir waren einander versprochen. Er als Thronfolger und ich aus der Grafschaft Torian. Die Weisiras, meine Familie, wir regieren in Torian, einer der acht Grafschaften in Vioruna."

„Wieso habt ihr nicht geheiratet?"

„Weil er erfuhr, was er war. Jeder Thronfolger muss einen Nachkommen aus der Grafschaft ehelichen, es gibt nur eine Ausnahme. Ein Medra darf seine Frau oder seinen Mann frei wählen." Marisia schnaubte abfällig. „Wisst Ihr, schon mein Vater wäre König geworden, wenn Adorans und Robinios Mutter kein Medra gewesen wäre. Und nun wurden wir wieder betrogen um den Thron."

„Darum geht es? Ihr fühlt Euch betrogen oder Eure Familie? Das ist das große Böse an einem Medra, an Drachen?"

„Nein, das ist nur eine Sache. Adoran verletzt Menschen, er machte mir etwas vor und dann ließ er mich fallen. Es wäre nicht schlimm gewesen, doch es ging weiter. Er verletzte eine Freundin von mir, verbrannte sie versehentlich. Denkst du, er wäre ungefährlich? Er hat seine Gefühle nicht im Griff und dadurch ist er sehr gefährlich."

„Es tut mir leid, wie Ihr denkt. Mag sein, er hat Euch verletzt, doch dies war sicherlich keine Absicht. Kann er etwas für seine Natur?"

„Ja. Das kann er. Glaubst du, es wäre die Wahrheit? Er will seine Frau wählen, wie es ihm gerade beliebt. Glaubt Ihr etwa, ein Medra hätte nur eine Partnerin? Nein." Sie lachte kurz auf. „Gewiss nicht. Nachdem wir gevögelt haben, fiel ihm plötzlich ein, dass ich nicht die Richtige war. Was, glaubt Ihr, wird mit Euch sein?" Sie sah sie von oben bis unten an.

„Gewiss hat es Euch gefallen. Hat er Euch auch erzählt, Ihr würdet unsterblich werden, Francine?"

Francine starrte Marisia an. Egal was sie sagte, sie fühlte es. Marisia wollte sie verunsichern. Sie aufstacheln. Dennoch machte sie große Augen, aber anders als Marisia vermutlich dachte, war Francine nicht schockiert über Adoran, sondern von Marisia. Warum tat sie das? Was hatte sie davon?

Marisia sprach weiter: „Ihr müsst nichts sagen. Ich sehe es Euch an. Glaubt mir, ich kenne dieses Gefühl, die Überraschung, der Verrat. Fühlt sich schmutzig an, nicht wahr?"

Francine schluckte. „Es ist egal. Das alles ist nicht wichtig. Ich dachte, Ihr macht Euch Sorgen um Eure Tante?"
Marisia grinste. „Nun, so könnte man es nennen. Aber ich habe ein paar Leute, die mir helfen."
„Was soll das bedeuten?"
Dann hörte sie das Brüllen. Das Geräusch kannte Francine, sie hatte es schon gehört. Es war laut und sie bekam eine Gänsehaut. Ein Geräusch, Flügelschläge, war zu hören und Francine blickte zum Himmel. Und da flog er, ein pechschwarzer Drache, monströs groß. Nochmals brüllte er und Francine schauderte. Seine Flügel hatten Federn und ein leichtes rotes Leuchten in der Innenseite. Auch am Hals war dieser leichte rote Schimmer erkennen, der unter der Haut lag.
War er das? Der schwarze Drachen? Er flog über sie hinweg, tief. Dann hörte sie die Hufe. Viele.
Francine starrte Marisia an, die süffisant lächelte.
Sie hatte das geplant, wie war Francine ein Rätsel, aber so war es.
Um die zwanzig Soldaten zu Pferd umkreisten sie.
Auf Marisias Geheiß hin wurden Francines Hände gefesselt.
Sie konnte nichts machen. Wegrennen war zwecklos, es gab keinen dichten Wald, in dem sie sich hätte verstecken können.
Nochmals hörte sie, wie der Drache brüllte, diesmal in weiter Entfernung.
Francine würde abwarten, was Marisia vorhatte. Vorerst unternahm sie nichts, was auch? Marisia lächelte noch immer. Doch sie wusste nicht, wie stark Francine war. Seltsam.
Bis jetzt hatte Francine es selbst nicht gewusst. Lag das an Adoran? Vielleicht.

Kurz flackerten ihre Augen auf, blau, glühend. Niemand sah es, doch sie spürte es, spürte die Kraft, die damit einherging.
Es war mitten am Tag, dennoch dunkel. Der Himmel war inzwischen übersät von Wolken. Die Dunkelheit könnte erdrückend sein, doch Francine gefiel sie. Passend zu ihrem Innenleben. Sie fühlte sich düster.
Der Ort, in dem sie angekommen waren, hieß Ommens. Der Name stand über dem runden Eingangstor. Die erste Stadt, die sie in dieser Welt kennenlernte.
Die Freude darüber, endlich eine Stadt zu sehen, wurde getrübt von den Umständen.
Francine lag in Ketten und war an Marisias Pferd angebunden, neben dem sie unentwegt herlief. Sie wusste warum. Marisia wollte sie leiden sehen.
Es schien ihr darum zu gehen, Adoran zu bestrafen. Was auch immer der Grund für ihren Hass war, der Auslöser, sie verband Adoran damit.
Um die fünfzig Menschen gehörten zu den Soldaten, die mit Marisia unterwegs waren.
Alle strömten durch das große Tor hinein. Ein breiter, gepflasterter Weg führte an Fachwerkhäusern vorbei, die links und rechts wie Wände aneinandergereiht hoch aufragten. Ein schöner Anblick. Doch etwas fehlte: Menschen.
Niemand außer den Soldaten war hier zu sehen. Es gab vereinzelt rußige Stellen, offensichtlich von Bränden. Was war hier passiert? Drachen? So musste es sein, der schwarze Drache oder diejenigen, die er beeinflusste. Es lag eine drückende Stille in der Luft. Francine atmete tief durch und hustete. Der Geruch von Rauch und Tod umgab diesen Ort. Es überkam sie eine unendliche Traurigkeit, als sie die Leiche am Boden erblickte. Jemand hatte sich in ein Haus retten wollen. Vor dem Eingang lagen seine verbrannten Überreste.

In der Mitte der breiten Straße befand sich ein Brunnen. Dort hielt Marisia an und stieg vom Pferd ab.
„Seht Ihr, was sie anrichten? Seht genau hin, Francine. Das ist das Schicksal aller Menschen."
Francine sagte nichts.
Marisia zog sie hinter sich her und band sie an einen Pfosten. „Wir werden warten, bis Adoran hier ankommt."
Francine sah sie ausdruckslos an. „Und dann? Was, glaubt Ihr, wird geschehen, wenn er hier ist?"
„Dann werdet Ihr brennen." Marisia lächelte sie an. „Darauf habe ich lange gewartet."
Daran hegte Francine keine Zweifel. „Auf Rache? Ihr tötet mich, um Euch an Adoran zu rächen?"
„Was glaubt Ihr denn? Ihr seid mir völlig egal, aber ich möchte Adoran sehen. Den Schmerz will ich sehen. Er soll fühlen, wie ich fühlte. Wie ich mich immer fühlte, seit er mich von sich stieß. Ich hätte die Seine sein sollen. Nicht Ihr." Sie schnalzte mit der Zunge.
„Ihr seht vielleicht hübsch aus, doch mehr ist da nicht. Er wird es erkennen, sobald es Euch nicht mehr gibt. Dann wird er es sehen."
„Sehen? Ihr glaubt, er würde dann zu Euch wollen? Nein, er wird Euch verachten für Eure Taten. Auch ohne mich wollte er nicht zu Euch."
„Das spielt keine Rolle mehr. Dann wird er auch sterben. Die Dinge haben sich bereits entwickelt. Wenn Wasser erst mal auf den Fall zu stürzt, so hält nichts mehr es auf."
Marisia ging in eines der Häuser.
Verbrennen? Konnte sie das? Sie zitterte bei dem Gedanken daran. Würde sie leiden? Oder schützte ihre Unsterblichkeit sie? Niemanden konnte sie fragen – nur Adoran. Aber er war nicht hier. Marisia schien über ihre Unsterblichkeit Bescheid zu wissen oder glaubte sie nicht daran?

Warum war sie so sicher, Francine könne im Feuer sterben? Marisia war verrückt, daran bestand kein Zweifel. Aber sie war auch gefährlich – die Narben der Vergangenheit machten sie unberechenbar.
Vielleicht irrte sie sich. Oder Marisia wusste etwas, was Francine nicht wusste. Die Soldaten liefen geschäftig umher, bauten ihr Lager in den Häusern auf.
Sie wollten also hier bleiben, bis Adoran zu ihnen stieß.
Francine rümpfte die Nase. Die Gerüche waren unangenehm. Die Schönheit der Stadt war Francine dennoch bewusst.
Ihre Ketten müssten sich schwerer anfühlen, als sie es taten. Seltsamerweise war Francine bisher oft erschöpft gewesen. Jetzt nicht. Sie fühlte sich stark. Ihre Beine taten nicht weh, trotz des langen Laufens neben Marisias Pferd. Die weiten Wiesen, die hinter ihnen lagen, waren mit Felsen und Steinen bestückt gewesen und es war ein beschwerlicher Marsch, auch für die Pferde.
Sie stand vor einem Haus an den Pfosten gekettet und beobachtete alles um sie herum.
Die Blicke der Wachleute spürte sie ebenfalls. Viele musterten sie. Schon den ganzen Weg über war ihr das nicht entgangen.
Ihre roten Haare fielen auf. Bisher hatte sie niemanden mit dieser Haarfarbe gesehen. Geschäftig brachten die Soldaten Holzscheite, und erst als sie sah, wie die Soldaten dieses Holz arrangierten, bekam Francine es doch mit der Angst zu tun.
Ein langer Pfahl in der Mitte und darum wurde es geschichtet. Heu ebenfalls. Es sollte wohl wie Zunder brennen. Und sie würde ohne Zweifel der Mittelpunkt dieses Feuers sein.
Unruhig zog sie an ihren Ketten, wollte sehen, ob sie ihre Hände daraus herauswinden konnte. Doch es passierte nichts. Die Schellen waren zu eng um ihre

Handgelenke und die Ketten gut befestigt. Immer wieder konzentrierte sie sich auf ihre Atmung. Nicht panisch werden. Francine schluckte. Sie wollte nicht sterben. Nicht so. Nicht hier und jetzt. Im Feuer.
Das war doch nicht möglich. Alles hier war ihr so aufregend erschienen. Wundervoll. Und das war es. So konnte es unmöglich enden.
Francine konnte nichts tun. Nur warten. Und so wartete sie. Als es dämmerte, kam eine der Wachen und gab ihr Wasser. Außerdem kam ein anderer, der ihr anzügliche Blicke zuwarf. Sie hoffte, er ginge einfach weiter. Doch das tat er nicht. Er kam zu ihnen, sprach etwas zu dem anderen Mann, der bereits bei ihr stand. Sie verstand seine Worte nicht.
Aber sie lachten. Und ihre Blicke sagten mehr als Worte. Dann fasste er ihr Haar an. Sie drehte sich so gut es ging weg von ihm. Er zog sie zurück. Kurz entfuhr ihr ein Aufschrei. Dann schrie sie laut, er solle sie nicht anfassen. Wieder lachten die Männer. Marisia trat heraus und zischte etwas, daraufhin gingen die Männer wieder fort. Francine wusste, was geschehen wäre. Ihr wurde übel. Ein unvorstellbar schrecklicher Gedanke, was diese Männer mit ihr hätten machen können. Marisia war wieder verschwunden. Wer wusste schon, ob sie zurückkamen in der Nacht? Francine setzte sich auf den Boden und blickte zum Himmel. Inzwischen waren die Sterne zu sehen. Und der Mond. Endlich sah sie ihn, den Smaragdmond. Er war wunderschön. Er strahlte in Smaragdgrün.
Kurz schloss Francine die Augen. War sie verrückt oder konnte sie wirklich den Mond auf ihrer Haut fühlen? Ein Prickeln und eine wundervolle Wärme.
Wieder blickte sie in den Himmel.
Dieser Mond wirkte auf die Drachen. Konnte man das glauben?

Sie hörte ein paar Männer, auch Frauen, die zur Garde gehörten. Ansonsten war es zwischenzeitlich ruhig geworden. Hier draußen war sie alleine. Sie hätte frieren müssen. Es wurde kühl ohne die Wärme der Sonne, doch seltsamerweise schien der Mond sie auch zu wärmen mit seinen grünen Strahlen. Es waren Geräusche zu hören. Das Brüllen eines Drachens. Damals, als sie mit Robinio und den anderen in diesem Baum geschlafen hatte, da war dieses Geräusch auch zu hören gewesen. Nur da wusste sie noch nicht, zu welchem Tier es gehörte.

Sie wünschte, Adoran wäre hier. Oder auch nicht. Ihm sollte nichts passieren. Marisia war nicht blöd. Sie würde ihn erpressen. Er würde nicht zulassen, dass Francine etwas angetan wurde.

Die Sonne ging bereits unter, als Adoran und die anderen aus den Ruinen kamen.

Er spürte sofort, dass Francine nicht in der Nähe war. Wo war sie?

Sein Blick wanderte über die Landschaft. Er sah kurz zu den anderen. Gelano war erschöpft, der Marsch mit dem verletzten Bein hatte ihm viel abverlangt. „Wartet hier, ich sehe mich in der Umgebung um. Vielleicht finde ich Spuren. Francine und Marisia wären nicht ohne Grund fort gegangen. Etwas muss passiert sein."

Robinio nickte.

Adoran nahm alles in seiner Umgebung wahr auf eine Art und Weise wie niemand sonst. Er witterte den Weg, den Francine entlanggegangen war. Er sah sich genau um, dann kam er an die Stelle mit den vielen Abdrücken. Pferdehufe. Eindeutig waren sie hier auf viele andere Menschen gestoßen. Vermutlich Soldaten. Die Garde. Und sie waren mit Pferden unterwegs. Verdammt. Das war nicht gut. Er zog seine Augenbrauen zusammen. Er musste so schnell es ging hinter ihnen her. Gelano war zu langsam. Die anderen mussten einfach nachkommen. Er konnte keine Rücksicht nehmen, er musste zu Francine. So besorgt sollte er nicht sein, schließlich war sie unsterblich. Doch Unsterblichkeit bedeutete nicht wirklich Unsterblichkeit. Ewiges Leben konnte beendet werden.

Furcht lähmte ihn. König Run wusste das. Die Möglichkeiten waren begrenzt, doch es gab sie. Das Herz herauszureißen, war nicht leicht, bei ihm zumindest nicht. Doch würde Francine sich gegen die anderen zur Wehr setzen können? Nein. Bei so vielen Soldaten nicht. Er musste zu ihr. Sein Blick fiel auf den Smaragdmond. Nur zu deutlich fühlte er seine Wirkung, es fiel ihm schwer, logisch zu denken, seine Instinkte waren ausgeprägter denn je.

Zügig ging er zu den anderen zurück. „Sie sind auf Soldaten gestoßen. Ich muss ihnen nach." Robinio nickte ihm zu. „Und du willst alleine gehen?"
„Ich muss."
„Ich weiß. Dann geh. Wir kommen so schnell wir können nach."
„Ihr müsst zum Schloss." Er sah Serlina an. „Sucht Eure Großtante."
Serlina nickte. „Ja. Ich hoffe, wir sehen uns dort."
Adoran nickte. Er klopfte Robinio und dann Gelano auf die Schulter und verabschiedete sich. Alleine war er sehr viel schneller. Verwandeln wollte er sich nicht, dadurch konnte er andere Drachen anlocken.
Über die weiten Wiesen und Hügellandschaften konnte er zügig rennen.
Er musste zu ihr. Francines Sicherheit ging ihm über alles.

Er kam mitten in der Nacht in Ommens an. Von Weitem nahm er die Gerüche wahr. Sein Geruchssinn unterschied so differenziert, ein normaler Mensch konnte sich das nicht vorstellen. Seine Sinne waren geschärfter, denn er achtete ganz bewusst auf jedes Detail. So wusste er auch, dass sich viele Menschen hinter den Toren der Stadt befanden. Er sah die Fackel am Eingangstor nicht nur, er roch sie auch. Den leichten Rauch, den sie absonderte. Er fühlte die Wärme. Und er fühlte Francine. Sie war unverletzt.
Vorsichtig näherte er sich den Toren. Er spürte keinen Drachen, doch er war sich nicht sicher, ob er den schwarzen Kristall fühlen konnte. Er war stärker. Sie alle wussten kaum etwas über ihn.
Es war verdächtig leise. Seine Augen leuchteten grün. Adoran atmete tief ein. Beunruhigung überkam ihn. Warum konnte er nicht sagen, doch er vertraute seinen

Instinkten. Etwas stimmte hier nicht. Es war, als liefe er in eine Falle.

Am Tor zögerte er kurz. Die Umgebung musternd öffnete er es langsam und trat in die Stadt. Auf den ersten Blick sah er den gewaltigen Scheiterhaufen am Ende des Pflastersteins. Und wie könnte jemand diese rothaarige Schönheit übersehen.

Sie blickte sofort zu ihm. Ihr Blick hielt ihn fest. Francine musste es ebenfalls gespürt haben, wie nahe er war. Wollten sie seinen Smaragd verbrennen? Das war nicht möglich. Vielleicht ahnten sie nichts von Francines verändertem Wesen, ihrer neuen Unsterblichkeit.

Das war gut so. Er trat näher und blickte sich um. Wo war Marisia? Hoffentlich lebte sie noch, es würde Serlina das Herz brechen, wenn ihr etwas zugestoßen wäre.

Dann sah er sie. Einige der Garde standen mit Fackeln um Francine.

Und Marisia auch. Seltsam, sie lächelte. Etwas stimmte ganz und gar nicht.

Er sah die Fackel in Marisias Hand. Eine blaue Flamme? Unmöglich. Die einzig blaue Flamme, von der er je gehört hatte, war eine Legende. Ein Mythos.

Das Ewigfeuer aus den Eislanden. Die blaue Fackel.

Seine Augenbrauen zogen sich zusammen. Er war bereit für den Angriff. Das Ewigfeuer war legendär. Die einzige Flamme, die es vermochte, einen Medra zu vernichten.

War das wirklich die legendäre Flamme? Und wie zum Teufel war Marisia in den Besitz dieser Fackel gekommen?

Es hieß, die Eisheiligen beschützten sie. In der Bibliothek des Schlosses war er oft mit seiner Mutter gewesen und sie hatte ihm so viel erzählt, Geschichten. Ein Grund dafür, warum so gut wie niemand in das Land der Eisheiligen drang, war diese Flamme. Sie brannte ewig und bot vor jedem Eindringling Schutz. Angeblich.

Keiner der Lebenden konnte das bezeugen, keiner hatte es je gesehen. Die Eisheiligen selbst sollen ebenfalls mächtige Geschöpfe sein. Noch nie war er einem begegnet oder hatte von jemandem gehört, der einem begegnet wäre. Es gab keine Beweise für deren Existenz. Nur Bücher mit Geschichten.

Vermutlich hielt man es deshalb für Legenden und Mythen, es gab keine physischen Beweise. Außerdem fürchtete man sich vor den Eislanden, nicht nur wegen den dort herrschenden Bedingungen. Nein, man erzählte sich auch, die Eisheiligen duldeten niemanden, der ihr Land betrat. Angeblich starb jeder einen schrecklichen Tod, der es je gewagt hatte, die Brücke zu überqueren.

Seine Mutter selbst war es gewesen, die ihm sagte, er dürfe niemals die Brücke überqueren. Selbst wenn er das Drachengen hätte, müsse er die Eislanden meiden. War das also alles wirklich? Nicht nur eine Erzählung?

Marisia bückte sich, und während die blaue Flamme die Fackel verließ und auf den Scheiterhaufen kroch, ihn entzündete, verwandelte er sich brüllend. Bereit, Francine aus den Flammen zu holen.

Während er sich veränderte, sah er Francine ins Gesicht.

Sie schüttelte den Kopf. Er wusste, was sie dachte. Sie wollte nicht seinen Tod. Die Flammen könnten sie beide töten.

Doch er konnte sie nicht sterben lassen. Niemals würde es das zulassen.

Als er in seiner Drachengestalt auf sie zustürzte, brannte bereits alles lichterloh. Das blaue Feuer brannte schneller und gewaltiger als alles, was er sich hätte vorstellen können. Was ihn wunderte, war die Stille.

Francine schrie nicht. Doch sie war nicht tot, er spürte sie, ihr Herz.

Als er den Flammen nahe war, musste er zurückweichen. Bei einem kurzen Abstand ging es ihm

bereits schlecht. So etwas war völlig neu für ihn. Kaum atmen. Stickig. Heiß.
Konzentriert blickte er in die Flammen. Was um ihn herum geschah, war ausgeblendet.
Er spürte sie. Konzentrierte sich auf sie.
Erleichterung. Sie empfand keine Angst. Im Gegenteil, sie schien ihm zuversichtlich?
Die Flammen erloschen so schnell, wie sie hochgeschossen waren. Und Francine stand dort.
Ihre Kleidung war verbrannt.
Das Holz war nur noch Asche.
Ihre Augen glühten blau.
Alles war verbrannt – nur sie nicht. Und ein Medaillon hing um ihren Hals.
Ihr Anblick erschütterte ihn. Ihre Stärke war ihr ohne Zweifel anzusehen. Sie sah aus wie eine Göttin, unbesiegbar und erhaben. Dann bemerkte er die anderen. Sie starrten alle ebenfalls Francine an.
Marisia auch. Er hörte nur ihr Murmeln. Immer wieder flüsterte sie: „Das ist unmöglich."
Adoran erwachte aus seiner Starre und streckte seinen Hals zu Francine. Sie verstand sofort und kletterte auf seinen Rücken. Ehe jemand etwas unternehmen konnte, erhob Adoran sich mit ihr.
Er konnte nicht nachdenken. Zuerst wollte er mit Francine weg von diesem Ort.
Sie in Sicherheit bringen. Beschützen.
Er nahm Anlauf, was den Soldaten, die umringt standen, Schreie entlockte, sie stoben auseinander. Während Adoran lief, schwang er seine Flügel und schon erhoben sie sich in den dunklen Nachthimmel.
Francine atmete schwer.
Sie begriff nicht, was passiert war.
Das Feuer. Marisia nannte es das Ewigfeuer. Es könne sogar einen Drachen oder Medra verbrennen. Francine hätte sich fürchten sollen, stattdessen hatte sie bei

Marisias Worten gelächelt, als hätte etwas in ihr bereits gewusst, was passieren würde. Nichts. Diese blaue Flamme hatte ihr nichts anhaben können.
Das Gegenteil war der Fall. Je stärker das Feuer brannte, desto stärker fühlte Francine sich. Als es erloschen war, spürte sie etwas Gewaltiges in sich, als wäre etwas in ihr durch das Feuer erwacht. Als müsse etwas aus ihr herausbrechen. Adoran war da, konnte ihr nicht helfen, musste ihr nicht helfen.
Doch sie war froh, mit ihm von diesem Ort wegzufliegen. Sie war durcheinander.
Dieses Gefühl, hoch oben in der Luft auf ihm zu reiten – magisch. Die Sterne funkelten hell und trotz der Dunkelheit konnte Francine so viel erkennen. Die grüne Landschaft unter sich, Bäume und Felsen. Gebirge, gewaltige Ketten.
Und dann der See. Adoran landete vor seiner Hütte. Wie schnell sie hier waren. Am Boden war der Weg so beschwerlich gewesen.
Francines Augen waren wieder normal. Kein leuchtendes Blau war mehr zu sehen.
Wieder in seiner menschlichen Gestalt, streichelte er zart ihre Schulter, bis sie ihn ansah. „Wie geht es dir?"
Sie lächelte. „Gut."
Adoran schluckte. Sie sah so sexy aus, ihr vom Wind zerzaustes rotes Haar und wie sie vor ihm stand, nackt mit aufrechten Schultern, als hätte sie eine Rüstung an.
„Was ist nur passiert? Was hat Marisia getan?"
Francine blickte zum See. Sie stand einfach still da und starrte die Bewegungen des Wassers an. Es sollte kühl sein. Doch ihr war nicht kalt. Die Berge um sie herum waren mit weißen Schneespitzen bedeckt. Eine frische Brise wehte.
Aber ihr war warm. Sie hörte so viele Geräusche.
Etwas war anders an ihr.
„Adoran, was geschieht mit mir?"

Er zog die Augenbrauen zusammen. „Was meinst du?"
Sein Blick schien sie zu durchbohren. Wieder leuchteten ihre Augen blau.
„Ist es wegen uns? Oder ist es etwas anderes?" Sie berührte die Kette um ihren Hals. Dieses Familienerbstück hatte sie fast schon vergessen.
Er atmete hörbar aus. „Ich bin mir nicht sicher. Lass uns reingehen." Zart nahm er ihre Hand und führte sie ins Haus. Dort war Kleidung hinterlegt, er hatte immer Kleidung hier.
Francine zog sich eines seiner langen Hemden an. Sie saßen im Dunkeln am Tisch vor der Feuerstelle, in der kein Feuer brannte.
„Ich weiß, der Raum ist dunkel. Kein Licht. Wieso sehe ich dann alles wie am hellen Tag?" Eine Augenbraue hochgezogen sah Francine zu Adoran.
„Ist das normal, Adoran? Du hast mir davon nichts gesagt."
„Du solltest dich nicht so sehr verändern. Deine Augen sollten grün leuchten, nicht blau."
„Sie leuchten blau?"
Adoran nickte. „Jetzt gerade nicht. Aber vorhin. Im Feuer. Und danach. Ich verstehe nicht, was hier vor sich geht. Durch die Vereinigung mit mir, wärst du unsterblich, wie ich. Aber die Dinge, die du beschreibst. Das Sehen im Dunkeln ..." Er zögerte.
„Was ist damit?"
Er zuckte die Schultern. „Es ist nichts Schlimmes, denke ich. Aber es klingt, als wärst du selbst ein Medra."
„Das meinst du nicht ernst, oder?" Ihre Lippen waren leicht geöffnet, ihre Augenbrauen zusammengezogen.
„Doch. Sonst habe ich keine Erklärung dafür."
Sie knabberte an ihrer Unterlippe. „Ich komme nicht aus dieser Welt. Wie soll das möglich sein?"
„Ich denke, so kann man es nicht sehen. Die Übergänge zwischen unseren Welten existieren wohl bereits seit

Urzeiten. Wieso sollte nicht ein Medra oder mehrere in eure Welt gegangen sein? Nachfahren dieser Übersiedler könnten heute nichts mehr von ihrem Erbe wissen, es vergessen haben. Vielleicht wusstest du bisher nichts von deiner Gabe."

„Gabe?"

„Ja. Die Gabe des Drachen."

„Hätte ich das nicht früher bemerken müssen? Wieso jetzt?"

„Der Drache in uns rührt sich erst, wenn wir bereit sind. Es ist bei jedem anders. Es gibt auslösende Ereignisse. Dein Drache hätte sich bis jetzt nur gerührt, du hast dich noch nie verwandelt."

„Du willst sagen, ich werde mich wie du in einen Drachen verwandeln?"

Adoran nickte. „Vermutlich. Die erste Verwandlung haben wir nicht im Griff. Erst danach kannst du bestimmen, welche Gestalt du annimmst. Doch das erste Mal, da bestimmt der Drache den Zeitpunkt."

Francine atmete ruhig. Vielleicht war es so. „Könnte es etwas mit diesem Medaillon zu tun haben?" Sie nahm die Kette ab und reichte sie Adoran. Er sah sie sich genau an, rieb sie in seiner großen Hand. Dann lächelte er. „Du weißt nicht, was das ist, nicht wahr?"

Francine nahm die Kette wieder entgegen, ihr Stirnrunzeln vertiefte sich. „Was ist es?"

„Die Symbole, die grünen Rauten. So stellen die alten Schriften die Verbindung unserer Welten dar."

Francine hob die Augenbrauen. „Ist diese Kette der Grund meines Hierseins?"

„Ich bin nicht sicher, ob sie der einzige Grund ist. Wie gesagt, die Symbole kenne ich aus unseren Schriften und in dem Zusammenhang unserer Welten. Was die Reise auslöst, kann ich nicht sagen. Vielleicht die Kette, vielleicht du selbst."

Francine nickte. Vorerst würde das reichen.

„Was ist mit der blauen Flamme?"
Adoran zuckte leicht zusammen. „War es das, was Marisia bei sich hatte?"
Francine nickte. „Sie sagte, es wäre die Ewigflamme der Eisheiligen. Sie sagte, diese Flamme würde niemals aufhören zu brennen. Alles, was mit ihr entzündet wurde, würde blitzartig verbrennen. Sogar Drachen oder Medras. Ist das wahr?"
„Wir wissen es nicht. Bisher waren es nur Mythen darüber in unseren Büchern. Die Ewigflamme wird angeblich in YorkAn, den Eislanden, aufbewahrt und von den Eisheiligen gehütet. Niemand, den ich kenne oder von dem ich gehört habe, war je dort. Niemand kann es bezeugen.
Doch Marisia hatte diese Flamme. Ich wollte zu dir, Francine. Ich konnte nicht. Die Hitze dieses Feuers war so übermächtig." Er sah sie lange an. „Sie hätte mich töten können mit dem blauen Feuer."
„Was willst du damit sagen?"
„Nur eines. Die Erzählungen darüber müssen wahr sein, sonst wäre diese Flamme mir nicht gefährlich gewesen."
„Was bedeutet das, Adoran?"
„Ich will nur sagen, es gibt also diese Flamme tatsächlich, die uns töten kann. Und ich weiß nicht, weshalb sie dir nichts anhaben konnte."
Francine hob das Kinn. „Stört es dich?"
Er lächelte. „Fragst du mich das wirklich, mein bezaubernder Smaragd?"
Sie grinste. „Nein." Sie spürte, wie glücklich er war. „Ich schätze, es ist gut, sonst wäre ich wohl nicht mehr am Leben."
„Das führt mich zu etwas anderem. Wieso wollte Marisia dich töten? Arbeitet sie mit König Run zusammen?"
Francine schüttelte den Kopf. „So genau weiß ich es nicht. Marisia hasst Drachen. Und dich." Sie sah ihn

lange an, ehe sie fragte: „Ist es wahr, du warst ihr versprochen?"

Er nickte ohne Zögern.

„Was ist passiert?"

„Wir haben uns ganz gut verstanden, doch ich habe nie diese Sache gefühlt. Es war für mich nie mehr als Freundschaft. Dann erwachte ich. Mein Drache. Ich war noch sehr jung und ich dachte, Marisia würde das verstehen. Bis heute nahm ich das an."

„War sie nicht enttäuscht? Hat sie nie etwas dazu gesagt?"

„Nein. Sie nahm es hin. Sie war nie sehr emotional. Ich dachte, es wäre ihr egal."

„Nun, es scheint, als wäre dem nicht so. Offensichtlich fühlt sie sich um den Thron betrogen. Bereits ihr Vater hätte König sein sollen?"

Adoran hob die Augenbrauen. „Richtig. Daran habe ich nicht mehr gedacht. Dann sind sie also zweimal um den Thron betrogen worden, geht es darum?"

„Ja und nein." Francine kratzte sich am Kopf und schob sich die Haare hinter die Ohren. „Es geht wohl auch um dich. Auf eine merkwürdige Weise scheint sie in dir einen Betrüger zu sehen. Ich denke, sie nimmt es dir übel, dass du sie damals nicht wolltest."

„Es ist traurig. Ich denke, Serlina wusste es auch nicht."

Francine sagte nichts.

Die eigene Schwester, das war bestimmt ein Schock. Andererseits, wie nahe steht man sich wirklich, wenn man sich in Wahrheit gar nicht kennt?

„Marisia hat hiermit zu tun." Francine machte eine ausholende Geste. „Ich meine mit allem."

Adoran nickte. „Vermutlich stimmt das. Worauf willst du hinaus?"

„Wir suchen nach ihrer Großtante. Ihr denkt, König Run steckt hinter alledem, vielleicht ist das falsch." Sie sah

ihn lange an. „Marisia hat euch davon erzählt. Von ihm. Von seiner Wut, richtig?"
Adoran stand auf. „Du hast recht. Wir haben keinen Grund, dem noch Glauben zu schenken, was Marisia gesagt hat."
Francine stand ebenfalls auf und nahm Adorans Hände in ihre. „Was werden wir jetzt machen? Wo sind die anderen? Wegen allem, was geschehen ist, habe ich das völlig vergessen." Sie fuhr sich von der Stirn aus durch ihr langes Haar und ging im Raum auf und ab.
„War das auch eine Lüge? Was ist in den Höhlen gewesen? Geht es den anderen gut?"
Adoran lächelte. „Ja, es ging ihnen gut, als ich von dort weg bin. Gelano war tatsächlich unter einem Felsbrocken eingeklemmt." Er runzelte die Stirn. „Allerdings bin ich inzwischen nicht sicher, ob die Sache mit den Soldaten gelogen war. Weder ich noch die anderen haben welche gesehen. Marisia wollte dich alleine."
Francine wusste, das es so war. „Sieh mich nicht so an. Es ist nicht deine Schuld. Es geht mir gut."
Sie wusste nicht warum. Was dort geschehen war im Feuer. Blaue Flammen. Sonderbar. Es war ihr nicht heiß vorgekommen in dessen Mitte. Wieso? Ihre Kleider, alles war verbrannt. Warum nicht auch sie? Sie kannte die Antwort darauf nicht. Natürlich war sie froh, noch am Leben zu sein. Doch diese Ungewissheit nagte an ihr.
„Was glaubst du, Adoran, wie ist Marisia nur an die Ewigflamme gekommen?"
Adoran kratzte sich an der Stirn. „Ich kann es wirklich nicht sagen. Wir sind hier auf völligem Neuland. Alleine die Existenz der blauen Fackel ist ein Wunder. Ich hielt das immer für ein Märchen. Für Unsinn."
Kurz lachte er.
„Uns Kindern sollte es Angst machen. Später dachte ich, es ginge darum, uns von den Eislanden fern zu halten."

„Und warum? Was gibt es dort Gefährliches?"
„Abgesehen von Eis und Kälte und dem Ewigfeuer?"
Francine lächelte. „Genau."
„Die Eisheiligen nehme ich an."
„Ich verstehe das nicht. War denn niemand von euch neugierig genug, es herauszufinden? In all den Jahren? Ist keiner von euch dort gewesen, um zu sehen, was dort wirklich ist?"
Er sah kurz zu Boden.
„Also doch. Sag mir alles, was du weißt, Adoran. Ich will nicht im Dunkeln tappen. So vieles hier kam unerwartet. Kannst du dir vorstellen, wie es war auf diesem Scheiterhaufen?"
Adoran schluckte. „Es muss fürchterlich gewesen sein."
Francine schüttelte den Kopf. „Nein. Das war es nicht. Als sie mich dort festband, überkam mich ein unerschütterliches Gefühl, niemand könnte mir etwas anhaben. Auch nicht das Feuer. Und als Marisia mir sagte, was sie vorhatte, wie ich brennen würde im Schein der blauen Flamme. Der Flamme, die alles und jeden verbrennt, selbst Drachen – da wurde ich ruhig. Ich weiß nicht warum. Es ist nicht logisch, mein Verstand kann das nicht erfassen. Es war, als würde ich es tief in mir drin wissen."
Als sie nicht weitersprach, nahm Adoran ihre Hand. „Was, Francine? Was wusstest du?"
„Die blaue Flamme."
Adoran rieb ihre Hand. „Die Flamme?"
„Sie ist wie ein Teil von mir. Als ich sie sah, es war wie nach zu Hause kommen."
Adoran hob die Augenbrauen. „Wieso bist du besorgt? Für mich klingt das wirklich gut. Diese Flamme kann dir nicht schaden. Eine bessere Nachricht kann es für mich gar nicht geben."
„Sag mir, was du denkst. Kann ich ein Medra sein, wenn mir diese Flamme doch nicht schadet? Was bin ich?"

Adoran streichelte ihre Wangen. „Eine starke und wunderschöne Frau."
Sie lachte. „Ich meine das ernst."
„Mein wunderschöner Smaragd, mach dir keine Sorgen. Wir werden noch erfahren, ob du ein Medra bist."
Francine nickte. „Vielleicht. Ich schätze, es wird uns nicht weiterbringen, darüber zu sprechen. Was, denkst du, wird Marisia als Nächstes tun?"
„Ich wünschte, ich wüsste es. Wir werden wieder zu den anderen stoßen. Wir müssen unsere nächsten Schritte gemeinsam durchdenken."
„Ist es klug, zum Schloss zu gehen?"
„Vielleicht. Aber Marisia weiß davon. Sie wird uns erwarten. Lass uns erst mit meinem Bruder, Gelano und Serlina sprechen. Serlina könnte etwas wissen."
Francine nickte. „Kann sein. Oder sie denkt wie Marisia."
„Es ist noch dunkel. Besser, wir bleiben hier bis Sonnenaufgang und suchen dann die anderen." Adoran sah Francine mit gesenkten Lidern an, bis sie seinen Blick erwiderte. Ihre Augen wurden langsam blau – er wusste, seine strahlten grün.
Er begehrte sie. Und er spürte, wie sehr sie ihn wollte.
Sie stand auf, zog langsam die Schnüre an ihrem Hemd auf. Diese Bewegung zog seinen Blick magisch an. Ihre Stimme war rau: „Ich denke, du hast völlig recht, wir sollten noch bleiben."
Sie befeuchtete ihre Lippe.
Sein Atem wurde schwer, als er ihre Brüste erblickte, deren Spitzen bereits hart waren.
Langsam kam sie zu ihm, während sie das Hemd fallen ließ.
Breitbeinig setzte sie sich auf seinen Schoss, sah ihm unentwegt in seine faszinierenden grünen Augen. „Adoran." Ihre Stimme war ein Schnurren.
„Hm, meine Süße." Er konnte kaum sprechen vor Erregung.

Sie neigte den Kopf, knabberte an seinem Ohr.

„Ich will dich, so sehr." Ihr Flüstern dicht an seinem Ohr ließ ihn schaudern. Sein Schwanz war bereits hart, zuckte in seiner Hose.

Unerträglich langsam bewegte sie sich auf seinem Schoß. Rieb sich an ihm.

Adoran streichelte ihre Hüften, ihre wundervollen Pobacken.

Niemals konnte er genug von ihr bekommen.

Jetzt küsste sie ihn, zart. Biss vorsichtig in seine Lippen, betörend. Ihre freche Zunge spielte mit seiner.

Sie rieb sich immer fester an seinem harten Schwanz.

Er steckte einen Finger in sie – sie war so wunderbar nass. Sie ließ die Hüften kreisen. Dann füllte er sie mit einem weiteren Finger aus. Francine stöhnte. „Oh ja." Ungestüm ritt sie seine Finger, rieb ihre Klitoris an seiner Hand. Sie war wundervoll hemmungslos, stachelte seine Erregung immer weiter an.

Außer sich lehnte sie ihren Kopf zurück. Er küsste ihre Nippel, saugte an ihnen. Konnte nicht genug von ihrem Geschmack bekommen. Als er spürte, wie kurz sie davor war, befreite er seinen Schwanz.

„ich muss in dir sein." Ihre Antwort war ein Stöhnen.

Er hielt ihre Hüften, hob sie an und versenkte sich in ihrer feuchten Mitte. Sie war so eng, schloss sich um ihn zusammen. Wieder sah er ihre Augen, sie leuchteten wunderschön blau.

Völlig hemmungslos rieb sie sich an ihm, drückte mit ihrer Enge seinen Schwanz immer wieder zusammen. Er hielt es kaum aus. Sie fühlte sich fantastisch an.

Ihr Zucken, als sie kam, ihr lustvolles Stöhnen und Keuchen rissen ihn unaufhaltsam mit und er ergoss sich stöhnend in seiner Frau.

Kapitel 11

Die Eisheiligen

Francine spürte den Wind auf ihrem Gesicht. Adoran hatte sich verwandelt und sie flogen gemeinsam, auf der Suche nach den anderen. Francine überkam ein wohliger Schauer, als sie an vorhin dachte. Als sie sich auf Adorans Schoß gesetzt hatte. Fast stöhnte sie laut auf bei der Erinnerung daran. Davon konnte sie nicht genug bekommen.
Adoran zuckte unter ihr, als wisse er, woran sie dachte – was vermutlich auch so war.
Das Gefühl, auf einem Drachen zu reiten, war berauschend. Beim ersten Mal war sie zu abgelenkt gewesen.
Jetzt saugte sie das alles in sich auf. Genoss es. Wie Adoran sich anfühlte. Rau und stark. Er war ein atemberaubender Anblick und irgendwie glaubte sie es immer noch nicht so richtig, dass er wirklich ein Drache war. Mit welcher Anmut er sich durch die Lüfte schwang, mit was für einer Kraft. Es war fantastisch.
Zu fliegen war ein Risiko. Man konnte sie sehen. Andere Drachen konnten auf sie aufmerksam werden. Doch es war die beste Option.
Schneller konnten sie nicht zu den anderen gelangen. Niemand wusste, wie groß der Schaden durch den schwarzen Drachen bereits war. Sie hatte ihm von dem Drachen erzählt. Er war mindestens doppelt so groß wie Adoran, ein wirklich riesiges Tier. Diese Schwärze, die gefiederten Flügel. Ein furchteinflößendes Geschöpf.
Francine und Adoran hielten beide Ausschau während sie die Gegend nach den Ruinen abflogen. Die Geräusche, die Francine hörte, waren sehr unterschiedlich. Einige in sehr weiter Ferne, andere näher. Es erstaunte sie, wie gut ihr Gehör inzwischen

geworden war. Und auch ihre Augen. Sie erkannte so viele Details unter ihnen. Ein Eichhörnchen, einen Vogel – dabei flogen sie doch so hoch.

Und einen Drachen. Sie wusste es, noch bevor sie ihn sah. Er flog auf sie zu. Sie spürte Adorans Unruhe sofort. Ob er unter dem Einfluss des schwarzen Kristalls stand?

Vermutlich. Bisher war es ihr immer gelungen, diesen Einfluss zu lösen. Sie wusste nicht wieso, doch war das wichtig? Im Moment nicht.

Der Drache kam schnell näher und Francine sah ihn genau an. Es war eindeutig ein Feuerdrachen. Grün, ähnlich wie Adoran. Rote Streifen.

Sie sah seine Augen nicht. Sie spürte die Gewaltbereitschaft, die er ausstrahlte. Das war nicht gut. Ehe sie etwas tun konnte, rammte der Drachen sie beide mit voller Wucht. Francine hielt sich so gut sie konnte fest, Adoran strauchelte, verlor kurz die Kontrolle, ehe er sich wieder fing. Dem nächsten Versuch wich er aus.

Er stürzte rasant in die Tiefe. Durch geschickte schnelle Manöver wollte er den anderen Drachen abschütteln. Schließlich landete er und Francine kletterte schnell von ihm. Sie konnten ohne Worte kommunizieren, es war seltsam, funktionierte aber. Francine spürte, was Adoran wollte und umgekehrt schien es ebenso.

Dann schwang Adoran sich wieder in die Luft. Dieser Anblick, wie sich ein so gewaltiges Tier in die Lüfte erhob, verursachte eine Gänsehaut bei ihr. Es erschütterte sie. Fesselte sie. Sie stand inmitten einer Wiese und starrte in den Himmel. Der andere Drache griff immer wieder an. Schnappte nach Adorans Hals, nach seiner Kehle.

Er war sehr stark. Stärker als Adoran. Er attackierte ihn mit großer Aggression. Immer wieder versuchte er, mit den Klauen am Ende seiner Flügel an Adorans Herz zu kommen. Oh ja, diese Tiere kannten ihre

Schwachstellen. Francine spürte es deutlich. Er wollte ihn töten. Eine Idee kam ihr in den Sinn. Sie rief Adoran. Ihm sollte nichts passieren. Sie wusste genau, er wollte sie beschützten. Doch sie hatte einen Plan. Sie erinnerte sich an die Ruinen von Urefa. Der Erdras dort ließ von ihnen ab, nachdem er sie erblickt hatte. Vielleicht war es das, vielleicht musste sie ihm in die Augen sehen, um den Bann des schwarzen Kristalls zu lösen. Oder es war Quatsch und hatte gar nichts mit ihr zu tun, aber einen Versuch war es wert.

Widerwillig landete Adoran und schnaubte. Sofort stürzte der andere Drachen zu Boden, nochmals rammte er Adoran, der ihn nur mit Mühe abwehren konnte. Dieser Feuerdrache schaffte es, Adoran auf den Rücken zu drücken. Er hielt ihn fest, obwohl sie gleich groß waren. Wie war das nur möglich? Diese gewaltige Kraft!

Die Wut dieses Drachens strahlte von ihm ab wie ein roter Nebel. Francine konnte ihn sehen. Erstaunlich. Francine starrte das Tier an, war sich sicher, wie deutlich er ihren Blick spüren würde. Dann endlich sah der Drache sie an.

Und sie spürte es. Ihr ruhiger fester Blick hielt ihn einen Moment fest. Seine Augen, dunkel und zornig, normalisierten sich. Grün und ohne Wut.

Der Drache schüttelte sich und blickte sich um. Von Adoran ließ er ab und dieser erhob sich. Es war, als wüsste er nicht, wie er hierhergekommen war. Schnaubend erhob er sich wieder in die Lüfte.

„Ich schätze, ihr hattet damals alle recht. Etwas an mir befreit die Drachen aus dem Bann des schwarzen Kristalls. Aber nur dann, wenn ich ihnen in die Augen sehe."

Francine sah Adoran an und er nickte. Dann streckte er seinen Hals zu ihr, um sich mit ihr wieder auf den Weg zu machen. Sie spürte, wie wenig es ihm gefiel, hier am

Boden zu sein. Seine Unruhe hatte Gründe. Etwas hier fühlte sich bedrohlich an.

Auch sie spürte es. Doch für sie fühlte es sich nicht so an wie für Adoran. Für sie fühlte es sich gut an. In ihr rührte sich etwas. Etwas, das sich danach sehnte, angegriffen zu werden. Francine zuckte zusammen und Adoran blickte sie fragend an.

Sie zögerte, kletterte dann auf ihn und sie flogen wieder. So vieles ging gerade mit ihr vor, so viel verstand sie nicht.

Das Fliegen berauschte sie.

Die Täler nach den Ruinen bestanden aus weiten Wiesen, vereinzelten Baumsiedlungen und Felsen. Wenn die anderen einen Drachen sahen, so würden sie in Deckung gehen. Doch Francine und Adoran würden die anderen dennoch spüren. Und dieser Moment war da, eine Landschaft mit einigen Bäumen und Felsen unter ihnen erregte ihre Aufmerksamkeit.

Jemand war dort. Sie war sich sicher, dass es Robinio mit Gelano und Serlina war.

Trotzdem waren sie vorsichtig. Adoran landete in gemäßigtem Abstand und Francine kletterte von ihm herunter. Sein Brüllen war beeindruckend, ebenso wie sein Äußeres. Hatte sie je etwas schöneres Gesehen? Nein.

Er blieb in seiner Gestalt. Zuerst war es ihnen unsicher erschienen, denn er könnte andere Drachen auf sie aufmerksam machen. Doch sie hatten sich geeinigt. Der Schutz war größer und er nahm Bedrohungen schneller wahr. Außerdem hatten sie bereits vermutet, was sich bestätigt hatte. Andere Drachen konnte sie abwehren.

Der Wind zerzauste ihr leuchtend rotes Haar. Die Sonne stand hoch am Himmel. Es war angenehm warm.

„Robinio! Seid ihr hier?"

Er trat hinter einer Reihe von Bäumen hervor und fragte: „Francine?"

Als er sie sah, lächelte er. Dann kam er auf sie zu, Serlina und Gelano folgten.
Francine schmunzelte. Die anderen waren vorsichtig. Sie ließen Adoran nicht aus den Augen, schienen überrascht von ihm.
Offensichtlich bekamen sie ihn in seiner jetzigen Gestalt nicht oft zu Gesicht. Erstaunlich, Francine war davon ausgegangen, dass alleine die Tatsache, dass Drachen hier lebten, auch bedeutete, dass sie gewöhnlich für die Menschen waren. Was für ein Unsinn.
Selbst für die Menschen, die von ihrer Existenz wussten, waren Drachen fantastische Wesen. Kein Wunder, Francine fand doch Löwen oder Elefanten auch faszinierend.
„Habt Ihr Euren Bruder noch nie so gesehen, Robinio?"
Seinem Blick nach zu urteilen war dies der Fall.
Tatsächlich nickte er. „Nein. Erstaunlich, ich wusste es ja, aber es zu sehen ..."
Adoran stand weiter entfernt und schnaubte. Sie wusste, er hörte jedes Wort.
„Also ich habe Euch einiges zu sagen."
Francine atmete hörbar aus. Sie wusste gar nicht, wie sie anfangen sollte.
„Wo ist Marisia? Ist sie nicht bei euch?" Serlina blickte sich suchend um.
Wie sollte sie Serlina sagen, was Marisia getan hatte?
Ihr blieb nichts anderes übrig, sie musste alles erzählen. Sie fing an dem Punkt an, als Marisia zu ihr und Adoran gestoßen war. Sie erzählte, wie sie die Höhlen verlassen hatten. Die Garde. Marisias Hass auf Drachen und Adoran. Vom Feuer.
Niemand unterbrach sie. Ohne auszuschmücken oder zu beschönigen beendete Francine ihre Erzählung. Keiner sagte etwas.
Robinio runzelte die Stirn. Gelano wirkte abwesend. Serlina sprachlos. Sie reagierte als Erste auf das

Gesagte. „Das ist doch ein Scherz? Marisia würde das nie machen. Wie kommt Ihr nur dazu, Euch so etwas auszudenken?"

Adoran knurrte. Seine Augen funkelten. Francine nickte ihm zu und winkte ab.

Serlina zitterte. Ihre Lippe bebte. „Wieso sollte sie das tun?"

Robinio seufzte. „Ich verstehe das nicht. Hat sie uns alle so getäuscht? Ich hatte keine Ahnung, wie wichtig ihr der Thron ist." Er blickte zu dem Geschöpf, das sein Bruder war. „Oder Adoran."

Serlina rannen Tränen über die Wangen. „Ich war ja so blind! Es muss wegen unserem Vater sein. Er war so wütend, sehr lange war er wütend, weil er nicht eure Mutter geheiratet hat. Doch ich dachte, Marisia und ich würden es nicht so empfinden. Der Thron war für mich nie so bedeutsam gewesen, ich dachte, Marisia sieht es wie ich."

„Was bedeutet das jetzt?" Gelano hielt kurz sein schmerzendes Bein, ehe er weitersprach: „Gehen wir immer noch zum Schloss?"

Francine nickte. „Wir denken, alles, was Marisia gesagt hat, könnte gelogen sein. Es geht schon los mit König Run. Sie war diejenige, die euch erzählte, er hätte den schwarzen Kristall?"

Die anderen nickten. „Und er würde euch suchen. Vermutlich stimmt das nicht." Sie sah Serlina mit hochgezogener Braue an. „Ob Eure Großtante im Schloss ist? Würde Marisia ihr etwas tun?"

Serlina schüttelte den Kopf. „Ich weiß es nicht. Vielleicht. Gestern noch hätte ich gesagt nie im Leben! Aber heute? Ich scheine Marisia gar nicht zu kennen."

„Wie gehen wir jetzt also vor? Finden wir denn im Schloss Antworten, auch wenn Eure Großtante nicht dort ist?"

Serlina nickte. „Es sind die Bücher der Bibliothek. Von ihnen hat meine Großtante ihr Wissen. Nur ob wir dort rankommen, ist fraglich. Außerdem fehlt uns die Zeit, die richtigen Bücher zu suchen und zu lesen."
Robinio schüttelte den Kopf. „So stimmt das nicht." Er nickte mit dem Kopf zu Adoran. „Mein Bruder hat sehr viel Zeit in der Bibliothek verbracht, wollte so viel es geht über Drachen erfahren, seit er wusste, was er war. Ein Grund mehr, warum ich gehofft hatte, ihn zu finden."
Adoran schnaubte. Robinio grinste ihn an.
Robinio sah sich Serlina an, die immer noch schockiert war. „Also bleiben wir dabei, wir gehen zum Schloss."
Gelano schnaubte. „Ich halte euch auf."
Francine lächelte ihn an. „In der Luft nicht."
Er hob die Augenbrauen. „Tatsächlich?"
„Sie wissen sowieso von unserem Plan. Adoran fliegt uns bis nach Ommens. Den restlichen Weg gehen wir zu Fuß. Dann verlieren wir nicht wieder Tage."
Robinio sah zu Boden. „Ommens war mal eine lebhafte Stadt. War sie wirklich wie ausgestorben?"
Francine nickte. Der Anblick dieser verlassenen Stadt war eingebrannt in ihr Gedächtnis. Die breite leere Hauptstraße durch die Ortschaft. Der Scheiterhaufen. Also Robinio ihre Schulter berührte, zuckte sie zusammen.
„Was ist mit der blauen Flamme?"
Besorgt sah er zu Adoran. „Stimmt es, sie kann Adoran töten? Sie kann Drachen verbrennen?"
Francine nickte. „Es sieht ganz danach aus. Wir wissen nicht mehr, außer Ihr habt noch Informationen darüber?"
Er schüttelte den Kopf. „Leider nein."
„Sie wusste davon." Alle sahen zu Serlina. „Die blaue Flamme. Unser Vater erzählte oft Geschichten über die Eisheiligen und das blaue Feuer, welches sie besitzen. Ich glaubte tatsächlich, es wären Geschichten, um uns

zu unterhalten. Jetzt bin ich nicht mehr sicher. Vielleicht war mehr an diesen Erzählungen dran, als ich glaubte."
Robinio strich zart über ihren Arm. „Ich weiß, es ist schwer, doch wenn du noch etwas darüber weißt, dann musst du es uns sagen."
Serlina nickte. „Nicht viel, was ihr nicht schon gehört habt. Die Eisheiligen sind Herrscher über die Eislanden und das Ewigfeuer. Es ist mir ein Rätsel, wie Marisia es bekommen konnte. Die Eisheiligen beschützen diese Flamme.
Und sie werden sie zurückwollen. Angeblich beschützt die Flamme das Eis und dessen Bewohner, ermöglicht ihnen, in dieser Eiseskälte zu überleben. Da diese Flamme Drachen tötet, nehme ich an, der Schutz vor Drachen ist auch nicht zu verdenken."

Francine lächelte, als sie bei Ommens von Adorans Rücken kletterten. Man spürte das Unwohlsein der anderen. Sie trauten der Sache nicht und waren froh, wieder auf festem Boden zu sein.
Sie dagegen fühlte sich in der Luft besser als je zuvor. Es war pure Freiheit. Adoran zu spüren, wie geschickt er sie durch die Lüfte trug.
Die Landung. So sanft. Wie war es möglich für ein so gewaltiges Geschöpf, leise am Boden aufzusetzen?
Faszinierend.
Adoran schnaubte und lief voran. Die anderen gingen hinterher, nur Gelano war auf Adoran geblieben. So kamen sie schneller voran.
Gelano mochte es ebenfalls, hoch oben auf dem Rücken eines Drachen. Er grinste die ganze Zeit.
Serlina blickte starr vor sich hin. Francine konnte es ihr nicht verübeln. Von der eigenen Schwester so verraten zu werden, was würde sie fühlen, wenn Marianne so etwas getan hätte? Sie war wie eine Schwester.

Und Robinio? Er berührte Serlina immer wieder liebevoll. Der schwarze Kristall musste wieder kaltgestellt werden. Auch Francine grübelte. Immer wieder sah sie Marisia vor sich, wie sie die Fackel lächelnd senkte und damit Francine verdammte. Doch dann, der Moment, als sie erkannte, was passierte. Nichts. Francine stand unversehrt vor ihr. Der pure Schock, für alle. Außer Francine.
Als die Flammen loderten, wusste sie es. Es war wie ein siebter Sinn, eine Ahnung.
Und nun? Sie fühlte sich nicht mehr wie vorher. Etwas in ihr war anders. Etwas an ihr.
All ihre Sinne waren bereits verändert seit ihrer Nacht mit Adoran. Doch jetzt war da – mehr. Noch konnte sie es nicht genau ausmachen, doch sie fühlte es, die Veränderung war noch nicht vorbei. Was auch immer sie war, bald würde sie es genau wissen.
Ommens war menschenleer. Das Tor stand offen. Marisia und die Garde, sie waren fort. Francine spürte keine anwesenden Menschen – inzwischen konnte sie das. Nur ihre kleine Gruppe war vor Ort. Am Tor gingen sie vorbei, es gab dort nichts, was sie brauchen konnten. Ein Pfad führte von hier Richtung Westen. Robinio hatte ihr erklärt, dieses Gebiet war bereits Vioruna. Darin lagen alle acht Grafschaften. Die Stadt Vioruna war das Herzstück des Königreichs, welches aus der Schlossstadt und den acht Grafschaften bestand. Sie gingen Richtung Westen, zur Schlossstadt.
Sie waren kaum eine Stunde unterwegs, als Adoran stehen blieb und sich suchend umsah. Ihre Blicke trafen sich. Auch sie spürte es, etwas war in ihrer Nähe.
Die Landschaft hier bestand aus weiten Ebenen, Felsen und vereinzelten Bäumen. Es war nichts in ihrer Nähe zu sehen. Francine wusste, wie warm es war, doch sie spürte die Hitze nicht mehr auf dieselbe Weise wie noch Tage zuvor.

Es machte keinen Unterschied für sie, wie warm oder kalt es war, ihr Körper passte sich perfekt an.

Nichts war zu sehen. Robinio fragte nicht, er sah es ihr und Adoran an und blickte sich selbst um. Er vertraute Adorans Fähigkeiten. Sie spürte keine Menschen, was war es dann, wen oder was fühlte sie? Die Luft schien zu vibrieren.

Dann spürte sie eine Hand auf ihrer Schulter, sie wurde gepackt und ohne jemanden oder etwas zu sehen, zog man sie mit. Der Schock war schnell vorbei und sie stemmte sich fest in den Boden, versuchte stärker zu sein als das, was an ihr zerrte.

Kurzzeitig schaffte sie es, aber was auch immer da war, es waren viele. Immer mehr unsichtbare Hände zogen an ihr. Sie stieß einen Schrei aus.

Adoran stürzte zu ihr, doch er konnte nicht helfen. Nichts um sie herum war greifbar. Angst packte sie. Das durfte sie nicht zulassen. Francine atmete ruhig ein und aus, obwohl sie weiter mitgezogen wurde.

Sie konnte es nicht sehen, doch sie spürte es. Ihre Augen leuchteten eisblau. In ihr regte sich wieder etwas. Stärker und mächtiger denn je. Ihre Wut verdrängte die Angst. Plötzlich wurde von ihr abgelassen.

Andere Augen wurden sichtbar, bernsteinfarben.

Was ging hier nur vor sich? Francine hob die Hand, um die anderen zurückzuhalten, die zu ihr wollten. „Wartet."

Sie sah in die Augen dieses Wesens. Es wurde immer klarer. Eine fast menschliche Gestalt, sehr groß, schlank. Erdbraune Haut wurde erkennbar. Es wurden immer mehr, unzählige gaben sich zu erkennen. Ihre Haut war kristallisiert, wie Eis.

Francines Haut prickelte.

Sie drehte sich zu Adoran um und er schlug mit den Flügeln, machte sich groß. Die anderen sahen sich immer noch zu allen Seiten verwirrt um. War das möglich? Sahen sie diese Wesen gar nicht?

Serlina sah Francine mit aufgerissenen Augen an.
„Eure Augen!"
Alle sahen, wie strahlend blau die Iris ihrer Augen leuchteten. Dann hörte sie die Stimmen, verschiedene, ein Flüstern hier, ein Flüstern dort. Immer die gleichen Worte.
„Die blaue Flamme."
Nicht eines der Wesen bewegte seine Lippen und doch war es, als würden alle von ihnen diese drei Worte wiederholen. Francine blickte um sich, sie war umzingelt in einem großen Kreis. „Was ist mit ihr? Was ist mit der blauen Flamme?"
„Das ewige Licht, wir wollen es zurück." Wieder verhallten viele Stimmen.
„Wir haben es nicht." Francine spürte plötzlich die Gefahr wieder, die von diesen Wesen ausging. Die Wesen schienen zornig zu werden, ihre neutralen Blicke wurden böse.
Warum wurden sie zornig? Glaubten sie ihr nicht?
„Wir fühlen die Flamme." Wieder viele Stimmen.
Adoran fauchte und Francine sah zu ihm.
Die Wesen, sie packten ihn, zogen ihn zu Boden. „Lasst ihn!" Francine wollte zu ihm, doch andere hielten sie fest. Sie hörte die Worte, begriff sie aber noch nicht. „Er wird unser Pfand. Gib uns die Fackel oder er gehört uns."
„Lasst ihn los!" Francine schrie ihre Wut heraus. Es konnte nicht wahr sein, warum konnte sie sich nicht befreien? Diese Wesen, sie hatten Adoran fest im Griff. Sie drohten ihm, ihrem Mann! Verdammt noch mal! Das würde sie nicht zulassen!
In Francine explodierte etwas, eine unglaubliche Wut überkam sie. Plötzlich ließen die Wesen von ihr ab. Adoran blickte zu ihr, seine Augen wurden groß.
Francine veränderte sich. Um sie herum war eine Silhouette, blau, züngelnd wie Feuer. Ihr rotes Haar wehte als tobe ein Sturm.

Dann blickte sie in den Himmel, der eben noch strahlend blau gewesen war. Wolken zogen sich zusammen, ein Donner dröhnte allen in den Ohren.

Francine fühlte es. Der Blitz in den Wolken bewegte sich herab in sie hinein. Eine Hitzewelle durchfuhr sie und um sie herum knisterte alles.

Die Wesen zögerten, starrten sie an. „Ich sagte! Lasst! Ihn! Los!"

Sie ließen von Adoran ab, zogen sich zurück, aber gingen noch nicht fort. Sie knieten nieder. Murmelten: „Eure Hoheit."

Dann langsam zogen sie sich ganz zurück. Einer nach dem anderen verschwand mit einer Verneigung. Der Letzte von ihnen sah sie lange an. „Eure Hoheit. Bringt uns die Flamme zurück." Das Rauschen des Windes war alles, was die anderen hörten.

Francine atmete tief durch und der Himmel klarte wieder auf.

Dann Stille. Francine fühlte sich stark und unglaublich gut, unbesiegbar. Sie wandte sich den anderen wieder zu. „Adoran, geht es dir gut?" Er schien verblüfft, trat zu ihr, rieb seinen Kopf an ihr. Und sie spürte seine Liebe. „Zum Glück."

Robinio erwachte aus seiner Starre. „Glück? Francine, was ist da gerade passiert? Wir haben niemanden gesehen. Was habt Ihr gesehen? Wieso ist Eure Kleidung verbrannt?"

Erst jetzt bemerkte sie ihre Nacktheit. Sie sah Robinio und Gelano und Serlina. Sie starrten sie alle mit großen Augen an. „Ich weiß es nicht." Adoran stellte sich vor sie und fauchte die anderen an. Gelano hob die Hände abwehrend. „Schon gut, mein Freund." Gelano lächelte Adoran an. Er freute sich ehrlich für ihn, endlich hatte er seine Frau und er würde sie vor allem und jedem beschützen, was vermutlich gar nicht notwendig war. Robinio reichte Francine ein Hemd, das er aus seinem

Beutel kramte. Es war Francine zu groß, gerade lang genug, um sich ausreichend zu bekleiden.
Adoran schnaubte und setzte sich. Als Francine bekleidet war, traten die anderen näher, sie wollten Adoran nicht aufregen. Verständlich, wer wollte schon einen Drachen verärgern?
„Die Eisheiligen. Sie wollen ihre Flamme zurück."
Francine runzelte die Stirn. Diese Wesen, sie waren wunderschön und die kristallene Haut, einzigartig. Sie waren nicht böse, aber voller Zorn. Nachvollziehbar, man hatte sie bestohlen. Seltsamerweise spürte sie eine Verbundenheit mit ihnen.
Robinio kratzte sich an der Stirn. „Woher wisst Ihr das? Ihr hab doch noch nie einen der Eisheiligen gesehen?"
Francine sah ihn lange an. „Ich weiß es." Er nickte nur, ihre Sicherheit war ihm Bestätigung genug.
Robinio sah kurz zu Adoran, ehe er fragte: „Und was seid Ihr, Francine?"
Adoran knurrte. Francine fand, Robinio hatte jedes Recht der Welt, sie danach zu fragen, immerhin interessierte es sie selbst brennend. Sie zuckte mit den Schultern und antwortete wahrheitsgemäß: „Ich habe keine Ahnung."
Serlina sah sie stirnrunzelnd an. „Ihr habt ausgesehen ..." Sie schluckte und suchte nach den richtigen Worten. „Ich habe so was noch nie gesehen. Ihr habt einen Blitz vom Himmel geholt und die blauen Flammen um Euch – Ihr saht aus wie eine Göttin."
Francine versteifte sich. „Ich glaube nicht an Götter."
Gelano pfiff durch die Zähne. „Und verdammte Scheiße, Ihr standet in Flammen, in blauen Flammen! Ist das zu fassen? Habt Ihr die Flammen erzeugt?"
Francine wusste es nicht, aber so war es wohl. „Ehrlich gesagt bin ich nicht sicher, was da gerade passiert ist. Ich stand wirklich in Flammen?"

Auch Robinio nickte. Gut, es war logisch, wie sonst hätte ihre Kleidung verbrennen sollen. Aber blaue Flammen? War etwa das Ewigfeuer auf sie übergegangen?

Robinio fuhr sich durch sein Haar. „Ein Blitz fuhr in Euch."

Francine hob den Kopf. „Tatsächlich?" Irgendwie wusste sie es, aber dennoch erschien es ihr weit weg, als wäre das nicht wirklich passiert.

„Ja. Wisst Ihr eigentlich, was das bedeutet? Ihr erinnert Euch sicher noch daran, wie gefährlich wir Gewitter finden."

Jetzt, da es Robinio erwähnte, erinnerte sich Francine tatsächlich wieder daran. Sie sah ihn mit erhobenen Augenbrauen an, wartete darauf, was er noch sagen wollte.

„Drachen fühlen sich vom Gewitter magisch angezogen. Es gibt einige mächtige unter ihnen, die sich von Blitzen ernähren." Er sah sie vielsagend an.

Was auch immer er jetzt von ihr erwartete, sie wusste nichts dazu zu sagen. Es faszinierte sie ungemein, doch was bedeutete es für sie? Eines war klar, sie war kein Mensch.

„Wir sollten weiter." Sie strich Adoran über seinen Drachenkopf und er seufzte. „Eine Antwort werden wir jetzt nicht bekommen."

Robinio nickte langsam. „Nun gut." Er sah seinen Bruder an. Außergewöhnlich. Wieso war ihm das nie bewusst gewesen? Sein Bruder war ein Drache, ja, gewusst hatte er es, aber es zu sehen, war wirklich ein himmelweiter Unterschied.

Was für ein gewaltiges und beeindruckendes Geschöpf er war. Was war Francine dann bloß?

Sie erreichten bald die Grenze zu Vioruna, der Schlossstadt. Der Pfad war nur ein Trampelweg, dennoch waren zwei Pfosten mit Schildern angebracht. Die Worte Vioruna waren reingeritzt und zwei schmale, schräge Augen.
„Was bedeuten die Augen?" Francine sah sich die Schilder aufmerksam an. Robinio zuckte die Schultern. „Die sehenden Augen. Sie stehen für die Macht Viorunas. Soll heißen–: Wir beschützen, was wir sehen."
Er machte eine ausholende Geste mit den Händen.
Francine nickte. Keiner sagte es, aber die Augen sollten eindeutig Drachenaugen darstellen.
Die Umgebung änderte sich wieder. Weniger weite Wiesen und Felsen, dafür mehr Wälder. Die Luft war schwül und sie sah einige Lauraden. Ihre Rinde schimmerte blau, wunderschön.
Der Pfad war ziemlich fest, sie mussten nicht mitten durch den Wald gehen, was sehr angenehm war.
Erst als sie fast am Ziel waren, verwandelte sich Adoran wieder zurück. Seine letzten Kleiderreserven wurden ihm von Robinio gereicht. Gelano musste jetzt zu Fuß gehen, doch er schlug sich gut, obwohl er humpelte.
Adoran ging neben ihr, streichelte ihre Hand.
„Wann kommen wir am Schloss an?"
„Zuerst passieren wir die umliegende Ortschaft Vioruna, dann kommen wir zum Schloss. Wir wissen nicht, was uns erwartet."
Francine nickte. „Ommens war menschenleer. Sind alle tot?"
Adoran warf ihr einen kurzen Blick zu. „Nein, ich denke nicht. So wie es aussieht, sind die Einwohner geflohen. Es gab nur wenige Tote dort."
„Was ist dort passiert? Drachen?"
„Vermutlich. Genau wissen wir es nicht."
„Wohin sind sie gegangen?"

„Vermutlich nach Terthur, das ist die nächstgelegene Ortschaft im Süden. Falls es dort nicht sicher war, dann vielleicht weiter südlich nach Basers. Ich kann es nicht sagen. Es hängt davon ab, wie verzweifelt die Menschen waren."

Eine Zeit lang schwiegen sie. Francine konnte es nicht vergessen, sie musste es Adoran sagen. „Die Eisheiligen. Sie haben etwas gesagt."

Er sah sie aufmerksam an. „Und was?" „Eure Hoheit. Das war seltsam."

Adoran sah sie weiter an, sagte nichts.

„Irgendwie habe ich das Gefühl, die Eisheiligen gehören zu meiner Familie."

„Vielleicht ist es auch so. Du weißt nicht, welche Blutlinien in dir stecken, wer deine Vorfahren waren."

„Hast du sie gesehen?"

„Zuerst nicht, dann schon."

„Aber gehört hast du sie nicht?"

Er schüttelte den Kopf. „Vielleicht wollten sie das nicht. Sie sind überaus mächtig, wie wir am eigenen Leib erfahren haben. Die anderen haben sie nicht sehen können, bis zum Schluss nicht."

„Sie sahen so faszinierend aus, wunderschön und unwirklich."

Adoran nickte. „Sie suchen nach der Flamme, sie wollen sie zurück." Francine blieb stehen und hielt Adoran fest. Sie sah ihm in die Augen, ihre Augenbrauen gerunzelt. „Es war doch sehr seltsam. Du hast mich gesehen, es waren dieselben Flammen, die blauen Flammen, die mich verbrennen sollten. Habe ich die etwa jetzt selbst erzeugt?" Sie schüttelte den Kopf. „Vergiss das, ich weiß, es war so. Ich frage mich nur, ob ich das konnte von mir aus oder ob das mit dem Feuer zu tun hatte, in dem ich brannte. Habe ich die Flamme irgendwie in mir aufgenommen?"

Adoran strich ihr über die Wange. „Wovor hast du Angst, Smaragd?"
„Diese blaue Flamme, du sagtest selbst, dass sie dir gefährlich war." Sie strich über seine Hand an ihrer Wange. „Ich will nicht gefährlich für dich sein."
Er lächelte und küsste sie. „Merkwürdig, diese Sorgen waren zuerst meine, vor nicht allzu langer Zeit. Und wie du siehst, sie waren unbegründet. Du bist Mein. Ich bin überzeugt davon, die blauen Flammen, die durch dich entstehen, stellen keinerlei Gefahr für mich dar."
Die anderen waren ein Stück voraus und Adoran zog Francine an sich, um sie noch mal zu küssen. Sanft knabberte er an ihrer Unterlippe, sog sie immer wieder an. Liebkoste ihre Zunge mit seiner. Als er sie losließ, keuchte sie, ihre Augen glitzerten blau. Diesem Anblick würde er nie müde werden. Ihre Reaktion auf ihn war erregend. „Du weißt es, oder?"
Sie lächelte ihn mit einem Funkeln in den Augen an. „Nichts in der Welt täte ich jetzt lieber, als mich nackt mit dir am Boden zu wälzen und meinen Schwanz in dir versenken."
Er sah sie vor sich, wie sie schamlos und nackt am Boden gelegen hatte. Bereit, offen, wild. Und er malte sich aus, an welchen Orten sie überall ficken würden, wenn das hier vorbei war. Er wollte sie überall berühren und küssen. Ihre feuchte Mitte lecken. Sie reizte ihn so sehr. Ihre blauen Augen, die ernst oder unbekümmert aussahen, voller Sehnsucht, Verlangen. Sie spiegelten so viele ihrer Emotionen wider und Francine zeigte sie ihm alle, hielt nichts zurück. Schon gar nicht ihr Verlangen. Ihre Lider waren leicht geschlossen. Sie wollte ihn so sehr, wie auch er sie wollte. Er knurrte tief. Spürte es. Sein Schwanz war hart und zuckte bei diesen Gedanken. „Francine, Süße, ich will dich so sehr."
Dann riss ihn die Stimme seines Bruders aus seinen Gedanken.

„Beeilt euch! Wir haben keine Zeit für Ablenkungen." Als Adoran ihm einen finsteren Blick zuwarf, konnte er sehen, wie Robinio und Gelano einen Blick austauschten.

Kein Zweifel, seine Augen leuchteten grün.

Francine berührte nur kurz seine Hose, streichelte seine Männlichkeit und hauchte zart: „Was glaubst du, wovon ich träume?" Und er konnte es sich vorstellen, er nahm schließlich nur allzu deutlich ihren Duft wahr, den Duft ihrer Erregung.

Dann ging sie weiter, folgte den anderen und drehte sich lächelnd zu ihm. Er folgte ihr, er würde ihr überallhin folgen. Adoran schüttelte den Kopf. Wenn er so weiter fantasierte, konnte er bald nicht mehr laufen.

Kapitel 12

Der weiße Drache

Francine blieb stehen. „Hört ihr das?" Sie sprach gerade laut genug, damit die anderen sie hörten. Alle blieben stehen.
Adoran wusste es als Erster, hörte es, fühlte es. „Schnell in Deckung!"
Keiner hinterfragte das, alle gingen hinter Bäume und duckten sich, so gut es ging. Sie wollten nicht von der Luft aus gesehen werden.
Dann hörten sie die kräftigen Flügelschläge. Ein lautes Brüllen folgte.
Keiner von ihnen traute sich zu atmen.
Sie warteten ab.
Nach einer gefühlten Ewigkeit war nichts mehr zu hören.
Adoran entspannte sich langsam und kam hinter den Bäumen vor, die anderen taten es ihm gleich.
Gelano pfiff. „War das etwa der schwarze Drache? Scheißgroßes Vieh, wenn ihr mich fragt."
Robinio runzelte die Stirn. „Was er wohl hier macht? Warum ist er nicht am Schloss?"
Adoran zuckte die Schultern. „Schätze, er fliegt hin und wieder das Gebiet hier ab."
Serlina sah immer noch zum Himmel empor.
„Er sah so anders aus. Gefiederte Flügel? Das habe ich noch nie gesehen."
Robinio nickte. Sie hatten alle einen kurzen Blick auf diesen Schrecken geworfen.
Er wandte sich an Adoran. „Ich muss zugeben, so richtig verstehe ich das noch nicht. Ist der schwarze Drache der schwarze Kristall? Davon gehen wir aus, oder?"
„Vermutlich. Wir müssen abwarten, was wir noch erfahren." Robinio grinste. „Adoran, wenn ich dich schon furchterregend fand, was soll man dann über dieses

Geschöpf sagen? Hab ich mich geirrt oder ist das Vieh fast doppelt so groß wie du?"

„Nein, Rob, du hast dich nicht geirrt. Der Drache ist viel größer."

„Lasst uns schauen, dass wir weiterkommen." Robinio ging mit Serlina voran.

Als die ersten Häuser in Sicht kamen, wurden sie leise. Keiner sagte etwas, alle waren konzentriert und aufmerksam. Man sah Menschen, sie gingen geschäftig umher. Francine runzelte die Stirn. Wieso schien hier alles so normal?

Sie waren doch sehr nah am Schloss. War es möglich, dass Angst und Schrecken nur außerhalb verbreitet wurden? Und hier blieb alles, wie es war? Oder täuschte das?

Sie warf Adoran einen Blick zu, der seitlich neben ihr lief. Er erwiderte ihren Blick.

Man würde ihn hier erkennen, Robinio und die anderen ebenfalls. Schließlich gehörten sie zur Königsfamilie. Und sie waren hier so nah am Schloss, wie es ging, ohne dort zu sein.

Es roch nach Rauch. Francine nahm es wahr, obwohl es nur der Hauch davon war. Auch Adoran witterte den Geruch.

Die Menschen hielten inne und starrten sie an, als sie vorbeikamen. Gelano bemühte sich, sehr normal zu gehen und sich nicht anmerken zu lassen, wie schwer es ihm fiel mit seinem verletzten Bein.

Francine atmete tief ein und wieder aus. Sie wusste, was das war. Der Geruch von verbranntem Fleisch. Sie schauderte. Die Blicke der Menschen waren für sie deutlich zu spüren. Viele starrten sie an, vielleicht auch wegen ihrer roten Haare, die waren sehr auffallend.

Durch das Dorf führte eine gepflasterte, breite Straße. Links und rechts befanden sich Häuser oder Gassen, die zu anderen Häusern führten.

Erinnerungen an Ommens stiegen in ihr auf. Die breite Straße, dann sah sie den Brunnen nach einer Biegung. Sie wusste, was sie noch sehen würde, hoffte, sich zu irren.
Ein Scheiterhaufen, wie der, auf dem sie brennen sollte – oder gebrannt hatte. Die Menschen hier schien das überhaupt nicht zu interessieren. Man konnte die Knochen sehen, sonst war nichts übrig von dem Menschen, der dort gebrannt hatte. Adoran hielt sie fest, als er stehen blieb.
Robinio, Gelano und Serlina sahen die Überreste jetzt auch.
„Francine, spürst du es?"
Francine war nicht sicher, was er meinte. Sie atmete, um ruhig zu bleiben und konzentrierte sich. „Es war die Ewigflamme. War das also ein Medra, der hier verbrannt wurde?"
Es hätte Adoran sein können. Ein anderer Medra wurde hier auf solch grausame Weise getötet. Wie musste sich das angefühlt haben? Die Hitze auf der Haut, diese Qual, bei lebendigem Leib zu verbrennen. Roch man sein verbranntes Fleisch, ehe man starb? Erstickte der Rauch einen vorher? Nein, bei dieser Flamme nicht. Sie brannte zu schnell. Wie konnte man das nur jemandem antun!
Sie nahm die Gefühle der anderen wahr. Entsetzen. Aber da war noch etwas, die Menschen hier, sie waren nicht entsetzt. Das Gegenteil schien der Fall zu sein. Sie spürte – was nur? Freude? Sie sah sich um. Tatsächlich sahen die Menschen hier nicht ängstlich, sondern zufrieden aus. Sie wollten es. Aus welchen Gründen auch immer. Die Hinrichtung war gut angekommen bei diesen Menschen.
Marisia war hier durchgekommen und sie hatte einen Medra hingerichtet. Mit der blauen Flamme, vor aller Augen. Was auch immer die Menschen hier glaubten, es

musste falsch sein. Sonst könnte es nicht möglich sein, sich über eine solch grausame Tat zu freuen. „Ist es jetzt noch weit zum Schloss?"

Adoran fuhr sich durch sein Haar, er schien selbst verstört zu sein über den Anblick des Scheiterhaufens. „Nein. Noch wenige Meter, dann kannst du es auf seiner Anhöhe bereits sehen."

Sie nickte. „Gut."

Francine stutzte. „Warum sind Knochen übrig? Ich dachte, die Flamme verbrennt alles."

Adoran strich über ihren Arm. „Alles außer dich, mein Smaragd. Die Knochen eines Medras offensichtlich auch nicht, ich nehme an, ein Mensch wäre vollständig aufgelöst. Wie du weißt, kenne ich selbst nicht genau die Gesetze, die für diese Flamme gelten."

Plötzlich rannte eine Frau vor sie auf die Straße. Sie sah sich bei allen anderen um, ehe sie laut ausrief: „Da ist das Monster! Seht nur! Es ist Adoran! Der mich verbrannt hat, lasst ihn nicht entkommen!" Wie wild wedelte sie mit ihren Händen.

Francine blieb völlig ruhig. Sie sah zu Adoran, der ihre Hand nahm. Sie wusste genau, wer diese Frau war. Wegen ihr war er in die Wälder gegangen. Sie spürte unglaubliche Wut in sich aufsteigen. Wie konnte sie es wagen.

Gemurmel wurde laut und Francine spürte die Feindseligkeit greifbar in der Luft. Diese Menschen, sie waren wütend auf Drachen, auf Medras. Doch Francine war sich sicher, die Gründe dafür hatte Marisia gesät.

Robinio sah sich nach ihnen um. „Wir gehen einfach weiter, bleibt nicht stehen."

Francine drückte Adorans Hand. Robinio hatte recht, einfach weitergehen.

Es war Francine egal, wie verächtlich oder wütend die Menschen sie alle anstarrten. Sollten sie doch. Aber würde einer von ihnen handgreiflich werden, dann würde er sie kennenlernen.

Diese Frau ging nicht aus dem Weg, sie blieb vor ihnen stehen. Immer wieder rief sie den anderen zu: „Lasst ihn nicht entkommen! Er muss bezahlen für seine Taten. Viel zu lange schon kommen diese Monster mit allem davon!"

Francine lächelte ob der lächerlichen Anschuldigungen. Sie fragte sich, wie dieses Biest es geschafft hatte, allen Glauben zu machen, Adoran hätte sie verbrannt. Es gab hier sicherlich auch Mittel, wie bei ihnen Benzin. Vielleicht hatte sie es so inszeniert.

Unwichtig. Francine und Adoran würden einfach links diese Frau passieren und Robinio steuerte bereits mit Serlina und Gelano rechts an ihr vorbei. Plötzlich hörte man Flügelschläge, Francine blickte auf und ein Feuerdrache landete vor ihnen auf dem Scheiterhaufen. Nicht zu fassen.

Marisia, sie saß auf seinem Rücken, kletterte herunter und, verdammt noch mal, hatte die blaue Flamme bei sich.

Laut rief sie aus: „Keine Angst, er wird nicht entkommen! Ich sorge für Gerechtigkeit." Die Menschen jubelten ihr zu. Francine spürte ihre Genugtuung.

Ehe sie reagieren konnten, wurden Robinio, Serlina und Gelano von der Menschenmasse gepackt. Sie setzten sich zur Wehr, konnten aber gegen so viele nichts ausrichten.

Francine spürte es, wusste es, ihnen würde nichts geschehen. Sie waren alle auf Adoran fokussiert und die anderen sollten nur nicht stören.

Francine sah Marisia genau an. Sie musste den schwarzen Kristall besitzen, wie sonst könnte sie den Drachen reiten, dessen Augen schwarz wie die Nacht waren?

Die anderen hielten Abstand zu ihnen.

„Adoran. Du musst hier weg."
„Soll ich dich und die anderen etwa alle allein lassen?"
„Du musst. Diese Flamme, sie kann dich töten. Du musst jetzt gehen." Angst überkam sie. Es war eine echte Bedrohung. Seine Unsterblichkeit war ein Schutzschild, aber nun? Könnte er trotz allem sterben! Sie konnte nicht atmen.
Er wusste, sie hatte recht.
Marisia schien genau zu wissen, was sie wollten. „Geht, Adoran – und alle werden sterben."
Sie sah zu Robinio. Ihre Soldaten waren inzwischen dort, hielten Gelano und Robinio ein Messer an die Kehle. Verdammt. Adoran fühlte sich so machtlos. Frustrierend.
Er konnte fliehen, dann würde Marisia die beiden gewiss töten. Was sollte er jetzt unternehmen?
„Die Lösung ist ganz leicht." Marisias Stimme war zuckersüß, einfach widerlich.
„Stelle dich freiwillig, beende das hier."
„Das wirst du nicht tun, Adoran." Francine kochte innerlich vor Wut. Ihre Angst war verflogen, jetzt war sie so zornig, sie spürte fast die Hitze, die sie abstrahlte.
„Sie tötet dich und wer weiß, vermutlich tötet sie Robinio und Gelano dann trotzdem auch."
Er drehte sich zu ihr, streichelte ihre Wange. „Ja. Aber ich habe keine Wahl. Wenn ich jetzt gehe, sterben sie mit absoluter Gewissheit."
„Ich kann das nicht erlauben." Francine sah ihn aus schmalen Augen an. Adoran war überrascht über ihren Befehlston. Doch er wusste, was jetzt zu tun war.
Adoran drehte sich weg und ging auf Marisia zu.
Er konnte nichts tun? Francine wollte verdammt sein, wenn auch sie nichts tun konnte. Sie spürte es doch, sie wusste, was in ihr war, eine Macht, die sich selbst die anderen nicht erklären konnten. Und die Eisheiligen, irgendwie gehörten sie zu ihr. Es gab eine Möglichkeit,

sie musste sie nur finden, sofort. Der Drache, auf dem Marisia gekommen war, erhob sich wieder in die Luft. Er griff nicht an, obwohl seine Augen schwarz waren. Also kontrollierte Marisia ihn.

Francine zitterte, Adoran kam dem Scheiterhaufen immer näher. Das durfte nicht sein, es konnte einfach nicht wahr sein. Was sollte sie unternehmen?

Sie blickte sich um. Alle starrten zu Marisia und Adoran. Auch Robinio und Gelano. Verflucht soll sie sein.

Adoran hatte ihr so viel erzählt von den Medras und Gefährten. Wenn sie sein Smaragd war und ihr konnte die Ewigflamme nichts anhaben, dann musste sie doch in der Lage sein, ihn zu beschützen. Eigentlich sollte sie jetzt panisch werden, doch das Gegenteil passierte, sie wurde ruhiger. Als wüsste sie innerlich bereits, was sie tun würde.

Vorhin war sie selbst in Flammen gestanden. Diese Flamme konnte alles töten, nicht nur Medras. Also war sie für Marisia selbst genauso gefährlich. Nur was nützte ihr das? Sie konnte nicht schnell genug sein.

Sie starrte die Fackel an, die von Marisia gehalten wurde. Es war nicht einfach eine Holzfackel, sondern es war eine wunderschön verzierte Stange, die oben ähnlich einer Krone einen Kreis bildete – in diesem Kreis flackerte die blaue Flamme.

Und dann sah Francine noch etwas. Auf dem Stiel der Fackel befanden sich die gleichen Anordnungen von Smaragden wie auf ihrem Medaillon. Zärtlich strich sie über den Anhänger, der zwischen ihren Brüsten baumelte. Konnte das sein?

Was bedeutete das?

Diese Flamme gehörte ihr. Instinktiv wusste sie das. Also würde sie sich die Flamme holen! Ihre Entschlossenheit wurde größer, als Adoran von zwei Männern der Garde an den Pfahl gebunden wurde. Er ließ es geschehen. Als er den Kopf hob, um sie

anzusehen, wirkte er traurig. Dennoch würde er sich von dieser Schlange verbrennen lassen, um die anderen zu schützen. Bewundernd sah sie ihn an. Bereit zu brennen für andere?
Wer noch wäre so selbstlos?
Sie fühlte, wie ihre Augen blau wurden.
Nicht nur das. Sie blickte die Flamme an, konzentrierte sich nur auf die Flamme.
Diese Flamme gehörte ihr.
So deutlich spürte sie das, ohne Zweifel. Gerade als Marisia die Fackel senken wollte, da streckte Francine ihre Hand aus, und trotz der Entfernung verschwand die blaue Flamme auf der Fackel, die Marisia trug. Schockiert keuchte diese auf und blickte sich um.
Francine lächelte. Jetzt fühlte sie es so stark wie nie zuvor.
Marisia starrte zu ihr, die Augen weit aufgerissen. Sie glaubte kaum, was sie sah. Francine hielt die Flamme mit ihrer bloßen Hand.
Dann drückte sie ihre Handfläche zu einer Faust und die Flamme verpuffte. Francines Augen flackerten Eisblau, ihre Iris strahlte heller denn je.
Der Himmel verdunkelte sich und ein Donner krachte so laut, der ganze Boden vibrierte.
Die blaue Flamme begann um sie herum zu lodern, ihre Kleider verbrannten sofort. Niemand reagierte, alle starrten sie an. Adoran schluckte, er spürte die Veränderungen in Francine. Spürte, was passierte. Es war so weit.
Dann fing es an zu regnen. Strömender Regen. Doch Francine brannte, stand in blauen Flammen. Dann kam der Blitz, senkrecht fuhr er durch sie hindurch und die Luft zitterte, war geschwängert von Elektrizität.
Da brach der Drache aus ihr heraus.
So gewaltig, so mächtig. Sie wurde groß, dehnte sich, streckte sich und dann stand sie da, beeindruckend groß

und faszinierend grazil. Sie war weiß, mit vielen feinen eisblauen Verzierungen.
Ihre Flügel ausgebreitet stand sie mitten auf dem Platz.
Dunkelblaue Streifen waren über ihren Nacken gezogen, wie bei einem Tiger. Auch auf der unteren Flügelseite. Und von der Stirn über den Hals über die gesamte Wirbelsäule liefen spitze Zacken, wobei diese am Kopf nach hinten am längsten waren.
Adoran fand sie so schön, er war von ihrem Anblick dermaßen gefesselt, dass er einfach nur dastand und starrte.
Die Menge war zurückgewichen, denn immer noch flackerte das Licht der Ewigflamme um sie. Nur noch zart zu sehen, wie ein Knistern, eine Aura, die sie umgab.
Francine begriff alles. Sofort.
Sie blickte zu Marisia. Diese war zwar schockiert, fokussierte sich aber sofort wieder auf Angriff. Ihr Blick wanderte zu den Wachen, die ihre Messer an den Kehlen ihrer Freunde hatten. Francine stellte es sich nur vor und die Wachen ließen die glühend heißen Messer fallen. Sie schnaubte. Es reichte ihr jetzt.
Marisia würde sterben. Sie wollte sie bluten sehen. Sie in Stücke reißen. Niemals wieder würde sie ihren Mann bedrohen.
Ihr ganzer Körperbau war schmaler, feiner als der von Adoran, ganz eindeutig weiblich. Dennoch besaß sie unglaubliche Kraft. So viele Gefühle brachen über sie herein. Instinkte, plötzlich fühlte und wusste sie so viel mehr als gerade eben noch.
Sie fauchte Adoran an.
Er sollte dort verschwinden. Es war ein Leichtes für ihn, sich loszureißen. Und er wusste genau, was Francine vorhatte. Die Mordlust stand in ihren Augen.
Schnell lief er zu seinen Freunden, sie sollten weitergehen, sie konnten hier nichts ausrichten. Sein

Smaragd, ihr konnte nichts hier gefährlich werden. Er war so erleichtert.
Der Drache, auf dem Marisia hergeflogen war, kam zurück, um sie zu holen. Francine erlaubte das nicht.
Sie schwang ihre Flügel. Dann erhob sie sich anmutig in die Luft und wehrte den Drachen ab. Sie prallten zusammen und stürzten zu Boden.
Francine erhob sich schneller und blickte ihn an. Auch der fremde Drachen rappelte sich auf, angriffslustig fauchte er und blickte in ihre Augen.
Dann war es vorbei.
Seine Augen wurden klar, grün. Gut. Er war kein Hindernis mehr. Sie fauchte ihn an, er sollte verschwinden – und das tat er. Es fühlte sich fantastisch an, die Flügel zu schwingen, sich in die Luft zu erheben, also tat sie es noch mal. Davon würde Francine nie genug bekommen.
Die Menschen unter ihr rannten, waren voller Panik.
Francine genoss das Gefühl. Es war wie ein Rausch. Sollten sie alle rennen. Keiner von ihnen verdiente es zu leben. Alle hätten zugesehen, wie man ihren Mann verbrannt hätte! Wütend brüllte sie, während sie über die Menge flog. Chaos. Sie wuselten wie Ameisen.
Selbst Adoran bekam eine Gänsehaut dabei und sah sich nach ihr um. Er war fasziniert und entsetzt zu gleich. Nie hätte er es für möglich gehalten, welche Macht in ihre steckte.
Und er war unglaublich stolz. Sie war seine Frau.

Francine landete vor Marisia, die sich noch immer nicht gerührt hatte, und brüllte sie an. Offensichtlich befand sie sich in einer Schockstarre.
Nein, so sollte es nicht enden. Nicht in ihrer Drachengestalt, das erschien Francine falsch. Sie sollte durch ihre Hand sterben, als Mensch – auch wenn sie das nie wirklich war oder sein würde.

Ihre Rückverwandlung ging genauso schnell und filigran. Noch bevor Marisia anfing zu sprechen, wusste Francine, was sie sagen würde.
Dass sie betteln würde.
Denn jetzt waren alle anderen Möglichkeiten erschöpft.
„Francine, ich konnte nichts dafür, ich wurde kontrolliert. Denk an meine Schwester. Denk an Serlina – was würde sie von dir halten." Und sie sprach immer weiter und weiter.
Es war Francine vollkommen egal. Es widerte sie an.
„Du wolltest mich verbrennen. Du wolltest meinen Mann verbrennen. Jetzt wirst du selbst brennen." Francine trat zu ihr. Ihre Hand glühte, als sie Marisia packte. Sie schrie, denn es war heiß, Marisias Haut wurde bereits versengt.
Das reichte nicht, noch lange nicht.
Francine hielt Marisia an der Kehle gepackt mit ihrer linken Hand. Wie leicht es war, als würde sie eine Puppe halten. Die andere Hand grub sie in ihre Brust.
Schmatzende Geräusche, Blut, Schreie.
Dann packte sie ihr schlagendes Herz, sah ihr in die Augen und riss es ihr mit einem Ruck heraus. Ekelhafte Geräusche. Tod. Doch Francine mochte es, sie ließ Marisia zu Boden fallen und blickte dieses verdorbene Herz in ihrer Hand an. Das ging viel zu schnell, eine Gnade für diese Frau, die es nicht verdiente. Francine konzentrierte sich, ließ das Herz in ihrer Hand verbrennen und die Überreste von Marisia ebenfalls. Nichts sollte von ihr übrig bleiben.
Dann, als nur noch ein Haufen Asche am Boden lag, nahm Francine noch jemanden wahr. Die Frau. Sie blickte um sich. Da stand sie. Die Frau, die Adoran beschuldigt hatte.
Erneut überkam Francine Zorn.

Oh ja. Auch diese Frau sah sie nun flehentlich an. Sie wusste, es gab kein Entkommen für sie. Sollte sie betteln. Francine interessierte es nicht.
Der Tod kam zu jedem.
Jetzt war ihre Zeit zu entscheiden.
Sie redete immer hektischer, je näher Francine ihr kam.
„Bitte, Marisia hat mich gezwungen. Sie wollte meinen Mann töten, wenn ich nicht genau mache, was sie sagte. Ich konnte nichts dafür." Und sie redete und redete.
Francine kümmerte es nicht. Jeder entschied frei, was er tat. Und jeder musste die Konsequenzen seines Handelns tragen. Gezwungen? Ausreden. Sie hätte Adoran alles erzählen können, damit wäre so manches nicht geschehen.
Aber sie war feige gewesen.
Francine spürte kein Mitleid. Sie blickte die Frau an und wusste, es gab nichts, was diese sagen könnte, um sie umzustimmen. Dann kam ein Mann dazu, er stellte sich vor die Frau. Lächerlich, als könnte er etwas ausrichten gegen sie.
Francine lächelte, die Iris ihrer Augen glühte blau. Der Schein der Fackel war immer noch zu sehen, in diesen war sie eingehüllt.
„Bitte, ich flehe Euch an, tötet meine Frau nicht. Sie hat es für uns getan. Tötet mich statt ihrer." Neugierig beobachtete sie den Kampf der beiden. Seine Frau wollte ihn schützen und er sie, und so schoben sie sich gegenseitig zurück. Interessant.
Francine stand nahe genug. Etwas ließ sie zögern.
Vielleicht die ehrliche Liebe in den Augen der beiden? Das Leben des anderen war wichtiger als das eigene. Selbstlosigkeit. Sie bewirkte etwas in Francine. Ein Aufflackern ihrer Menschlichkeit. Und sein Mut. Francine wusste, wie furchteinflößend sie aussehen musste. Warum glaubte er, ein Monster wie sie würde ablassen von ihnen? Vielleicht hielt er Drachen nicht für Monster.

Francine schloss die Augen, atmete tief durch, und als sie ihre Augen öffnete, waren sie wieder normal, kein Glühen. Sie sah die Frau mit festem Blick an und drehte sich dann um. Eine zweite Chance. Noch mal würde sie ihr die nicht gewähren.

Sie hörte noch die Dankesbekundungen, als sie in die Richtung ging, der sie ursprünglich gefolgt waren. Ihr Gespür sagte ihr, wo sie die anderen fand, nicht weit entfernt, aber bereits außerhalb dieser Ortschaft.

Marisia war tot. Wer war also dort noch? Kontrollierte jetzt niemand mehr den schwarzen Kristall? Was erwartete sie im Schloss?

Sie würden es herausfinden.

Die Garde war zerstreut, in alle Richtungen geflohen. Feiglinge. Sie waren Marisia treu ergeben gewesen. Aus welchen Gründen auch immer.

Sie sollten brennen – alle.

Kapitel 13

Das Schloss

Francine blickte sich um. Die Menschen waren geflüchtet in ihre Häuser. Die Straße war leer. Es roch nach Tod.
Der Himmel klarte immer mehr auf, die Sonne stand tief. Nicht mehr lange und es wäre Nacht. Francine atmete ruhig ein und aus, fühlte ihre Umgebung.
So viele Emotionen lagen in der Luft, Angst, Wut, Hass. Ja, die Einwohner Viorunas waren da, auch wenn niemand mehr zu sehen war.
Nach ihnen suchte Francine nicht, sie wollte wissen, wo Adoran war. Und schon spürte sie ihn. Nah. Sie ging los, lief die gepflasterte Straße entlang, vorbei an den verlassen wirkenden Häusern. Hinaus aus dieser Stadt.
Dann sah sie das Schloss.
Erhoben auf einem Hügel stand es einfach da. Beeindruckend. An den äußeren Seiten waren runde Türme zu erkennen, in der Mitte des Schlosses ein erhobenes Quadrat – wie eine Terrasse hoch oben. Wunderschön und sehr groß.
Merkwürdig, plötzlich so nah zu sein. Fast waren sie am Ende dieser Reise angelangt. Was würden sie dort finden? Was würde passieren?
Ob der schwarze Drache dort war? Wie stark war er wohl? Sie selbst war mächtig, wie sie inzwischen wusste. Doch würde das reichen?
„Francine, Süße." Adoran kam auf sie zu. „Da bist du." Er nahm sie in den Arm, küsste ihre Schläfe, sah sie genau an. Sie sah hinreißend aus. Ihre Lippen waren leicht geschwollen, sinnlich. Sie knabberte immer wieder an ihrer Unterlippe, schien zu grübeln.
„Wie fühlst du dich?"

„Hervorragend. Und hungrig." Sie lächelte ihn an. „Sag mal", sie blickte an sich herunter und schmunzelte, „hast du zufällig noch irgendwo ein Hemd versteckt?"
Er lachte. „Eigentlich nein, aber ich hab vorhin im Dorf was mitgehen lassen. Obwohl ich dich gerne so sehe."
Francine lachte. Ein schönes Geräusch. Adoran hörte sie gerne lachen und er liebte es, wie das Lachen in ihren Augen zu sehen war. „Mag sein, doch wenn ich mich richtig erinnere, gefällt es dir gar nicht, wenn mich jemand anderes nackt sieht." Er runzelte die Stirn, sah sie aus schmalen Augen an. „Das ist doch klar. Du siehst so heiß aus, ich kann mich kaum beherrschen. Denkst du, ich will einen anderen Mann ansehen und wissen, dass er dich so gesehen hat! Ich will verflucht noch mal der einzige Mann sein, der dich so sieht!"
Adoran verschwand, lief zu ein paar Bäumen und Francine wusste, dort waren Robinio, Serlina und Gelano. Sein Knurren ließ sie noch mehr grinsen. Sie spürte auch die Erschöpfung.
Die Ereignisse überforderten sie etwas. Außerdem ging die Sonne unter.
Sie alle würden sich ausruhen, bevor sie zum Schloss aufbrachen. Morgen früh.
Adoran kam zurück, ein sehr langes Hemd dabei und eine enge Hose.
Nachdem sie angezogen war, ergriff Adoran ihre Hand.
„Gehen wir zu den anderen."
Francine hielt ihn zurück. „Warte. Lass und noch ein bisschen allein bleiben."
Er sah sie lange an, blieb stehen und nickte schließlich. „Ist gut. Ich komme gleich wieder." Er lief zu den anderen und war schnell wieder bei ihr.
„Wir gehen ein Stück, komm. Die anderen warten nicht auf uns, wir stoßen irgendwann später zu ihnen. Sie lagern dort hinten." Er deutete mit der Hand in die Richtung, aus der er gekommen war.

Zart nahm er ihre Hand, strich über die Innenfläche und küsste ihren Handrücken. „Lass und ein wenig spazieren gehen. Etwas zu Essen besorgen."
Francine nickte.
Einige Minuten gingen sie einfach schweigend nebeneinander her. Es fühlte sich so normal an, so entspannt. Einmal zu Fuß unterwegs zu sein, das erste Mal, seit sie hier war, ohne sich gehetzt zu fühlen. Nur zu laufen, weil man es wollte und nicht musste.
„Wie war es für dich? Die Verwandlung."
Francine dachte nicht lange darüber nach. „Wahnsinn. Ein tolles Gefühl, Flügel zu haben, fliegen zu können. Es war so – normal. Und auch wieder gar nicht."
„Das hattest du nicht erwartet, oder?"
„Nein. Ich dachte, so etwas müsste sich seltsam anfühlen, als wäre ich nicht ich."
„Aber?"
„Ich war mehr ich denn je. Es fühlte sich an, als wäre ich zum ersten Mal wirklich ich selbst."
„Nicht wahr? So empfand ich es damals auch."
„Doch es ist auch beängstigend. Man kann viel Schaden anrichten." Francine dachte an die Mordlust, die sie empfunden hatte, die Gewaltbereitschaft, sie hatte es genossen, Marisia zu töten. Sie fröstelte.
„Der Schaden?"
„Es war merkwürdig, ich kenne mich so nicht. Gewaltbereit. Ich habe Marisia getötet, ich riss ihr das Herz heraus mit meiner bloßen Hand." Sie blickte auf ihre Hand und schluckte, ehe sie Adoran ansah. Was würde er davon halten?
„Ja, das ist unser Drachenerbe." Er strich ihr rotes Haar hinter ihre Ohren, spielte mit einer Strähne.
„Mach dir keine Sorgen. Du würdest nie jemandem weh tun, der es nicht verdient. Marisia hat dich bedroht, sie hätte dich verbrannt, wenn es möglich gewesen wäre.

Sie wollte mich töten. Hättest du sie nicht getötet, sie wäre weiterhin eine Bedrohung für uns alle."
„Das mag sein." Francine nickte. „Aber die Art, wie ich sie getötet habe. Und es hat mir gefallen, verstehst du? Ich habe es genossen, einen Menschen zu töten."
Er schüttelte den Kopf. „Schäme dich nicht dafür. Wir alle sind, wer wir sind. Du hast nichts falsch gemacht, meine Süße."
Francine war hin- und hergerissen. „Vielleicht nicht, doch es fühlt sich schlecht an, weil es mir gefiel." Sie atmete tief die klare Abendluft ein.
Adoran wusste, wie sie sich fühlte. Am Anfang war es ihm auch so gegangen. Er war entsetzt über sich gewesen, über seine Kraft, über sein Verlangen. Auch er kannte die Mordlust.
Vor allem am Smaragdmond. Und Francine, sie war anders. Vermutlich spürte sie alles noch viel stärker als er. „Du hast diese Mordlust gespürt und es genossen, aber du hast kein Massaker angerichtet. Du hättest dort alles verbrennen können, doch das hast du nicht. Wolltest du nicht. Nur Marisia war diejenige, die du töten wolltest."
Francine nickte. Adoran hatte recht. Es stimmte. Sie war so voller Wut gewesen, aber sie hatte nicht sinnlos getötet oder zerstört.
„Wir wissen immer noch nicht genau, welcher Drache du bist."
„Nein?" Francine zog die Augenbrauen hoch. „Aber ihr alle habt mich doch gesehen?"
„Deine Augen, die eisblaue Iris, ein Zeichen des Eisdrachen."
„Eisdrachen?"
Er nickte. „Noch nie habe ich einen gesehen, sie sind legendär. Sie besitzen Eigenschaften aller Drachen. Und die Gewitter, ich weiß nicht, wie du es machst, doch du scheinst nicht nur Kraft aus den Blitzen zu ziehen, du

lässt die Gewitter aufziehen. Macht über die Naturgewalten. Dann noch das blaue Feuer. Davon habe ich noch nichts gehört oder gelesen. Die Bibliothek im Schloss, ich wäre jetzt zu gern dort, um alles zu recherchieren. Jetzt, wo das alles real ist."
Francine nickte. „Ich wünschte, ich könnte mich selbst sehen. Wie ich ausgesehen habe." Das blaue Feuer, die Flammen um sie herum. Sie stellte es sich vor, wie bei einem Gasbrenner, bei dem zuerst auch nur ein blaues Flackern zu sehen war.
„Ja, das wirst du noch. Wenn wir zusammen fliegen über einem See. Dann wirst du sehen, wie einzigartig du als Drache aussiehst." Er lächelte. „Nicht nur als Drache."
Sie schubste ihn und lachte. „Weißt du, trotz allem frage ich mich, ob meine Fähigkeiten ausreichen, ob es uns hilft gegen den schwarzen Drachen? Ist er überhaupt unser Feind? Oder war Marisia diejenige? Jetzt kontrolliert ihn niemand mehr, aber was bedeutet das?"
Adoran sah zu Boden und fuhr sich durch sein schwarzes Haar.
„Ich wünschte wirklich, ich wüsste es. Doch die Antworten liegen im Schloss."
„Dann werden wir wohl erst wissen, was Sache ist, wenn wir dort sind."
Adoran nickte und witterte etwas. „Francine, ich werde jetzt unser Abendessen besorgen. Geh du zu den anderen."
Francine nickte langsam. „Ja, pass auf dich auf."
Er schnaubte. „Immer."
Francine packte ihn im Nacken, um ihn zu einem langen Kuss zu sich zu ziehen.
„Ich liebe dich, Adoran."
Adoran stöhnte. „Ja?"
Ihr Kuss vertiefte sich und sein Stöhnen vibrierte an ihren Lippen.
Atemlos erwiderte sie: „Ja."

Sie zog sich von ihm zurück, lächelte.
Als sie sich umdrehte, sagte Adoran: „Francine?"
Sie drehte sich noch mal zu ihm. „Ja?"
„Ich liebe dich, Francine." Lächelnd schlenderte sie davon.
Die Luft war so rein, sie mochte es, in der Dämmerung spazieren zu gehen. Es faszinierte sie, wie genau sie wusste, wo die anderen waren. Die Lokalisierung über Duftnoten fiel ihr inzwischen so leicht.
Sie war so glücklich.
Egal was passierte, was geschehen war und noch geschehen würde – sie war glücklich und so froh, hier zu sein. Adoran, er war so viel mehr, als sie erwartet hätte.
Nie hätte sie eine solche Welt für möglich gehalten, ihr fehlte hier nichts. Trotzdem wünschte sie sich, Marianne wiederzusehen oder ihre Tante und ihren Kater. Sie schmunzelte.
Auch wenn sie hier überglücklich war, wäre es doch traurig, nie wieder in ihre Welt zu können. Sie spielte mit dem Medaillon um ihren Hals.
Noch wusste sie nicht, wie das funktioniert hatte. Warum nur? Es kamen so viele neue Dinge dazu, was sie war, was sie konnte. Warum konnte sie dann nicht herausfinden, wie sie in diese Welt gekommen war? Geduld, ermahnte sie sich selbst, die Antworten würden von selbst kommen.
Robinio stand auf, als Francine zu ihnen kam. „Francine, hallo." Er schien nervös zu sein. Ein Baumstamm am Boden diente als Sitzmöglichkeit. Livos lagen vor ihnen aufgehäuft und gaben ein romantisches Licht ab. Francine lächelte. Wie seltsam ihr das anfangs vorgekommen war. Und jetzt?
„Hallo." Francine trat zu Serlina, sie hatte rot geränderte Augen.
Sie kniete sich vor sie und sah ihr in die geschwollenen Augen. „Serlina? Es tut mir ehrlich leid, aber ich konnte

sie nicht leben lassen. Nicht nach allem, was sie getan hat. Ich hoffe sehr, Ihr versteht das."

Serlina sah sie an, sagte nichts. Francine erhob sich und setzte sich auf den Boden gegenüber des Baumstammes.

Sie deutete mit dem Kopf zu Gelanos Bein. „Wie geht es mit Eurem Bein?"

Gelano kratzte sich am Kopf. „Es geht. Der verfickte Schmerz geht mir auf den Sack, aber ich komme schon klar." Francine nickte.

„Was ist mit Euch, Drachenlady? Habt Ihr es nicht gewusst?"

Francine lächelte leicht. „Zu Beginn? Nein. Ich hatte keine Ahnung. Erst in letzter Zeit haben sich die Anzeichen dafür gehäuft, was ich bin."

„Ein Medra."

„Ja. Aber Adoran meinte, er weiß nicht genau, welcher Drache ich bin."

Gelano nickte. „Nun, ein mächtiger auf jeden Fall. Ihr habt mich wirklich schwer beeindruckt, verdammt, Ihr wart furchteinflößend und atemberaubend zugleich."

Francine sah ihn mit gerunzelter Stirn an. „Die Frage ist doch, wie mächtig im Vergleich zum schwarzen Drachen?"

Gelano schnalzte mit der Zunge. „Ja. Leider wissen wir alle nichts weiter über ihn. Noch nicht. Aber kaum vorstellbar, er könne mehr ausrichten als Ihr."

Robinio setzte sich neben Gelano. „So ist es. Francine, Ihr habt Eigenschaften, die hätten wir uns nicht vorstellen können. Wir alle kennen Teile unserer Geschichte, doch wie wir inzwischen wissen – nicht genug. Ob der schwarze Drache überhaupt noch eine Bedrohung ist? Wir wissen es nicht. Aber morgen, wenn wir am Schloss sind, werden wir hoffentlich die Antworten finden."

Francine nickte. Endlich war es so weit. Sie würden am Schloss ankommen.
Bevor Adoran zu ihnen trat, nahm Francine ihn bereits wahr. Sein Duft, seine Art sich zu bewegen. Obwohl er sehr leise ging, kein Ast knackte. Dennoch hörte sie die minimalen Geräusche. Und sie roch Blut. Ja, er brachte etwas zu Essen.
Als er dann aus der Dunkelheit, die inzwischen hereingebrochen war, zu ihnen trat, trug er zwei große Vögel bei sich, bereits gerupft.
Das Essen war ruhig und es entstand eine gemütliche Atmosphäre, wie es üblich war unter Menschen, die sich gut kannten. So war es inzwischen, sie kannten sich alle.
Francine fühlte sich wohl. Adoran saß dicht bei ihr, strahlte auch Zufriedenheit aus.
Serlina war verständlicherweise bedrückt und traurig. Sie war sehr still, ließ aber zu, dass Robinio sie tröstete. Immer wieder berührte er sie, streichelte ihre Hand.
Francine lauschte auf ihre Umgebung.
Die Geräusche der Nacht, anfangs so fremd, jetzt so normal.
Vögel und andere Kleintiere, die alle unterschiedliche Töne von sich gaben.
Francine dachte an die vergangenen Stunden.
Am Erstaunlichsten fand sie die Ewigflamme. Sie war einfach verschwunden. In ihr? So sah es aus. Merkwürdig. Es war so leicht gewesen in dem Moment.
Die Hand ausstrecken und mit reiner Willenskraft diese Flamme an sich nehmen.
Davor war es ihr bereits möglich gewesen, selbst dieses blaue Feuer zu erzeugen, was bedeutete das? Die Eisheiligen wollten die Flamme zurück, doch konnte Francine die Flamme überhaupt zurückgeben?
Sie spürte die Flamme nicht.

Vermutlich würde sie diese nur dann spüren, wenn sie in diesem Zustand war – vor ihrer Verwandlung. Oder während sie in ihrer Drachengestalt war?

Vielleicht konnte sie die Flamme wieder in ihrer Hand erscheinen lassen, auf den Fackelträger setzen. Aber die Wahrheit war, es gab zu viele „Vielleichts".

Einer ihrer Vorfahren war also definitiv aus dieser Welt und das Medaillon um ihren Hals war damals wohl mitgenommen worden von hier. Seither wurde es weitergegeben worden und schließlich an sie. Sie fragte sich, ob jemand, ihre Oma vielleicht, davon gewusst hatte.

Wer auch immer in diese Welt gekommen war, würde er oder sie es nicht seinen Nachkommen erzählen?

Womöglich gab es Gründe, nichts darüber zu sagen.

Ob es dazu Informationen gab? In den Büchern hier?

Die Bibliothek faszinierte sie derzeit am meisten am Schloss. Der Gedanke daran, dort wichtige Antworten zu finden, beflügelte sie, aber sie wollte sich auch keine großen Hoffnungen machen. Schließlich wusste keiner, was im Schloss geschehen war.

Ob alles noch intakt war.

Doch intuitiv fühlte sie es. Die Antworten waren dort.

Der Weg zum Schloss war nicht mehr weit und so standen sie bereits vor dem Mittag am Waldrand und beobachteten das Geschehen am Schlosshof. Alles wirkte normal, Menschen liefen mit Pferden oder Schubkarren umher. Unterhielten sich.
Wachen der Garde patrouillierten.
Adoran und die anderen mussten sich verhüllen, man würde sie sofort erkennen.
Sie sah Robinio an, der neben ihr stand. „Wie wollen wir vorgehen?"
Er bedeutete den anderen, mit ihm ein Stück zurück in den angrenzenden Wald zu gehen.
Niemand sollte auf sie aufmerksam werden.
„Wir wissen nicht, ob jemand nach uns Ausschau hält. Wenn die Garde zu Marisia gehört und die haben keine Ahnung von ihrem Tod, dann könnte es sein, dass sie uns angreifen."
Francine runzelte die Stirn. „Schon, aber die sind doch keine Bedrohung für uns."
Robinio nickte. „Nein, aber wir wollen doch keine Aufmerksamkeit erregen. Vor allem so lange wir nicht wissen, wo der schwarze Drache sich aufhält."
Francine nickte. Das klang vernünftig. Adoran strich ihr über die Schulter und zwinkerte. „Wir bekommen das schon hin."
„Was schlägst du vor?" Francine zupfte an ihrer Unterlippe.
Er sah Robinio und Gelano an, dann Serlina. „Leider werden sie uns alle erkennen."
Francine sah Serlina an. „Serlina, du kommst bestimmt rein."
Serlina machte große Augen. „Wie kommt Ihr darauf?"
„Entschuldige, das ist sicher nicht leicht zu hören. Aber Ihr als Schwester werdet sicher rein gelassen, Ihr müsstet, falls die Wachen auf Euch aufmerksam werden,

nur spielen, Ihr wüsstet Bescheid und währt auf Marisias Seite."
Serlina runzelte die Stirn. „Also ich weiß nicht, ob ich das kann. Was sie getan hat, ich kann das nicht verstehen. Wie soll ich nur so tun, als würde ich das gutheißen?"
Robinio legte seine Hand auf ihre Schulter. „Stimmt, das ist hart. Aber ich muss zugeben, Francines Idee ist gut, du hast eher eine Chance."
Serlina nickte. „Gut, aber wie wollt ihr rein kommen in den Schlosshof?"
Gelano grinste. „Ich denke, da habe ich die passende Idee."

Der Wagen wackelte heftig während der Fahrt.
Francine hatte nicht gefragt, wie Robinio und Adoran den Pferdewagen besorgt hatten.
Das alles war zeitaufwändig gewesen, es war jetzt bereits Nachmittag und sie fuhren auf die Tore des Schlosses zu. Wenn sie dort durch waren, dann würden sie es auch ins Schloss schaffen. Francine war geknebelt und gefesselt, Gelanos Idee. Blöde Idee, wie sie fand.
Es war viel Heu im Wagen, darunter versteckten sich Robinio, Adoran und Gelano. Serlina fuhr den Wagen, der von einem kräftigen Haflinger gezogen wurde.
Na, wenn das gut ging.
Jetzt kam der Moment, der Wagen wurde angehalten, die Wache unterhielt sich kurz mit Serlina, doch sie blickten nicht mal in den Wagen. Dann fuhr der Wagen weiter und kurz darauf kam Serlina nach hinten und sagte: „Wir sind drin. Die Wachen fanden es nicht seltsam, dass ich mit dem Wagen in den Schlosshof fuhr. Sie wollten gar nichts weiter von mir wissen."
Serlina war erleichtert.
Robinio fuhr sich durch die Haare, um die Strohreste herauszuschütteln.

Francine trug einen Kapuzenumhang, damit man ihr Haar nicht sehen konnte. Als sie aus dem Wagen kam, blickte sie sich vorsichtig um. Adoran nahm ihr lächelnd Fessel und Knebel ab.
Serlina war nahe bei den Stallungen des Schlosses stehen geblieben mit dem Wagen. Von dort gab es einen Dienstboteneingang.
Die anderen gingen bereits auf diesen zu und Francine folgte ihnen.
Wenn sie jemand hier sah, dann würde er sich definitiv an sie erinnern. Zu fünft und so gar nicht nach Personal aussehend? Ja, das fiel auf.
Aber sie schafften es unbemerkt nach drinnen.
Adoran und Robinio wussten genau, wohin sie gingen, sie kannten das Schloss, waren hier aufgewachsen.
Francine sprach leise, als sie fragte: „Wohin gehen wir? Zur Bibliothek?"
Adoran sah sie kurz an. „Du und ich, ja. Aber die anderen werden nach Run suchen. Entweder ist er verletzt und hat nichts mit alledem zu tun. Oder aber er hat mit Marisia gemeinsame Sache gemacht." Er runzelte die Stirn.
„Was ist?" Francine sah ihn genau an. „Was hast du, Adoran?"
Er sah sie wieder an. Seine Iris glühte grün. „Es ist nur – ich spüre nichts."
Francine legte den Kopf schief. „Was solltest du spüren?"
Der Gang war schmal. Niemand kam ihnen entgegen. Langsam gingen sie ihn entlang.
„Ich müsste es fühlen, Run oder den schwarzen Drachen. Ich spüre sehr genau die Anwesenheit eines Individuums. Wenn ich mich darauf konzentriere, meine Fühler ausstrecke. Aber hier? Nichts."
Der Gang wurde breit und verschiedene Türen gingen von ihm ab. Francine nahm die Gerüche von Kartoffeln

und Ähnlichem wahr. „Sind das hinter den Türen Vorratskammern?"
Sie sprach leise, Adoran hörte sie sehr gut, was sie genau wusste. „Ja."
Francine dachte über die Worte von Adoran nach.
Seine Fühler ausstrecken. Sie sollte das auch können. Doch es fiel ihr schwer. Ihre Gedanken jetzt zu fokussieren, sich zu konzentrieren.
„Achtung, warte." Adoran hielt seinen Bruder zurück. „Hinter der Tür sind Menschen."
Schnell flüchteten sie in eine der Vorratskammern.
Die Tür öffnete sich und mehrere Stimmen waren zu hören. Menschen gingen den Gang entlang und verschwanden kurz darauf.
Dann war es wieder ruhig und sie setzten ihren Weg fort. Nach der Tür betraten sie das Schloss erst richtig. Hier war der prunkvolle Teil.
Böden, die glänzten, goldene Verzierungen, Kronleuchter. Alles wie in einem Märchenschloss.
Francine bewunderte den breiten Gang, den sie jetzt entlanggingen. Dann kamen sie in einen großen Saal. Auf beiden Seiten am Ende des Saals verliefen Treppen nach oben zu einer Galerie. Wunderschön.
Robinio ging zur Treppe links und alle folgten. Ihre Schritte wurden gedämpft von dem schweren Teppich, der auf der Treppe lag. Adoran und Robinio sahen sich an und nickten.
„Komm." Er zog Francine nach rechts in einen weiteren breiten Gang. „Hier geht es zur Bibliothek. Die anderen gehen zum Thronsaal, prüfen, ob Run dort zu finden ist."
Francine blieb stehen. „Ist das nicht zu gefährlich? Wenn sie dort auf den schwarzen Kristall treffen, wenn Run ihn kontrolliert?"
Adoran lächelte. „Glaub mir, ich mag zwar ein Medra sein, aber die anderen sind gut ausgebildet, sie wissen schon, was sie tun."

„Wo ist der Thronsaal? Sollte der nicht irgendwo am Eingang sein?" Francine dachte darüber nach, sie schlichen so weit in das Schlossinnere. Im Thronsaal empfing man doch die Einwohner, oder? Dann wäre dieser doch nicht so weit entfernt?"
„Wir kamen über den Dienstboteneingang, der offizielle Eingang liegt in der Richtung dort."
Er deutete nach vorne links.
Francine nickte. Nun, das ergab durchaus Sinn. Und dann betraten sie die Bibliothek und Francine fiel die Kinnlade herunter.
Ein riesiger Gang. Man ging durch viele Rundbögen, es waren einzelne Abteilungen, aber miteinander verbunden. Die aus Holz verzierten Rundbögen, das waren meisterhafte Kunstwerke, eingearbeitet in die Wände. Sie gingen entlang und in jedem Abteil standen rechts und links hohe Bücherregale, alle aus dunklem Holz. Prall gefüllt mit Büchern.
Am Ende des Gangs, als sie durch alle diese Abteilungen durch waren, befand sich der größte dieser Räume. Ein riesiges Buch, es sah aus wie „das Buch der Schatten" aus ihrer Lieblingsserie – lag in einer Vitrine.
Adoran blieb dort stehen. „Das suchen wir."
Francine trat neben Adoran.
„Was ist das für ein Buch?"
„Das ist die Schrift Vioruna. Unsere Entstehungsgeschichte, sowohl die Familiengeschichte als auch die Geschichte der Stadt."
Adoran öffnete die Vitrine. „Nie hat es jemand aus der Vitrine entfernt."
„Ach nein? Dann wisst ihr gar nicht, was dort steht?"
„Nun, es wurde früher studiert und dann versiegelt. Die Geschichte sollte nicht gefährdet werden."
Francine stutzte. „Wieso wurde keine Abschrift erstellt?"
„Das ist verboten."
„Warum? Das macht doch keinen Sinn."

Adoran zuckte die Schultern. „Ja, du hast recht, es macht keinen Sinn. Aber es spielt jetzt auch keine Rolle." Er hob das Buch aus der Vitrine, setzte sich auf den Boden zusammen mit Francine.

„Was ist das für eine Sprache?"

„Altes Vioranisch. Die Sprache veränderte sich im Laufe der Monde."

„Und kannst du es lesen, Adoran?"

„Das meiste verstehe ich." Er studierte die Seiten. Blätterte vorsichtig. Es war dickes, altes Papier.

„Die Entstehung, der Kampf mit den schwarzen Drachen und die daraus resultierende Einigung der Bewohnung Viorunas. Die Medras, die von da Teil der Königsfamilie wurden. Doch das weiß ich grob bereits."

Er überflog die Seiten, blätterte weiter. Francine nagte an ihrer Lippe. Sie konnte jetzt nichts weiter unternehmen, also wartete sie darauf, was Adoran fand. Sie könnte ihre Sinne erproben.

Konzentriert blickte sie auf einen Punkt vor sich, dachte an das Schloss. Und schon fühlte sie ihre Umgebung. Die Größe der Räume, die Menschen.

Adoran.

Gelano, Robinio und Serlina. Sie waren zusammen und bewegten sich. Es ging ihnen gut. Dann andere. Da sie die nicht kannte, konnte sie nicht genau fühlen, um wen es sich handelte. Und was war das? Ein Tier? Ein Mensch? Seltsam.

Sie zuckte zusammen, heftig.

Adoran sah sie prüfend an. „Was ist los?"

Francine amtete heftig. Das war nicht normal. Was war das?

„Meine Süße, ist alles in Ordnung, du bist ja ganz bleich?"

„Ich bin nicht sicher. Ich wollte es üben, das Fühlen meiner Umgebung. Ich fühle dich, Gelano, Robinio, Serlina. Alles bekannt. Dann ein paar andere Menschen,

die sich hier im Schloss aufhalten. Aber da war noch etwas, ich konnte es nicht zuordnen, ob Mensch oder Tier." Sie sah ihn mit weiten Augen an. „Es ist wie eine Einbahnstraße, als könnte ich die anderen beobachten – nicht wörtlich, du weißt, was ich meine."
Er nickte. „Ja. Was war das andere?"
Sie atmete tief durch. „Ich weiß nicht. Doch, doch, ich – das war er. Es war, als hätte er bemerkt, dass ich ihn fühle und als würde er zurückfühlen? Ich kann es nicht besser beschreiben. So, als ob du jemanden anstarrst und plötzlich blickt er dich an, intensiv."
Sie schüttelte sich. „Ich bin jetzt sicher, es war der schwarze Diamant. Was auch immer er ist, er ist hier."
Wie um das zu bestätigen, hörten sie ein lautes Brüllen.
Der Drache war also irgendwo da draußen, außerhalb des Schlosses.
„Dann müssen wir uns beeilen. Wenn er dich gefühlt hat, dann weiß er, was wir vorhaben."
Adoran strich ihr über den Arm. Dann blickte er wieder in das Buch.
Francine stand auf. „Ich sehe mich mal um." Irgendwas musste sie tun.
Adoran nickte. „In diesem Abteil haben alle Bücher irgendwie mit Vioruna zu tun. Vielleicht findest du etwas. Die wenigsten sind in der alten Sprache." Wo sollte sie anfangen, unzählige Bücher. Sie zog einfach eines heraus und blätterte es kurz durch, Zeichnungen von Pflanzen. Eindeutig ein Buch über die Pflanzen, die es hier gab.
Sie stellte es zurück. Ging ein paar Schritte weiter, dann sah sie ein Buch. Es war ein Stück herausgezogen und die Stelle war nicht so staubig, als wäre es vor Kurzem herausgenommen worden. Francine nahm es: „Obsidian." Der Einband war dunkelgrün. Goldene Augen, Drachenaugen waren auf der Titelseite abgebildet. Sie sah kurz zu Adoran, er war immer noch

in den riesigen Wälzer vertieft. Sie strich sich eine Haarsträhne hinters Ohr und begann zu lesen.

Sie hatte ja keine Ahnung, die Worte saugte sie geradezu auf. Als würde die Geschichte vor ihr zum Leben erwachen.

Obsidian lebte vor langer Zeit, bevor Vioruna entstand. Er war einer der ersten Medras.

Ein sehr mächtiger Medra. Man sagte, er wäre der eine, der alle Drachen in sich verband. Die Menschen damals waren keine Freunde der Drachen.

Viele wollten sie auslöschen.

Fühlten sich bedroht durch ihre Existenz.

Obsidian verstand die Angst der Menschen. Er wollte helfen, was er auch tat. Er war der erste Vermittler zwischen Drachen und Menschen, sorgte für Frieden.

Doch es gab einen Orden, sie nannten sich Anuro-Arda. Sie waren eine Gemeinschaft von Drachentötern. Keiner von ihnen wollte Frieden, sie wollten die Ausrottung der Drachen um jeden Preis.

Da wenig Chancen gegen Obsidian bestanden, agierten sie im Untergrund.

Als Obsidian seinen Smaragd fand, kam ihr Moment.

Sein Smaragd war die Königin der Eisheiligen.

Auch die Eisheiligen wurden gefürchtet, aufgrund ihrer großen Macht. Die Menschen, selbst die, die nicht zum Orden gehörten, hatten Angst. Diese Angst besiegelte Obsidians Schicksal.

Francine fasste an ihr Medaillon, als sie es als Zeichnung in dem Buch entdeckte. Es war ein Erbstück seiner Familie. Denn ihnen oblag die Verantwortung als Wächter zwischen ihren Welten. Was wurde nur aus ihm?

Ein paar Seiten weiter entdeckte sie es dann. Er war der schwarze Drache.

Um ihn zu bezwingen, schlossen sich acht Familien zusammen, die heute über die Grafschaften, die zu Vioruna gehörten, herrschten.
Francine zog die Stirn kraus. Warum waren die Geschlechter dieser Familien als Helden dargestellt? Was hatte sie verpasst? Was war passiert mit Obsidian? Was hatte er getan, um das hervorzurufen?
Noch einmal blätterte sie zurück und bemerkte es. Ein paar Seiten waren herausgerissen worden. Seltsam, warum sollte jemand die Seiten entfernen?
Sie blätterte weiter und fand noch etwas Interessantes. Obsidian, der mächtige schwarze Drache, wurde mithilfe des schwarzen Kristalls eingesperrt. Und hier stand eine Anleitung, wie man ihn befreien konnte. Der schwarze Kristall musste brennen, im Licht des grünen Mondes und getränkt vom Blut eines Menschen.
Der Kristall beherrschte ihn, wer ihn in den Händen hielt, der befehligte ihn. Er selbst befehligte alle anderen Drachen, wenn ihm der Sinn danach stand.
„Hast du etwas gefunden, mein Smaragd?" Adoran blickte auf, während er sprach.
„Nichts, was uns hilft. Aber die Geschichte von Obsidian, dem schwarzen Drachen. Seltsam, hier sind ein paar Seiten rausgerissen worden."
Adoran stand auf. „Seine Geschichte? Gibt es Hinweise auf seine Schwachstellen?"
Francine schüttelte den Kopf. „Nein. Es steht nur hier, welche Macht der schwarze Kristall über ihn hat und dass er einst verbannt wurde. Und wie man ihn erweckt. Aber das ist nicht hilfreich, nur sehr interessant."
„Ja, mir geht es ähnlich. Hier steht zwar, wie die acht Geschlechter der Grafschaften den weißen Kristall einsetzen und durch ihn den schwarzen Drachen in den schwarzen Kristall verbannen – aber wo wir diesen Kristall finden? Dazu habe ich noch nichts."
Francine kniff die Augen zusammen.

„Weißt du, trotz allem, was hier passiert ist und was ich alles erlebt habe, fällt es mir schwer zu glauben, dass irgendwelche Kristalle etwas bewirken. Und was soll es überhaupt bedeuten – in den Kristall verbannt? Ist er in einem Kristall?"

Er schüttelte den Kopf. „Vielleicht sind die Bezeichnungen nicht so wörtlich zu nehmen. Schließlich sind es Übersetzungen aus einer anderen Zeit. Vielleicht haben diese Worte gar nicht wortwörtlich Kristall bedeutet oder Diamant."

Francine fand das durchaus plausibel.

Adoran sah sie an. „Der weiße Kristall könnte für ein reines Wesen stehen, so rein wie ein Diamant, ein weißer Kristall?"

„Das mag sein. Doch der schwarze scheint tatsächlich ein Diamant, ein Kristall zu sein. Denn genauso wird er beschrieben und hier ist sogar eine Zeichnung."

Sie zeigte ihm die fast letzte Seite dieses Buches.

„Ja, das sieht danach aus. Allerdings wird der weiße Diamant in Viorunas Geschichte nicht wirklich wie ein Gegenstand beschrieben. Es wird immer erwähnt, er half dabei und setzte sich ein. Klingt mir schon eher nach einem Jemand."

Francine nickte.

Adoran lauschte kurz. „Da kommt jemand."

Francine spürte es auch. „Es ist Robinio."

Adoran lächelte sie an und nickte.

Er kam leise herein, sah sich um und trat zu ihnen.

„Habt ihr etwas gefunden?" Er sprach leise. Beide schüttelten den Kopf.

„Und ihr, habt ihr Run entdeckt?" Adoran sah seinen Bruder aufmerksam an.

Robinio schüttelte den Kopf. „Gelano und Serlina sehen in den Zellen nach, ich wollte noch seine Gemächer überprüfen. Es ist seltsam still hier."

Adoran nickte. „Das ist es." So kannten sie beide das Schloss nicht. Sie waren hier aufgewachsen, mit vielen Menschen, nicht nur das Personal. Immer waren Verwandte und Freunde zu Besuch, selten war es so ruhig.
„Wenn er hier wäre, würden wir es doch fühlen?" Francine blickte Adoran fragend an.
„Gewöhnlich ja."
„Wo sind seine Gemächer?" Francine sah Adoran und Robinio an.
„Ganz in der Nähe." Adoran konzentrierte sich, versuchte zu spüren, ob jemand hier war.
„Ich kann niemanden wahrnehmen außer uns."
Francine nickte. „Geht mir auch so."
Dann sah Francine Robinio an. „Der schwarze Drache, er ist hier."
Robinio blickte sich angriffsbereit um. „Wo?"
„Vorhin habe ich seine Anwesenheit gespürt. Er ist in der Nähe."
Robinio nickte. „Das Brüllen, das war er, oder?" Francine legte das Buch wieder zurück, während sie nickte. „So schnell werden wir hier keine Antworten finden."
Adoran sah sie mit einem schiefen Lächeln an. Dann sagte er an seinen Bruder gewandt: „Ich schätze, da hat sie recht. Was machen wir?"
Robinio sah sich um. „Wir suchen, bis Gelano und Serlina zu uns stoßen. Sie kommen, sobald sie die Kerker überprüft haben."
Francine sagte nichts, wenn sie nichts fanden, was sollten sie dann unternehmen? Sie dachte wieder an die Kette um ihren Hals. Wie kam sie zu diesem Schmuckstück, wo es doch Obsidians Familie gehörte. Wurde es ihm abgenommen nach seiner Verbannung? Seine Frau war die Königin der Eisheiligen gewesen, seltsam.

Das war doch kein Zufall, warum war sie von ihnen mit „Eure Hoheit" angesprochen worden? Mehr Fragen als Antworten. Sie zog das nächste Buch neben diesem.

Hier ging es um eine der Grafschaften, Ommens und das Geschlecht der Dafing, die es bewohnten. Das nächste Buch, nächste Grafschaft. Und so gab es einige weitere Bücher dazu. Bücher über die Tiere Viorunas. Über die Könige, die geherrscht hatten.

Francine war nach einer Zeit etwas frustriert. Alles interessante Bücher, doch sie brachten sie nicht weiter. Auch von den Reisen zwischen den Welten fand sie nichts.

Ein Buch über die Eisheiligen, vielleicht fand sie hier etwas Wichtiges.

Vieles wusste sie bereits, die Legende der Ewigflamme und die Eisheiligen, die sie hüteten. Sie konnte Medras töten, auch das wussten sie bereits.

Die Eisheiligen waren den Medras ähnlich in einem Punkt, sie waren unsterblich. Nur Feuer konnte sie töten, nicht jedoch das blaue. Und dann stand da etwas, was sie sehr interessierte.

Nur die Königin der Eisheiligen trug die Flamme.

Es ging wie so oft um die Blutlinie. König oder Königin wurden die Nachkommen der vorherigen. Die Flamme wurde nur auf einem Stab aufbewahrt, wenn keine Königin oder kein König da war. Denn der Herrscher bewahrte die Flamme in seinem Herzen auf.

War sie das etwa? Eine Nachfahrin der Könige der Eisheiligen?

Serlina und Gelano kamen, sie wusste es, bevor sie einige Minuten später durch die Tür traten. „König Run ist im Kerker. Nirgends sind Schlüssel zu finden. Wir mussten ihn dort lassen, so eine verfickte Scheiße. Er ist bewusstlos! Verdammt, wir wissen nicht, ob er noch lebt!" Gelano kniff die Augen zusammen.

„Er hatte nichts mit allem zu tun! Diese verfluchte Marisia."
Serlina zuckte bei seinen Worten zusammen. Gelano blickte sie kurz von der Seite an, sagte aber nichts.
Adoran griff nach Francine. „Komm, wir müssen nach Run sehen. Wenn er noch lebt, braucht er Hilfe. Die Bücher rennen nicht weg."
„Ja, natürlich."
Sie liefen die großen Treppen hinunter in den Saal. Von dort gelangte man zum Kerker. Es machte Francine stutzig. Ein großes Schloss? Niemand weiter hier?
Sie spürte immer mehr – etwas stimmte hier nicht.
Run lebte tatsächlich. Adoran riss die Tür mit Leichtigkeit aus der Zelle. Nachdem sie Run Wasser gaben, blinzelte er. Lächelte beim Anblick von Adoran.
Francine wurde unruhig. „Adoran, etwas stimmt hier nicht."
Adoran nickte. „Ja. Es ist alles zu leicht."
Mit Run zusammen, Adoran und Robinio stützten ihn, er konnte kaum gehen, gingen sie zurück nach oben. „Wir schaffen ihn weg von hier, er muss sich hinlegen und essen."
Francine runzelte die Stirn. „Weg von hier? Nein. Das geht nicht. Wohin denn? Wir sollten ihn in sein Gemach bringen. Wir wollen hier doch nicht wieder weg?"
Gelano sah sie mit erhobenen Brauen an. „Ach nein?"
„Nein. Adoran und Robinio gehört dieses Schloss."
Sie hob ihr Kinn. „Wir übernehmen es jetzt wieder. Marisia ist tot. Wer auch immer Besitzansprüche anmeldet, dem sollten wir zeigen, wer wir sind."
Gelano schnaubte. „Verdammt! Richtig."
Adoran und Robinio grinsten. „Also gut", sagte Adoran. „Bringen wir ihn in sein Gemach." Sie gingen Richtung Saal.

Kapitel 14

Der schwarze Drache

Im Saal klatschte jemand in die Hände.
Alle blieben erstarrt stehen.
„Wer ist das?" Francine flüsterte nur. Ein Mann stand vor ihnen.
Serlina keuchte. „Mein Vater."
Sie wollte zu ihm, Gelano hielt sie zurück. „Wartet."
„Danke, dass ihr extra vorbeikommt. So ist es wirklich einfacher."
„Vater, was bedeutet das?" Serlina war entsetzt. Nicht auch noch ihr Vater. Das durfte nicht wahr sein. Was hatte er damit zu tun?
„Der Thron gehört uns. Nicht diesen Bestien." Voller Abscheu blickte er Adoran an.
„Das weißt du genauso gut wie ich. Es ist unsere Pflicht, sie zu vernichten."
Serlina zog die Augenbrauen zusammen. „Was redest du da, Vater?"
„Marisia hat es verstanden. Nur du nicht. Manchmal frage ich mich, ob du gar nicht meine Tochter bist." Er schnaubte verächtlich.
Serlina verzog das Gesicht. „Ich verstehe das nicht."
„Marisia war früher auch wie du. Sie hat ihn angehimmelt." Er deutete auf Adoran.
„Sie wäre seine Frau geworden. Ich war stolz auf meine Tochter, sie wäre Königin gewesen." Er wirkte zerstreut, hing seinen Gedanken nach, ehe er fortfuhr:
„Woher sollte sie auch wissen, was du bist?" Er sah Adoran angewidert an.
„Nein, wir haben gehofft, dass dieses Gen nicht vererbt wurde. Und doch war es so. Erst war Marisia am Boden zerstört, als du sie von dir wiest. Doch dann habe ich es ihr erklärt."

Er lächelte.
Adoran runzelte die Stirn. Er fühlte den Irrsinn dieses Mannes. Was hatten die Drachen ihm nur getan? Wieso richtete er seinen irrsinnigen Zorn auf sie?
Serlina ging einen Schritt auf ihn zu. „Was hast du ihr erklärt?"
„Was unsere Pflicht ist. Wir gehören zum Orden Anura-Arda. Schon bevor es Vioruna gab, existierte unser Orden. Wir sind die Drachentöter. Wir geben keine Ruhe, bis auch der letzte von euch Biestern getötet wurde." Er wirkte sehr stolz.
„Vater, was ist nur in dich gefahren? Was haben sie dir getan?"
„Schon immer haben sie ihre Macht ausgenutzt, uns unterdrückt, über uns bestimmt.
Doch die Herrschaft der Drachen ist vorüber. Erinnere dich an die Geschichten!
Der schwarze Drache, welches Blutbad er anrichtete, bevor wir ihn an die Macht des Kristalls bannten."
Er hob seine Hand.
Francine machte große Augen. Der schwarze Kristall. Er hatte ihn.
Das war nicht gut, gar nicht gut. Sie spürte die Angst der anderen.
Serlina empfand Traurigkeit. „Bitte, Vater, lass ab von diesem Wahnsinn. Die Drachen sind nicht unsere Feinde."
Er schnaubte und blickte sie lange an.
„Du wirst mit ihnen sterben."
Francine schluckte, es war schrecklich. Serlina verlor ihre Schwester und jetzt das. Ihr eigener Vater. Doch Serlina straffte die Schultern.
„Was willst du tun? Was bringt dir der schwarze Kristall?"
Er lächelte.
„Ich befehlige den schwarzen Drachen. Und er hat die Macht, alle Drachen zu kontrollieren. Also was glaubst

du? Er wird alle Drachen zusammenrufen. Und wenn ich alle dort habe, wo ich sie haben will ..." Er zögerte und lächelte vor sich hin.

„Was ist dann?" Serlina sah ihn erschrocken an. Dieser Mann war ihr so fremd. Er sah völlig irrsinnig aus. Wie konnte man jemanden kennen und gar nicht kennen?

„Dafür war Marisia zuständig, doch leider hat deine Schwester versagt. Sie sollte mir das Ewigfeuer bringen. Ein Scheiterhaufen!" Er klatschte, passte aber auf den Diamanten auf.

„Das wird ein gigantisches Feuer und diese Biester werden alle brennen." Er schmunzelte. „Und die Bevölkerung, was glaubt ihr? Sie werden mich krönen, ich bin ihr Retter!"

Francine war schockiert.

Grauenhaft, dieser Mann empfand eine hämische Freude bei dem Gedanken an das eben beschriebene Szenario. Doch er besaß nicht die Ewigflamme.

Francine lächelte. Und er würde sie nicht bekommen.

Er sah sie an. „Glaubst du Hure etwa, ich wüsste es nicht?"

Seine Worte bedeuteten nichts für sie.

„Dass du die Flamme hast?" Er sah zu Adoran.

„Und du fickst sie? Ja, das passt. Wundert mich, warum du nicht verbrannt bist – schade."

Serlina hob abwehrend eine Hand.

„Hör auf, Vater. Es ist vorbei. Du hast die Ewigflamme nicht, wirst sie auch nicht bekommen." Sie schämte sich für ihn.

„Nein? Das sehen wir noch."

Ein lautes Brüllen war zu hören und die Erde bebte.

Sein Grinsen wurde breiter.

Das war er, der schwarze Drache.

Serlinas Vater blickte Francine an. „Und jetzt, rothaariges Gör, gib mir die Ewigflamme – oder er tötet

alles und jeden, den er erblickt. Er wird das ganze Schloss niederbrennen. Eure Entscheidung."
Sie spürte, wie ernst es ihm war. Doch sie würde ihm niemals das blaue Feuer überlassen.
Adoran wusste, was sie dachte, er dachte es auch. Sie mussten raus hier. Sofort.
Und sie brauchten den schwarzen Kristall.
Adoran warf Robinio einen Blick zu, den er sofort verstand.
Francine und Adoran mussten sich den schwarzen Kristall holen, doch für die anderen war es hier zu gefährlich. Draußen allerdings auch, dort war der schwarze Drache.
Jetzt hörten sie es. Das unheimliche Geräusch, wenn ein Drache Feuer speit. Das ganze Schloss bebte, es fielen Teile von der Decke und sie mussten sich bewegen, um nicht getroffen zu werden.
Francine dachte an Hitze, wollte diesen abscheulichen Mann dazu bewegen, den Kristall fallen zu lassen. Aber entweder funktionierte es nicht oder er war irgendwie geschützt durch den Diamanten. Er flüchtete, rannte hinaus und Francine zögerte nicht, sie rannte hinter ihm her. Sie spürte, auch Adoran folgte ihnen.
In der Eingangshalle des Schlosses brannte es bereits lichterloh. Wie war das nur möglich? Ein altes Gemäuer so schnell in ein Flammenmeer zu verwandeln? Teile stürzten herab, doch das bereitete weder Francine noch Adoran große Probleme.
Francine sah sich um, der Rauch war dicht, überall schien es zu brennen. Die Tore knickten bereits ab. Der Mann war nirgends zu sehen.
Wieder das Brüllen des Drachen. Ohrenbetäubend. Verdammt, dabei hatte Francine das Schloss noch gar nicht richtig bewundern können. Hoffentlich konnten sie es retten.

So gut es ging rannten sie um die Trümmer und Brandstellen herum. Bis sie draußen waren.
Und dann sahen sie ihn. Direkt vor sich.
Unfassbar.
Ganz anders, als wenn man ihn nur in der Luft über sich erblickt.
Francine traute ihren Augen nicht. Er war wirklich riesig. Und schwarz wie die Nacht. Dunkle Augen. Dennoch erkannte sie auch die beeindruckende Schönheit dieses Tieres.
Es war ein glänzendes Schwarz, schimmerte unterhalb der Flügel leicht rot.
Und er sah sie wütend an, verdammt.
Er stürzte auf sie zu, rannte, schwang die Flügel und spie Feuer.
Francine rannte los, nach links.
Adoran nach rechts.
Das Feuer traf auf das Gemäuer wie ein Laserstrahl.
Sie mussten ihn ablenken, so konnte einer von ihnen nach Marisias Vater suchen.
Der schwarze Kristall, sie brauchten ihn unbedingt! Denn sie hatten keine Ahnung, was sie sonst machen sollten.
Er folgte ihr. Mit schnellen Bewegungen.
Verflucht. Sein Feuer traf sie, doch es war wie auch vorher. Es machte ihr nichts. Sie drehte sich um und sah ihn an. Vielleicht konnte sie den Bann lösen wie bei den anderen Drachen.
Er war schon so nah. Und sah ihr in die Augen. Kurz flackerte eine grüne Iris.
Doch dann waren seine Augen wieder dunkel und er schüttelte den Kopf, brüllte wütend.
Mist.
Ehe er sich auf sie stürzen konnte, verwandelte sich Adoran. Sein Brüllen reichte, um die Aufmerksamkeit dieser Bestie auf sich zu ziehen.

Francine blickte sich um, es war so viel Rauch, wo war nur Marisias Vater hin? Mit dem Kristall!
Sie sah zu Adoran, wie er mit dem schwarzen Drachen kämpfte. Immer wieder griff der schwarze Drache an, packte ihn am Hals und schleuderte ihn zu Boden.
Verdammt, das sah gar nicht gut aus.
Francine wollte sich verwandeln, ihm helfen, aber es funktionierte nicht!
Sie war frustriert. Wie ging das nur, was war der Auslöser?
Adoran würde es nicht mehr lange aushalten, der Drache war einfach zu stark.
Einige Male spie Adoran Flammen in dessen Richtung, aber das interessierte den Drachen kein bisschen. Seine gefederten Flügel schlugen und Funken tanzten an der Innenseite, rote Funken.
Was ging da bloß vor sich? Es war zwar schon spät, doch der Himmel war bis eben klar gewesen! Elektrizität? Ein Blitz schoss herab direkt in dieses furchteinflößende Geschöpf.
Er schwebte in der Luft an der gleichen Stelle, seine Flügel schlugen. Seine Vorderbeine hielten die Elektrizität des Blitzes, ein knisterndes rotes Gebilde.
Es war, als würde er dort aufrecht stehen, die Hinterbeine hingen in der Luft nach unten.
Er sah so unnachgiebig aus. Dieser Ball wurde größer und Francine schauderte. Er würde Adoran töten. Sie spürte es, wusste es.
Nein, nein, nein!
Dann endlich spürte sie es, dieses Kribbeln. Wut! Das war der Auslöser. Also wurde sie wütend und verwandelte sich.
Überrascht blickte der schwarze Drachen zu ihr.
Adoran rappelte sich gerade vom Boden auf. Ehe der schwarze Drache ihn angreifen konnte, rannte Francine

über den Boden, schwang die Flügel, steuerte auf den schwarzen Drachen zu.

Was auch immer der Ball war, er traf nun sie mit voller Wucht.

Sie wurde zurückgeschleudert, fing sich aber noch in der Luft wieder.

Es knisterte um sie herum. Sie lächelte. Falsch gedacht, die elektrische Bombe machte sie nur stärker.

Dann griff sie selbst an. Versuchte, seinen Hals zu packen. Parierte seine Angriffe. Oh, sie wusste, sie war klein im Vergleich zu ihm, doch sie war stark.

Es war ihm nicht möglich, sie zu verletzen.

Francine flog hoch und sofort erhob sich auch der schwarze Drache.

Sie wusste nicht, was sie unternehmen sollte.

Konnte sie ihn töten, mit der blauen Flamme? Wollte sie das? War er böse?

Oder war er nur ein Opfer? Schließlich wurde er kontrolliert. Aber in den Büchern stand, welche Zerstörung er angerichtet hatte.

Er traf sie hart und sie verlor die Kontrolle, stürzte zu Boden und prallte mit voller Wucht auf. Schnell rappelte sie sich wieder hoch. Dann sah sie ihn an. Wieder flackerten seine Augen. Er schien verwirrt, abgelenkt. Sie musste es doch können, den Bann brechen.

Menschen rannten und schrien, entfernten sich. Gut so.

Dann sah sie Adoran, er entdeckte gerade Serlinas Vater nur wenige Meter vor ihm und sofort drehte sich der schwarze Drache zu ihm und packte ihn mit seinem Fuß. Die Geschwindigkeit seiner Bewegungen war sturzflutartig.

Adoran wand sich, der Griff des schwarzen Drachen war zu stark, er hatte ihn.

Und da wurde ihr klar, über welche Macht dieses Wesen verfügte.

Adoran konnte sich winden so viel er wollte, er erreichte gar nichts damit.
Francine zitterte und endlich spürte sie das Ewigfeuer. Die Macht in sich. Die Hitze, diese wundervollen Flammen, sie züngelten um sie herum und sie brüllte den schwarzen Drachen an. Er fuhr zu ihr herum. Erstaunt.
Adoran konnte sich nicht befreien, solange der schwarze Drache ihn mit seiner Klaue festhielt. Francine trat näher und das riesige Geschöpf wich zurück, doch es ließ nicht von Adoran ab. Sie musste aufpassen, sie wollte Adoran nicht verletzen.
Serlina rannte unvermittelt von hinten auf ihren Vater zu, stürzte ihn zu Boden, schlug ihm den Diamanten aus der Hand! Sie war gut.
Ihr Vater schlug ihr ins Gesicht. Jetzt war der Moment da. Francine fauchte und blickte dem Drachen in die Augen, als er zu ihr sah. Und es passierte nichts. Dann sah sie den Diamanten an.
Der Diamant. Sie brauchte ihn. Sie stürzte sich in seine Richtung, der schwarze Drache wollte auch hin, doch er konnte ihr nicht nahe kommen, die blaue Flamme war zu heiß und loderte um sie.
Wenigstens hatte er Adoran loslassen müssen. Gerade als sie den Kristall fast berühren konnte, stieß der schwarze Drache seinen Flammenstrahl in diese Richtung, der Kristall purzelte. Verdammt. Sie stolperte und rutschte zur Seite weg.
Wo war der Kristall? Sie sah ihn nicht mehr. War er weit weggeschleudert worden? Vermutlich. Der dichte Rauch störte sie.
Wo war der schwarze Drache? Sie sah auch ihn nicht.
Sie erhob sich und flog über das Feuer, keine Spur von dieser Bestie. Sie fühlte ihn auch nicht, er konnte das anscheinend kontrollieren und sich unsichtbar für ihre Fühler machen. Das Feuer musste kontrolliert werden!

Die vordere Front des Schlosses brannte, überall Qualm. Sie spürte eine eisige Kälte in ihrer Kehle. War das möglich?
Sie flog und spie nach unten. Es war möglich! Eis! Wahnsinn, absolut verrückt.
Francine ließ ihren Eisstrahl über das Feuer gleiten, ein fantastisches Gefühl.
Weiterhin hielt sie Ausschau nach dem Drachen. Landete an der Stelle mit dem Kristall. Suchend blickte sie sich um. Der Rauch war weniger geworden. Francine musste den schwarzen Kristall finden.
Adoran war weiter entfernt von ihr, blickte sich auch suchend um.
Dann stürzte der Drache von oben auf Adoran.
Francine brauchte den schwarzen Kristall. Sie atmete ruhig, versuchte zu fühlen.
Dann endlich hatte sie ihn, zu Füßen von Serlina lag er. Sie bemerkte ihn auch, rührte sich nicht von der Stelle. Sie sah Francine an und nickte.
Francine stürzte sich zu ihr und packte den Kristall.
Sie hörte Knochen knacken, ein ekelhaftes Geräusch. Adoran!
Gerade als sie sich ihm zudrehte, sah sie, wie der schwarze Drache ihn bearbeitete.
Ein Schock durchfuhr sie. Der Diamant in ihrer Hand!
Eine unglaubliche Kälte.
Doch die verschwand durch die Hitze ihres Feuers. Fast zärtlich, andächtig sah sie den Diamanten an und er veränderte sich. Leuchtete blau und wurde schließlich weiß.
Wahnsinn. Jetzt war es kein schwarzer Diamant mehr, sondern ein wunderschön funkelnder weißer, fast durchsichtig schien er.
Ihr Blick wanderte zu Adoran und dem schwarzen Drachen. Er sah zu ihr. Die Augen des Drachen

veränderten sich. Sie wurden grün, wurden normal. Sie ging näher zu ihm und fauchte ihn an.
Er sollte von Adoran ablassen!
Brüllend ging sie näher.
Und er ließ von Adoran ab. Blickte sich um. Dann sah er den Diamanten am Boden, Francine hatte ihn fallen lassen. Er verwandelte sich und wurde zum Menschen. Er hob den Kristall auf und blickte ihn lange an.
Francine verwandelte sich selbst auch zurück. Doch die blaue Flamme züngelte weiterhin um sie herum. Noch wusste sie nicht, ob es vorbei war.
Er war der schwarze Drache. Der Drache, der vor langer Zeit gewütet hatte. In den Büchern stand geschrieben, wie er aufgehalten worden war. Seine Zerstörungswut kannte keine Grenzen. Doch wieso erschien er ihr nicht so?
Der schwarze Kristall wurde angeblich benutzt, um ihn zu bannen, also war er vorher bereits gefährlich. Das galt dann jetzt auch?
Francine wartete ab.
Adoran, verletzt am Boden liegend, war verwirrt und beobachtete das Geschehen.
Der Vater von Marisia und Serlina schrie wütend und rannte auf den schwarzen Drachen zu, der jetzt als Mensch dastand. Er sah gut aus. Sie schätze ihn auf Ende dreißig.
Er bewegte sich langsam, gemächlich. Serlinas Vater stürzte auf ihn zu und wurde mit Leichtigkeit an der Kehle gepackt. Der Mann hielt ihn hoch von sich, während er sich Zeit damit ließ, den Kristall zu studieren. Schließlich warf er ihn hart zu Boden, bückte sich und riss ihm mit einem Ruck das Herz heraus, stand auf und ließ auch das fallen. Dann sah er Serlina an. Drehte sich und blickte zu Adoran.
Schließlich drehte er sich zu Francine um.

Er starrte sie an. Seine Augen leuchteten grün. Sie spürte ihn. Unterschiedliche Emotionen rangen in ihm. Wut, eine unglaubliche Wut und Gewaltbereitschaft. Sie fühlte das unbändige Verlangen zu töten, welches von ihm ausging.
Aber da war auch Unglauben und Erstaunen, was sich einen Weg in ihm bahnte. Lange Zeit starrte er sie einfach nur an.
Adoran erhob sich schwerfällig und Francine spürte sein Bedürfnis, sie zu beschützen.
Er knurrte.
Doch der Mann starrte sie weiter an. Es war Obsidian.
Ein Medra, einer der mächtigsten, die je gelebt haben. Nein, der mächtigste.
Was wollte er, was würde er jetzt machen?
Francine starrte ihn weiter an und wartete auf eine Reaktion.
Serlina war ebenfalls sprachlos, verblüfft.
Der Tod ihres Vaters war bedeutungslos geworden.
Dann sah er Serlina an.
Und er trat auf sie zu. Francine wusste es, sie spürte es, er wollte Serlina töten.
„Nein!" Francine sprach nicht laut, aber bestimmt. Sie war sich ihrer Macht voll bewusst.
Sie konnte ihn brennen lassen. Das würde sie.
Hoch erhoben ging sie näher zu ihm.
„Ihr werdet sie nicht anrühren."
Obsidian drehte sich ihr wieder zu. Sie stand nur wenige Meter von ihm entfernt.
Er sah so wild aus. „Ihr habt ja keine Ahnung." Seine Stimme war tief und rau.
„Menschen, sie verdienen es, nicht zu leben.
Ihr Hass ist so alt wie die Menschheit selbst. Ihre Furcht macht sie zu Monstern.
Nur darum greifen sie uns an, denn sie ertragen ihre Angst nicht.

Angst vor Unbekanntem, vor Stärkerem, als sie es selbst sind."
Sie verzog keine Miene. „Soweit ich gehört habe, habt Ihr viele Menschen getötet. Warum sollten sie vor Euch also keine Furcht empfinden?"
Er zischte. „Ach ja? Ist es das, was sie euch alle lehren? Der böse schwarze Drache?"
Er lachte. „Ja, das bin wohl ich. Ich werde Euch die Geschichte erzählen, die Euch sicher niemand erzählt hat." Er atmete tief ein und aus. „Meine Frau, sie war die Königin der Eisheiligen. Eine wundervolle Frau, stark, mit einem guten Herzen. Wunderschön. Einzigartig. Ihr habt keine Vorstellung davon, wie sehr wir uns liebten. Wir waren glücklich, so glücklich. Ich habe lange gewartet, ich war bereits über dreißig, ehe ich sie fand. Ehe ich meinen Smaragd fand. Sie erwartete unser erstes Kind." Er atmete schwer.
„Die Menschen wussten, was ich war. Ich half ihnen, wo ich konnte. Ich wusste es, manche Menschen trauten mir nicht und auch den anderen Drachen. Mein Verständnis war damals so groß. Doch ich hatte ja keine Ahnung. Ich war unterwegs, weit weg, als ich ihre Angst spürte. Meine Frau.
So große Angst. Ich konnte kaum fliegen, so sehr erdrückte mich ihre Furcht. Ich war fast dort." Er deutete mit der Hand zum Schloss. „Es war hier, vor dem Schloss. Ihre Angst vermischte sich mit Schmerz und ich hörte ihre Schreie trotz der Entfernung.
Ich kam zu spät. Als ich landete, sah ich nur noch den Rauch auf dem Scheiterhaufen. Dichter, dunkler Rauch. Sie hatten sie verbrannt." Er sah sie schmerzerfüllt an.
Er zitterte vor Wut. „Wie ist das möglich? Wenn sie Euer Smaragd war, wie konnte sie dann brennen?"
„Weil sie eine Eisheilige war. Ich konnte ihr keinen Schutz mitgeben! Bei lebendigem Leib zu verbrennen.

Auf einem Scheiterhaufen. Welche entsetzlichen Schmerzen sie hatte. Und wie traurig sie war."
Sein Blick veränderte sich, wurde zornig.
„Und die Menschen, so viele Menschen sahen zu. Wie meine hochschwangere Frau brannte und schrie. So große Qualen. Unendliche Qualen in den roten Flammen. Könnt Ihr Euch das vorstellen?" Er sah sie an.
„Sie jubelten innerlich. Waren froh darüber. Ich spürte ihre Freude und Erleichterung. Denn was war sie, was war ich? Die Eisheiligen werden genauso gefürchtet, denn sie verfügen über Mächte, die sich Menschen kaum vorstellen können.
In diesem Moment, dieser unsagbare Schmerz, da wurde mir klar, was Menschen waren. Widerliche Kreaturen, die es nicht verdienen zu leben.
Meine Frau, mein Baby. Verloren. Grundlos. Ich tötete sie alle." Er lächelte.
„Jeder Einzelne wurde auf grausame Weise von mir getötet." Er grinste immer mehr, erinnerte sich an das Massaker. „Jeder Zeuge. Es war die pure Freude, ihre Schreie waren Musik in meinen Ohren. Sie sollten leiden, nicht einfach sterben.
Sie alle lebten noch lange nachdem ich ihnen nach und nach die Haut abzog. Manchen riss ich ein Stück nach dem anderen ab, bis sie bettelten. Oh und wie sie bettelten um den Tod. Kennst du das Gefühl, wenn du einem Menschen die Eingeweide herausreißt?
Welch enorme Befriedigung. Das Knacken der Knochen. Die schmatzenden Geräusche. Ihre Schmerzensschreie waren alles, was ich hören wollte."
Er schluckte, sah sie lange an. „Doch dann geschah ein Wunder. Als der Rauch verzogen war, da hörte ich es. Ich fühlte es."
Er sah sie durchdringend an. Sie wollte schreien, selbst gegen etwas treten. Sie konnte ihn nicht für böse halten. Was hätte sie getan? Das gleiche.

Der Schmerz, dieser unendliche Schmerz, dieses Grauen zu sehen, wie der Mensch, den man liebte, verbrannte. Und sein Baby. Gott, wie konnten sie ihm das nur antun? Wie konnte man so etwas Grauenhaftes machen? Sie wurde wütend auf die Bücher! Wie konnten sie es wagen, ihn als den Bösen darzustellen in ihrer Geschichte?

Er sprach weiter mit belegter Stimme: „Ihre Überreste, ihre Knochen. Und da war sie.

Ein kleines Mädchen, unsere Tochter. Sie war nicht verbrannt. Ich wusste nicht, was das bedeutete. Sie musste es von mir geerbt haben, die Immunität gegen das Feuer." Sein Blick wurde weich. „Und ich sehe es in dir."

Francine zuckte zusammen. Was sagte er da?

„Mein Leben war nicht mehr wichtig. Aber das meiner Tochter. Ich schickte sie in eine andere Welt, gab ihr mein Medaillon – sie sollte irgendwann erfahren, wer ihre Familie war. Hoffte, sie irgendwann wiederzusehen. Doch ich konnte nicht zulassen … Ihr sollte nichts passieren. Diese Menschen, sie würden sie ebenso töten wollen wie ihre Mutter. Wie mich. Das durfte nicht passieren."

Er lächelte. „Wie ich sehe, hat sie überlebt, hat selbst Kinder bekommen. Die Blutlinie wurde fortgeführt. Deine Augen. So war es auch bei meiner Frau. Ihre Iris leuchtete blau. Und du trägst das Medaillon. Mein Medaillon."

Francine war sprachlos. Er war ihr Vorfahre? Was sollte sie jetzt tun?

„Was sagst du da?" Sie berührte das Medaillon. „Du hast die Macht von uns beiden. Weder die rote noch die blaue Flamme kann dir etwas anhaben. Und du kannst wandeln zwischen den Welten, wie ich auch."

Verdutzt sah sie ihn an. War das die Wahrheit? Sie berührte das Medaillon.

Er nickte. „Es hilft uns, so lange wir unerfahren sind, aber du kannst den Blitz rufen, ist es nicht so?"
Adoran kam zu ihr, zog sie ein Stück weg von ihm.
Sie hielt ihn zurück. „Warte."
„Er wird morden."
Ihr Blick hing an Obsidian. „Wird er das?"
Obsidian nickte. „Das werde ich. Niemand hält mich auf."
„Die Menschen, sie waren so ungerecht, ich verstehe deine Wut. Doch es sind nicht die Menschen, die jetzt hier leben, die dabei zugesehen haben, was deiner Frau passiert ist. Du kannst nicht alle bestrafen, sonst bist du genauso wie diese Menschen, die alle Drachen tot sehen wollen."
Er lächelte sie an. „So jung, so naiv. Ich war auch mal so. Doch es wird nie enden. Welches Jahr schreiben wir? Wie lange war ich gebannt? Ich muss mich hier nur umsehen und weiß, wie lange es war. Eine Ewigkeit. Und dennoch existiert der Hass immer noch. Sonst wäre ich nicht erweckt worden."
Er wurde zornig. „Sieh dich doch nur um! Nennst du das etwa eine Veränderung? Nein. Ich werde jeden töten. Und meine Brüder erwecken."
„Deine Brüder?"
Er lachte. „Ich bin nicht alleine gebannt. Oh nein. Meine drei Brüder, ebenfalls die mächtigsten Drachen unserer Zeit, auch sie wurden in Kristalle gebannt. Den blauen Kristall für den Eisdrachen, den roten Kristall für den mächtigen Feuerdrachen und ein grüner Kristall für den gewaltigsten Erdras, den es gibt.
Sie alle wurden zu Unrecht gefangen genommen, sie müssen befreit werden!"
Er drehte sich zu Serlina, die sich nicht gerührt hatte. Dann sah er zu Francine.
„Sie ist die Tochter dieses Mannes." Er deutete auf die Leiche. „Er gehört zum Orden, sie waren es, sie haben

den Tod meiner Frau veranlasst. Meine Brüder eingesperrt. Sie muss sterben."
Ehe Francine sprechen konnte, ergriff Serlina das Wort: „Ihr seid ein mächtiger Medra? Dann müsst Ihr es fühlen. Ihr müsst in der Lage dazu sein, zu erkennen, dass ich nicht mein Vater bin!" Sie stand auf und sah ihn mit festem Blick an. „Sagt es mir. Was erkennt Ihr in mir? Hass auf Drachen? Ganz sicher nicht."
Lange sah er sie an. Dann nickte er. „Ihr habt recht. Ich fühle nur Trauer in Euch. Ihr habt ihn verloren." Er trat weiter auf sie zu und Francine spannte sich an.
„Dennoch seid Ihr eine Bedrohung. Ihr Menschen ändert eure Meinung täglich, heute vertrauen wir euch und morgen ermordet ihr uns."
Sie wusste nicht genau wie, doch die Flammen um sie herum kochten wieder hoch, stärker als zuvor.
„Bleibt stehen oder ich töte Euch." Sie sprach gefährlich leise. Obsidian blieb stehen. Er drehte sich um und lächelte.
„Du erinnerst mich an sie. Wie sehr sie es gemocht hätte, dich zu sehen. Die roten Haare, faszinierend."
„Bitte hört auf! Ich will Euch nicht töten, aber wenn Ihr sie nicht in Ruhe lasst, dann bleibt mir nichts anderes übrig."
Obsidian lächelte sie wieder an. „Ja, glaubst du denn, ich würde den Tod fürchten? Närrin.
Ich wünsche ihn mir sehnlichst. Ein Leben ohne meine Frau ist kein Leben. Es ist die reinste Folter."
Es war so traurig. Dieser Mann, ihr Vorfahr, er empfand einen so starken Schmerz, dass Francine Tränen in die Augen traten.
„Tu es oder lass mich meinen Weg gehen."
Verdammt, wieso musste er das sagen? Was sollte sie tun? Er würde wirklich töten, selbst Serlina.
Adoran berührte ihre Schulter. „Du hast keine Wahl."
Sie schniefte. „Ich weiß."

Obsidian provozierte sie, sie fühlte es. Er wollte gehen. Also ließ sie die blaue Flamme in ihrer Hand erscheinen. Wie hypnotisiert starrte er auf sie.

Dann sah er ihr in die Augen. Sie konnte nicht fassen, was sie tun musste. Er war kein Monster, jedenfalls nicht schon immer. Diese Menschen in seiner Zeit hatten ihn zu einem gemacht. Verdammt.

„Tu es endlich!" Er brüllte. „Sonst werde ich mich verwandeln und Gnade den Menschen, die mir begegnen."

Sie dachte daran, die blaue Flamme wie einen Pfeil in sein Herz zu schießen – und es geschah. Die Flamme fuhr in Blitzgeschwindigkeit in ihn. Er stand kurz zu keiner Bewegung fähig da, dann klappte er zusammen. Er war bereits tot, als die Flamme ihn auffraß. Sie blieb übrig und seine Knochen. Wieder streckte Francine ihre Hand aus und die Flamme tanzte in ihrer Handfläche. Sie war unendlich traurig, diesen Mann töten zu müssen. Adoran legte ihr die Hand auf die Schulter.

Sie blickte zu ihm.

Es war schrecklich. Doch sie verstand auch den Schmerz von Obsidian. Wenn sie daran dachte, ohne Adoran weiter leben zu müssen.

Sie schluckte. Nein, für Obsidian war der Tod eine Erlösung.

Francine atmete tief durch, endlich wusste sie, woher sie kam und was sie war.

Das Blut der Eisheiligen floss in ihren Adern und Obsidians.

„Ich liebe dich sehr, Adoran."

„Ich dich auch, meine süße, wunderschöne Francine."

„Ich denke, ich werde viel Zeit in der Bibliothek verbringen."

Er strich über ihre Wange.

„Ist das so?"

„Allerdings."

Er spielte mit der Kette um ihren Hals. „Und das hier?"
„Genau deswegen. Ich muss wissen, wie ich in diese Welt kam. Und das werde ich mit Sicherheit herausfinden. Wenn ich Obsidian glaube, dann kann ich das ganz alleine."
„Wieso? Willst du zurück?" Er klang mürrisch.
Francine lächelte. „Ja, ich will zurück. Hoffentlich mit dir. Wäre das nicht fantastisch? Ich könnte dir meine Welt zeigen.
Wenn wir wüssten, wie das funktioniert, dann können wir vielleicht nach Belieben hin und her reisen. Wie klingt das?"
„Wundervoll."
Adoran sah sie verlangend an.
„Bis dahin ..."
Sie lachte, als er sie küsste.

– ENDE –

FSC
www.fsc.org

MIX

Papier | Fördert
gute Waldnutzung

FSC® C083411

Druck:
CPI Druckdienstleistungen GmbH
im Auftrag der
Zeitfracht GmbH
Ein Unternehmen der Zeitfracht - Gruppe
Ferdinand-Jühlke-Str. 7
99095 Erfurt